NOITE DENTRO DA NOITE

Patrocínio:

JOCA REINERS TERRON

Noite dentro da noite
— *uma autobiografia*

COMPANHIA DAS LETRAS

Copyright © 2017 by Joca Reiners Terron

Grafia atualizada segundo o Acordo Ortográfico da Língua Portuguesa de 1990, que entrou em vigor no Brasil em 2009.

Capa
Alceu Chiesorin Nunes

Imagem de capa
Hole, Brendan Monroe, 2012, nanquim e guache sobre papel, 28 × 20,5 cm, coleção particular

Preparação
Beatriz Antunes

Revisão
Carmen T. S. Costa
Nina Rizzo

Os personagens e as situações desta obra são reais apenas no universo da ficção; não se referem a pessoas e fatos concretos, e não emitem opinião sobre eles

---

Dados Internacionais de Catalogação na Publicação (CIP)
(Câmara Brasileira do Livro, SP, Brasil)

Terron, Joca Reiners
    Noite dentro da noite : uma autobiografia / Joca Reiners Terron.
— 1ª ed. — São Paulo : Companhia das Letras, 2017.

    ISBN 978-85-359-2876-1

    1. Ficção brasileira I. Título.

17-01383   CDD-869.3

Índice para catálogo sistemático:
1. Ficção : Literatura brasileira 869.3

[2017]
Todos os direitos desta edição reservados à
EDITORA SCHWARCZ S.A.
Rua Bandeira Paulista, 702, cj. 32
04532-002 — São Paulo — SP
Telefone: (11) 3707-3500
www.companhiadasletras.com.br
www.blogdacompanhia.com.br
facebook.com/companhiadasletras
instagram.com/companhiadasletras
twitter.com/ciadasletras

*Dedicado àqueles que aparecem
e desaparecem nestas páginas,
pessoas cujas vidas ao serem escritas
se transformaram em outra realidade*

Para Egípcia do Crato

E os fantasmas
eles são donos de tudo

GRAHAM FOUST

Sumário

1. História do esquecimento, 11
2. O Ano do Grande Branco, 35
3. Fotografia de um fantasma, 71
4. A narrativa de Karl Reiners, 117
5. O rosto sob a máscara, 151
6. O homem desfigurado, 181
7. A mulher das lontras, 217
8. História do fenobarbital, 245
9. El Cazador Blanco, 275
10. O Salve-Todos, 297
11. Verdadeira história de Curt Meyer-Clason, 329
12. A rata no labirinto, 375
13. História da lembrança, 445

1. História do esquecimento

(O *acidente*)
(A *neve*)
(A *fuga*)
(*1975*)

1.

Medianeira, Paraná, princípio do inverno de 1975: seu acidente foi naquela quinta-feira, disse Curt Meyer-Clason, na manhã do dia dezessete. Com a cara tapada no muro, o pegador contava de zero a cinquenta, enquanto outros se dispersavam e você corria pela escola na tentativa de se esconder. A longa arcada que circulava o pátio em um cinturão estava em obras e seu corpo varava áreas iluminadas pelo sol e obscurecidas pela sombra e você era mais rápido que uma locomotiva e mais alto e forte que uma montanha e seus pulos ultrapassavam poças de chuva tão largas quanto oceanos, então você não viu a coluna que no dia anterior não estava ali. Saindo das nuvens, o sol fez um arco veloz, bateu palmas e desapareceu na escuridão. Acertou a nuca com força no concreto ainda fresco, cercado por tapumes. Teve convulsões e mordeu a língua. Seu calcanhar esquerdo cravou no cimento como a ponta seca de um compasso que hesitasse em girar no mapa, o pé direito chutou loucamente o vazio, parando apenas ao apontar a lua meio apagada no céu e você ser socorrido. Naquele esconde-esconde, a rata sempre lhe dizia, você foi o único a não ser encontrado. Na manhã daquele dia você deixou de ser você, nem sequer tinha completado doze anos e passou a ser outra pessoa. Com a dentada, sua língua ficou bífida como ferrão de aranha, a língua de uma serpente. Uma voz amputada. Alguém contou a você, alguém de quem você não se lembra mais, que depois que se sente, o gosto de sangue nunca sai da boca. Quem lhe disse isso sabia como ninguém. Aquele foi o começo do Ano do Grande Branco.

Esta história é sobre você, mas vai contá-la como se fosse sobre outro. Tem motivos para isso, mais ou menos. Você era procurado pela polícia. A história começou desse modo em 1989, ao mesmo tempo que se encerrava. Fugiu para a Casa do Sol, onde o aguardava o tradutor alemão Curt Meyer-Clason. Era um homem velho, falava demasiado pois tinha pouco a perder, nada além de palavras que não lhe pertenciam, em uma língua que não era a dele. Talvez não fosse quem afirmava ser. Ele não era culpado disso. Ainda em Munique, Curt Meyer--Clason enviou um telegrama, afirmando que ouvira a gravação feita pela rata. Ele mantinha a pequena caixa com fotografias que lhe pertenciam e as exibiria em uma conferência na Casa do Sol. Precisava revelar algo importante, um segredo relacionado à sua origem, um vazio em seu passado: O Ano do Grande Branco. Havia despachado a gravação para Sumidouro aos cuidados de Hugo Reiners. Curt Meyer-Clason a ouvira, você precisava ouvi-la, deveria ouvi-la, você a ouviria a qualquer custo. Ao ser informado por telefonema do perigo que você corria, de sua condição de fugitivo da polícia, ele recomendou que fosse encontrá-lo na casa de campo de sua amiga poeta, a Casa do Sol, o lugar que lhe servia de espaço para conferências desde o fim da Segunda Guerra nas ocasiões em que retornava ao Brasil. Depois você deveria ir a Sumidouro à procura da gravação. *Da capo al fine*, disse Curt Meyer-Clason ao telefone. Antes de ele exibir as fotografias no projetor, você o escutou por horas sob a vigilância da poeta e de seus cães nas eventuais passagens dela nas proximidades da varanda onde ambos se instalaram. Esta história é sobre você, porém é como se a assistisse em um filme cujo ator principal é desconhecido. Era criança demais para ter qualquer papel nos eventos relatados por Curt Meyer-Clason, mas talvez não fosse bem assim, pois qual é a idade necessária para não se ter nenhuma importância em uma história, foi o que você se perguntou então e ainda se pergunta na cabine desta picape rumo a destino ignorado. Qual a importância de um personagem secundário, e o que diria o figurante se um escritor se dignasse a lhe escrever uma só fala que fosse: você não sabe, e por isso ouve esta história como se fosse sobre outro, e não você, aguarda o que esse desconhecido tem a dizer, depois o escuta com toda a atenção, pois ele sabe.

Foi assim que Curt Meyer-Clason prosseguiu com a conversa: você perdeu a memória no inverno de 1975, no dia 17 de julho, a única vez que nevou na cidade em todo o século. Gostaria de dizer que nunca vai esquecer aquele ano, mas já esqueceu e só começa a lembrar o acontecido porque lhe contaram, alguém de cabeça menos avariada que a sua, e porque eu lhe conto agora, disse Curt Meyer-Clason, ninguém mais. Eu ouvi a gravação feita pela rata, e vou lhe contar o que me cabe.

Para você, a verdadeira ditadura militar foi a obrigação de acordar mais cedo todos os dias para cantar o hino à bandeira em ordem unida, a escola foi um maldito Gulag para quem tinha onze anos em 1975, isso sim, e você cantava em silêncio o hino nacional do inferno bem baixinho, cantava só para você. Esse alguém de quem não se lembra, essa pessoa, o seu antecessor, aquele que antes de você ocupava o lugar de filho dos seus pais, o seu irmão secreto, foi ele quem lhe disse isso, não foi, disse Curt Meyer-Clason sem que você compreendesse muito bem o que ele queria dizer. Ou isto não passa de mais um obscuro movimento em progressão geométrica de sua mente procurando ocupar o vazio, de outra reação dessa parte dominante do homem, dessa mestra do erro e da falsidade, a imaginação. Não passa de mais uma mentira.

2.

Acordar no breu, ainda de noite. A ponta gelada do focinho comprido da rata tocava sua testa no patamar da escada diante da casa de madeira onde viviam, uma espécie de palafita ancorada no barro. O beijo de boa sorte lhes despertava a consciência, e vocês dois saíam meio adormecidos arrastando galochas na lama observados pelos vultos negros das mulas que pastavam no barranco acima, recortados contra o azul-cobalto do céu, o único lugar onde restava alguma vegetação, pois o resto do pasto tinha sido morto pela Geada Negra. Chegavam ao portão da escola tão cedo que eram os primeiros a secar as gotas de orvalho do corrimão com indicador e polegar imitando pernas de um vaqueiro a cavalo, *vuuup*, no instante em que se riscava o primeiro fósforo alaranjado no horizonte. Na entrada, cumprimentos congelados. Depois se separavam ao entrar nas fileiras da ordem unida, se amalgamavam os alunos todos em um só, cuja boca cantava recebe o afeto que se encerra. Tudo estava meio morto no seu peito juvenil, era o que você gostaria de cantar, mas depois que o hino terminava você fazia muito bem em fechar o bico e correr para a classe sob o olhar dos professores e dos açougueiros. Os alunos pareciam cordeiros brincando de esconder no pasto enquanto o pegador escolhia quem esquartejar. Na travessia do pátio, mal dava para enxergar o verde-amarelo da bandeira tremulando no topo do mastro encoberto pela neblina, e mesmo que fosse possível ver alguma coisa, agora você não lembraria de nada, do cimento da quadra de esportes e suas rachaduras onde nasciam tufos de ervas daninhas ou do marchar das dezenas de solas plásticas dos Congas azuis fazendo *plaque plaque* sobre as demarcações de basquete e vôlei em vermelho e amarelo desbotadas do piso. Era assim que chamavam então uns aos outros, Congas Azuis, seu lugar era no final da fila, bem atrás de outras figuras adormecidas como você, mas é impossível lembrar os nomes deles e não existe mais ninguém que possa elucidar esse detalhe. Ouvi a gravação da rata na fita cassete, disse Curt Meyer-Clason na Casa do Sol, e quando ele disse isso a poeta deixou de alimentar os cães e olhou para vocês, ou talvez apenas para Curt Meyer-Clason, talvez visse nele quem realmente falava naquele instante. Para todos aqueles nas fileiras da ordem unida, com a palma da mão direita sobre o coração, a verdadeira ditadura militar foi a quinta série, disse Curt Meyer-Clason. Mas nenhuma prisão na Sibéria se compara ao que o primário significou para vocês. Na Sibéria não obrigavam prisioneiros políticos de onze anos de idade a estudar educação moral e cívica às seis da manhã. Você esqueceu de tudo, não foi, mas agora gostaria de se lembrar. Pois vou lhe contar, você adorava a ordem unida: aquele era o único momento em que se sentia integrado a alguma coisa. Adorava aquilo, ser programado como um soldadinho de chumbo, ser uma pequena engrenagem da grande máquina de metal. Desejava tocar na fanfarra e vestir uniforme. Mas pense que bom que foi, disse Curt Meyer-Clason, considere só por um segundo como foi maravilhoso não conseguir mais se lembrar do hino nacional e do hino à bandeira e do hino de país nenhum, muito menos da infância em um país sob regime militar, ou da ditadura da escola, ou mesmo da ditadura da família. Esquecer totalmente de tudo, isto foi bom demais, não foi. E lembrar apenas da neve que caiu no Paraná em 1975.

E por acaso que tipo de situação uma criança de onze anos pode viver que lhe faça falta se for esquecida assim de repente, é o que você se pergunta. Não se vive muita coisa até essa idade, nada que chegue perto da plena consciência conquistada às custas de se envelhecer, e qualquer pessoa comum teria apenas vislumbres ocasionais do periscópio quebrado do submarino de plástico ganho como presente de Natal, do submarino que era um de seus brinquedos favoritos, ou da aranha-caranguejeira que morava em sua teia dentro do Kichute velho durante o inverno, de paisagens em movimento vistas do banco traseiro de automóveis dirigidos por desconhecidos, *da capo al fine*, de estradas de terra e savanas sem fim, de pântanos inundados que ocultavam animais selvagens, dos retalhos de histórias de parentes esquecidos, de soldados alemães perdidos na selva do Mato Grosso, apenas de umas poucas imagens vazias, nada mais. Não estamos inteiramente vivos aos onze anos, não até adquirirmos consciência de nossa sombra, algo que ocorre pouco antes, mas esse também é um evento impossível de se lembrar, em que momento a percebemos, nossa sombra projetada no solo pela luz do meio-dia que nos aquece num dia frio ou colada à parede quando acendemos o abajur um pouco antes de ir para a cama com o primeiro livro que leremos na vida entre as mãos. Esse instante irrecuperável de choque psíquico ao se comprovar a existência da própria massa corporal em conflito com o mundo que nos recebe, essa projeção de nosso outro eu, de nosso irmão sem corpo, de sua porção mais escura. Ninguém se lembra de como era mamar no peito, qual a sensação, o que também seria algo bom de se lembrar. Mas quem se lembra disso, disse Curt Meyer-Clason. Ouvi dizer que tem gente que mama no peito até depois dos onze anos. Talvez assim.

Acordar na claridade ao ouvir um zumbido distante, um som indefinido que vibrava e se aproximava em ondas, latejando na têmpora. Passos no corredor. Vultos nas vidraças. Poeira soprada em suas narinas. Um pedaço de rosto, dois olhos que se regozijam e então você vai caindo de volta à claraboia, à saída do poço, sendo arrastado em direção à brancura.

3.

Nas semanas que antecederam O Ano do Grande Branco, certos acontecimentos deixaram a família de sobreaviso. O encontro com a aranha foi o primeiro deles. Não fazia muito tempo que tinham se mudado de Cuiabá para Medianeira, no Paraná. Vinham de longe, do ar puro do inferno, pulando de buraco em buraco até chegarem ali. A família não permanecia mais do que dois anos na mesma cidade. Em Medianeira, a casa em que moravam era de madeira, ficava no alto da colina recoberta pela vegetação ressequida. Fazia muito frio, e era um lugar propício à ocorrência de fatos estranhos, pois ali havia um porão. Na varanda dos fundos da casa também tinha um poço que vivia tampado, e coisas terríveis costumam acontecer em casas que têm poços nos fundos. Ainda não conheciam ninguém no lugar, o início das aulas estava longe. Havia um campinho de várzea num terreno baldio não muito distante, e logo nos primeiros dias após a chegada os moleques vieram chamar vocês para jogar bola. Animado com a recepção, você correu a tirar seu par de Kichutes de uma caixa de papelão que não tinha sido aberta e que permanecia escondida no fundo do guarda-roupa.

A terra tinha cor vermelha e metade da população era de açougueiros. Mulheres e filhos de açougueiros compunham a outra metade. Instalaram um grande matadouro por lá nos anos 1960, além do frigorífico na periferia da cidade onde quase todos trabalhavam. Dos morros, a geada era arrastada pelas enxurradas. A vermelhidão da terra se devia ao sangue do matadouro, era o que vocês se perguntavam, todo lugar habitado por açougueiros tem a terra vermelha. Ali a brancura da neve não durava por causa da lama, devido ao sangue. Medianeira era um açougue a céu aberto, a vermelhidão da terra sujava o branco da primeira geada e suas galochas a caminho da escola, pisoteando lama. Em alguns dias era tão espessa que um dos pés ficava retido no chão e vocês chegavam só com o outro pé embarreado na escola. Levavam um par de chinelos na mochila, para que a lama vermelha não se espalhasse pelo piso da classe. Botas ficavam do lado de fora, às vezes pares incompletos, como naquele primeiro dia de aula em que perderam as galochas cobertas de sangue, lama e gelo. Diante das casas havia limpa-pés de ferro para que a sujeira das ruas não enlameasse o piso incólume do interior. Ao voltarem da escola, sempre havia uma folha de castanheira fossilizada nos blocos de barro grudados nas solas de suas botas de borracha.

Quando o sinal tocou, dando início à aula, deu para ver que o pai de um colega de classe tinha só a metade inferior da mão direita, as pontas dos dedos haviam sido amputadas em seu trabalho no matadouro. Ele se despediu do filho e vocês viram seu aceno dividido ao meio que mais parecia um aviso de alerta incompleto ou um pedido de socorro interrompido. Aquele açougueiro nunca iria se despedir inteiramente.

Não é isenta, a brancura, existe nela um elemento perturbador. É impossível lembrar ou mesmo dormir com sua vibração intensa — dizem que cegos veem branco em vez de negro, e que por isso têm insônia. Você vê tentáculos que desejam alcançá-lo, são os braços da família. Então é repelido pela brancura de volta ao fundo do poço cujo diâmetro rapidamente aumenta enquanto você cai.

Morta, a aranha-caranguejeira também era negra. Ficou presa pelo ferrão ao seu dedão do pé, que a esmagou no esconderijo dela no interior do tênis. De onde a aranha saiu, teria acompanhado a família em suas mudanças dos últimos anos. A caixa onde estava o Kichute permanecia fechada. A aranha pegou carona dentro da chuteira até o Paraná, pretendia acompanhar a família pelo resto da vida. Ninguém jogou bola aquele dia. Conheceram o hospital da cidade, onde você tomou soro na veia a tarde inteira. O veneno da caranguejeira se misturou ao seu sangue. A ponta do dedão ficou preta, parecia que ia cair. Não caiu, mas a unha, sim. A aranha não imaginou que seria encontrada.

A velocidade da queda aumenta. Você considera que tudo ficará bem quando atingir a água escura do fundo do poço, uma mistura de lama e sangue. Será como voltar para casa depois de tanto tempo, regressar ao covil da família. Abaixo, o círculo se aproxima com rapidez, e você começa a divisar do que ele é feito. Soltando-se da lama sanguinolenta, as oito pernas cabeludas da aranha-caranguejeira se destacam do fundo viscoso do poço escuro.

4.

Na manhã do acidente que deu início ao Ano do Grande Branco, a rata se preparava para assar o cordeiro temperado com limão e alecrim no forno, um que não escapou ao açougueiro, quando ouviu estouros do motor do carro que brecava e berros vindos do portão da frente da casa.

Ao sair, a rata se deparou com a Kombi pilotada pela madre superiora que dirigia a escola. Parecia descabelada, mesmo usando véu. De cócoras na caçamba (os bancos haviam sido removidos para carregar mantimentos), duas outras irmãs apoiavam-se com braços estendidos e mãos encostadas uma no ombro da outra. Apesar de serem normais elas lembravam corcundas, já que a altura do compartimento não era suficiente para que permanecessem erguidas no interior da perua. Arrancadas de seu empertigamento habitual, pareciam mais simpáticas. Conforme a rata se aproximou, viu o que se esparramava no piso de borracha da Kombi, aos pés das canelas não depiladas das freiras: era você, deitado em posição de ave abatida em pleno voo. Um fiapo de sangue escorria do canto esquerdo de sua boca. Estava inconsciente.

Não esperava por essa, esperava, quis saber Curt Meyer-Clason. Quem obrigava vocês a cantar patriotadas de milico às seis da manhã na escola não era um general ou coronel, também não eram sargentos ou cabos, nem sequer um soldado raso, mas a madre superiora com suas sandálias franciscanas e meias, vestida com seu hábito preto como o cotovelo do corvo. Nada de reluzentes uniformes militares verde-oliva ou coturnos. Era compreensível que não tivessem esperanças, as pernas cabeludas das freiras lembravam as da aranha (só na capilaridade; as freiras tinham menos pernas que a aranha).

Com a rata a bordo, a Kombi zanzou pela cidade até encontrar o seu pai na esquina do Banco do Brasil e daí disparou em direção ao hospital. O número de corcundas no interior da caçamba aumentou para quatro, o seu pai, a rata e as duas freiras, todos à sua volta, desmaiado no piso coberto pelo tapete de borracha ainda molhado do suco da melancia que a Kombi transportara para servir na merenda. Naquele ano as aulas haviam se estendido, parecia que não iam mais acabar. Pela posição em que estavam, vistos do lado de fora pelos moleques da vizinhança que interromperam a partida no terreno baldio à passagem da Kombi (alguém bateu o pênalti ignorado pelo goleiro distraído), o seu pai, a rata e as duas freiras enlutadas dentro do carro pareciam uma enorme aranha-caranguejeira em alguma tramoia contra o mundo e sua realidade insuportável, uma aranha gigante dentro da Kombi a oitenta quilômetros por hora, enquanto a madre superiora calcava a sandália no acelerador e a rata chorava, pensando que os restos de melancia eram pedaços do seu cérebro.

Nos dias que se seguiram ao acidente, você continuou desmaiado. Teve convulsões, o que obrigou a rata a passar noites ao pé da cama da Unidade de Terapia Intensiva. Depois dos exames, souberam que você sofreu traumatismo cranioencefálico e teve de ser induzido quimicamente ao coma até o cérebro desinchar. Seguidas convulsões complicaram seu quadro clínico, e o hospital convocou às pressas o neurologista da Santa Casa de Cascavel. Devido ao nome da cidade vizinha, pareceu razoável a expectativa de que aparecesse um médico com cabeça escamosa de víbora e cauda de chocalho, e a rata e o seu irmão secreto não largaram de sua mão um só instante. Nas três noites em que você permaneceu desacordado, o seu pai sumiu. Quando chegaram notícias dele, você não sofria mais risco de vida. Na noite anterior à sua alta do hospital você viu um índio, mas estava de olhos fechados. Aconteceu no meio da noite, a rata dormia na poltrona ao pé de sua cama, parecia estar tendo um pesadelo. Ao acordar, a rata viu um índio em pé ao lado de sua cama, olhando para você. Era um índio albino, muito velho, e ele soprava pó de pyhareryepypepyhare da palma da mão dele sobre o seu rosto, algo que penetrou suas narinas. A rata sentiu uma leve tontura ao se erguer, e foi o tempo de o índio albino sumir pelo corredor do hospital. E o Ano do Grande Branco enfim começou.

As pernas da aranha se descolam por completo da viscosidade do fundo do poço. Agora é possível ver os pelos empapados de um sangue tão denso que leva milênios para gotejar no seu rosto, agarrado que está ao corpo dela. Então você se lembra que aranhas têm hemolinfa, e não sangue. Percebe que o sangue é seu, só pode ser seu. Não é suco de melancia. O sangue nas mãos. Mas talvez você também não tenha sangue como a aranha, tenha apenas hemolinfa, que é um troço nojento pra caramba que o organismo da aranha bombeia lá dentro dela. Na verdade você considera que talvez seu corpo esteja inteiramente preenchido por hemolinfa, sem órgãos internos nem ossos ou carne, somente hemolinfa, e é isso que faz com que você corra por aí metendo o crânio em colunas de concreto recém-construídas e enfiando o bedelho onde não deve, com as mãos sujas de sangue e suco de melancia. Você olha a carne calcinada em volta do buraco preto que solta um líquido vermelho e nada vê lá dentro, está vazio lá dentro, não tem nada lá dentro, nenhum órgão, nenhuma víscera ou coração, nenhuma lembrança, apenas um corpo caído na neve suja de sangue. Talvez você não passe de uma aranha peluda cheia de hemolinfa transparente, é isto: talvez não passe de um invertebrado, algo muito próximo de uma barata, um ser bem desprezível mesmo, uma praga, alguma coisa minúscula que caiu da mudança no meio da viagem, como um vira-lata perdido, um cão sarnento que não sabe voltar para casa, tão ruim quanto um cachorro quente sem salsicha, um carrapato que caiu do pelo imundo do cachorro, seu sanguessuga nojento, talvez não passe de um verme perdido no labirinto do cérebro de alguém que comeu carne de porco contaminada pela cisticercose. Isso tudo passa por sua cabeça avariada bem na hora em que você acorda e lá estão a rata, seu irmão secreto e o seu pai em volta da cama. Ao lado deles tem um homem vestido de branco, o dr. Cascavel. Mas o seu irmão está ou não está ali, você não se lembra mais dele nem da aranha, você os vê mas não faz ideia de quem sejam, de quem foram. Olha para a rata e o homem que se diz seu pai e acha tudo muito estranho, disse Curt Meyer-Clason. Quem são esses, é o que você se pergunta. É como se nunca tivessem existido, o seu irmão secreto e a aranha e o índio albino que soprou pyhareryepypepyhare em suas ventas no hospital, você fecha os olhos de novo para verificar se não continua em coma. Você se esconde debaixo das pálpebras até todos irem para casa. Você se esconde até todos esquecerem de você. Você se esconde até todos morrerem. Mas quando levanta as pálpebras, eles continuam lá. Aqueles desconhecidos o encontraram.

Quando abriu os olhos, disse Curt Meyer-Clason, a rata contou que você foi o único a não ser encontrado naquele esconde-esconde.

5.

Nevou no dia em que você recebeu alta do hospital. Foi a única ocasião em todo o século que caiu neve no Paraná. Assim começou o Ano do Grande Branco. Era inacreditável, e a Variant do seu pai quase atolou naquele lamaçal de gelo ao voltar para casa. Parecia feriado na vizinhança, e as crianças arremessavam bolas avermelhadas de neve umas nas outras, entre as ameixeiras e os cercados dos quintais. Na praça da igreja, uma Ford Rural se descontrolou por causa do chão liso e se chocou contra o poste, que soltou fagulhas elétricas. Um homem morreu, já pensou, morreu por causa da neve que caiu em um país tropical. Que morte mais gloriosa. Essa Ford Rural vai continuar a se espatifar ao longo desta história em diferentes ocasiões e cenários, disse Curt Meyer-Clason. É uma recorrência, um sinal de que sua memória está voltando, de que você está voltando a se lembrar. Depois de arremessar o jornal na varanda da casa da colina, o entregador largava sua bicicleta no chão e admirava com ar de felicidade as palmas sujas de gelo de suas luvas de couro. O entregador de jornais largava sua bicicleta no acostamento e admirava as palmas de suas luvas de couro manchadas pelo gelo imundo. O impacto da bicicleta caindo, amortecida pela neve fofa fazendo *pófe* e se repetindo e fazendo *pófe* de novo e mais uma vez. Depois disso, o entregador de jornais vai olhar novamente para o couro de suas luvas e sorrir seu sorriso enregelado. Outra recorrência de que você se lembrará dezenas, centenas, milhares de vezes. Mais um sinal de que sua memória começa a voltar. No carro, girando o dial do rádio, a rata se perguntou se as Cataratas do Iguaçu teriam congelado. Ficavam a menos de cinquenta quilômetros dali, as Cataratas do Iguaçu, podíamos ir até lá conferir, ela disse, as Cataratas do Iguaçu imobilizadas no espaço, as águas interrompidas em plena queda, é como se o rio do tempo congelasse. As Cataratas do Iguaçu congeladas. Como se o tempo parasse. Por isso esta história está em pane. O tempo congelou, e o início e o final dela se embaralham. O seu pai resmungou, girando o volante tão bruscamente que fez os pneus guincharem no asfalto molhado. Disse que precisava ir ao banco trabalhar. Ouviram a voz do locutor da rádio de Foz do Iguaçu que aparecia, transmitindo notícias do frio em meio à tempestade de estática, depois sumia. Desde então as cataratas congelaram na cabeça da rata, disse Curt Meyer-Clason. Mas você não viu nem ouviu nada. Continuava meio adormecido no canto, a cabeça encostada no vidro trepidante da janela, e ao seu lado o lugar de seu irmão no banco traseiro do carro já antecipava o vazio. Naquela manhã e na próxima e também na outra você não cantou hinos em silêncio nem assistiu às aulas de educação moral e cívica que começavam antes de amanhecer o dia. Ou talvez tenha assistido e não se lembre mais, afinal quem se lembraria de aulas sobre esses assuntos dadas na total escuridão.

O cheiro de cordeiro no forno lhe despertou de novo dois dias após a alta do hospital. Você retirou os pés de debaixo dos cobertores sintéticos que o pinicavam, deixando sua pele irritada, e pisou no chão. As tábuas rangeram suavemente à sua passagem quando começou a caminhar. A casa recendia a peroba úmida, a madeira fresca. Podia ser perigoso atravessar o corredor arrastando as pontas dos dedos das mãos nas ripas verticais das paredes de madeira. Vocês perderam a conta das farpas que enfiaram sem querer sob as unhas ou na polpa gorda das digitais, mas você não lembrava disso, não se lembrava de coisa nenhuma, e sentiu uma farpa entrando debaixo da unha do indicador. Não passava de um corpo infantil que se movimentava, meio oco como a morte, guiado por espasmos musculares e a cabeça esvaziada, sem ouvir a própria voz, chupando a hemolinfa que saía da ponta de seu dedo. Não se lembrava de seu irmão, do índio albino do hospital, da aranha, da coluna de concreto e do esconde-esconde em que não foi encontrado. Não sabia se continuava escondido ou se tinha sido descoberto. Se eles, os que permaneceram escondidos e os que foram pegos, haviam morrido. Não lembrava o que fizera no dia anterior. Talvez quem estivesse morto fosse você e não eles, os desconhecidos. A casa era escura, disse Curt Meyer-Clason, mal iluminada por treliças que obrigavam a luz a se esquivar para invadir a área dos fundos, onde existia um poço na varanda de piso de vermelhão escorregadio, mas ao acordar você não sabia de nada disso, a planta da casa fora apagada linha a linha de sua cabeça, cômodo a cômodo, parede a parede, assim como tudo o que aconteceu nas vinte e quatro horas que antecederam seu despertar e nos dias que passou inconsciente, e então você deu uma espiadela na cortina plástica com cavalos-marinhos do boxe do banheiro, deviam ter esquecido de retirá-la, e deu meia-volta, desviando em direção à sala. Diante da janela, margeou o aparelho de tevê colocado ali sem objetivo muito claro, a não ser pelo fato de o homem que se dizia seu pai tê-lo ganhado em uma rifa, a transmissão de tevê não alcançava nenhuma das cidades onde haviam morado até então e o aparelho jazia na mesinha da sala como uma prova da longínqua existência da civilização, algo que olhavam de vez em quando só para se depararem com seus olhos presos nas profundezas do tubo apagado. Totens, objetos sagrados, janelas para outro mundo. Contudo, um pedaço de Bombril permanecia preso à antena à espera de que um dia a tevê pegasse. Aquela bucha de palha de aço representava sua fé no futuro. Você olhou os demais cantos da sala abarrotada de caixas de papelão fechadas, sacolas com roupas, poltronas protegidas por cobertores fedorentos utilizados pelo caminhão de mudança, o sofá ainda desmontado, janelas sem cortinas, e isto foi tudo o que encontrou: coisas provisórias em estado impermanente de uma residência em trânsito. Nas paredes não se penduravam retratos, nem mesmo os mais comuns nos anos 70, uma criança exibindo quatro caretas diferentes, sorrindo, chorando, olhando para baixo, olhando para cima, e na cômoda não chovia arroz na fotografia de um casamento qualquer. É claro que esses retratos tinham estado lá ao menos por algum tempo, bastaria você notar as marcas na poeira sobre a cômoda deixadas pelos porta-retratos retirados durante a noite por alguém que preparou apressadamente aquela mudança mas esqueceu a cortina de cavalos-marinhos no boxe do banheiro e o Bombril na antena. Esqueceram algo mais importante que isso, disse Curt Meyer-Clason, algo que ficou misturado ao sangue e à neve no fundo do poço do quintal da casa. Essa bagunça organizada, como a rata dizia, era o retrato do nomadismo familiar.

É difícil saber como isto começou, como os primeiros móveis encaixotados surgiram, qual teria sido o mecanismo a fornecer o impulso inicial, a dar partida em uma existência em fuga. Em algum instante do passado o seu avô saiu de um vilarejo obscuro do nordeste da Alemanha, depois passou pelo Chaco paraguaio, por San Bernardino e Nueva Germania, por Buenos Aires, chegando ao Mato Grosso, uma jornada que culminaria na rata, em Karl e Hugo, em seu irmão secreto e finalmente em você. O seu pai não, esse já se encontrava em alta velocidade, filho de espanhol que fugiu da miséria da Extremadura e da Europa do pós-guerra, transformando-se em maquinista de trem do Tronco Oeste da Paulista nos anos 1920, sempre em disparada através da serra das Esmeraldas, em direção ao rio Paraná e de volta, ao longo de quarenta anos indo a Itirapina e voltando, no meio de tiros e revoluções. Não havia nada de heróico nisso, a não ser que o verdadeiro heroísmo se encontre em decisões tomadas para escapar da morte, até parar de decidir qualquer coisa e afinal morrer em repouso, enquanto seu filho continuou a prosseguir de cidade em cidade, herdando o movimento do próprio pai, até cruzar com a rata, até dar em você, na aranha, no Ano do Grande Branco e em seu triste final.

A família fugira de Cuiabá antes de chegar a Medianeira. Não sabiam qual era a profissão do pai de vocês. Ele dizia que trabalhava no Banco do Brasil. Mas que criança se importa com o que o pai faz, o trabalho não passa de uma desculpa pela ausência prolongada dos adultos, disse Curt Meyer-Clason, o abracadabra que faz alguém desaparecer por tantas horas. Será possível aos onze anos de idade compreender o que é um bancário, hein. A vw Variant, com seu nome tão apropriado, era o emblema familiar. É difícil agora não pensar no ditado que diz que pedras que rolam não criam limo. Não tem nada de positivo nisso, se parar para pensar, a não ser que você seja um cantor de blues do Mississippi ou algo assim, porque o tal limo representa aquilo que vocês dois nunca tiveram, amigos de infância e também bugigangas esquecidas dentro de gavetas de criados-mudos, soldadinhos de chumbo sem cabeça, e a sorridente lontra de plástico, gibis de capa arrancada, botões de camisa perdidos, baralhos com cartas faltantes, porcas e parafusos, clipes, ímãs, tabuleiros de ludo sem peças, dados com números gastos que servem apenas para derrotas, brindes, chaveiros sem chaves e chaves que não cabiam em nenhuma fechadura, pois a rata aproveitava cada mudança para jogar tudo isso fora, nas lixeiras de beira de estrada, era melhor não deixar rastros, a rata dizia, é preciso seguir adiante e deixar o caminho limpo atrás de nós, dizia a rata, para que não nos encontrem nunca. O seu pai dizia que de parente é sempre bom manter distância. Parente é serpente, ele dizia, e você procurava escamas na pele dele.

6.

No entanto, ao acordar dois dias após receber alta do hospital, você vagou pela sala examinando caixas, embalagens e gavetas vazias, abriu a porta da frente e chegou à varanda, disse Curt Meyer-Clason, encostando nas ripas lascadas da balaustrada onde a ventania tocava gaita. A luminosidade lhe pareceu tão forte que você fechou os olhos, permitindo que a dor se abrigasse bem no fundo de seus globos oculares. Era como se Deus tentasse arrancar seu cérebro pelo rabo, e você cambaleou para trás, obedecendo ao puxão. Assim que a tontura passou, deu um passo adiante e se apoiou no parapeito alto e com uma quina partida de onde era possível, se ficasse na ponta dos pés, acompanhar a ladeira que descia até a escola, um rio de lama que escorria até a classe de educação moral e cívica. O dia não tinha nuvens, mas não foi a claridade do céu que o impediu de abrir os olhos, e sim o sol refletido na neve. A rua em frente estava coberta de neve. Você sentiu vontade de fugir, foi como se o inverno inteiro se prendesse à sua traqueia e o emudecesse. Você tossiu, mas o inverno continuou lá, atravessado na garganta.

Ah, de volta da terra dos mortos, você ouviu alguém dizer à sua esquerda. Até entendo ter viajado pra lá, esse mesmo alguém continuou, sei que o mundo dos vivos não tem te tratado muito bem nos últimos tempos, você ouviu que a voz falava. Olha só esse frio. Ainda está se sentindo meio tonto, esse alguém disse. Deve ser efeito do remédio. Não vá cair de cara lá embaixo, vira picolé na hora. E suspirou: que frio. E pensar que ontem eu estava no Mato Grosso, a voz disse. Sem mentira, lá fazia quarenta e quatro graus. Era a voz de um homem. No canto esquerdo da varanda, bem no ponto em que dava para ver no horizonte, o vapor subindo do curtume e a visão da cidade meio encoberta por galhos ressequidos das ameixeiras sobressaindo de um recôncavo cuja coloração comumente se podia associar à merda, bem marrom, havia um homem sentado na cadeira de balanço que rangia, indo para a frente e para trás. Enrolado em pelo menos dois cobertores, apenas o nariz vermelho dele parecia visível, confundindo-se com a brasa do cigarro que fracassava na tentativa de elevar a temperatura do lado de fora do rocambole que o envolvia. Evidentemente, você não se lembrava de quem era. Que gelo, ele disse, e que droga de fim de mundo é este onde vocês vieram parar. E como poderia lembrar de seu tio Hugo Reiners, se nunca o tinha visto antes. Baixando os olhos, notou que ele apoiava sua escopeta de dois canos entre as pernas, e o dedo indicador dele se agitava no gatilho, trêmulo de frio.

7.

Na manhã seguinte à nevasca de 1975, Hugo Reiners apareceu em Medianeira com sua picape, disse Curt Meyer-Clason. Caixas e móveis foram retirados da casa e instalados por ele na caçamba em menos de duas horas. Quando apareceu no hospital, o seu pai tinha hematomas no rosto e o braço esquerdo quebrado na altura do cotovelo. Estava sumido desde a noite passada. Com a chegada de Hugo, a família partiu no meio da noite, ou ao menos vocês partiram, o seu irmão ficou para trás. Esquecido, abandonado. Às três horas da madrugada a escuridão se encaminhava para o cobalto e logo uns flocos brancos caídos do céu se tornaram translúcidos contra a luz dos postes que se repetiam iguaizinhos, ao longo da avenida principal da cidade, até chegarem ao poste semiderrubado pela Ford Rural em frente à igreja no mesmo instante em que todas as lâmpadas se apagaram. Deus e sua pontualidade costumeira, o céu, a neve e os destroços de um acidente automobilístico. Era um belo cenário para uma fuga, vocês ali, encobertos pelo passado que o céu representa, sob as luzes das estrelas emitidas três anos antes, debaixo de toda aquela luz morta. Os ipês-rosas do jardim em volta da igreja já não tinham a mesma coloração diurna, misturados à neve que cobria a folhagem das árvores. Mais adiante, acima do muro da escola, a bandeira nacional não estava no topo do mastro. Alguns dias antes, e a rata e o seu pai teriam torcido para que continuasse sempre assim, e que aquela bandeira não fosse içada nunca mais. Então pouco importava. Atingiram a rotunda da saída, cruzaram a ponte, tomaram a rodovia e o seu pai continuou a seguir a picape de Hugo por mais seiscentos e tantos quilômetros sem olhar para trás. Ele dirigia só com a mão direita, o braço esquerdo engessado ia apoiado na janela. Quase morreram de frio, disse Curt Meyer-Clason. No banco dianteiro, a rata tiritava ao servir café ao piloto endurecido pelo vento. O dia amanheceu e derreteu a neve, que virou lembrança para os que ainda se lembram (não é o seu caso), misturando-se à lama, que escorreu dos acostamentos, sendo engolida pelo pasto, entrando para a história. A paisagem foi se transformando, os campos geados do Paraná começaram a desaparecer, enquanto surgiram os primeiros matos-carrapicheiros e touceiras de capim-limão do Mato Grosso. A rata disse: acabamos de entrar em terras castelhanas. Quando ela apontou o gavião-de-aruá no topo da palmeira, o cheiro de bocaiuva empesteou o ar, sendo logo substituído no banco traseiro pelo fedor de vômito acumulado que subiu do estofado. Você imaginou conquistadores espanhóis perdidos no Pantanal, e Cabeza de Vaca com febre em meio à mata, enquanto Ulrich Schmidl von Straubingen fazia o retrato dele. Migalhas de bolachas espetavam a parte de trás de suas coxas, mas isso não parecia incomodar, e você olhava meio tonto pela janela à procura de placas para ler. Shell, bem-vindo ao inferno. Exceto pelos sinais de trânsito nas imediações de alguma cidade, havia pouco o que ler naquele novo cenário. E você precisava ler, nem que fossem placas de serralherias, borracharias e anúncios de óleo nos postos de gasolina. Tabuletas foram o seu beabá, a rata lhe disse um dia, você se alfabetizou em movimento. Um cavalo morto esticou as patas entre o acostamento e a estrada. Com um toque no volante, o seu pai desviou do animal. A alguns quilômetros, surgiu outra carcaça e três urubus empoleirados nela. A sucessão de gado putrefato prosseguiu, mulas de ventre inchado e animais atropelados, o que definitivamente indicava que haviam chegado ao Mato Grosso. Os cadáveres permitiam uma espécie de leitura, assim como suas tripas esparramadas pelo asfalto — ao analisá-las, o futuro parecia bem previsível, ainda mais se comparado à obscuridade do presente do Ano do Grande Branco.

Naquela fuga cujo motivo você desconhecia, através da noite como se falasse em sua vigília para que despertasse de um pesadelo ou do terreno dos mortos, a rata contou a você a história de Karl Reiners perdido no Pantanal em 1964 e do encontro dele com o bioquímico alemão, além das coincidências envolvendo o marinheiro Kurt Meier e o espião Curt Meyer-Clason aprisionados na Ilha Grande ao final da Segunda Guerra. Mas aquelas narrativas todas apenas o levaram a suspeitar das intenções dela, disse Curt Meyer-Clason, pareceu-lhe que a rata apenas o distraía de segredos mais importantes, preenchendo um ano vazio de fatos como se substituísse as entranhas de um cordeiro eviscerado com palha e formol em vez de lembranças.

A rata o tratava bem, disse Curt Meyer-Clason, mas você a odiava, pois sabia que ela estava mentindo.

8.

Você viu a neve.
Você sofreu um acidente.
Você perdeu a língua, e ainda assim falou.
Você atravessou o pântano no banco traseiro do carro dirigido por um desconhecido no meio da noite.

Você foi com os mortos, não pensou em si mesmo.
Você não tem pai nem mãe.
Você foi tolo.
Você sofreu um acidente.
Você atravessou o Ano do Grande Branco.
Você permaneceu.
Quem é você.

2. O Ano do Grande Branco

(*Cavalos mecânicos*)
(*O pântano*)
(*Hassan*)
(*A tática das sombras*)

1.

No Ano do Grande Branco, disse Curt Meyer-Clason, você deixou de falar. Fugiram de Medianeira para Mato Grosso, na fronteira com o Paraguai. A rata não sabia se o seu silêncio se devia ao trauma causado pelo acidente, ao medicamento que passou a consumir em decorrência dele, à mudança de cidade, ou por não ter nada a dizer. Talvez sua língua tivesse sido arrancada para não revelar o que sabia. Diariamente você tomava sua cápsula de fenobarbital, um anticonvulsivo usado pelo programa de eugenia alemão para assassinar crianças deformadas e retardadas. Nos seus momentos de irritação, a rata não se cansava de repetir isso. Mas você não estava no Centro de Eutanásia de Bernburg, onde nunca esteve, eram outras as causas de ser drogado com barbitúricos. Bernburg ainda não tinha importância, não para você. Passou a ir à escola sozinho, isolou-se em seus livros de viagens. O silêncio passou a ser seu escudo, um escudo ineficaz como se verá. O barro vermelho não insistia mais em engolir suas galochas e você não precisava delas, podendo caminhar descalço, se quisesse. A escola ficava a três quilômetros, e era necessário cruzar o capão fechado através da trilha de mamoeiros. Os demais alunos falavam uma língua estranha, mas mesmo assim continuavam a cantar o hino, o hino do inferno era a única fala compreensível daqueles desconhecidos. Curva de Rio Sujo era repleta de soldados e cavalos, lá existia um regimento de cavalaria estabelecido há mais de duzentos anos, o predileto do general Figueiredo, o presidente da República. Mas isso foi depois. Antes, bem antes, aconteceu um episódio da Guerra do Paraguai em que os paraguaios derrotaram os brasileiros. Morreu então muita gente que ainda insistia em continuar viva, e falavam que na lua cheia os cadáveres de tarrachís mortos eram vistos se erguendo do pântano, esgueirando-se sob a sombra dos jenipapos e mangueirais onde aconteceu a batalha de Ñandipá. Um dia, ao conhecer as estrebarias do quartel do 10º Regimento de Cavalaria Mecanizado, por um erro bobo de concordância gramatical ao ler o nome do regimento na tabuleta seguido de notável acerto da imaginação, você esperou ver cavalos mecânicos.

Em um dia do futuro, passados muitos anos, quando já estudava na FAU-UFRJ, você viu num livro algumas fotografias russas do início do século XX. Eram fotos colorizadas tão habilmente que lhe permitiram regressar à paisagem de outro tempo. Somente o ato de observá-las foi suficiente para transportá-lo a Curva de Rio Sujo, uma espécie de recorte de épocas passadas que ficou inexplicavelmente colado à região fronteiriça do mapa de Mato Grosso de sua infância. O mundo representado naqueles retratos da Rússia era compreensível assim como o de Curva de Rio Sujo, igualmente habitado por militares de farda, padres de batina e estudantes de guarda-pó com laços de fita no pescoço, cães policiais e cavalos encilhados, fortes armados de canhões, cada coisa em seu lugar, tudo ocupando um espaço definido, parecendo um mundo simples de entender, reconhecível. Ali naqueles retângulos de papel as coisas estavam em ordem. Ver as fotos o tranquilizava.

Então, disse Curt Meyer-Clason, com a amnésia retrógrada que o impediu de reter novas lembranças a partir do acidente em que bateu a cabeça, sua memória, assim como certos deficientes físicos impedidos de caminhar em ritmo normal, como mancos e aleijados e doentes dos nervos e defeituosos de nascença que são obrigados a desenvolver formas peculiares de se movimentar, muitas vezes parecidas com uma dança graciosa, involuntária e espasmódica que geralmente nos arranca risos envergonhados quando passam pela rua aos solavancos com seus passos oscilatórios e elásticos em movimentos impossíveis que parecem rir da nossa cara, pois assim a sua memória foi deformada pela imaginação, que preencheu lacunas deixadas pelo esquecimento com uma dança da mente que ocupou, de modo bastante natural, sua esburacada consciência dos fatos com a fantasia da invenção.

2.

No primeiro dia de aula do segundo semestre, após o sino tocar, você enveredou pela trilha de volta para casa, largando a lembrança de seu irmão secreto para trás. Ele procurou acompanhar você, sem conseguir. Não podia soltar facilmente de você, um fenômeno metafísico os unia. Ele o acompanhou até ali só para ajudar, o caminho até a nova escola consistia em penetrar um obscuro túnel vegetal, cipós caíam de galhos altos sobre sua cabeça, jogados lá de cima por tribos de macacos invisíveis. A lembrança dele o viu sumindo na escuridão da mata, diminuindo na distância, enquanto também diminuía a cada metro deixado pelo caminho. Naquele ponto você o abandonou, ou talvez antes, nos fundos da casa de Medianeira, e na longa viagem até Curva de Rio Sujo você deixou de pensar em seu irmão, distraído com as histórias contadas pela rata e a paisagem cambiante, disse Curt Meyer-Clason, ao menos por um tempo. A lembrança dele ficou para trás e vocês dois se separaram. Naquele ponto, como qualquer lembrança, você o esqueceu.

A umidade crescente da trilha e o silêncio davam espaço para que a imaginação trabalhasse, e foi isto o que você fez: começou a contar bem baixinho histórias para si mesmo a fim de afugentar o medo, enquanto acelerava o passo a cada metro. Na metade do caminho, em uma curva ensombrecida por bambuzais e atravessada pelo córrego lamacento, ouviu vozes que sussurravam palavras em línguas desconhecidas, tevíro jukahare ñe'ngu del carajo, tevíro jukahare ñe'ngu del carajo. Escureceu, e os murmúrios vinham de todos os lados. Talvez as vozes estivessem dentro de sua cabeça, no interior de seus intestinos, mas logo reconheceu os traços indígenas de um aluno da escola entre as folhagens. Escalava uma árvore. Do meio dos galhos, sementes de mamona foram disparadas contra você. Eram caroços duros como pedras. Olhou para cima e viu que havia quatro ou cinco garotos escondidos nas folhagens. O soprar das zarabatanas feitas de galhos ocos de mamoeiro substituiu as vozes, *vup vup*. Um disparo atingiu seu olho direito, amassando seu globo ocular e gerando estrelas que nasciam e implodiam na trilha escura. Zonzo, você cruzou o córrego em fuga, enquanto sementes de mamona explodiam em sua nuca e cabeça. Você começou a correr. Saindo de trás de um tronco, um vulto obstruiu sua passagem. Usava a gandola verde-oliva que os filhos de oficiais exibiam sobre o uniforme do colégio, com um brasão no peito onde se lia EEPSG Alfredo D'Escragnolle-Taunay. Sem que tivesse o tempo necessário para ver o rosto do dono da gandola, um punho fechado socou seu nariz. O som da cartilagem se partindo era igual ao da casca seca de uma cigarra ao ser pisada. Protegendo-se com a mochila, pisoteando a charneca, você correu meio cego, levando chutes nas pernas, murros nas costas e tapas na cabeça.

Ao chegar ao ninho da rata, disse Curt Meyer-Clason, ela limpou o sangue pisado de suas pálpebras e do nariz sem lhe arrancar qualquer explicação para o ocorrido. Você observou o focinho dela bem de perto e não o reconheceu. Ao estranhar aqueles bigodes pretos, desconfiou que ela não era sua mãe verdadeira.

3.

Na manhã seguinte, disse Curt Meyer-Clason, você chegou ao colégio ao mesmo tempo que um soldado apeava de sua montaria. Agora não eram mais freiras que regiam a ordem unida, o 10º Regimento de Cavalaria Mecanizado de Curva de Rio Sujo enviava recrutas para hastear a bandeira, e aqueles rapazes magrelos de cara avermelhada por causa das espinhas que furavam o lusco-fusco da manhã com seus pangarés seriam a única certeza de seu cotidiano, além dos espancamentos habituais que sofria. Admirava suas botas lustradas de cano alto erguendo poeira ao pisar o chão do pátio e caminhando resolutas em direção ao mastro. Ao observá-los, calculava quantos anos faltavam para você desaparecer entre as fileiras do exército e se unir à Revolução. Não acreditava no golpe de Estado, preferia pensar em termos revolucionários, na busca pela ordem de que sua cabeça tanto necessitava. O vento que chegava das bandas do rio inflou a bandeira bem no alto, também enchendo seus pulmões, e você cantou o hino nacional com toda força, atraindo o sarcasmo dos outros. Alguém o chamou de cantor mudo e chutou seu rabo. O bico fino da botina encaixou direitinho, extraindo de sua garganta uma nota desafinada.

O recruta mal tinha partido em sua montaria. Notou que o observavam somente após o último estalo de cascos à distância, ao acompanhar os demais alunos debandarem em direção às salas de aula. Apoiavam-se na grade que cercava o mastro, os mesmos caras de gandola do dia anterior, e riam de seu nariz partido da mesma forma que os filhos de açougueiros de Medianeira faziam tempos antes. Se lá calçavam galochas enlameadas de neve, agora exibiam botinas negras. Eram quatro ou cinco, de idêntica idade à sua. Pertenciam à mesma classe. Entre eles havia um cara mais velho. No dia anterior, logo após a professora se referir a você como número 13, soube que ele se chamava Hassan Sader Gamarra, e não tinha número na lista de chamada. Era filho do alfaiate dos oficiais da cavalaria, um major, além de ser o único aluno tratado apenas pelo nome. Ostentava seu barrete negro na cabeça, diferentemente dos outros. A sombra do buço se desenhava sobre a boca de mouro equilibrando o cigarro aceso; não passavam de seis e quinze, e fumava em pleno pátio do colégio. Ele o encarava, esfregando o próprio queixo na lapela manchada de sangue coagulado da gandola verde-oliva, a pálpebra esquerda dele caía quase tapando o olho, a ponto de forçar a cabeça inteira para baixo e com ela a metade correspondente do corpo. O sangue na lapela daquela gandola lhe pertencera até a véspera, era a sua hemolinfa de aranha-caranguejeira que estava ali, o sangue arrancado de seu nariz no dia anterior por Hassan Sader Gamarra, que agora o exibia como uma medalha conquistada ao Exército Vermelho.

Depois, a caminho da sala de aula, reparou que todos os Botinas Negras da escola gargalhavam à sua passagem, apontando para seu rosto envolvido pelas bandagens. A rata não sabia economizar nos curativos. Outros alunos lhe dirigiam palavras incompreensíveis, tevíro jukahare ñe'ngu del carajo, e não era preciso entender guarani para reconhecer a natureza dos elogios. Mas pela primeira vez você se sentiu protegido atrás de sua máscara que deixava apenas os olhos à vista, e seguiu em frente pelo corredor, aos tropicões. Ao entrar na classe, seguiu direto para o fundo. Mantinha a ilusão de que se permanecesse quieto não seria percebido, se tornaria invisível. A chamada oral realizada a cada turno assumido por um novo professor o humilharia ainda por alguns anos, porém, retirava-o nem que por instantes de sua anomia, de sua anonimidade. Respondia à chamada erguendo a mão direita que o professor quase nunca via, e na mesma hora levava um safanão por trás. Somente uns dois meses após chegar a Curva de Rio Sujo você descobriu que os alunos da escola combinaram não falar em sua presença. Quando o faziam, obrigados pelas circunstâncias, conversavam em uma língua incompreensível. Nascidos na caserna, os Botinas Negras eram filhos de militares da fronteira. Dava para perceber pelo fato de andarem em bando. Você os invejou por isso.

4.

Curva de Rio Sujo era a sombra de um lugar, e o que restava de seus casarões ancestrais vinha sendo devorado pela selva e pelas águas do rio Apa que subia a cada ano. No extremo das ruas, o lodo escuro obstruía saídas da cidade, submergindo taperas e estrebarias em terreno movediço e obrigando famílias inteiras a ocupar abrigos improvisados pelo Exército ou a partir de vez em barcos ou aviões da FAB. Visto da cabine de um avião, aquele cenário em pouco tempo não passaria da efígie estampada em um selo postal enviado para muito longe. A partir do centro, qualquer via que se tomasse em sentido aos limites terminava no pântano. A qualquer momento o chão se abriria e o lodo engoliria habitantes e seus animais. No descampado onde se deu a batalha de Ñandipá, a não ser pelo jenipapo de trinta metros de altura no centro da clareira, sob o qual vultos noturnos eram vistos, a vegetação definhava. Acontecida em 1867, a batalha nunca se encerrou propriamente, prolongando-se por meio de quadrilhas de contrabandistas e delinquentes que se escondiam entre lápides à procura de mosquetões, carabinas e espadas enferrujadas de soldados brasileiros e tarrachís mortos que irrompiam aos borbotões nos baixios repletos de troncos ressequidos, se espalhando através da doença e da água choca. Não passavam de armas belgas defeituosas com cem anos de idade, baionetas sem punho e garruchas inglesas desprovidas de canos, cujos mecanismos emperrados voltavam a funcionar por milagre em perseguições e emboscadas em meio ao matagal e nas charnecas sob a sombra às margens do rio onde jacarés tomavam sol, armas que o manancial subterrâneo devolvia à superfície e que bandidos ainda usavam na fronteira. Ali nada florescia, exceto pistolas e espingardas e enfermidades vegetais como pyharerye-pypepyhare. O Ñandipá lhe forneceu a chave para que a vida em Curva de Rio Sujo fosse possível: bastaria se fingir de morto. Chegar com ossos inteiros ao final do dia era suficiente motivo de comemoração.

Pela manhã você ainda sentia os efeitos do fenobarbital, disse Curt Meyer-Clason. Escutava a ofegação opressa dos animais vinda do pântano. Enquanto caminhava tão tranquilo, cantava baixinho uma obscura canção de ninar ao irmão incrustado em seu estômago, ao seu irmão malformado que devia estar, você tinha certeza, oculto nas suas vísceras, revirando-se nas suas tripas. Sentia ânsia de vômito. A sensação de adormecimento se atenuava, reanimando-o conforme a umidade bafejava em seu rosto no caminho até a escola. Você despertava aos poucos, um passo após o outro, penetrando a neblina à espera de ser agarrado pelas ariranhas e serpentes, como a morte respirava tão brandamente, e quando percebia já estava na clareira ao final da trilha, com o antigo prédio do colégio adiante, seu frontão encimado por duas gárgulas. Em outros tempos, talvez cem anos antes, aquele lugar tivesse sido um hospício, depois uma delegacia e então um internato que recebia alunos das duas margens da fronteira. Era dos poucos, assim como os Botinas Negras, a não pernoitar no pavilhão de teto alto e sem forro. Morcegos revoavam entre as vigas mesmo durante o dia, e a umidade fedorenta minava de paredes descascadas. Você sentiu com que rapidez um submarino navegava suas artérias. Você reconhecia a vertigem que antecedia suas convulsões. Naquele dia parecia mais estranho do que o normal.

 Ao atravessar o portão de ferro que dava nas arcadas que contornavam o pátio, tomou o sentido contrário da classe, enveredando por corredores escuros e ladeados por altas estantes de mogno envidraçadas. Com a manga direita da camiseta, limpou a poeira acumulada nos vidros e lá dentro viu o esqueleto da cobra apoiado na estrutura de metal. Havia um sapo-boi no interior de uma redoma e diversas aranhas etiquetadas no painel. A revoada de borboletas espetadas em perfeita disposição de esquadra permanecia imóvel no interior da vitrine. Viu asas de uma mariposa batendo levemente, mas isso era impossível, estavam mortas fazia muito tempo.

 Ouviu vozes que vinham da sala ao final do corredor. A pele sob a bandagem que escondia o seu rosto se irritou ainda mais, e você enfiou a unha nela. O fiapo de sangue escorreu no canto da boca, e você caminhou até a porta derrubada da sala. Descobrir aquela área desconhecida do prédio lhe dava esperança de penetrar o terreno baldio de sua mente onde se escondiam suas lembranças. Água subia pelas canelas, porém você demorou a sentir os dedos dos pés se exercitando dentro das meias molhadas, eles esticavam e encolhiam, o universo se expandia em uma ginástica febril no interior de seus Congas. Vozes sussurravam: um convite ao país estrangeiro. A sala abandonada era invadida pelo braço de rio que passava atrás do prédio da escola. O subsolo cedera, deixando o piso inclinado. Carteiras e cadeiras boiavam de pernas para o alto, nasciam avencas nas rachas do teto. No canto seco da sala, parecendo a proa de um barco afundado, esfarrapados e com aparência muito antiga, três meninos esquálidos estacaram em fila indiana, suas mãos apoiadas nos ombros uns dos outros. Um deles carregava um rato na mão. Haviam sido esquecidos ali de castigo pelos professores, foi o que você se perguntou, então pensou em explodir professores. Pela erosão que comera parte da janela, era possível ver entre as brechas dos tijolos a correnteza quase no mesmo nível dos seus olhos, e uma árvore seca tombada. O pântano devorava a escola. A água subia lenta e inexoravelmente, chegando aos seus joelhos. Seu uniforme estava inteiro molhado, e você se perguntou como faria para entrar na classe naquele estado. A água deixou sua cintura escura como a gangrena, e as vozes diziam para você jogar sua mochila ao rio, queremos seus livros, diziam as vozes, precisamos ler algo que nos distraia da morte, elas diziam, isto aqui é um saco. Você sentiu um grande peso em seu ombro, uma força muito grave, e a pressão o despertou com um susto. O que você tá fazendo aqui, a voz disse, por que não está na sala de aula, continuou. Ao se virar, deparou-se com o supervisor escolar. A cara dele parecia mais de espanto do que de repreensão,

e assim permaneceria cerca de uma hora depois, quando você abriu os olhos, deitado em cima da maca na enfermaria.
Você teve uma convulsão.

5.

Aquele foi o Ano do Grande Branco, disse Curt Meyer-Clason, os primeiros meses após o acidente: a rata inventou o nome e só se referia ao ocorrido assim, O Ano do Grande Branco, nunca de outra maneira. Não dizia, por exemplo, acidente. Ou amnésia. Jamais explicou o motivo de saírem de Medianeira em plena madrugada e na metade do ano letivo. O ano não tinha virado, era apenas um jeito de falar. Talvez você achasse que Medianeira e seus açougueiros não tivessem existido. Por sorte havia livros, estes sim existiam. Conforme o uso regular do fenobarbital fazia efeito, obteve a concentração necessária para ler. Os livros que chegavam às suas mãos vinham de lugares inesperados, e o surpreendiam com sinais de vida em paradeiros desconhecidos a ponto de nomes de países e de cidades serem apenas palavras sem significado. Nunca deixava de reservar sua curiosidade àquelas mensagens que pareciam ter sido enviadas de longe de você para você mesmo. Não importavam os nomes sem sentido dos autores nas capas. Não passavam de palavras em línguas estranhas, de grunhidos. Os livros lhe faziam bem, mesmo que não entendesse que diziam. Era reconfortante saber que outros também sofriam. Não podiam ser senão mensagens enviadas por pessoas que não tinham a quem recorrer. Ficava satisfeito em descobrir que outros tinham algo a revelar, embora não soubesse quem eram. Você se encontrava na mesma situação: também não sabia quem era, meio estrangeiro no mundo. A rata lhe dava o comprimido antes de dormir e, ao contrário do que acontecia durante as aulas, no final da manhã e de tarde você não estava totalmente chapado. *Verdadeira história da notável viagem de Ulrich Schmidl von Straubingen à América*, *A retirada da Laguna*, de Alfredo d'Escragnolle-Taunay. Diários de viagem, seus livros favoritos. O nome de Taunay estava dependurado na placa de bronze diante da escola. Excitava-lhe saber que o segundo-tenente Taunay esteve em Curva de Rio Sujo, trazia o mundo mais para perto. Até descobrir na biblioteca do colégio *Memórias ou reminiscências históricas sobre a Guerra do Paraguai*, de Juan Crisóstomo Centurión. O livro de 1894 relatava a experiência de um coronel paraguaio que sobrevivera à derrota de seu país no maior conflito do continente. Ademais, defendia visão parecida com a de Taunay na *Retirada da Laguna*, descrevendo a desonra do exército inimigo, além da ausência de sentido da guerra. Fosse apenas por isso o livro não lhe interessaria tanto, porém nas páginas finais do volume havia a reprodução fac-similar de um folhetim de aventuras escrito por Centurión calcado em fatos reais do conflito. Publicado em entregas no *Cabichuí*, jornal criado pelo próprio redator e destinado a elevar o moral das tropas paraguaias, explorava episódios vividos por um batalhão de lanceiros kadiwéus que lutava sob bandeira brasileira. Essa foi a primeira vez que ouviu falar de El Diablo, disse Curt Meyer-Clason, e a segunda que leu a palavra pyhareryepypepyhare.

 O folhetim guardava notáveis diferenças com o material publicado pelo jornal, marcado pela glorificação do marechal Solano López e pela sátira aos soldados brasileiros, que chamavam de macacos. Havia simpatia implícita de Centurión por seus personagens kadiwéus, talvez pelo fato de serem índios. Soavam contraditórias aquelas histórias louvando o inimigo. Qual seria a intenção de seu autor e do corpo diretivo de uma publicação redigida, impressa e distribuída por soldados em campanha, você se perguntava, ao exagerar o poderio do adversário. Isso lhe interessou. Talvez compreendesse melhor os Botinas Negras, sua maneira de pensar. Podia ser que os habitantes da fronteira tivessem maneiras muito particulares de manifestar seu humor, talvez as aventuras de El Diablo no *Cabichuí* não passassem de uma forma de espezinhar o inimigo, de elevá-lo a uma condição muito altiva, de semideuses, qualificando assim sua própria derrota ao final da aventura, a comprovação da superioridade do povo paraguaio, de sua distinção guerreira ou de seu apego ao fracasso. Mas não havia epílogo, pois o jornal foi interrompido com a derrota para a Tríplice Aliança. Um dia você descobriu que "cabichuí" era o nome de uma vespa de picada muito dolorida.

Também era engraçado comparar La Gran Guerra contada por Centurión à versão do livro de história do Brasil estudada na escola. Nesta, a vitória reluzente ia pouco a pouco se mostrando fosca. Pareciam duas guerras diferentes, e em ambas não havia derrotados. A Guerra do Paraguai de Centurión lhe pareceu mais real. Em suas incursões ao outro lado da fronteira, nos dias em que matava a última aula para escapar à perseguição de Hassan Sader Gamarra, que o aguardava com seus capangas na saída da escola, você observava a miséria em que os paraguaios viviam. Quase não havia homens, e a grande quantidade de mulheres nas ruas o fazia pensar: os homens estariam trancafiados na cadeia ou então a mortandade da guerra ainda determinava a enorme desproporção. A guarita de verificação ficava ao final da travessia da ponte. Dentro dela, um tarrachí de idade não superior a dezesseis anos olhou com curiosidade para você, sem esconder a repugnância. Quando ele se aprumou na janelinha da guarita, você notou que vestia apenas a parte superior da farda, já que suas calças não poderiam ser vistas por quem passava pela ponte. Calçava havaianas gastas, em vez de coturnos militares. Ao vê-lo se afastar, o tarrachí lhe apontou o fuzil e disparou três tiros com a boca. Depois sorriu meio banguela.

    A não ser pelas caixas fechadas e móveis embalados, a nova casa era diferente da anterior. Tinha vários quartos, ficava afastada da zona mais populosa da cidade. Era murada, e cada cômodo tinha um interfone que permitia a comunicação com o resto. Havia sido construída por um advogado da região que se suicidou logo após se mudar. O suicídio — um tiro na boca — aconteceu no banheiro do quarto que agora era seu. Às vezes, no meio da noite, a luz do banheiro acendia sozinha. O interruptor devia estar com mau contato, a rata lhe dizia. O advogado criava pombas gigantes, e mesmo depois de ele não estar mais ali para alimentá-las, as pombas continuavam a ocupar a casa. Existia um pavilhão nos fundos onde a rata guardava objetos encaixotados em prateleiras altas. O lugar era amplo, com bancadas de madeira. Não tinha forro, e as pombas usavam as vigas de poleiro, cagando em tudo. Tratava-se de um sinal, de rastros deixados por alguém. Tranquilizava-o saber que, ao contrário de sua família, ao menos aquele terreno tinha um passado reconhecível.

    Na manhã em que você retornou para casa após ser espancado por Hassan Sader Gamarra, disse Curt Meyer-Clason, encontrou a rata no pavilhão dos fundos. A partir de então voltou a ouvir uma voz em suas vísceras, como se fosse um irmão gêmeo mal formado cujo corpo permaneceu colado a alguma dobra recôndita de seus intestinos à espera de socorro. Nessas ocasiões, sentia ânsia de vômito. Pensou em perguntar à rata algo que já vinha se perguntando fazia algum tempo, onde está o verdadeiro filho de vocês, foi esta a pergunta que você elaborou apenas em sua cabeça, onde está o meu irmão mais novo, onde vocês o abandonaram. Fazia meses que não manifestava um só pensamento, e os pontos de interrogação não lhe saíam pela boca, simplesmente não lhe saíam. A rata soltou o pano de prato em cima da pia e olhou para você, para o sangue que escorria de seu nariz quebrado, cheirou-o com focinho de quem farejava algum desconhecido que lhe batia à porta em busca de um prato de comida, e você pensou novamente, dessa vez mais alto, por que me sequestraram, e insistiu, gesticulando com as mãos, onde está o verdadeiro filho de vocês, onde está o meu irmão.

Ela disse: que irmão, você nunca teve um irmão.

E o abraçou com força, perguntando-se se algum dia suas interrogações voltariam, se suas perguntas silenciosas cessariam. Se a sua voz voltaria a sair pela boca.

6.

Logo após a mudança de Medianeira, a rata passou a frequentar aulas de química pela manhã, no horário em que você ia à escola. As aulas eram dadas por um velho professor aposentado que abrira sua farmácia na cidade. De início, você não sabia o motivo que a levava a isso, e talvez nem ela própria soubesse. A rata adaptou o pavilhão dos fundos da casa, cujas bancadas aos poucos começaram a ser ocupadas por bicos de Bunsen e tubos de ensaio, para se tornar um laboratório. Sua dedicação escondia outro assunto, uma depressão severa, mas você não tinha miolos para compreender isso, não passava de um figurante. Era muito novo, um menino de onze anos não sabe de nada.

O homem que se dizia seu pai quase não era visto. Saía cedo para o banco e voltava de noite. Não almoçava em casa, o que era incomum a qualquer proletário de uma cidade tão pequena como Curva de Rio Sujo. Quase não falava de seus problemas, e você nunca o via conversar com a rata, a não ser pelas acusações trocadas no jantar, entre resmungos e grunhidos. Na hora da ave-maria, em meio às badaladas do sino da igreja, o gerador elétrico da cidade era ligado com um estalo. Nessas horas, independentemente da estação do ano, a luz amarelada do interior da sala atraía insetos que infestavam o ar. O silêncio era impossível, assim como se tornava difícil conversar por causa do zumbido dos borrachudos. Talvez por isso você não se lembre de conversas mais extensas entre o homem que se dizia seu pai e a rata, de informações concretas a respeito da vida naquelas paragens nem de lamentações. Ela não falava de suas lições matutinas de química, e o homem nada dizia de sua existência bancária. Você se perguntava se ele ia mesmo ao banco. O ruído feito pelas asas das aleluias era ensurdecedor. Após a refeição, a rata lhe dava um comprimido de fenobarbital com um copo d'água. Assim que o tomava, as lâmpadas começavam a estranha vibração, halos estendiam seus diâmetros ao limite das paredes, ocupando a sala inteira. Palavras sussurradas entre os adultos eram soterradas pelo zumbido mais e mais alto das mutucas, que perfaziam uma órbita perfeitamente circular e uniforme logo acima da mesa de jantar da família. Era então que a rata mencionava como evoluía sua produção de explosivos. Se você se concentrasse, bem poderia ouvir vozes sob aquela massa sonora, palavras de inseto lhe fornecendo orientações de combate, ideias originais retiradas do manual de sobrevivência devorado pelas traças ao longo do dia. Com olhos fixos na luz, você lambia seus lábios machucados, chupava suas feridas, sentia seu nariz crescer até ocupar a mesa de jantar inteira. O homem que se dizia seu pai nunca perguntou de onde vinham os machucados, como podiam surgir hematomas em sua pele com tanta frequência, quase todo dia. A rata também não tocava no assunto, e você considerou que talvez eles tivessem algo a ver com aquilo tudo, que as surras diárias não passavam de castigos em um filho adotado, que eles contrataram Hassan Sader Gamarra e os outros para espancá-lo. Estava sendo torturado ou então era treinamento, um teste com vistas à admissão. Sua desconfiança só aumentou. Você não se lembra dos insetos boiando em seu prato de sopa, mas eles se mexiam como vermes. O pote de açúcar estava sempre infestado de formigas mortas. A rata dizia que não fazia mal comer formiga com açúcar, era bom para a memória. Formigas nunca esquecem o caminho do formigueiro, ela dizia.

Naquela noite, após o jantar, seu pai disse que lhe ensinaria fundamentos de boxe. Para você se defender, ele falou, vou lhe mostrar a tática das sombras. Havia ali uma possibilidade interessante, uma hipótese, dançar feito uma sombra, ocultar-se na escuridão. Nem bem a rata lhe deu o comprimido de fenobarbital, e vocês já estavam na varanda, esquivando-se da nuvem de insetos em volta do lustre. Sem luvas é melhor, seu pai disse, você será meu sparring. Foi assim que Eder Jofre se tornou campeão do mundo pela segunda vez, com a tática das sombras, ele disse. Suas silhuetas se moviam na parede manchada de umidade. Seu pai lhe mostrava o *uppercut*, como se aplicava um gancho de esquerda. Assim, ele disse, assim e assim. Os braços dele se esticavam lentamente e você mal conseguia acompanhar o bailado de suas pernas. Você observava os traços de seu rosto, as costeletas e o topete, a calça boca de sino, a camisa xadrez. O ritmo de seus passos no boxe era marcado pelo molho de chaves pendurado na cintura de seu pai. Ele se parece com Eder Jofre, você pensava, não se parece comigo nem com mais ninguém. Eder Jofre seria filho dele. Ele seria filho de Eder Jofre. Um fio de baba escorreu de sua boca. A tática das sombras. Distraiu-se dos socos por um instante e observou as silhuetas na parede, jogou o jogo da velha na camisa xadrez de seu pai. A canção do fenobarbital. Por um segundo você não viu a própria sombra. No entanto, a silhueta de seu pai gingava na parede. Vamos, agora você, seu pai disse, vejamos o canhão que você guarda nessa canhotinha, insistiu. Você mal compreendeu aquela coisa de canhão e canhota, que palavras parecidas, pensou que suas mãos eram pequenas demais para esconder qualquer arma por minúscula que fosse. A canhota seria filha do canhão. De relance, olhou a parede. Afinal viu sua sombra, uma translúcida camada cinzenta projetada por seu corpo, erguer-se na parede e se firmar. Vamos, seu pai disse, o soco deve partir do ombro com uma explosão. Vamos, quero ver sua força. E você arremessou seu braço direito com o punho cerrado em direção ao abdômen dele, com toda a força, como ele pediu. Mas o homem que se dizia seu pai se desviou com uma gargalhada, e seu punho atingiu a parede, esmurrou a própria sombra. O homem que se dizia seu pai se dobrou de tanto rir.

Tem uma lição aí, ele disse, mas você nunca teve certeza se ele falou isso mesmo ou simplesmente entrou na casa em silêncio, deixando você para trás, a fim de ser devorado pela nuvem de insetos carnívoros.

7.

A suspeita ficou ainda maior com esse episódio, disse Curt Meyer-Clason. Você passou a observar a rata enquanto ela arranjava seu laboratório no pavilhão dos fundos e a acompanhar cuidadosamente os movimentos do homem que se dizia seu pai nos finais de semana em que ele passava mais tempo em casa. Concluiu que não se parecia com eles, que mal compartilhava com aquele homem e sua roedora o fato de pertencerem à mesma espécie. Propôs a si um exercício de memória: espremer a cachola até extrair dela a lembrança de objetos anteriores ao acidente. Depois deveria encontrá-los, para obter a prova de que sempre estivera ali, entre eles, ou que ao menos havia estado ali antes do Ano do Grande Branco. Examinou o estofado do banco traseiro da Variant para identificar marcas de um segundo passageiro. Com uma lupa, inspecionou debaixo dos tapetes de borracha do carro, à procura de algum fio de cabelo de outra cor. Só encontrou migalhas de bolacha, um botão de camisa perdido e dois clipes. O esforço não foi pouco, e tudo o que conseguiu se confundia com uma lembrança borrada. Nas prateleiras dos fundos, revirou as caixas nas quais a rata escrevera BRINQUEDOS, ou FRÁGIL, sob os olhos espantados dela, sem nada encontrar. Tentou recordar se chegara a Curva de Rio Sujo encerrado dentro de uma caixa escrito FRÁGIL do lado. O que você está procurando, ela quis saber, qual o motivo dessa bagunça toda. Perguntava em vão, claro, por puro hábito, afinal já sabia que não obteria resposta. Obstinado, você sacou das caixas aqueles brinquedos usados sem reconhecer neles quaisquer objetos de infância, e pode ser que pensasse em sua infância como algo que ficou para trás, pois era impossível que aquela sucessão de mudanças e surras a que sobrevivia então continuasse a ser a sua infância. Já devia ser adulto, um velho. Pensou então em fotografias, em álbuns familiares repletos de imagens do passado, de verões em praias, de invernos nas montanhas, de acampamentos de verão, toda família tinha um registro desses, pelo que sabia, era o que você via nos livros, um registro feito em grandes álbuns com páginas grossas intercaladas por folhas de papel de seda para a proteção do que já havia passado, das relíquias que não podiam ser destruídas pelo avançar do tempo, de fotografias preto e branco com margens recortadas em zigue-zague exibindo homens de terno e bigode completamente diferentes de você, de mulheres desconhecidas com véus translúcidos em cerimônias de batizado e casamentos. Encontrou um álbum assim, e não reconheceu nenhum daqueles espectros nas fotografias. Também encontrou outro álbum no qual havia retratos seus, imagens de um bebê envolto na toalha depois do banho, com a genitália de fora. Olhou minuciosamente a genitália e não a reconheceu. Pensou que tanto a foto quanto a genitália podiam ser de seu antecessor, do filho verdadeiro, de seu irmão secreto. Mas que irmão, a rata havia dito que você nunca tivera irmão nenhum. Tudo, a falta de registros, a ausência de lembranças, levava-o a ter cada vez menos dúvidas. Encontrou a foto de casamento afinal. Analisou-a traço a traço, disse Curt Meyer-Clason, os olhos da rata, suas orelhas pontudas de roedora, o nariz torto do homem que se dizia seu pai. Comparou-os com seu próprio reflexo no espelho do banheiro. Não tinham nada em comum com você. Foi então que teve certeza: o verdadeiro filho deles havia morrido no acidente de Medianeira e você era o substituto.

8.

Com isso, você desenvolveu um medo intenso de espelhos. Não podia ver seu próprio rosto refletido em superfície alguma, nem mesmo na água. Mas vivia em uma cidade cercada de rios. Quando observava seu reflexo da beira, disse Curt Meyer-Clason, considerava ter visto um fantasma na correnteza. Talvez fosse o verdadeiro filho de seus pais, preso ali naquela realidade aquática, em uma dimensão onde não tinha carne nem nome. Pensava não ser uma vítima, mas o resultado de um crime, a prova de uma desaparição, a marca de um plano imperfeito que havia falhado. No inverno de 1975, vira as próprias pegadas na neve num lugar onde a neve nunca antes existiu. Todos os aspectos de sua vida eram negados pelas leis da probabilidade. Ansiava quem sabe cometer seus próprios crimes. Dias depois, perguntou novamente à rata por meio de gestos: quem são vocês, de onde vieram. O que querem comigo. Dessa vez a rata não disse nada, apenas deixou de lado os tubos de ensaio sobre a bancada e o abraçou com mais força ainda do que da vez anterior.

Como não suportava a própria imagem, escolheu outro rosto para se fixar. Havia uma menina em sua classe, Basano La Tatuada. Chamava-a assim, pelo sobrenome, identificando-a pelo hábito que tinha de estampar figurinhas coloridas do chiclete Ping Pong na pele cor de açúcar mascavo dos braços. Às vezes você se perdia de tanto olhar aqueles braços, verificando uma manhã atrás da outra, banho após banho, a lenta desaparição daquelas Margaridas, Minnies e Clarabelas borradas nos ombros de Basano La Tatuada, e acabava por encontrar suas unhas roídas ou a nuca morena, quando ela abaixava a cabeça para anotar no caderno o ditado do professor e uma nesga de pescoço surgia, encoberta pela penugem escura da nascente dos cabelos. Quando isso acontecia você rezava baixinho uma oração composta de um único verso repetido, *olhapramimolhapramimolhapramim*, mas ela nunca olhava.

Ao tocar o sino, acompanhada por Hassan Sader Gamarra, Basano La Tatuada logo desaparecia em uma das ladeiras margeadas por mamoeiros que nasciam no portão central da escola e emolduravam todo o caminho, cobrindo-o de flores.

9.

Nas ruas sem pavimentação de Curva de Rio Sujo ninguém parecia preocupado com a ditadura escolar, disse Curt Meyer-Clason, com a opressão que o torturava na sexta série. Todos viviam suas vidas sem se darem conta do horror.

Margeando o rio, sozinho, você batia um galho de árvore nas moitas de colonião e via libélulas transparentes subirem, dispersando-se até as copas das árvores, com pichões grudados nas barras das calças espetando suas canelas e carrapichos escalando suas roupas dos joelhos às mangas da camiseta conforme penetrava a mata. Em algumas manhãs, quando as ameaças de Hassan Sader Gamarra lhe pareciam insuportáveis, cabulava aula. Em vez de entrar pelo portão principal da escola, contornava os muros cinzentos do prédio e descia em direção ao rio. Da superfície rorejante da água emergiam anéis de fumaça que não deixavam enxergar a outra margem. Emaranhados de cipós e camadas de vegetação culminavam no breu. Universos em miniatura se descortinavam quando o sol iluminava a areia, com escorpiões minando da franja úmida do barranco esburacado pela correnteza. Exércitos inimigos em confronto se espalharam pela faixa clara de areia. Com a ponta da vareta você espicaçou um grupo mais distante, empurrando-o em direção ao campo de batalha onde se encontrava um segundo grupo. Imaginou que a praia era o Ñandipá, e que uma tropa invasora paraguaia se deparou com o destacamento de lanceiros kadiwéus da cavalaria brasileira. Peçonhas em riste, a batalha teve início. Com outra vareta, você conduziu os paraguaios — em maior número, e mais aguerridos — para cima dos kadiwéus, que se defenderam como puderam, batendo-se contra a investida. Nesse momento você quis ser um tarrachí paraguaio, quis estar protegido por uma vanguarda de destemidos escorpiões cinzentos desprovidos de qualquer sentido de autopreservação que esticavam adiante suas garras, afugentando o inimigo, botando-o em retirada com suas caudas-aguilhões em riste, prontas para a ferroada letal, mas então surgiu em meio às moitas das urtigas um animal impressionante, era um escorpião muito maior do que ambos os rivais, um escorpião albino e distinto dos outros, que eram de um cinza quase transparente, e o novo combatente primeiro atingiu os paraguaios e depois os brasileiros com idêntica violência, girando as garras e cortando os animais pela metade. Ao vê-lo ignorar inclusive as varetadas que lhe dava, o que na desproporção das circunstâncias equivalia a desprezar a manifestação da fúria divina, batizou-o El Diablo, e agora não se contentaria apenas em ter à sua dianteira um monstro como aquele para protegê-lo, não: você entreviu a chance de um aprendizado com aquele monstro, desejou com toda a intensidade se tornar aquele monstro. Decidiu ser aquele monstro.

Na manhã seguinte você observou a movimentação no pátio da escola logo após o hino, disse Curt Meyer-Clason. Ao contrário da desobediência que acometia os Congas Azuis de Medianeira, uns indisciplinados filhos de açougueiros, os Botinas Negras de Curva de Rio Sujo prosseguiam em ordem unida, marchando em grupos pelos corredores cujos pisos ecoavam ritmadamente seus passos até a totalidade das carteiras ser preenchida na mais completa harmonia. Eram filhos de militares e traziam a lógica da caserna para a sala de aula. Exibiam suas gandolas verde-olivas talhadas com exatidão pelas mãos do major alfaiate, o pai de Hassan Sader Gamarra. Do barrete às botinas engraxadas, evidenciava-se a força deles, de número 2, número 15 e número 31, a hierarquia superior a que pertenciam. Por não conseguir ocultar seu desordenado modo pessoal de filho do proletariado e neto da imigração como um claro sinal de inferioridade, detinha-se nos modos precisos dos outros, ao entrarem na sala de aula em fila indiana e distribuírem geometricamente livros e cadernos sobre o tampão das carteiras, lápis e canetas alinhados como fuzis em dia de parada de Sete de Setembro. A cada manhã, enquanto a professora de história do Brasil ou o professor de matemática escrevia na lousa, comparava os dicionários encapados com películas plásticas pelas mães deles ao seu próprio dicionário sujo, desbeiçado, repleto de manchas amarelas, pois era de segunda mão, e se perguntava a quem teria pertencido a primeira mão a folhear aquelas páginas tão finas, quem seria o autor dos sublinhados com esferográfica vermelha. Todas aquelas palavras eram endereçadas a você, mas por quem. Pelo seu antecessor, o dono da primeira mão.

Um murmúrio chegou a seus ouvidos enquanto você cerrava as capas do dicionário, um som grave e distorcido que aos poucos começou a fazer sentido, retransmitido de boca em boca pelos alunos da classe. Com olhos fixos nos seus, a professora mexia os lábios, mas nenhuma palavra lhe saía. À frente, aos lados e logo atrás, em todas as direções, os alunos apontavam para você. Moviam-se lentamente como acontece debaixo d'água, em grande silêncio, em câmera lenta, suas bocas escancaradas à procura de ar. De régua em punho, a professora atravessou com ímpeto o corredor até a sua carteira, brandindo-a com força no dorso de sua mão esquerda, deixando impressas em vermelho na pele o relevo dos risquinhos de mílimetros e centímetros e um tratorzinho pertencente à marca do patrocinador, Patrolas Schneider Ltda. Só então ouviu seis palavras que ela cuspiu com raiva — SHTÁ ME OUVINDO, ALUNO NÚMERO 13 — e a gargalhada dos colegas numa atordoante onda sonora chicoteou sobre as carteiras e o atingiu em cheio na cara.

10.

Hassan Sader Gamarra e número 2, número 15 e número 31 o aguardavam na saída da escola, semiocultos pela sombra que o muro projetava ao dobrar a esquina. Fazia tanto sol que a sombra do muro no chão era dura, sólida, permitindo que o bando se ocultasse nela em pleno meio-dia sem ser visto por quem vinha pela claridade. Emergindo da sombra do muro como se o atravessasse ou saísse de debaixo do chão, Hassan Sader Gamarra falou: bamos ver se esse aí é mesmo mudo, e agarrou-o pelo pescoço. Foi a primeira frase reconhecível que você ouviu de um Botina Negra em todos aqueles meses, porém naquela situação você preferia ter continuado como antes, sem entender nada, quase surdo. Preferia prosseguir com a admiração passiva que lhes dedicava, acompanhando-os à distância quando atravessavam o pátio com suas gandolas reluzentes; sem dúvida tratava-se de seres superiores, com seus uniformes bem cortados e as botas engraxadas que lhe haviam sido transmitidas por seus antepassados imediatos, aquelas botas os autorizavam a tudo. Nasceram para herdar o comando que pertencia a seus pais e antes disso a seus avós, era gente que estava ali havia muito tempo e aquilo que faziam, o modo como se comportavam, a natureza exata de seus movimentos, mesmo na algazarra, era um indício de sua inferioridade diante deles, de sua pequenez insofismável. E era mesmo minúsculo, você, de braços molengas e pernas finas de gafanhoto, você, com seus óculos fundo de garrafa e a cabeça grande, não passava de um microrganismo. O impacto da mão enorme com dedos sólidos como a garra de um guindaste em sua nuca, seus pés sendo arrastados na lama do pântano. Os uivos de satisfação ferindo seus tímpanos. Nenhum adulto atravessou o caminho do bando naquela hora, ninguém que pudesse tê-lo impedido de arrastar você até debaixo da velha ponte abandonada sobre o rio, na altura das ruínas do forte. Mas se um adulto os visse pensaria que apenas erradicavam um verme. Bamos ber se o mudinho habla alguna cosa, disse Hassan Sader Gamarra, bamos ber o que ele tem a cantar pra gente, que tipo de música ele ouvia en la tierra estranha de onde veio. De onde sua cabeça estava você podia intuir a correnteza negra do rio que arrastava troncos e galhos logo atrás, o rumorejar da água penetrando seus olhos, seus ouvidos, suas narinas. Deitado de bruços na margem do rio com os braços presos atrás por dois deles, as lentes de seus óculos se cobriram de limo, dava para sentir o odor a molhado dos caramujos da terra, os vermes da esquistossomose injetados em sua língua, o gosto de musgo. Acima, madeiras secas da ponte rangiam uns passos de soldados fantasma em marcha. Alguém, Hassan Sader Gamarra ou outro qualquer, enrolou a corda em seu pescoço. Era impossível enxergar. Com um tranco, foi puxado para trás. Sobre os joelhos, fixou o olhar na parte inferior da ponte e viu caída a bamboleante corda de sisal que antes amarrava as vigas e agora enredava seu pescoço, prendendo-o. Vão me enforcar, pensou, depois me jogam no rio. À sua volta, olhos vermelhos estampados em silhuetas negras contra o fundo escuro, e o suor azedo dos uniformes escolares. Nunca pensou que podiam cheirar mal dentro de suas gandolas bem talhadas pelo major alfaiate, quem diria, um oficial qualificado pelas fardas de coronéis e generais que talhava com rigor. De longe aquelas fardas pareciam naturalmente límpidas, isentas do mau cheiro do suor. Não era possível ver muito além disso, então você ouviu: mirá, encontrei esse trozo de borracha de câmara de pneu boiando no rio. Hassan Sader Gamarra respondeu: vai servir. Então fez-se noite fora de hora, gosto de borracha e água podre, restos de folhas e fedor de peixe morto. Com a mordaça, você não podia respirar. Hassan Sader Gamarra dizia: bamos ber se o mudinho habla, bamos ber que novidade ele nos traz de seu mundo desconocido. Gargalhadas ecoavam no vazio sob a ponte. Sua traqueia repuxava em falso com a falta de oxigênio, levando os músculos do maxilar a escancararem a boca, que se encheu de algas, insetos e barro. Por um segundo Hassan Sader Gamarra soltou a borracha da câmara de pneu de sua cabeça. Você abocanhou uma lufada de ar, enquanto um tapão lhe acertava o ouvido. Este pez no tiene nada a decirnos, disse Hassan Sader Gamarra dando risada, bamos enfiar ele de novo no aquário. E novamente o amordaçou com o pedaço de borracha, atando-o por trás com toda força. É assim que mí papá hace con los comunas, disse Hassan Sader Gamarra, y ellos siempre hablan todo. Você segurou a respiração e fechou os olhos. No breu da borracha, luziu uma paisagem nevada. Seus tímpanos começaram a vibrar com a pressão. O poço da casa de Medianeira e o quintal coberto de neve. Hassan Sader Gamarra soltou a borracha, acertando-lhe um bicudo nos rins. Bamos, mudinho, conte un chiste pra nosotros, ele disse, no seas tímido, tevíro jukahare ñe'ngu del carajo. Olhou para seus joelhos afundados no barro e lembrou de seus primeiros passos na neve que derretia, o gelo se diluindo contra a lama, tornando-se marrom, a brancura perdeu a batalha para a sujeira, pegadas na neve enlameada, sangue. Todavía no hablás, mudinho, disse Hassan Sader Gamarra, e amarrou novamente a câmara de pneu em torno de sua cabeça. Todos os sons, o gargalhar do bando, o marulhar da correnteza do rio em movimento, o ranger da madeira da ponte arruinada pelos passos de algum adulto que passava lá em cima sem querer lhe socorrer, o piar dos pássaros, a algazarra longínqua das crianças que voltavam pra casa após a escola, tudo isso foi abafado por um silêncio escuro no qual só era possível ouvir os ruídos internos de seu próprio corpo, as batidas do coração cada vez mais aceleradas, o fluxo de sangue em suas artérias e veias num jato, a pressão em seus tímpanos. Trêmulo, com o tronco sustentado apenas pela tira de borracha que o sufocava, você começou a ver estrelas que surgiam no espaço escuro da borracha e implodiam devagarinho como sementes de dente-de-leão sopradas pelo vento soltando espinhos prateados pelo ar. Estava prestes a desfalecer quando Hassan Sader Gamarra soltou a câmara. Sua boca abriu, as gengivas ressequidas grudadas nos lábios sangraram, suas narinas arreganharam em busca de oxigênio. A dor nos pulmões murchos que inflavam, a pontada no coração em vias de se calar. Pressionando sua nuca, Hassan Sader Gamarra afundou sua cara na lama e a puxou de volta. Ao verem sua expressão roxa, número 2, número 15 e número 31 saíram correndo, assustados. Um jato de sangue jorrou de seu nariz, manchando de vermelho a margem do rio. Havia sangue misturado ao suor de seu pescoço. Dentro das orelhas. Nas narinas. Sangrava por todos os orifícios da sua cabeça. Diante do olhar incrédulo de Hassan Sader Gamarra, ainda de joelhos enterrados na margem do rio, você recolheu sua mochila da lama, ergueu-se e escalou o barranco com dificuldade, resvalando para trás. Então se safou, agarrando-se às raízes que saíam da terra. Cambaleante, ladeou o rio até a ponte principal da cidade. Dispondo meio corpo para fora de sua guarita, com seu velho mosquetão em punho, uma arma obsoleta herdada do refugo brasileiro da Segunda Guerra, o jovem tarrachí paraguaio acompanhou seu lento arrastar em meio às samambaias, agarrando-se às avencas que pendiam dos barrancos, então você dobrou à direita na outra extremidade da ponte e tomou a rua no sentido da casa onde aqueles que se diziam seus pais o escondiam.

 Ao chegar foi até o pavilhão dos fundos, disse Curt Meyer-Clason, onde a rata trabalhava absorta em seu laboratório. Ela ergueu os olhos dos tubos de ensaio e viu suas roupas, enlameadas e sujas de sangue. A rata retirou o avental, pegou sua mão e o levou a pé ao hospital que ficava a menos de um quilômetro de onde moravam. Não parecia alarmada e não fez perguntas no trajeto. Enquanto a enfermeira limpava o barro seco misturado às feridas de seu queixo e das laterais do rosto e do pescoço e depois dava vinte pontos num corte fundo de sua perna, a rata começou a dizer que a força da queda das Cataratas do Iguaçu correspondia a dezessete milhões de litros cúbicos de água por segundo e que isso equivalia a um braço de mar que enchesse uma cidade horrível como aquela e seriam necessários menos de cinco minutos para a força de uma vazante tão poderosa destruir tudo e que pretendia congelar as cataratas e por isso estudava química com tanto afinco e aquele era um projeto tão ambicioso quanto congelar o tempo, congelar o tempo não, a rata emendou, não congelar o tempo, mas fazer o tempo voltar, fazer o tempo voltar e trazer o passado de volta ao presente, fazer com que tudo volte a ser como era e assim permaneça para sempre. Ao ouvir o que a rata dizia a enfermeira arrematou a costura na sua ferida e olhou para você com uns olhos negros talvez indiferentes, e não lhe deu nem uma palavra de consolo.

Vocês dois saíram do hospital e retornaram de mãos dadas para casa.

11.

A cabeça latejava, mas mesmo assim você arranjou uma posição na cama em que a dor diminuía um pouco — com os pés na parede, tombado na beirada, o livro de cabeça para baixo nas mãos, a leitura de pernas para o ar — e releu um trecho misterioso das aventuras de El Diablo nas *Memórias ou reminiscências históricas sobre a Guerra do Paraguai*. Tratava-se de uma cena breve: ao avançar uma légua à frente do pelotão brasileiro para verificar focos de incêndio vistos na mata, El Diablo se viu em perigo, sozinho, à espera de sanguinários lanceiros paraguaios encontrados ao acaso e que o perseguiam a galope com punhais entre os dentes. Em meio ao terreno desolado pela queimada ateada pelo inimigo, distante da água do rio e sem formações rochosas onde se esconder, encontrou o cadáver de um estranho animal. Pisoteando sobre pedras em brasa e desviando de esqueletos carbonizados da vegetação do cerrado enquanto se esgueirava para não ser visto pelos cavaleiros ao longe, El Diablo se aproximou dos restos. A intensidade das chamas tinha sido tão alta que destruiu os traços das feições do animal, cujo corpo disforme parecia composto de outros. Delgado e anelídeo feito serpente, também se mostrava encorpado como um paquiderme. Em suas laterais ainda era possível identificar o que parecia ser a estrutura óssea de asas ou de barbatanas. Estavam longe demais dos afluentes do rio Corrente, o que fazia ser menor a chance de aquele ser um mamífero aquático desconhecido, quem sabe um peixe-boi, ou um peixe de grandes proporções. Os lanceiros paraguaios se aproximavam a todo galope, ouviam-se os cascos nos pedregulhos esturricados pelo incêndio. Até aquele momento El Diablo conseguira despistá-los, mas a visão do cadáver o distraiu de sua fuga por um instante. Aquilo não se parecia com nenhum animal que conhecia. Tocou sua cauda incinerada. O tropel dos cavalos estava cada vez mais próximo. Embranquecido, o sol emitia ondas de calor que borravam a paisagem, quase se apagando entre línguas de vapor subindo dos juncos. As patas do animal tinham garras longas como as de um tamanduá. Os gritos em guarani dos inimigos não sugeriam um futuro tranquilo para El Diablo. Com isso, sacou o facão da cintura e abriu o abdômen do animal desde o ponto que parecia ser sua traqueia até algo que podia ser a genitália, grosseiramente assemelhada à de um homem. Segundos antes de os lanceiros frearem com estrépito as patas dos cavalos diante do animal, El Diablo enfiou-se no interior do cadáver, cerrando a incisão como pôde e invocando em louvor o nome de pyhareryepypepyhare, ele murmurou, pyhareryepypepyhare é feita de visgo, de breu, de limo, de musgo, de líquen, é o céu um segundo antes do trovão, é ar espesso, água de poça que restou da chuva, fuligem se dissipando na noite, é cinza voando na escuridão, pedindo-lhe que os paraguaios não contornassem o cadáver com suas montarias, pois assim não veriam a fenda aberta da barriga onde se enfiara. Envolto na escuridão, apreciando o trabalho da natureza em sua decomposição, El Diablo sentia-se como se estivesse de volta ao ventre materno. Era mais uma sensação inexplicável de familiaridade do que uma lembrança verdadeira, pois não guardava qualquer lembrança de sua mãe. Àquela altura El Diablo percorria a planície do rio Paraguai fazia tanto tempo que não retinha quaisquer recordações de seus antepassados. Era um velho, embora seu corpo albino não demonstrasse ter mais de trinta anos. Odores suaves ocuparam as entranhas do bicho morto, e El Diablo mergulhou em uma espécie de transe. Sentiu-se parte daquele animal desconhecido, um filhote sendo gestado. Também ele era, a seu modo, um desvio na evolução da espécie humana, uma anomalia. Você se identificava com El Diablo. Saindo de seu estupor, ele ouviu patadas das montarias. Em guarani, os lanceiros murmuravam imprecações dirigidas ao cadáver. Suas vozes estavam cheias de medo. Não era possível saber se lamentavam a morte causada pelo fogo ateado para conter o inimigo ou se comemoravam algo inconcebível, uma vitória contra a morte. Talvez rezassem. Barrados pelas carnes espessas do cadáver, os sons externos chegavam gravemente distorcidos aos ouvidos de El Diablo, então uma voz de comando se fez mais nítida, ordenando retirada. O galope se distanciou. Quando não havia mais nada lá fora, a não ser o silêncio e o crepitar final das fagulhas nos arbustos, ele abriu o corte que mantivera fechado com os dentes, as mãos e os pés, e escapou das entranhas. Sentia-se exausto, como um filhote recém-parido. Do lado de fora, a terra estava enegrecida de fuligem. El Diablo observou o animal em toda sua extensão. Agora não parecia tão estranho assim, talvez o perigo da situação tivesse alterado sua percepção das coisas. Tratava-se com certeza de um paquiderme, talvez uma anta de proporções incomuns. Lembrava uma lontra gigante ou uma preguiça pré-histórica. O sol detrás das nuvens tingiu a paisagem de brancura, exceto pela silhueta calcinada no chão. Acostumando-se à claridade, El Diablo cerrou os olhos. Perdera a noção das horas, parecia ter ficado meses dentro do animal. Ao abrir de novo os olhos, o cadáver desaparecera, encoberto pelas cinzas revolvidas pela ventania súbita, restando somente o calor e a luz do sol. Assim surgiu a lenda que afirmava que El Diablo era tão branco que podia se esconder na luz do dia.

Então você ouviu seu nome, disse Curt Meyer-Clason, alguém o chamava. Você saiu de sua posição invertida: a meia hora que passou de cabeça para baixo amenizou sua enxaqueca. Reassumindo a postura bípede, circulou pelo quarto até reencontrar o prumo e seguiu em direção ao corredor, mancando por causa do corte na perna, onde ouviu novamente a voz que o chamou. Entreviu sem querer o próprio rosto no espelho do corredor: vergões arroxeados surgiram em seu pescoço e nas bochechas, somando-se aos diversos tons entre amarelo e ocre que povoavam a região do nariz e dos olhos em decorrência do nariz quebrado.

Na sala, a rata estava sentada nas caixas de mudança que continuavam fechadas. Mantinha-se cabisbaixa, como se contasse os dedos das patas para verificar se nenhum deles tinha ficado para trás, se sua cauda não se desprendera no caminho. Seu corpo poderia partir aos poucos assim, a cada dia um dedo poderia ir embora. Dava para sentir o cheiro que vinha da cozinha. Você adorava ensopado de carne moída com batatas e ovo frito. Naquele dia merecia sua refeição predileta. Por que ninguém desfazia aquelas caixas e colocava tudo no lugar, hein, era o que se perguntava. Exceto pelo seu quarto de dormir, onde as roupas eram mantidas no guarda-roupa, os livros e gibis na estante e o material de desenho na escrivaninha, todo o restante da casa ainda se encontrava em estado provisório. O homem que se dizia seu pai passava o dia no banco, não tinha tempo para trocar lâmpadas ou furar paredes. A rata continuava a vigiar as próprias patas. Desencostando do batente da porta do corredor, você entrou na sala. Ela fitava uma foto de página dupla em uma revista *Manchete* jogada no chão. Você conhecia a imagem, já tinha folheado aquele exemplar. Mostrava as cataratas do Niágara congeladas, uma imensa escultura de gelo desafiando a gravidade, um gigantesco iceberg que levitava em pleno ar.

12.

De noite, na mesa da sala, misturado às espirais de vapor logo acima da travessa de carne com batatas, havia silêncio. O homem que se dizia seu pai como sempre chegara do serviço às oito da noite. Ao vê-lo e aos novos itens da sua coleção de hematomas, ele apenas passou a mão na sua cabeça e desfez o seu topete.

A rata tinha trinta e um anos em 1976. O homem que se dizia seu pai não passava dos trinta e três. Não deveriam arrulhar em torno da mesa, esfregar-se um no outro nos momentos em que você não estivesse presente, hein, disse Curt Meyer-Clason. Deveria ser assim o comportamento de um casal daquela idade. No entanto, um silêncio somado a outro perfazia um grande silêncio ainda mais espesso. Podia ser que descansassem da agarração fora de vista. Quem saberia dizer isso não era você. Pareciam dois alunos transferidos que compartilhavam a mesma carteira escolar no primeiro dia de aula. Dois desconhecidos.

Tilintar de talheres, barulhos de mastigação. Era feio falar de boca cheia. Comparava a rata com Basano La Tatuada. Eram iguais e diferentes. Basano sorria quando estava no pátio, na aula, na biblioteca, com Hassan Sader Gamarra. Mas este último sorriso você achava feio. Fazia tempo que não via os dentes pontiagudos da rata, nem na mesa de jantar. Observou seu pai: seria o mesmo homem de braço quebrado que o retrato exibia em cima do criado-mudo do quarto. O retrato foi batido no dia da chegada a Curva de Rio Sujo, e nele apareciam a rata e você ou alguém que tinha o mesmo rosto que o seu mas talvez fosse apenas outro, o filho verdadeiro, seu antecessor, seu irmão secreto. Não havia outro na foto, aquele era um menino único, porque sozinho. Também não havia sorrisos, mas isso até que era bom, pois sorriso de retrato é sempre falso. Olhou bem fundo nos olhos da rata e observou o pai, comparou as olheiras de um e de outro, seus olhos afogados no ensopado. Um homem é um homem, parece algo tão obviamente sem segredos, um homem e nada mais. Que tanto eles procuravam em meio à comida misturada do prato, alguma joia familiar extraviada, ou quem sabe as línguas que o gato comeu. Palavras afogadas, a frase certa a ser dita. Por que eles usavam carapaças de osso na testa que impediam você de ler seus pensamentos, hein, você pensou. Assim nunca chegaria a descobrir se eram boas pessoas. Uma fêmea é sempre um ato de inauguração, ainda mais quando se trata de sua mãe e você é filho único. Único e só. A rata ergueu-se da mesa e foi até a cozinha, desligando o interruptor no caminho. Na volta trouxe um bolo de nozes cuja cobertura de glacê ameaçava ser uma avalanche de neve, as chamas das velas se deitaram enquanto ela caminhava, quase apagando, a calda vermelha das cerejas deixou seu rastro de sangue no chão. Então o macho e a fêmea desafogaram as palavras, abriram suas bocas e cantaram parabéns para você com as palavras encontradas no fundo dos pratos, muitas felicidades e muitos anos de vida. Logo após comer a fatia de bolo, a rata aproximou um comprimido de fenobarbital de sua boca, engolido à força com guaraná quente. A doçura clara do glacê se dissipou em meio ao travo amargo do remédio. O menino silencioso completou doze anos.

3. Fotografia de um fantasma

(*O canto mais frio da cama*)
(*Gelo*)
(*Aparecimento de Karl*)
(1976)

1.

Foi despertado pelo homem que se dizia seu pai na manhã seguinte, ainda estava escuro. Sonolento, vestiu o abrigo azul-marinho com três listas brancas laterais e pôs um boné maior que sua cabeça. Não escovou os dentes pois suas gengivas latejavam, ainda inchadas pela pressão da borracha da câmara de ar. No instante em que os faróis da Variant acenderam na garagem, um galo cantou na vizinhança, confundindo a luz artificial com o nascer do sol. A poltrona do passageiro cheirava ao café suspirado pela garrafa térmica de um litro instalada a seus pés. A silhueta da roedora que se dizia sua mãe acenou da janela da sala enquanto o carro dava marcha a ré e vocês saíam para a estrada, rumo a Campo Grande.

É comovente como o tempo passa rápido quando se está distraído, disse Curt Meyer-Clason. Aquela foi sua primeira viagem no banco ao lado do piloto. Sentia-se promovido na hierarquia, galgando nova posição que incluía a responsabilidade de servir café no copinho de plástico ao motorista. No posto de gasolina do trevo na saída da cidade, uma lufada de vento frio trouxe o cheiro entorpecente do combustível que abastecia o carro. Anúncios iluminados de óleo estavam entre as suas leituras preferidas. Por anos se perguntou o que significaria Lubrax. Adormecida no acostamento, a cordilheira de caminhões estacionados permitia entrever as primeiras emissões alaranjadas no horizonte. Lubrax era então uma palavra mágica que fazia jamantas rodarem. Ao mesmo tempo que a Variant superou a faixa de cascalho do posto de gasolina e tomou a estrada de terra batida por patrolas, você penetrou a área cinzenta no limite do sono e da vigília, acompanhando postes que corriam em direção contrária, dormindo com o bater de asas de pássaros enormes e despertando em meio a aparições interrompidas da luz do sol nas copas das árvores que fugiam para a cidade de onde vocês haviam partido. Despertou uma hora mais tarde com o ruído de estática emitido pelo rádio fora de sintonia. Vozes apareciam e sumiam, avisos de vacas extraviadas, anúncios de tratores com nomes misteriosos como New Holland e John Deere. Resultados esportivos. O homem que se dizia seu pai fumava um Minister atrás do outro e batia cinzas no quebra-vento. As cinzas sempre caíam de volta bem no colo dele, que fingia não perceber que era estudado com desconfiança por seu copiloto. Ele usava um grande topete ondulado e os primeiros fios grisalhos se insinuavam em suas costeletas. Vestia camisa quadriculada com golas pontudas, um pouco diferente das lisas que usava nos dias úteis, e a barriga despontava entre os botões. De esguelha, olhou para você. Parecia intrigado, talvez lisonjeado com sua atenção.

Então você disse, sinalizando com as mãos: quem é você, aonde está me levando.

Ele quase perdeu a direção ao ouvir dentro da cabeça a sua voz pastosa de remédio perguntar aquilo.

2.

Por quilômetros você observou as colheitadeiras que pastavam no horizonte como bichos pré-históricos, uns dinossauros avermelhados pelo sol do Mato Grosso devorando florestas do futuro. Depois de engolir o espanto, o homem que se dizia seu pai explicou que viajavam a Campo Grande para que você fizesse um novo eletroencefalograma. Conseguira outro neurologista. Mas ainda faltavam três horas para chegar lá e se hospedarem no antigo Hotel Gaspar, ao lado da estação ferroviária. O novo médico disse que seria fundamental realizar exames a cada seis meses. Para descobrir se o seu quadro mudou, se ainda precisava tomar remédios, ele disse. Nuvens de tabaco saíam com frequência da boca de seu pai, já palavras eram mais raras. Nisso se reconhecia (talvez se parecesse com ele, afinal, tirando as costeletas). Encostaram na churrascaria de beira de estrada. Nas outras mesas, caminhoneiros e putas. E uma família: um homem, a mãe, dois meninos. Reparou em como falavam de boca cheia à mesa. Assim, felizes, não parecia nenhum pecado. O pai cortou os bifes dos filhos em pedaços pequenos. Seriam gêmeos, hein, disse Curt Meyer-Clason. Eram muito parecidos, com cacharréis da mesma cor amarela e tênis Bamba encardidos de terra roxa. A mãe não parava de rir, então ela olhou para você e deixou de rir. Depois de algumas garfadas, o homem que se dizia seu pai saiu para fumar. Estava meio sem apetite, você que terminasse suas batatas sem pressa. Mas você também não tinha fome. A gangorra e os balanços enferrujados do parquinho de diversões estavam vazios. Pela janela, acompanhou o homem que se dizia seu pai sentar em um balanço, acender desolado o cigarro e se balançar. Não existia diversão naquele parquinho, então por que se chamava assim. A família terminou de comer, o homem pagou a conta e saíram. Quando seu pai voltou, você levantou para ir ao banheiro, mas não sentia vontade de fazer nada. Inventou isso apenas para estacionar na porta e ver os dois irmãos brincarem de gangorra. Era impossível brincar de gangorra sem ter um irmão. Quando um sentava, o outro levantava e vice-versa. Nunca estavam no mesmo plano ao mesmo tempo. Depois de uns minutos, os irmãos foram de mãos dadas com o homem até o carro deles. Seguiu ao banheiro, entrou no sanitário e ficou lendo mensagens gravadas a canivete na madeira da porta. Pedidos desesperados de socorro, recados amorosos destinados ao rapaz da limpeza, palavrões, telegramas enviados de um mundo subterrâneo. Todos sem resposta. A mãe dos meninos entrou no banheiro dos homens. Sentou-se de um jeito estranho, sem encostar no vaso, e fez sinal de silêncio para você com o indicador, como as enfermeiras nos cartazes de hospital. Disse, aos sussurros: viemos salvar você, não se preocupe. Ao sair meio apressado, viu que o pai dos meninos conversava com o homem que se dizia seu pai. Foi uma breve troca de palavras. Pela rispidez dos gestos, brigavam. Enquanto discutia, o pai dos meninos parecia apontar para você.

Em Campo Grande, foram à clínica antes de se instalarem no hotel. Na placa da porta estava gravado: Neurologia Diagnóstica, e o nome do médico, dr. Wolfgang Gerhard. Não havia mais ninguém na sala de espera. Os mapas dos cérebros nos pôsteres faziam pensar em labirintos. É incrível que a gente carregue um desses na cabeça, seu pai disse, mas não é exatamente todo mundo que não tem saída. Por exemplo, você tem, ele disse, mas em vez de falar que não havia entendido o que ele quis dizer, você permaneceu quieto como sempre ficava nesses exames, ficou mudo, tevíro jukahare ñe'ngu del carajo. Talvez não falasse por imaginar que o eletroencefalograma fosse captar tudo o que andava por sua cabeça. Com isso, não existia necessidade de qualquer palavra.

A secretária teve dificuldade de pronunciar seu nome quando o chamou. Que estranho nome, o seu, disse Curt Meyer--Clason. Com tantos erres, não parecia vir de lugar nenhum. Porém nunca lhe parecera tão errado, tão fora de lugar. Conduzido pela mão do pai que o ergueu pelo cotovelo deixando-o nas pontas dos pés, entraram na sala de exames. O técnico deu um sorriso mecânico, explicou o procedimento de um jeito que sugeria o incontável número de vezes que fizera aquilo e começou a aplicar pequenos blocos de massinha em sua cabeça. Isso aqui vai facilitar a captação dos sinais elétricos lá dentro, murmurou bem perto de seu ouvido. Depois, grudou vários eletrodos em cada uma das massinhas aplicadas anteriormente. Os eletrodos eram ligados a fios amarelos, azuis, verdes, vermelhos e pretos, que se conectavam a um painel parecido com o das naves espaciais dos gibis. Enquanto o sujeito fazia isso, seu pai ficou em pé ao lado da janela com uma sombra projetada sobre a cara, metade do corpo encoberto por um armário de arquivos. Não dava para ver o rosto dele, mas você sabia que ele preferia fumar lá fora a assistir àquilo. Era a terceira vez que o submetiam ao eletroencefalograma. Porém não se lembrava dos exames anteriores, feitos depois do acidente. O técnico então serviu um copo com líquido amargo, dizendo que o ajudaria a dormir. Depois apagou a luz, deixando-o sozinho na sala, espichado sob o lençol de algodão em uma mesa gelada. E afinal o homem que se dizia seu pai pôde sair ao encontro do cigarro. O sono veio enquanto você observava a agulha da impressora matricial desenhando raízes quadradas e relâmpagos nas folhas de formulário contínuo que se desdobravam e iam sendo despejadas no chão da sala de exames com um som repetitivo e melancólico, traduzindo em gráficos a barulheira do interior de sua cabeça. Deu prosseguimento à narrativa dos meninos internados no orfanato de Bernburg. Era cobaia do fenobarbital, mais um hospedeiro de pyhareryepypepyhare. Antes de adormecer, considerou que aquilo era muito injusto, lerem seus pensamentos, descobrirem todos os seus segredos, sendo que lhe era vedado saber o que se passava dentro da cabeça dos outros.

O ruído da impressora lembrava o de uma pá retirando a neve suja do pátio do orfanato onde um dia você esteve internado, disse Curt Meyer-Clason.

3.

Da janela do Hotel Gaspar dava para ver os trens entrando e saindo da estação ferroviária. De onde vinham, você se perguntou, e para onde iam. Por sua lentidão de bicho moribundo, deviam ir para algum matadouro.

No banheiro, com a porta entreaberta, o homem que se dizia seu pai escanhoava o queixo com esmero. De um lado da pia havia um cinzeiro com o cigarro aceso que ele alcançava de tempos em tempos. Do outro, o pincel com a espuma de barbear. Quando tragava o cigarro, sua boca franzia como se fosse dar um beijo em alguém que não tivesse vontade nenhuma de beijar, como um inimigo, pois o bico ia para um lado enquanto os olhos permaneciam fixos na cara do espelho. Em um momento a fumaça se misturou à espuma branca e a cara dele desapareceu, soterrada pela nevasca. Você se perguntava se o fato de ele ser tão calado estava relacionado ao hábito de fumar. Talvez nunca dissesse nada pelo fato de sua boca estar sempre ocupada pelo cigarro.

Antes, na clínica, concluído o eletroencefalograma, o dr. Gerhard surgira na saleta anexa ao laboratório. Tinha o rosto coberto de cicatrizes. Você ainda tirava as massinhas grudadas no cabelo quando ele o cumprimentou, abaixando-se até a cadeira e sustentando o olhar no seu: usava óculos grossos que deixavam seus olhos enormes, iguais aos de uma mosca. Tudo vai ficar bem, ele lhe disse sem abrir a boca, pode ficar tranquilo que não vou revelar os seus segredos para ninguém *ommmmm*.

Depois, no quarto do hotel, seu pai massageava as bochechas com uma toalha de rosto. Com o rabicho dos olhos apontando da porta do banheiro, ele sugeriu: por que você não liga a tevê, aqui deve pegar alguma coisa. Cético, você levantou da beirada de cama onde se encontrava e girou o botão sintonizador do aparelho. Primeiro, uma nuvem radioativa surgiu até se estabilizar em faixas horizontais cinzas e faixas mais escuras que subiam verticalmente em uma velocidade enlouquecida. Um zumbido misturado a vozes entrecortadas encheu o quarto. Ele saiu do banheiro com a toalha no ombro e agarrou as duas antenas, quase derrubando o aparelho no chão. Com isso a sintonia melhorou o suficiente para que surgisse uma cabeça flutuante. Tratava-se de uma cabeça de homem, porém meio robótica. Não tinha queixo, e seu pescoço era ligado diretamente à cabeça passando por um rosto encovado que terminava em uma testa ampla encimada pelo quepe de general. O homem discursava, ao seu lado despontavam outros quepes de oficiais do Exército e nesgas de bandeiras que tremulavam. As bandeiras não tinham cores, o que tornava as tevês preto e branco mais simpáticas, disse Curt Meyer-Clason. O homem com cabeça de cobra discursava sem mexer a boca seca. Essa sensação de imobilidade se intensificava pelo fato de ele não ter lábios. Usava óculos escuros tipo aviador e dava para ver o seu terno negro. Tudo isso oscilava em meio à tempestade elétrica do tubo catódico, quase digo narcótico, mas mesmo sem compreender direito o que ele dizia, você não descolava os olhos do aparelho. Parecia uma transmissão feita de outro planeta. A figura lembrava o líder de um exército alienígena anunciando invasão. Este é o presidente da República, general Ernesto Geisel, disse seu pai. Parece que ele vai a Curva de Rio Sujo no Sete de Setembro passar em revista o 10º Regimento de Cavalaria Mecanizado. Sim, estarei lá, você ouviu o general Geisel dizer. Mas ele disse isso de boca fechada, olhando direto para você. Será um grande dia, e espero que venha me ver, ele continuou a dizer. Você é um dos nossos, pequeno alienígena, e iremos resgatá-lo.

Horas antes, na clínica, o dr. Gerhard analisou o resultado do exame. Enrugou a testa e tirou os óculos, fazendo com que seus olhos antes enormes ficassem minúsculos. As cicatrizes eram profundas, e sua boca lembrava a abertura de um poço fechado havia centenas de anos. Explicou, dirigindo-se a seu pai, que o seu quadro clínico não evoluíra muito, mas também não havia piorado. Disritmia cerebral, o dr. Gerhard disse, que é um outro nome para epilepsia. Agora a medicina deu de fazer essa distinção, prosseguiu, a epilepsia é uma enfermidade que despertou preconceito social, então inventaram esse eufemismo. Pra mim parece que o paciente tem algum tipo de deficiência rítmica que o impedirá de ser músico, ele disse olhando para você, nunca pense em tocar um instrumento de percussão, viu, o dr. Gerhard disse, e deu um sorriso duro como se não quisesse sorrir coisíssima nenhuma, escancarando as profundezas do poço que tinha no lugar da boca. Por um instante ele observou os hematomas deixados pela borracha em seu rosto. A epilepsia sempre esteve ligada à loucura e à pobreza, o doutor prosseguiu, e também à literatura. Ao falar isso, apontou os livros de Centurión e Ulrich Schmidl von Straubingen que continuavam em suas mãos desde a partida de Curva de Rio Sujo como uma espécie de amuleto. Dostoiévski, Machado de Assis, Lima Barreto, todos epilépticos. Imagine, hoje em dia seriam diagnosticados com disritmia cerebral, mas continuariam viciados em jogo, negros, pobres e mentirosos. Quem sabe o teu filho também não desenvolva o dom da mentira, disse o doutor. Parece que esse é um efeito colateral do trauma no lobo temporal do cérebro, continuou, apontando a chapa de raio X do seu labirinto particular, a imagem da víscera em forma de noz onde você estava preso, um longo intestino amassado e repleto de dobras onde se perder, um retrato transparente de todos os seus segredos, seu único brinquedo. Quem sabe um dia ele não vire escritor, disse o dr. Wolfgang Gerhard.

Seu pai desligou a tevê e disse, vamos, está na hora de pegar a estrada. A cara de cobra do general foi encoberta pelo chuvisco cinzento e desapareceu na tempestade elétrica sob o ruído branco.

Da janela, você deu uma última olhada para a estação ferroviária e viu uma locomotiva se movimentando sozinha, isolada do resto do comboio, partindo para destino ignorado.

4.

Antes de saírem do hotel, o homem que se dizia seu pai conversou com um desconhecido no saguão. Por um instante deu a impressão que o sujeito magro, alto, careca e com um grande bigode, vestido com roupas empoeiradas e de chapéu na mão, olhou para você por cima do ombro do interlocutor e sorriu. Lembrava um camponês, com olhos muito azuis incrustados no couro curtido de sol. Ele sorriu, embora você não tenha certeza disso nem de qualquer outro assunto, e lançou-lhe uma piscadela. A discussão entre os dois foi breve. O homem se parecia com Hugo Reiners, disse Curt Meyer-Clason, o tio que vira na varanda da casa de Medianeira, porém não era ele. Tratava-se de seu tio Karl Reiners, o irmão mais velho de Hugo, um pouco antes de ser morto pela ditadura. Ao vê-lo, insinuou-se em sua memória a imagem esmaecida de uma longa viagem sonolenta por estradas escuras, uma viagem que parecia um pesadelo do qual nunca acordaria, a travessia noturna de uma região pantanosa. O homem passou um envelope pardo a seu pai, que o guardou sorrateiramente no forro do próprio casaco, e partiram um para cada lado como se não se conhecessem.

No posto rodoviário na saída de Campo Grande havia uma blitz policial. Carros de passageiros e caminhões eram separados em filas distintas e ordenados a estacionar no acostamento. A fila de automóveis se arrastava, o sol aquecia o interior da Variant, enquanto seu pai fumava cigarros. Como não batia vento, a nuvem ficou aprisionada no interior do automóvel, pois a janela estava fechada. Ele parecia nervoso. Os policiais estavam acompanhados por soldados do Exército e examinavam os carros, retirando motoristas e demais passageiros enquanto escancaravam porta-luvas, retiravam bagagens, abriam malas e despejavam sacos de laranja da matula dos viajantes nas pedrinhas do acostamento. Aos pedaços, um frango assado caiu no asfalto. Dois carros à frente da Variant, uma família inteira se viu obrigada a descer de uma Brasília. Eram o pai, a mãe e os dois filhos que vira na churrascaria. No banheiro, a mulher prometeu que o salvaria. No parquinho de diversões, o marido dela discutiu com o homem que se dizia seu pai. Fechando o livro de memórias de guerra de Centurión, você passou a admirar a inteireza daquela família; sentiu um pouco de inveja ao notar que os irmãos, ameaçados pela movimentação do soldado que revirava o interior de uma valise, apoiavam-se um no corpo do outro, em vez de pegarem na mão do pai. Devia ser bom ter um irmão em quem se apoiar, atrás de quem se esconder, você pensou ao mesmo tempo que um soldado exibiu ao oficial que liderava a operação um revólver encontrado sob o assoalho da Brasília. Nesse instante, os soldados apontaram seus fuzis para o casal. Enquanto o marido era rendido, a mulher sacou outra pistola que escondia debaixo da saia. Dois soldados dispararam contra ela. Com os pulsos algemados atrás das costas, o marido se desesperou. Foi vencido somente após receber coronhadas na cabeça. Os dois meninos assistiram à cena em silêncio. E começaram a chorar baixinho, ao serem jogados com o pai na caçamba de uma Chevrolet Veraneio da polícia, que logo depois partiu em retirada. Aos poucos, em baixa velocidade, arrastando-se no acostamento como em uma procissão de enterro, os automóveis remanescentes retornaram à rodovia. Quando sentiu o solavanco das rodas da Variant atingindo a pista, disse Curt Meyer-Clason, você notou a longa fila indiana de formigas que rumava em direção ao frango assado esquecido no chão de asfalto.

Não é nada divertido esses desgraçados usarem uma perua que se chama *Veraneio*, seu pai disse, mesmo porque duvido que tenham levado aquela família pra veranear na praia.

O homem que se dizia seu pai falou isso sem piscar seus grandes olhos pálidos. Então acendeu outro cigarro e pisou no acelerador, enquanto você ruminava o comentário feito por ele e sentia o gosto amargo do fenobarbital debaixo da língua.

5.

No caminho de volta, seis horas depois, mais um comprimido de fenobarbital. A paisagem adquiriu tons cinzentos, a cortina de chuva podia ser vista ao longe, estendida entre o azul e o verde da mata. Pela janela entrou o cheiro de terra molhada que emanava do cerrado. Poças d'água se multiplicaram na medida inversa das palavras no interior da Variant. Os buracos da estrada pareciam crateras lunares. A estática do rádio também era cinzenta como o chuvisco da tevê do Hotel Gaspar, e as vozes se misturavam: comandos alienígenas e rádios amadores clandestinos que sussurravam códigos incompreensíveis misturados ao locutor que imitava bichos e conclamava sua plateia a acordar, ACOOORRRDAAA, ele berrava para você. As poças então viraram lagoas e depois rios com afluentes que inundavam toda a planície. A estrada se elevou, transformando-se numa extensa ilha em forma de tripa que ia dar no Pantanal. O livro de Centurión jazia em seu colo, a imagem da capa estourada pelo sol, mas você hesitava em abri-lo. Provavelmente cairia em um sono mais profundo, um sono do qual não acordaria. A monotonia líquida do panorama prosseguiu, no entanto, e a leitura se mostrou alternativa menos tediosa.

Internado na selva do Pantanal, amarrado ao tronco de um pequizeiro, El Diablo era torturado por tarrachís paraguaios que instalaram eletrodos em sua cabeça para lhe arrancar segredos. Como atravessava paredes. Como desaparecia em plena campina calcinada pelo incêndio. Queimaram sua língua com ferro em brasa. Esperavam que respondesse às perguntas por telepatia, pelo visto.

Você acordou quando a Variant pulou no primeiro quebra-molas da entrada de Curva de Rio Sujo, disse Curt Meyer-Clason. Seus joelhos bateram na parte de baixo do porta-luvas, que estava com defeito e abriu. Percebeu que tinha vomitado um pouco enquanto dormia, e o vômito seco endurecera o tecido de sua camisa. No interior do porta-luvas, em cima do *Guia rodoviário Quatro Rodas* e coberto de clipes e parafusos enferrujados, estava o envelope pardo que o homem alto entregara a seu pai no saguão do Hotel Gaspar. Como sempre, não havia nenhum par de luvas no porta-luvas, assunto que sempre o intrigou. Mas daquela vez havia um revólver.

A casa se encontrava às escuras, exceto pela garagem. Ali, o tronco de seu pai foi engolido pelo porta-malas da Variant e não dava mostras de que seria devolvido tão cedo. Você ouviu o trinado de um piano ao atravessar o corredor em direção aos quartos. Não havia instrumentos musicais na casa, e o único a ligar a vitrola portátil era você. A melodia não vinha da vizinhança nem existia nenhum vizinho. Nas ocasiões em que caminhava no escuro pela casa era impossível não pensar no antigo proprietário, o advogado suicida. O gerador da cidade só funcionava das seis da tarde às dez da noite. Depois disso, acendiam velas e lampiões a querosene. O odor do combustível afugentava insetos, mas alguns insistiam em voar direto para a chama. Os lampiões amanheciam com aleluias e mutucas mortas a sua volta. Àquela hora em que chegavam de viagem e a luz elétrica ainda não tinha voltado, o som de piano só podia vir de um rádio de pilha. Como sempre, a rata escutava em seu Mitsubishi portátil embalado em capa de couro a fita cassete de uma pianista chamada Heidi Rosenberg cuja capa exibia imagens de morcegos. O esvoaçar de pombas nas janelas dos fundos o assustou. Ao dar meia-volta, viu a silhueta de um homem no umbral entre a garagem e o corredor. Carregava algo nas mãos, talvez malas, era impossível distinguir. Agachou-se, e outro lampião se acendeu no corredor. A Variant desistira de digerir seu pai, que levou os dois galões para o quintal. Eram produtos químicos que a rata lhe encomendara de Campo Grande. A estridência do piano vinha do pavilhão dos fundos. Você atravessou a faixa ressequida de gramado e pisou os tijolos expostos do piso. Na porta do laboratório iluminado pelo lampião na parede, demorou-se um instante nas fotografias das Cataratas do Iguaçu espetadas com tachinhas em um painel de cortiça. Não estavam ali antes. No centro do painel se encontrava a foto recortada da *Manchete* com as águas do Niágara congeladas. A legenda dizia que a imagem havia sido registrada no inverno de 1911. Nela, um homem encapotado segurava um bastão ou uma lanterna. Acima dele, a impressionante massa d'água em estado sólido lembrava sequoias com a densa folhagem de suas copas imobilizada no flagrante momento da queda. Tratava-se de um fragmento congelado do rio do tempo, disse a rata, que, erguendo o olhar, perguntou: como foi o exame, tudo tranquilo. Disse essas palavras sem a mínima esperança de obter resposta. Sua voz alquebrada indicava isso, seus olhos escuros não tinham brilho. E a viagem, foi legal, a rata continuou, seu pai não correu demais, correu. Sem retirar os olhos das fotografias, você se afastou em direção à bancada repleta de instrumentos, procurando um ângulo de onde pudesse vê-la por inteiro. Do ponto em que se encontrava só conseguia ver as orelhas da rata, seus pelos iluminados de modo tênue pela luz do lampião. Cuidado com a bacia no chão, ela disse, e só então você notou a sua frente uma bacia de latão cheia d'água. Translúcida, a chama do lampião era refletida pela superfície trêmula do líquido. Isso faz parte da minha pesquisa, disse a rata, e ao dizer isso a expressão dela não indicava ter descoberto nada de fundamental, nem que se divertira com o trabalho. Parecia triste, na verdade, como na maior parte do tempo. Seu sorriso era e não era um sorriso, e talvez fosse apenas uma reação nervosa diante do inexplicável de viver com dois homens, um adulto e um menino, ambos mudos. Imagine que esta água se transformasse em gelo com um simples toque, ela disse enquanto você dava voltas meio desconfiado em torno da bacia, não acharia isso surpreendente. Dia desses li uma nota a respeito de um bebê preguiça-gigante congelado que encontraram na Patagônia, a rata disse, erguendo-se da poltrona esburacada onde estava sentada e circulando por um momento em torno da bacia. Despenteados, seus cabelos taparam metade do rosto, assim você não viu as lágrimas que o cobriam. Uma preguiça-gigante morta há milhares de anos, intacta, flagrada pelo gelo no exato instante em que fugia de predadores ou buscava alimentos, não é incrível. Imagine só a enorme contribuição do acaso para que um animal desses chegasse até nós. Vai chegar um ponto da evolução científica em que essa preguiça vai poder nos contar algo do passado, alguma coisa que ainda não sabemos, que somente uma mensagem enviada dez mil anos atrás vai poder nos dizer, não acha. Ainda que estivesse acostumado aos monólogos da rata, você nunca a tinha visto falar daquele jeito sobre preguiças-gigantes, gelo ou qualquer outro assunto do tipo. Quase sempre seus temas se limitavam ao cotidiano, à roupa a ser lavada, às caixas de mudança a serem abertas e à viagem a ser feita no dia seguinte. Mas às vezes, disse Curt Meyer-Clason, como quando nevou no Paraná e mencionou o congelamento das Cataratas do Iguaçu, a rata se deixava levar pelo extraordinário. Ela calou um minuto, observando sua reação ao que falara. Se você pudesse escolher, a rata disse, quais seriam as primeiras palavras que a preguiça congelada diria, o que você gostaria que ela revelasse sobre o outro lado do tempo, sobre o lado escuro da lua, sobre o fundo do mar e sobre a luz das estrelas, ela disse: o que você acha que a preguiça congelada nos contaria sobre a morte. A rata olhou para os lados, perscrutando paredes à procura de algo que você não pôde identificar, quem sabe um recorte de jornal sobre a preguiça-gigante da Patagônia ou talvez a própria preguiça congelada, uma visão do mamífero emoldurado pela geleira enquanto dava seus primeiros passos em direção ao abismo antártico, ao despenhadeiro branco que hipnotizava a rata desde que ela viu a neve que caiu no Paraná em 1975. Porém ela se contentou com um objeto mais prosaico, uma chave de fenda enferrujada em cima da prateleira. A rata a tomou pelo cabo e caminhou para a bacia cheia d'água, enfiando-a na massa líquida. Com um ruído quebradiço de vidro estilhaçado, a água instantaneamente virou gelo. Apenas com um toque da chave de fenda, a água da bacia congelou. A rata deu seu sorriso de canto de lábio, olhou para você e disse: isso é uma belezinha, não é mesmo.

6.

De manhã, ao acompanhar o novelo de vapor que subia do copo de Toddy, a rata desfez a ilusão do congelamento súbito, explicando-lhe que o líquido no interior da bacia era uma mistura de água com acetato de sódio, um tipo de sal. Diluído na proporção adequada em água quente, o acetato de sódio retornou ao seu estado sólido natural com um mero chacoalhão da chave de fenda. Pensativa, ela olhou para o copo de leite que você hesitava em beber e disse que conseguiria congelar um lago inteiro, caso fosse possível aquecer a água a cinquenta e quatro graus e diluir quase um caminhão de sal químico nela. Existem lagos vulcânicos que atingem naturalmente essa temperatura, ela disse, quem sabe um dia a gente não faça essa surpresinha para os peixes, hein.

O cheiro da nata o deixou enjoado, talvez o leite estivesse azedo: havia tanto chocolate em pó nele que ficava impossível distinguir. A nata formada pela fervura era nojenta, um desgosto que você manifestava com sua careta de vômito. No fundo da língua se acumulou aquele gosto parecido a remédio que lá permaneceu até o Toddy seguinte. A rata lhe estendeu uma nota de cinco que você enrolou, enfiando-a no bolso das calças. Ela não sabia, mas aquela nota de cinco era inútil, pois não havia bar ou lanchonete nas proximidades da escola para se comprar lanche. Igualmente, a rata não preparava qualquer refeição pela manhã. Tratava-se sempre daquele copo de leite com Toddy cheio de nata e então rua, disse Curt Meyer-Clason, e a trilha no meio do mato a caminho da aula, e daí a escola. Uma a uma, as notas de cinco eram guardadas na caixa de sapatos debaixo de sua cama com os soldados de chumbo alemães. Enquanto chutava pedregulhos a caminho da escola, sua cabeça engendrava a fórmula da invisibilidade.

No pátio, integrantes da fanfarra retiravam seus instrumentos do depósito e arriscavam alguns repiques. Depois de apear, o soldado raso do regimento hasteou a bandeira de toda manhã e os alunos cantaram em ordem unida. Quando ele partiu a trote, você notou que o cavalo mancava da pata dianteira direita. Pegadas de ferradura ensanguentadas marcaram o chão, mas o soldado não se deu conta. Saindo da fileira em direção ao portão, enfiando a ponta do indicador na areia empapada, você colheu o sangue. O ar da manhã estava úmido, dificultando a respiração, com o fedor das plantas apodrecidas na água parada subindo do pântano à colina onde ficava o prédio da escola. Esfregou um dedo no outro, apreciando a viscosidade do sangue misturado à areia. O sol escalou a cumeeira do pavilhão central e permaneceu lá, como um equilibrista. O sangue espesso grudou as digitais de seus dedos. A fanfarra se alinhou na quadra, as camisas pretas pareciam borrões na claridade da manhã. Seu olhar turvou, sua mão tremeu. Você caiu de quatro na areia. Hassan Sader Gamarra gargalhou ao espancar seu surdo treze vezes, e assim todos os integrantes da fanfarra com seus taróis e suas baquetas num repique alto, e seus dentes, e suas bocas escancaradas que riam de você ali, ajoelhado na areia, acompanhando rodopios em hélice da cauda do cavalo manco do soldado que se distanciava como um avião prestes a alçar voo, observando com atenção a órbita avariada dos planetas, a queda súbita dos astros e o derretimento das nuvens. Pouco antes de desmaiar, ao ouvir a risada dos Botinas Negras, constatou que sua fórmula de invisibilidade falhara por completo.

Na maca, ao erguer as pálpebras, viu o rosto do suboficial que fazia exames médicos na enfermaria da escola naquela manhã, você o conhecia de ocasiões anteriores, depois os olhos de seu pai. Pareciam apreensivos para alguém que apenas fingia ser seu pai. Ainda se situava no ambiente, percebendo o crucifixo na parede, a janela entreaberta e dois moleques do lado de fora que lhe faziam caretas demoníacas e exibiam o dedo médio, quando notou o envelope pardo que Karl Reiners entregara no saguão do Hotel Gaspar. Continuava nas mãos de seu pai, debaixo dos braços cruzados sobre o peito dele, porém fora de alcance.

A hipoglicemia o dispensou da aula daquela manhã, mas não da zombaria. Você se arrastava pelo corredor em direção à porta de saída, o braço direito do seu pai pesando sobre seus ombros caídos, e a turma saiu até a porta da sala para vaiá-lo. Alguém lhe acertou um chute por trás. Nessa hora gostaria de ter um irmão que o protegesse. Logo esqueceu o assunto, pois sua atenção estava voltada para o envelope na mão esquerda de seu pai, a menos de quinze centímetros de seu alcance, atraindo-o como uma cenoura a um coelho em disparada. Não havia no verso do envelope nenhuma palavra que esclarecesse proveniência ou endereço. A postura do portador ao seu lado indicava que ele não passava de um intermediário em algum ponto indefinido entre o remetente e o destinatário. Talvez aquele envelope contivesse o mapa com o caminho de volta para sua verdadeira casa.

7.

Após deixá-lo na garagem, mal a Variant saiu de novo, você montou na bicicleta que ficava esquecida no pavilhão dos fundos e perseguiu o carro. Não se tratava de operação complicada seguir o seu rastro, a cidade não tinha muitas ruas além da avenida principal que a atravessava até Curva del Rio Sucio Norte, o povoado na margem paraguaia do rio, porém havia poeira, uma verdadeira nuvem avermelhada de terra que se valia das ruas da cidade como campo de pouso a qualquer hora, em pleno meio-dia, dificultando a operação de manter a bicicleta no prumo sem invadir a pista por onde transitavam caminhões e picapes, charretes e cavalos de tropa, além disso as rodas estreitas da Monark eram agarradas pelo relevo endurecido do barro, ranhuras que o forçavam a manter o pulso duro no guidão, pois sem isso o risco de ser atropelado era maior, impedindo-o de alcançar a velocidade necessária para permanecer na cola da Variant, que de repente sumiu. De orelha em pé, você brecou a bicicleta e perscrutou sons da avenida, farejou o ar procurando a torre da igreja ou um poste cuja luz tivesse sido esquecida acesa, um ponto que lhe indicasse onde se encontrava. Grossas lufadas de pó e faróis em movimento o alertaram de que estava demasiado próximo da zona central da avenida, então um espelho retrovisor lateral roçou seu guidão esquerdo, levando-o ao chão. Quando ergueu a bicicleta, uma espécie de clareira luminosa lhe permitiu ver a Ford Rural perder o controle e se espatifar contra a árvore: isso ocorreu porque o motorista tentou desviar de você. Ao partir, olhou para trás a tempo de ver o motorista cair da poltrona dianteira no chão. Viu o homem socar a poeira e escutou palavrões enquanto você se afastava velozmente. Ficou com a impressão de já ter visto aquela cena em outro lugar, disse Curt Meyer-Clason, no Ano do Grande Branco. Em uma paisagem nevada. Por quanto tempo aquela Ford Rural continuaria a se espatifar, por quanto tempo.

Assim que percebeu a proximidade do rio, notou que a Variant tinha desaparecido. Girou então a bicicleta e retomou o sentido contrário da avenida. Ao acelerar as pedaladas em direção ao banco, procurou lembrar dos traços do rosto do homem que se dizia seu pai e não conseguiu se decidir se ele usava ou não bigode, se tinha topete ou costeletas, se suas têmporas estavam grisalhas, se sua barriga de cerveja já tinha crescido. Diante do prédio do Banco do Brasil encoberto pela névoa, observou os retângulos iluminados das janelas. Não sabia qual delas ele ocupava, pois nunca antes havia entrado na agência bancária onde aquele que se dizia seu pai afirmava trabalhar. Não sabia como ele se comportava no interior daquele cubo de três andares. Não fazia ideia de quem eram seus companheiros de trabalho, quais os objetos sobre sua mesa, se preferia esferográfica ou caneta-tinteiro. Seria veloz na máquina datilográfica, era o que você se perguntava. Considerou se valeria se esgueirar pela porta lateral do prédio quando o vigilante não estivesse olhando, mas lembrou de uma história, como podia ter se lembrado daquela história, disse Curt Meyer-Clason, se não se lembrava de nada. Não se lembrou, pois sou eu quem lhe conto essa história agora. Uma vez, antes do Ano do Grande Branco, seu pai lhe contou a história do vigilante atrapalhado. Em um assalto, desobedecendo a ordens de somente alvejar assaltantes da cintura para baixo (era essa a orientação geral dada pelo banco à segurança), o vigilante acertou a cabeça do ladrão com um tiro preciso entre os olhos. Inquirido por não ter seguido a orientação, e mais grave do que isso, por que atirara bem no meio da testa do bandido, o vigilante, com expressão tristonha e cabisbaixa, observou o ladrão morto, estirado em uma poça de sangue que só aumentava, adquirindo a forma de um asno com longas orelhas, e respondeu: mas eu atirei foi no joelho, não na cabeça.

8.

Sendo assim, preferiu não testar a pontaria do vigilante.

No estacionamento, localizou a Variant na vaga dos fundos. Observou caminhonetes e fuscas com lama seca acumulada nos vidros e capôs, de agricultores famintos à procura de financiamento para suas lavouras infrutíferas, porém não havia ninguém ali. Através do para-brisa embaçado, examinou os bancos da Variant atrás de sinais de um irmão inexistente, um companheiro fantasma, um antecessor esquecido. O envelope pardo não estava visível, se estivesse no interior do carro só poderia ser no porta-luvas, junto com o revólver, sem as luvas. As portas do carro estavam trancadas. Poderia ter entrado na agência pela porta lateral que dava nos fundos do prédio, mas inexplicáveis reminiscências do tiro no joelho que acertou a testa do assaltante o impediram. Hesitou um instante: aquela Variant seria a do homem que se dizia seu pai, foi o que se perguntou. Estava de tal maneira encoberta pela sujeira que bem poderia ser outra, a cor da lataria quase tinha desaparecido. Verificou os adesivos colados no vidro, o selo de verificação do DETRAN, o brasão da AABB. Tudo parecia o.k., reconhecível: familiar.

Essa palavra de sentido enganoso: "familiar".

Um rosto se insinuou na porta dos fundos da agência bancária. Era o vigilante. O homem saiu de arma em punho. Sem saber qual parte do corpo proteger com as mãos, se os joelhos ou a cabeça, você tentou escapar pelos lados, mas o vigilante o cercou, obrigando-o a seguir em outra direção. Tinha cara de índio, porém usava quepe e uniforme de guarda, o que o deixava com um aspecto mais aterrorizante. Sua tentativa de fuga pela lateral do estacionamento entre dois carros se mostrou um fracasso, e o índio fardado o segurou pelo braço. Quer roubar o quê, hein, cara pálida, você o ouviu dizer, quer roubar nossas peles e estuprar nossas mulheres, é, seu merda. Ele não disse isso, porém pelo seu gesto bem que poderia ter dito. Quer nos trapacear com espelhinhos e badulaques, é. Em silêncio, o vigilante o empurrou para dentro do prédio. A porta dava em um vão de escada, onde o vigilante o imprensou contra a parede. Você não tentou explicar nada, apenas olhou-o nos olhos achinesados de índio. Segurando sua garganta, o vigilante chocou os lábios dele contra a sua boca, e na medida em que a sua própria boca ofereceu resistência à dele, ele começou a mordiscar seu beiço até lhe arrancar um pedaço de pele. Com um murmúrio abafado, você conseguiu dar meio passo em sentido à porta. Porém o vigilante o puxou pelo pulso e acertou um murro na mesma boca que no segundo anterior havia tentado mordiscar. Depois outro, mais forte, para derrubar você. Com uma pilha de fotocópias nas mãos, um funcionário do banco surgiu até o final do corredor e perguntou o que o vigilante estava fazendo, mas quem é esse garoto aí, o funcionário disse com voz quase encoberta pelo vento encanado, e o vigilante continuou calado, mas antes retirou o trinta e oito do coldre, certamente com intenção de parecer competente aos olhos do funcionário, que perguntou mais uma vez: quem é esse garoto, deixa eu ver a cara dele, sai da frente, idiota. Então o funcionário talvez o tenha reconhecido, pois disse assim, esse aí não é o filho do louco do ex-gerente, acho que é, tá a fim de perder o emprego, seu bugre de merda, o que cê tá pensando, hein, caralho.

    E daí parece que o vigilante despertou. Mas não falou nada.

9.

O pai dele tá na saleta lá em cima, disse o funcionário, veio assinar a licença médica.

No piso superior, sentado na cadeira destinada ao público que aguardava atendimento, ofegando dentro do copo d'água com açúcar trazido pelo funcionário entre os dedos trêmulos, com as mãos cruzadas diante do rosto como se fosse rezar, você viu pela primeira vez o nome de seu pai estampado em uma tabuleta de madeira e metal sobre a escrivaninha, um nome onde as poucas vogais pareciam estar sendo devoradas pelas consoantes, como acontecia com o seu próprio nome. Logo abaixo, a designação do cargo: gerente. Pela disposição dos objetos sobre o tampão da mesa era possível afirmar que se tratava de homem ordenado. Na mesinha de apoio ao lado havia uma máquina de escrever Olivetti. Papéis datilografados. Mata-borrão. Lápis e canetas dispostos lado a lado. Agora você sabia que ele preferia canetas-tinteiro.

O funcionário pegou uma caixa de papelão e jogou todos aqueles papéis e objetos pessoais, inclusive a tabuleta com o seu sobrenome, dentro dela.

Aquela escrivaninha nunca antes vista por você estava ali, por um segundo houve objetos em cima dela, disse Curt Meyer-Clason, e marcas no pó acumulado denunciavam a ausência do relógio, havia sobrado apenas a folhinha na parede com colheitadeiras ao pôr do sol estampadas, uma imagem bem bonita. Porém a cadeira permanecia vazia, depreendendo estranheza e ausência de familiaridade. Apressado, o funcionário se desculpou, afirmando que o seu pai não ia mais trabalhar no banco por uns tempos pois tinha recebido licença por motivos de saúde, mas você sabe, você é mesmo filho dele, né, nunca tinha te visto, ele disse, mas você já deve estar sabendo o que ele fez, nossa, que maluquice, o homem surtou, continuou falando enquanto sumia pela escada abaixo, uns papéis voando da caixa de arquivo que ele carregava.

Não parecia fácil adivinhar o que uma pessoa poderia fazer naquele lugar, nem tão simples afirmar com certeza que bicho é um bancário, do que ele cuida, com que tipo de pessoa ele trata, se molha as plantas do xaxim da samambaia dependurada em um ganchinho do teto, quantas vezes vai ao banheiro por dia, e o que podia significar ele não trabalha mais aqui. Ou: foi demitido. Então era ali que ele se enfiava depois de sair bem cedo de casa sem dizer nenhuma palavra, sentado diante daquela máquina de escrever das oito às seis, sem nunca telefonar para verificar se estava tudo bem, se não faltava nada na despensa, se as coisas permaneciam no mesmo canto, se o código de endereçamento postal ainda tinha a mesma quantidade de zeros, se o muro da frente ainda exibia dependurada uma tabuleta de metal com as letras s/n — quer dizer que era ali a jaula de seu pai. Se ele não estava mais ali, agora era um tigre libertado de suas barras. Porém torceu para que ninguém chegasse ao ponto extremo de libertar o tigre de suas listas.

Para seu alívio, reconheceu a caligrafia angulosa dele na folhinha do banco, breves agendamentos do que seria realizado em tal dia e tal hora, da mesma forma que existia outro calendário na parede da cozinha de sua casa com o mesmo tipo de anotação e letra. Os números eram tachados por profundos traços diagonais parecendo cortes de lâmina, riscos que eliminavam dias da sequência ininterrupta de semanas sucessivas, dos meses enfileirados sem término, marcando o papel com a assinatura dele. Talvez fosse a única coisa que realmente conhecesse de seu pai: a letra, poderia reconhecê-la com facilidade em qualquer margem de jornal, nas revistas de palavras cruzadas, e até na aba interna de um boné onde ele escrevera o nome dele, e aqueles riscos que eliminavam os dias conforme eles passavam.

Se àquela altura fosse um grafologista experimentado — o que seria difícil, aos doze anos —, poderia analisar aquela letra e concluir que seu pai era um homem com profundo senso prático, muito pragmático, talvez excessivamente disciplinado e um tanto frio: e que história era aquela de que tinha enlouquecido e recebido licença por motivos de saúde, você se perguntou. Ele não contou nada disso a você na viagem a Campo Grande. Será possível avaliar o grau de tristeza de alguém somente pela análise de sua caligrafia, disse Curt Meyer-Clason. Na impossibilidade de qualquer interpretação, restava-lhe admirar sua beleza enigmática. A letra é uma extensão da mão, e as mãos de seu pai eram algo que você podia afirmar com toda certeza que conhecia bem. Mãos que cortavam o seu bife em pedacinhos, mãos que seguravam o volante do carro, o dedo polegar esquerdo com seu estranho afundamento na parte superior da unha, causado por um acidente durante a aula de marcenaria no ensino técnico, como ele lhe contou uma vez. Talvez você não se lembre desse episódio, que acaba nos levando a outra história, contada pelo homem que se dizia seu pai ao rememorar as mãos do pai dele, seu avô, mas eu lembro: um dia, seu pai lhe contou que a única lembrança de infância que tinha do pai dele remetia aos domingos nos quais o pai retornava após passar dias fora, em viagens de trabalho pelo interior de São Paulo como maquinista de trem na Fepasa e, acompanhado de sua avó, ia buscá-lo na estação ferroviária da cidade onde viviam. Ele ainda era garoto. De acordo com seu pai, o seu avô chegava sem nada dizer e apenas estendia a mão para ele em um cumprimento formal. Depois, saíam de mãos dadas de volta para casa a pé, os três em silêncio. Durante o trajeto, seu pai pensava que aquele homem bem podia ser outra pessoa, apenas alguém que se parecesse fisicamente com o pai dele, ou então se tratava de um homem diferente que retornava a cada viagem, em cada retorno um silêncio diferente, nunca o mesmo, mas ele afinal reconhecia o próprio pai através do cheiro que as mãos dele exalavam, e somente devido a isso, por esse detalhe que nunca mudava, o cheiro forte resultante da mistura de graxa com café e cigarros acumulada durante dias de trabalho na cabine da máquina que operava, o cheiro de seu verdadeiro pai. Cerca de uma hora depois, porém, de banho tomado, em casa, o pai abandonava por completo qualquer noção de familiaridade, permanecendo sentado na cadeira da varanda por horas ao lado do rádio, ouvindo o noticiário. Nem mesmo as roupas que vestia, muito diferentes do macacão usado ao chegar de viagem na estação ferroviária, eram reconhecíveis. Apenas o silêncio era reconhecível. O silêncio, como a caligrafia, eram os rastros de seu pai.

Foi então, ao revirar o tampão da escrivaninha, que você encontrou o envelope que procurava entre outros papéis. Sem hesitar, pegou-o e desceu às pressas pela escadaria. Saiu pela porta dianteira do banco, mas antes verificou se o vigilante índio não tinha sacado seu trinta e oito do coldre. Não pretendia ser atingido no joelho. A bicicleta continuava encostada em um poste no estacionamento ao lado da agência. Com o envelope entre os dentes, desceu a ladeira da avenida que levava até a Ponte da Amizade. Era esse o nome hipócrita que deram à ponte que unia Curva de Rio Sujo a Curva del Rio Sucio Norte, a cidade paraguaia vizinha. Que ridículo, duas cidades tão diferentes terem o mesmo nome. Não havia amizade ali, apenas a ponte em vias de ser queimada pelo último a atravessá-la em fuga, nenhum possível calor humano além do provocado por esse incêndio. Não havia qualquer amigo à vista, só espectros de calor assombrando o asfalto.

10.

Em cima da ponte, sob a vigilância do jovem tarrachí em sua guarita ao final da passagem, você abriu o envelope. Havia uma fotografia lá dentro, disse Curt Meyer-Clason, onde aparecia um menino com a cara coberta de espuma de sabão numa banheira. Aquele menino não parecia ser você, mas era impossível ver a cara dele por causa da espuma. Parecia uma máscara. No verso da foto estava escrito: *Uma lembrança para Karl Reiners, Medianeira, Paraná, inverno de 1975 (nosso menino está bem)*. Mas lembrança de quê, se você não se lembrava de nada, nem do próprio rosto. No envelope também tinha um recorte de jornal que falava da neve em Medianeira e uma casa abandonada no meio da noite.

O MENSAGEIRO
Medianeira, Paraná, 25 de julho de 1975

Geada Negra Dizima Plantações de Café

Após maior nevasca da história atingir o Oeste Paulista, sobreveio a chamada "geada negra", que dizimou cafezais. Técnicos do Instituto Agropecuário Paranaense (IAP) afirmam que a economia da região será comprometida por meia década. Nas rodovias da região, verifica-se o êxodo de habitantes. Atraiu atenção de moradores da vizinhança do frigorífico que um jovem casal tenha abandonado seu lar no meio da noite. O casal habitava o número 13 da rua Sumidouro havia poucos meses, e não chegou a estabelecer relações com os vizinhos. A casa amanheceu trancada, sem sinais de vida no interior, e a polícia foi alertada na noite do dia 23. Autoridades ainda procuram o proprietário do imóvel, de identidade igualmente desconhecida. Na área externa, policiais encontraram produtos químicos inapropriados para armazenamento residencial, cuja composição instável pode ocasionar explosões. A descoberta levantou suspeitas de que o imóvel servisse de "aparelho" para terroristas procurados pelo Estado. De acordo com testemunhas, o casal tinha dois filhos e agia como uma família normal.

Ao observar as águas lamacentas do rio quase paradas, você pensou na agência bancária e na ausência de seu pai tanto daquele lugar como de casa. Ao pensar, nem ao menos considerou que talvez o envelope tivesse sido deixado pelo funcionário na escrivaninha a pedido do homem que se dizia seu pai — para que você o encontrasse, uma pista para sua investigação. Mas naquela ocasião, não encontrando nada além do homem oculto sob o calendário de dias tachados, um prisioneiro que marcava na parede o número de dias que faltavam para ser solto apenas para reconfortar-se (você se perguntava quanto tempo levaria para o tigre ser libertado das listas), você pensou na viagem de dias atrás, na imagem dele refletida no espelho do banheiro do hotel em Campo Grande, com a espuma de barbear cobrindo-lhe o rosto, deixando apenas os olhos à mostra, até que ele soltasse a fumaça do cigarro que subia, encobrindo seus olhos enquanto todo o rosto era corroído pela nuvem branca de tabaco.

11.

Além do pavor de espelhos, você tinha medo do escuro. De noite, apenas observar pela janela o quintal escuro da casa era o suficiente para disparar sua imaginação. Vaga-lumes se tornavam olhos de bestas-feras a galope, cicios e assovios noturnos podiam ser mensagens sussurradas pelos soldados mortos no Ñandipá. Nas madrugadas essas palavras se misturavam com a música de piano vinda do toca-fitas da rata no pavilhão dos fundos. Ela não parecia ter medo nenhum, pois varava noites em suas experiências de congelamento súbito, conforme indicava o fedor dos materiais químicos que vinha do laboratório. Era um bocado vergonhoso sentir tanto medo de escuro, não acha, disse Curt Meyer-Clason. Algo precisava ser feito quanto a isso. Quem sabe andar pelo quarto de olhos fechados durante o dia, decorar o posicionamento dos móveis, depois repetir o gesto à noite. Na primeira ocasião em que tentou isso, arrebentou o joelho na quina da cama. Havia algo de temível nesse estágio inicial de cegueira autoinduzida, uma sensação de catástrofe iminente, a esperança de que algo importante aconteceria e você perderia por estar de olhos fechados. Pensava que monstros noturnos, talvez uma onça solitária ofegando na escuridão diante das entranhas expostas do cadáver ainda quente de um cervo, eram transferidos da escuridão para o interior do quarto. Assim, no exato instante em que baixava as pálpebras, substituindo as reais possibilidades que a visão permitia pelos aspectos turvos da cegueira, o medo começava a operar. O terror noturno passava a estar ali, na quebra repentina da crença um tanto ilusória de que, se o teto caísse — uma hipótese —, você morreria, ou se objetos pontiagudos fossem arremessados em direção ao seu peito, não daria tempo de se desviar. E se ficasse de olhos fechados e em silêncio, poderia sentir a respiração do monstro calmamente acomodado diante de si, seu hálito quente bafejando em seu rosto, e ouviria os estalidos da alvenaria logo acima, a viga soltando-se aos poucos da sustentação que logo se precipitaria sobre sua cabeça, ou mesmo o breve triscar do polegar que tensionava o cão da carabina segundos antes de o gatilho da arma ser pressionado, o cano voltado na direção de sua cabeça.

Era preciso superar o medo irracional. Para isso, se autoimpôs a seguinte rotina: a cada noite, depois que aquelas pessoas que se diziam seus pais fossem se deitar, exploraria de olhos fechados um cômodo da casa imerso na completa escuridão. Ao atingir o ponto mais distante de seu próprio quarto, ali então abriria os olhos, e de olhos bem abertos enfrentaria a treva até chegar de volta a seu travesseiro, sob o qual estariam guardados o recorte de jornal e a foto encontrada no interior daquele envelope pardo: a prova de que você havia sido trocado, de que não pertencia àquela família e que primeiro precisava se fortalecer para depois fugir. Já tinha então certeza de que era filho adotivo.

12.

Você começou naquela mesma noite, disse Curt Meyer-Clason. Depois de tatear a superfície da cômoda e do guarda-roupa e de avaliar a aspereza das fitas adesivas que lacravam caixas de livros distribuídas pelos cantos, abriu a porta devagar para as dobradiças não rangerem e saiu. A cada passo vencido, sentia o sopro que invadia o corredor pela fresta sob a porta da cozinha e que bem podia ser o espírito do advogado suicida vagando pela casa. Calafrios escalavam a base de sua espinha dorsal até o topo do cocuruto, eriçando pelos da nuca e deixando a pele de seu antebraço parecida à de uma galinha depenada. Seguiu mesmo assim, apoiando-se nas paredes que imaginava cobertas de lacraias e de víboras com asas. Tocou a maçaneta da porta do quarto da rata, reconheceu as farpas da madeira do batente, até voltar a sentir a textura preguenta da tinta a óleo que cobria a parede do corredor. Por um segundo, interrompeu o passo e ouviu os pios de uma coruja, o bater de asas de harpias e hipogrifos. Pareciam revoar sobre sua cabeça, no interior do forro da casa. Quase sucumbiu ao ímpeto de abrir os olhos, porém resistiu. Suas pálpebras vibraram, enquanto sob elas suas pupilas recuaram de puro horror. Pôde sentir que o medo saía de si, era expelido de suas glândulas, vagava pelo ar frio e subia até estrelas remotas. Atingiu a parede do final do corredor, um canto morto onde não havia nenhum móvel, e apoiou a ponta do nariz na parede gelada. Abriu os olhos. Todos os seus terrores o abandonaram. De olhos abertos, retornou para debaixo dos lençóis da cama. Fechou os olhos com a ingênua satisfação de reconhecer que naquele momento se despedia da própria infância.

13.

O dia seguinte, a manhã seguinte, o hino seguinte, a aula seguinte não eram outra coisa senão a repetição do dia anterior, o dia seguinte, a manhã seguinte, o hino seguinte, a aula seguinte. A vida era isto, o instante seguinte repetindo o instante que o precedia, o instante precedente sendo repetido pelo instante seguinte, que repetia aquele que o precedia.

Porém havia uma novidade na primeira aula daquela manhã, e não era você. Algo de importante tinha acontecido na cidade no decorrer de sua batalha noturna contra o medo do escuro, um evento tão significativo a ponto de o esquecerem ao longo da aula de educação moral e cívica inteira, e da aula de matemática e mais a aula de geografia, quase a metade de uma manhã na escola. No corredor em volta do pátio ninguém lhe acertou um chute. Em meio aos alunos reunidos em rodinhas, você caminhava como se afinal sua fórmula de invisibilidade começasse a fazer efeito. O burburinho trazia notícias do crime, àquela altura seus ouvidos já estavam aptos a captar a língua da fronteira, e sua compreensão das coisas ficava mais musculosa, mais aguçada. Alguém havia morrido. Não, alguém tinha sido encontrado morto na beira do rio. Esgueirando-se colado à parede, você ouvia. Ah, el muerto era desconocido, un ñandéva, alguém dizia. Um índio. Sim, um indiozinho meio veado que dava a bunda por aí. Asesinado, sí. Bajo el puente. En la orilla sur del rio. A cara enfiada na lama. Na lama. As grandes arcadas do corredor repetiam sussurros e o estardalhaço das bolinhas de gude dos pequenos arrodeados no piso, únicos a não se interessar pela sanguinolência em forma de novidade que vinha da margem mais fria do rio, espocava, ruidoso como só pode soar vidro contra vidro, enquanto o grande relógio ao final do pavilhão fazia tique-taque e se ouviam ecos ocos de saltos de retardatários nos tacos. Com as costas premidas na parede, você considerava as vantagens de ser invisível, o exercício da audição. O diretor da escola cochichava ao pé da orelha cabeluda do professor de matemática, cuja cara brava se desmanchava em espanto. Não era possível, dizia, que horror, nem um índio merece isso. O pau arrancado e enfiado na boca. A boca enfiada na lama. Na beira do rio. Debaixo da ponte. Ali perto, afirmou o diretor. Que perigo, um local frequentado pelos alunos da escola. Assentindo em silêncio, o professor de matemática não parecia ter mais nada a acrescentar. No entanto, murmurou algumas palavras ao ouvido do diretor, que as repetiu com espanto: tortura, crueldade, estupro. A cara do morto envolvida pela borracha de câmara de pneu.

    Na sala de aula, de volta ao rebanho, percebeu que mais de uma carteira se encontrava desocupada. Hassan Sader Gamarra não tinha ido à aula, assim como outros três de seus cupinchas. Suas ausências vibravam no vazio.

    Não havia melhor lugar para se informar do que em frente à Câmara Municipal. A calçada estava cheia naquela tarde. Homens de passagem, em sua maioria agricultores em visita à cidade, conversavam entre cusparadas e cigarros, homens armados de revólver na cintura e cartucheira na mão. O asfalto era encoberto pelo areião trazido do campo por tratores, caminhonetes e carroças que circulavam pela avenida. Mulheres se misturavam aos círculos masculinos, o que indicava que algo incomum acontecia. Uma dona com olhos revirados pela loucura falava de lontras, do perigo das lontras para as crianças da cidade, de quão enganosas eram as lontras, que pareciam boas, tinham um aspecto simpático, até sorriam, espichadas nas barcaças abandonadas à correnteza do rio, no cais, mas eram um perigo, as lontras, um perigo sem igual, nem jacaré, onça e sucuri se comparavam às lontras. A mulher falava de lontras e girava os olhos estatelados e a cabeça cujo cabelo redemoinhado estremecia com movimentos bruscos feitos por seu maxilar, a baba seca nos cantos dos lábios, e você a observava, estudava a estranheza de sua fala, e percebia como a eloquência podia ser mais assustadora que o silêncio. Outra senhora cochichou que aquela só pensava nas lontras, coitada, mas tinha seus motivos, pois perdera um filho pequeno devorado pelas lontras que o roubaram do atracadouro perto das ruínas da antiga alfândega, uma desgraça, animais traiçoeiros dos infernos. E a mulher das lontras emendou, não terão sido as lontras, o corpo do indiozinho não está coberto de mordidas, de marcas de lontras, foi encontrado na margem do rio, não foi, e não lhe arrancaram pedaços do corpo, foi exatamente assim que aconteceu com meu filhinho, com meu pobre filhinho querido, as lontras, foi bem assim que aconteceu, não foi. Um homem procurou acalmá-la, não foram as lontras, ele disse, desta vez não foram elas, desta vez foi bicho pior que lontra, foi gente, disse o homem, segurando a mulher das lontras pelos ombros. A dona arregalou ainda mais os olhos, e outro homem completou, estão achando que o indiozinho era comunista, o corpo tem sinais de tortura. Mas como assim comunista, não passava de uma criança, um niño no puede ser comunista, o primeiro homem disse, um índio puede ser comunista, repetiu no que parecia ser uma pergunta sem interrogação, uma pergunta sem resposta. Nesse momento um vereador se manifestou, dizendo que sí, por supuesto que existen niños comunistas, y no pocos, y índios comunas, pero los milicos estão cuidando do caso, não deixaram ninguém se aproximar do cadáver, eles sabem como resolver isso, quédate tranquila, no se apoquente. Depois da intervenção do poder legislativo, todos caíram num silêncio apaziguado, uma mansidão meio inquietante. A mulher das lontras disse, não é nada disso, foram as lontras, elas comeram o indiozinho, mastigaram o pobre, que nem fizeram com meu filho, não foi, foram as lontras. O silêncio foi preenchido pelo burburinho, até que o vereador, com modos muito calmos, acertou um tapa na cara da mulher das lontras, expulsando-a dali com uma botinada no rabo. A tevê instalada em uma caixa de zinco no tronco de um jatobá em frente à Câmara Municipal anunciou o telejornal do meio-dia e todos se encaminharam até o aparelho, inclusive você se virou. Que engraçado, uma tevê que frutificou em uma árvore, pensou, procurando distinguir algo que fosse da imagem sob o sol cegante do meio-dia. Por causa da antena instalada nos galhos altos do jatobá, aquele era o único aparelho que sintonizava em toda a região. Então, na medida em que você se aproximou, a tela do aparelho ensombreceu, e surgiu o quepe pontudo do general Geisel, sua silhueta demarcada pelas dragonas nos ombros e suas compridas orelhas de abano. O apresentador do telejornal repercutia o pronunciamento de dias passados, o mesmo que você viu no Hotel Gaspar, mas a imagem de réptil do general de óculos escuros continuava em contato telepático direto a lhe enviar mensagens cifradas da quinta dimensão, de outras galáxias, e ele dizia, cuidado, emissário silencioso, muito cuidado com as forças adversárias que o caçam nessa terra pantanosa repleta de lontras assassinas, ele dizia, cuidado com os Botinas Negras e suas solas impiedosas, cuidado com o silêncio e a escuridão de casa, com a loucura alheia e com sua própria incompreensão das coisas, olhe para o futuro, pequeno alienígena, sim, o futuro, pois nele estaremos à sua espera, com nossa astronave luminosa a fatiar o horizonte em dois feito uma linguiça. Iremos à sua procura, emissário silencioso, câmbio, desligo. E a televisão saiu do ar. Você, porém, disse Curt Meyer-Clason, já tinha perdido a sintonia um pouco antes.

Um nó de nervos repuxou em seu pescoço e sua orelha direita estremeceu de dor. Era o sinal de que a hora de tomar o fenobarbital se aproximava. Depois de um par de anos consumindo barbitúricos, agora você era um catálogo completo de tiques nervosos de incrível pontualidade.

14.

Em casa, um silêncio ainda mais denso do que o usual se instalou na sala, no banheiro, na cozinha, em meio ao mobiliário empacotado. Você nunca pensou no assunto: e se dentro daquelas caixas houvesse apenas outras caixas que, abertas, mostrariam outras caixas levando a outras caixas num processo infinito de abrir caixas dentro de outras caixas, sem nunca atingir o fundo. E se.

Depois de procurá-lo a pé por toda a escola, disse Curt Meyer-Clason, na margem do rio, debaixo da ponte e até mesmo na delegacia, o que foi bastante arriscado para ela, a rata encontrou você na calçada em frente à Câmara Municipal, estático diante do aparelho de tevê encaixotado em zinco, hipnotizado pela escuridão do tubo fora do ar. Ao caminhar em sua direção, não demonstrou o que tinha passado nas últimas horas, desde o término das aulas até o momento em que concluiu que você não apareceria para o almoço naquela tarde, porém seu rosto estava vermelho e os olhos inchados denunciavam raiva. Apenas tocou seu ombro de leve, trazendo-o de volta à realidade. Caído no chão, sob a sombra da marquise, um chamacoco observou a cena e sussurrou algo para você, algo a ver com o derretimento de geleiras e a queda das estrelas. Ao emergir de seus pensamentos, você também o observou, com a esperança de que fosse El Diablo sob disfarce esperando para salvá-lo, mas não passava de um mendigo que não tirou os olhos das pernas carentes de depilação da rata.

A noite logo chegou, mais escura que outras noites, e também mais suja. Assim que se instalou no quarto, pouco depois de a rata lhe servir um lanche acompanhado do comprimido de fenobarbital, você se enfiou no lençol bem na hora em que os pneus da Variant esmagavam os pedregulhos da entrada da garagem. Era o homem que habitava a mesma casa que você voltando do trabalho ou do hospício, recebido aos palavrões pela mulher que vivia no mesmo endereço — os xingamentos diziam respeito a certo telefonema recebido pela rata naquela tarde, uma ameaça de morte —, que puxaram outro palavrão do homem e assim por diante, numa sequência vívida de ofensas mútuas entre aquelas duas pessoas que você só conhecia de vista e que nunca vira em estado tão beligerante.

Os desconhecidos continuaram a discutir, passando do exterior da casa para a sala e da sala para a cozinha. Ruído de louça estilhaçada e metal contra algum objeto que se partiu. Vozes subiam e desciam com violência, mas as palavras iam sendo distorcidas pela distância entre os cômodos da casa, ecoando de corredor em corredor, ribombando nas paredes e cantos desmobiliados. Era difícil entender o que diziam, na verdade ouvia aquelas palavras pela primeira vez. Sem saber o que motivava a briga, a ameaça de morte, indeciso se estava mesmo em seu quarto ou em outro lugar da casa, talvez em outra casa, numa das anteriores, a casa de Medianeira onde tinha a impressão de que havia mais de uma cama de solteiro em seu quarto, um beliche com a cama de cima que devia ter sido ocupada um dia por seu irmão mais novo, pelo irmão secreto que aquela roedora desconhecida afirmou nunca ter existido, mas que insistia em povoar sua lembrança desmembrada, o seu antecessor, era o que achava, sim, havia a lembrança de um beliche com apenas um ocupante, e você estranhou o alarido e procurou tapar as orelhas, quis se livrar delas, das vozes estranhas, quis deixar de ouvir os palavrões, desejou viver em um mundo onde ninguém mais falasse nem fizesse barulho, onde cães não latissem, um lugar silencioso sem alvoroço de insetos, um lugar onde fosse completamente surdo, além de mudo como você já era.

Então, ao instante de quietude seguiu-se o ronco do motor em marcha à ré da Variant que arremessou cascalho contra a vidraça da sala. Algo se quebrou. Um pneu guinchou nos pedregulhos. Um grito. Na rua de terra, o carro patinou na lama e se ouviu o estalo da primeira marcha que escapou ao engate. Depois, silêncio de novo, interrompido pelo bater de asas da coruja que caçava camundongos no telhado.

Agora preste atenção, disse Curt Meyer-Clason, existem lugares a serem explorados até mesmo na superfície de nossa cama. Dizem que não há mais recantos desconhecidos no planeta, e que as montanhas e serras mais intransponíveis já têm bandeiras fincadas em seus cumes, que não existem mais florestas, pântanos e desertos que não estejam representados nos mapas, que o fundo dos oceanos não passa do fundo de um imenso aquário possível de ser visto por qualquer criança em idade escolar, e que inclusive a lua não está mais suficientemente distante das pegadas humanas, porém na hora em que nos deitamos em nossas camas geladas, nas noites de inverno tão solitárias em que nossos corpos ocupam quase sempre a mesma posição invariável, de bruços, de lado ou de barriga para cima, além dos pontos aquecidos por nossas pernas, por nosso tronco e por nossos braços, nessas ocasiões, preste atenção, se você tiver a coragem necessária e esticar o pé até a extremidade da cama, poderá descobrir, com a ponta do dedão direito do pé e depois com a do esquerdo, um local nunca antes ocupado na Terra, um espaço vazio que está à nossa espera noite após noite, bem à nossa volta, um polo gelado que se oculta em cada um dos recantos da cama, e até mesmo a planície, a um palmo da cordilheira de montanhas que o corpo estirado imita, está fria e é um vale inóspito, e se você mover sua mão da área aquecida mais próxima do lençol em que se encontrar, se retirá-la do meio aquecido das pernas dobradas e a esticar por essa planície desolada repleta de ondulações do lençol, descobrirá que o mundo é assim, e que precisamos descobrir muitas e muitas vezes os lugares mais óbvios até que eles passem a nos pertencer de verdade.

As partes mais frias dos lençóis de nossas camas, áreas que nossos pés evitam, disse Curt Meyer-Clason, essas são as partes onde dormem os fantasmas.

15.

Não conseguiu dormir naquela noite. Resolveu prosseguir com seu combate ao medo do escuro. O plano era atingir recantos cada vez mais distantes do terreno da casa, portanto enveredou de olhos fechados pelo corredor, passou pela sala chegando até a porta de correr da frente que permanecia entrecerrada e pisou as lajotas frias da varanda. Dali seguiu pela trilha estreita ladeando a sala, guiando-se com mãos apoiadas nas janelas basculantes, arrancando com a unha a argamassa fresca que sustentava os vidros nos batentes e sentindo o orvalho que escorria das folhas de seringueira sobre os seus cabelos, tropeçando nas raízes úmidas que brotavam do terreno onde enfiou os dedos dos pés enquanto seguia adiante, o coração pedindo para sair do peito, a respiração trancada pelo pavor que arrefecia a cada novo passo e retornava logo depois ao pensar nas cobras que já vira em um telheiro por ali que a rata dizia ser casa de cobras, pensou em assoviar um pouco para espantar o medo mas lembrou que assovio de noite chama cobra, ao menos foi o que ouvira dizer, e preferiu prosseguir em silêncio, um pé de cada vez, pois correr de olhos fechados não seria boa ideia, ademais num corredor tão estreito e repleto de árvores nas quais poderia topar e quem sabe cair e quebrar um braço, não bastava ter o nariz quebrado, coisa que dificultava sua respiração, então pensou em abrir só um pouquinho os olhos, apenas o suficiente para ver se tomou o caminho certo, afinal da última vez chegara até a seringueira — seu recorde de caminhada noturna com olhos fechados —, mas depois, ao dar na margem do campinho de futebol coberto de mato dos fundos da casa, ao chegar bem ali se perdeu, batendo com o dedão nos degraus que levavam à cozinha, quase arrancando a unha. Nesse instante ouviu o pio da coruja que fazia ninho no forro do telhado: estava na trilha que o levaria até o pavilhão dos fundos, o ponto mais distante de seu quarto de dormir e portanto o seu destino final, onde poderia comemorar em definitivo o sepultamento de seu medo de escuro, por outro lado o canto mais temido por você em todo aquele trecho, nem mesmo o banheiro de seu quarto, suposto local do suicídio do antigo proprietário da casa, o apavorava tanto, isso porque tinha certeza que, ao abrir os olhos diante da parede do pavilhão dos fundos, se depararia com o diabo em pessoa (usava o termo sem ter certeza se se aplicava à figura do diabo, que não era exatamente uma pessoa, ou ao menos você achava que não era), porém continuou seu teste na medida em que sua pulsação acelerava ainda mais, e seguiu mais rápido, quase aos pulos, até a palma dos pés reconhecer o cimento mal-ajambrado que permitia adivinhar os tijolos do piso do pavilhão, entusiasmando-se por alcançar a reta final de sua corrida às escuras, então pôde caminhar mais rapidamente, apoiando-se de coluna em coluna, contando mentalmente as oito colunas que levavam até a parede dos fundos e daí suas pálpebras começaram a se descolar devagarinho, deixando a escuridão penetrar nas pupilas, mas foi aí que veio a surpresa, primeiro percebeu que o lugar não estava tão escuro assim, depois viu que a porta do dormitório do pavilhão estava aberta — um quartinho reservado à empregada do antigo proprietário —, e nele viu um homem, o mesmo homem que vira no saguão do Hotel Gaspar, um homem sentado em uma cama de campanha à luz de um lampião, um homem que olhava fixamente nos seus olhos enquanto segurava um livro, um homem (que não parecia ser o diabo; nunca imaginou que o diabo usasse ceroulas, se bem que eram ceroulas vermelhas) que sustentou o olhar no seu até o exato instante em que você começou a tropeçar sobre os próprios passos, a correr de volta em direção à casa, e a correr o mais depressa possível em direção ao seu quarto de dormir, onde se escondeu debaixo dos lençóis, tocando com os pés o ponto mais frio da cama onde dormem os fantasmas, e ali ficou com os olhos bem fechados até penetrar com vagareza o terreno dos pesadelos.

16.

De manhã, a rata não saiu da cama. Você agiu por reflexo e seguiu para a escola. No caminho, cuspiu o resto amargo de fenobarbital que continuava preso na garganta. Vomitou um líquido amarelo em cima de uma moita e seguiu seu caminho.

Na sala de aula o crime do dia anterior perdera a força, e ninguém ousou cogitar onde estariam Hassan Sader Gamarra, e seus cupinchas número 2, número 15 e número 31. Suas carteiras permaneciam desocupadas. De vez em quando, nos momentos em que a professora de geografia escrevia nomes de rios no quadro-negro, Basano La Tatuada lançava uns olhares apreensivos ao fundo da sala: deparava-se apenas com o vazio da ausência de Hassan. Ao voltar a cabeça para a frente, o seu olhar e o dela se cruzaram só uma vez, mas o encontro não durou nem um segundo e logo se perdeu em nomes de rios da Ásia e das Américas, restando-lhe a nascente — que não era a do Orinoco — de cabelos negros na nuca de Basano La Tatuada e as tatuagens de figurinhas de chiclete nos antebraços cor de açúcar mascavo que ganhavam cores impossíveis ao mais mínimo movimento dela.

Firmando as vistas, tornava-se possível enxergar coisas naqueles decalques coloridos. Era setembro de 1976, o tempo ruminava cada vez mais lento então, como um velhinho banguela roendo osso, ao ritmo do fenobarbital, e com a primavera veio uma série inédita de figurinhas de chiclete bastante esquisitas; naquele mês a que circulava de mão em mão no pátio da escola se compunha de monstros, porém não de qualquer monstro de gibi e sim de monstros mitológicos. Então bastava apoiar a cabeça sobre os braços cruzados no tampão da carteira e vê-los se mover de figurinha a figurinha na pele de Basano La Tatuada, a Fênix morria em uma delas, uma imagem laranja incandescente que num átimo passava ao vermelho e renascia na estampa seguinte, próxima da dobra do antebraço, entre cinzas e penugens que aos poucos, conforme a luz do final da manhã acompanhava o trânsito do sol através da janela, invadia a sala de aula por completo, rumando a tons de verde cada vez claros, seguindo em direção ao meio-dia e à altura dos bíceps morenos e suaves dela. E havia muitos outros monstros, na lateral do pescoço a Medusa e sua cabeleira de serpentes que transformava você em pedra em meio a outras pedras, seus colegas todos debruçados e imóveis nas carteiras, observando os cabelos negros luzidios de Basano La Tatuada, que demarcavam o centro da classe e uns braços cor de ouro que enrolavam aquele coque... Também havia a figurinha de um Minotauro naquele pescoço, e era assim que todos os seus colegas se sentiam: presos ao labirinto epidérmico de Basano La Tatuada, enquanto você se sentia momentaneamente livre dos monstros e enxergava histórias em quadrinhos decalcadas sobre a pele dela, mas aquelas eram histórias sem sentido.

Talvez fosse sua chance de não regressar mais para casa.

Decidiu voltar, porém. Em casa, a rata permanecia na cama. O sol se escondeu do lado de fora e a escuridão pairava no interior dos quartos que bafejavam um fino hálito de sombra. Tudo estava silencioso. Você entrou e foi até a geladeira.

Duas horas depois, quando a rata enfim abriu os olhos inchados no meio da tarde, havia um copo de Toddy em cima do criado-mudo ao lado da cama. Já estava frio àquela altura, mas você o deixara ali morno antes de sair.

Chovia.

A rata se levantou da cama com o ímpeto de um acorrentado na masmorra, apenas para deparar com a porta aberta da cozinha inundada por sapos trazidos pela chuva. Ela encostou a porta e foi até o banheiro, onde abriu o armário de remédios sem dar atenção à própria imagem refletida no espelho. Depois destapou o frasco de fenobarbital, puxou o algodão protetor e retirou um comprimido, que engoliu a seco.

No quarto dos fundos da casa não parecia haver mais nenhum sinal da presença do homem de ceroulas vermelhas, exceto pela cama de campanha dobrada, apoiada no guarda--roupa vazio. Embora a cama existisse, era uma cama concreta e não de ficção, bem dura por sinal, e nada indicava que alguém havia se deitado nela na noite anterior. Com o tempo, disse Curt Meyer-Clason, você se convenceu de que aquela visão noturna não passara de efeito do fenobarbital.

As goteiras do telhado desafiavam a estrutura do pavilhão, atravessando vigas, reunindo-se em poças nas crateras do piso, ensopando a cobertura plástica que protegia os tubos de ensaio e instrumentos esquecidos pela rata sobre a bancada.

17.

Começaram as vigílias no pavilhão, disse Curt Meyer-Clason, mal você chegava da escola e se punha a vasculhar o quintal em busca de vestígios do clandestino, de migalhas de comida ou de papel higiênico pelos cantos. Não encontrou nada disso, mas o alpendre do pavilhão se mostrou bom lugar para ler o livro de Centurión. Àquela altura já não sabia se lia a história de El Diablo ou se improvisava sobre ela. Nisso, um guerreiro kadiwéu surgiu em cima do muro do quintal. Tinha a cara pintada para a guerra e brandia sua borduna. Disparos de mosquetões se fizeram ouvir além do muro, assim como explosões e gritos de dor, então o kadiwéu sorriu para você e se lançou de peito aberto para o outro lado, para o coração da batalha.

Voltou a chover. A água da chuva atingia o piso do corredor, deixando o carpete todo empapado. Os sapos voltavam a invadir o corredor, eram dezenas deles e coaxavam alto. Enquanto a rata sentava na cozinha e os observava aos pulos, a noite chegou antes da hora. Mas não aquele que se dizia seu pai, esse não voltou e não voltaria naquela primeira noite chuvosa nem na seguinte, em que não choveu, e nem mesmo na noite de lua cheia de um mês depois daquela ou na de um ano passada aquela noite, quando voltou a chover.

Ao despertar naquela tarde, a cadeira reclinada na parede onde estava sentado, você quase caiu para trás. Havia escurecido rápido, e a sombra da coluna se projetava entre o canto onde se recolheu para ler e o quarto dos fundos. Talvez por isso o homem de ceroulas vermelhas não o percebeu ali. Deitado de lado na cama de campanha envergada com seu peso, ele segurava um papel, procurando alcançar a luz fraca da lamparina. Lia com dificuldade o que parecia ser uma carta. Deixava um revólver a seu alcance sobre o colchão. Apoiando os pés com cuidado no piso para não fazer barulho, você o acompanhou com certa vergonha, pois sentiu que ele não queria ser observado. Era aquele mesmo homem do Hotel Gaspar, o que entregara o envelope contendo a fotografia do menino com a cara oculta pela espuma de sabão e o recorte de jornal àquele que afirmava ser seu pai, um envelope (agora você sabe) que também era um bilhete de despedida. Os traços do rosto do homem de ceroulas se pareciam com os da rata, e agora você também sabe que se tratava de seu tio comunista, o desaparecido em combate Karl Reiners, mas então preferiu não saber quem era, deixando-o meio apagado sob a penumbra. Enquanto lia, ele afastava com delicadeza o sangue que jorrava de um rombo em sua testa com a mão que segurava o cigarro, mas a ferida à bala não parecia incomodá-lo a ponto de interromper a leitura.

No outro dia, entre o vapor que subia do copo de leite e seu rosto, a rata disse: o seu pai vai demorar a voltar pra casa.

É, por um tempo a gente vai ter de se acostumar sem ele. Foi fazer um curso do banco lá em Brasília. Um curso muito demorado. Você deve ter achado o curso realmente demorado, disse Curt Meyer-Clason, pois o homem que se dizia seu pai nunca mais voltou.

4. A narrativa de Karl Reiners

(*Abril, 1964*)
(A *Variant*)
(*1945, 1946*)
(*O submarino*)

1.

A história secreta de sua infância que Curt Meyer-Clason contava lhe devolveu a recordação na qual fugiam de Medianeira para Curva de Rio Sujo no inverno de 1975. Foi no início do Ano do Grande Branco, logo após o acidente e a nevasca que caiu no Paraná, pouco antes de você não ter sido encontrado no esconde-esconde, de esquecer e ser esquecido.

Você então lembrou da história que a rata contou, disse Curt Meyer-Clason, a você e ao irmão mais novo que vivia em seu estômago, à sua sombra improvável, e ao seu pai prestes a enlouquecer, quando estavam na estrada. Em sua lembrança ela olha para você, apoiando-se sobre o encosto do banco dianteiro como se não existisse outro lugar para ocupar no mundo e lança seu sorriso audaz de copiloto ao homem que se dizia seu pai. Ele quase não fala durante a viagem, apenas acende um Minister atrás do outro, apoiando o braço quebrado na janela por onde o vento frio penetra, mantendo a atenção na pista, enquanto no banco traseiro você mexia em seus soldados de chumbo alemães dentro da caixa.

Nunca lhe contei a história de quando seu tio Karl Reiners ficou sumido no pântano durante um mês, disse a rata, e o que ele nos contou quando regressou a Cuiabá. Você balançou a cabeça em negativa, e o seu pai também, pois ambos sabiam que se a rata tinha começado a contar aquilo devia ser porque você estava agitado demais no banco traseiro da Variant e o Dramin que ela lhe dera já perdera o efeito. Também significava que o destino final ainda estava longe. Quando respondiam que não, que ela nunca havia contado a tal história, a rata dava outro olhar satisfeito ao homem que se dizia seu pai. Ela lhes devolvia aquele sorriso invencível dela, você não saberia dizer quantas foram as vezes que pensou em morrer ao vê-lo. Toda vez que aqueles dentes de roedora surgiam à sua frente, tinha certeza de que o improvável aconteceria outra vez, de que o acaso se repetiria e o caos seria ordenado. O sorriso da rata era um sinal de alarme prestes a disparar. E era o seu coração que disparava, disse Curt Meyer--Clason. Nunca entendeu por que sentia isso, se achava que ela não era sua mãe verdadeira.

Essa é, portanto, uma história ouvida nas primeiras horas da manhã, soprada pelo ar enregelante que penetrava pela janela do carro em movimento. Ainda estava escuro, e as luzes do painel deixavam os rostos com aspecto irreal, enquanto a brasa do cigarro soltando fagulhas imitava o voo de um vaga-lume. Do lado de fora, a escuridão da paisagem era o próprio cenário onde a história se desenrolava. De vez em quando dava para ver à distância, quando Hugo Reiners acionava os freios e os faróis traseiros da picape se acendiam. Não era possível enxergar muito além disso, e sua imaginação se ocupava de preencher o vazio com imagens descritas pela rata. Essa narrativa opera em zonas instáveis da memória, pois foi contada um pouco antes do alvorecer até o anoitecer seguinte a um garoto entorpecido pelos barbitúricos e anti-histamínicos. Sua veracidade de difícil comprovação resulta de jamais ter sido escrita. É uma história que só existiu no espaço de algumas horas e desapareceu, levada pelo vento.

2.

Foi em abril de 1964 que as esperanças terminaram, após o golpe militar e a consequente prisão dos resistentes. Como toda narrativa, esta teve um início que antecedeu o final, mas a parte que nos interessa é o centro dela, seu nó misterioso e insolúvel. Embora fosse jovem, Karl Reiners já era dono da maior loja da cidade, a Casa Reiners era a única que vendia eletrodomésticos em toda a região. Karl, porém, encontrava-se cada vez mais desligado dos negócios. Filiara-se ao Partido Comunista Brasileiro ainda no liceu escolar. Revoltou-se pelo fato de os empregados da Sumidouro não poderem comer na mesa da família. Com sua parte da herança recebida após o sepultamento de dom Georg Reiners, o pai a quem Karl, Hugo e a rata sempre trataram por nome e sobrenome, e a quem eles nunca conheceram realmente, Karl deu início ao comércio, arrematando uma antiga mercearia no centro de Cuiabá. Na medida em que seu envolvimento político se intensificava, as vendas diminuíam. A loja da rua Treze de Junho passou a ser ponto de reuniões clandestinas de militantes de esquerda. Havia forte componente irônico no fato de Karl ser comunista e proprietário da loja. Com frequência distribuía produtos aos mais pobres. O dilema não perdurou muito, pois o negócio faliu junto com os planos de reforma agrária de Jango.

Na noite do golpe, Karl se reuniu com os camaradas nos fundos da loja esvaziada da Treze de Junho, onde decidiram pegar as armas que tinham à mão. Ouviram na Rádio Tupi que tropas saídas de Minas Gerais rumavam à capital federal. O presidente João Goulart não ofereceria combate. A fé revolucionária de Karl e seus amigos, uns camponeses rudes ligados a sindicatos agrícolas, enganou-os naquele momento, e quiseram crer que opositores em todo o país sairiam para resistir aos golpistas. Tremendo erro de avaliação. Tinham o compromisso de um sargento do Exército lotado em Campo Grande, que lhes forneceria o necessário armamento para a luta. Segundo erro. Assim, mergulharam na zona sombria da clandestinidade sem o mínimo temor de não retornar à luz. Eram jovens, talvez jovens demais.

Naquele 1º de abril, disse a rata, Karl Reiners se embrenhou no matagal que rodeava Cuiabá na companhia de seus camaradas. Tencionavam atingir a cidade de Jaciara, mais ao sul, onde se desenrolaria a guerrilha camponesa. Para tanto, encontrariam no meio do caminho o companheiro X, encarregado de contatar o sargento que roubaria fuzis do exército. Não sabiam que seu companheiro caíra numa emboscada na noite anterior e àquela altura recitava no pau de arara um a um os nomes dos rebelados, além de indicar seu paradeiro. Em poucas horas, um batalhão com duzentos e cinquenta homens enviado de Cáceres estaria no encalço do pequeno grupo. Sem prejudicar o que realmente interessa dessa história, posso adiantar que naquele esconde-esconde Karl e seus camaradas não foram encontrados.

A jornada no meio do cerrado não seria simples. Percorreriam a pé quase cento e cinquenta quilômetros até o destino final. Karl Reiners e seus camaradas não tiveram tempo de preparar o que comer, levando apenas arroz carreteiro e farinha de mandioca enrolados em panos de prato. Eram quinze homens, e a matula só foi suficiente para três ou quatro refeições frugais. Igualmente, não se encontravam preparados para enfrentar a vegetação do cerrado, que é baixa e cujas árvores e arbustos têm galhos secos e espinhos que podem ferir e até cegar. Somente alguns deles vestiam gibões de couro adequados para enfrentar tal ameaça.

Agora você lembra com nitidez da voz da rata modulada pelo vento ao contar essa história, disse Curt Meyer-Clason, o tom moderadamente heróico que adotava para falar de Karl Reiners. Do hálito azul do cigarro de seu pai que o vento desdobrava em anéis espiralados no interior da Variant, espectros que passeavam diante de seus olhos e se desmanchavam na janela do para-brisa. Da brasa e das luzes do painel e do rádio dessintonizado. Das silhuetas de guerrilheiros feitos de neblina que os assombravam. Dos perigos no meio da mata escura, da noite lá fora, da margem da estrada seguindo em linha reta rumo ao desconhecido.

3.

Depois de dois dias de caminhada, ao se aproximarem de um morro nas cercanias de Santo Antônio de Leverger, Karl intuiu que algo podia estar errado. Suspeitava que não encontraria vivalma em meio ao mato, porém acreditava que suas fileiras engrossariam no trajeto, recebendo adesão de novos companheiros pelas trilhas de ranchos e fazendas, nas cercanias dos vilarejos. Não foi o que aconteceu. De noite, quando cruzaram um povoado sem nome que pensaram se tratar de Boa Sorte (afinal bons augúrios, Karl disse para si mesmo), perceberam o tremular das chamas de lamparinas sendo apagadas assim que passavam pelas taperas, janelas de madeira se fechavam à sua aproximação. Ninguém atendeu aos chamados. Não conseguiram um só prato de comida naquele vilarejo.

Enquanto a rata prosseguia o relato de Karl, disse Curt Meyer-Clason, você apalpava o assento marcado pelo excesso de quilometragem ao seu lado à procura de algum resquício de calor humano, de traços da presença do seu antecessor, do seu irmão secreto, porém o tecido sintético do banco se tornava a cada minuto mais enregelante devido à corrente contínua de vento invernal. Nunca entendeu como não contraiu pneumonia naquela viagem.

Superado o longo trecho de cerrado, Karl Reiners e seu reduzido exército atingiram a região do Pantanal. Diante daquela imensidão labiríntica de terra movediça populada por répteis, as dificuldades anteriores adquiririam para a maioria dos homens a aparência entretida de um passeio no campo, mas para Karl penetrar os pântanos equivalia a voltar a sua casa ou ao único elemento possível de ser relacionado ao lar, um espaço liquefeito cuja solidez se desintegrava a seus pés à medida que caminhava. Nada, nenhum animal rastejante ou bambuzal redemoinhado pela ventania, escapou à vigilância dos homens. Bastaram vinte horas de traçado puramente ilógico, obrigados que foram a se desviar de grandes bacias d'água intransponíveis em círculos que iam aumentando a cada hora vencida, além da parada para descanso de trinta minutos, e Karl percebeu que o grupo se reduzira à metade. Parte dos homens, amedrontada e exausta, havia desertado. No entanto Karl e os remanescentes prosseguiram sua jornada com bravura revolucionária, margeando larguíssimas lagoas concêntricas que se organizavam na forma de arquipélagos às avessas, cada vez mais extensas e, na medida em que a mínima franja de solo que pisavam se tornava profusamente encharcada, reduzindo a velocidade de seu avanço e exaurindo energias, perdendo forças a cada passo, até que suas pegadas tão profundas começassem a se parecer com afogamentos, não tinham direito de esmorecer. Karl desconfiou que os quatro pontos cardeais haviam enlouquecido, o que não é de todo improvável devido à concentração de minério magnetizado naquela região, onde montanhas inteiras podem ser poderosos ímãs naturais que confundem até peregrinos experimentados. Naquele momento os camaradas não podiam assegurar que o companheiro X, encarregado de encontrá-los com os fuzis resgatados ao sargento Y, esperava-os num local e não em outro, ou em algum ponto da mata pelo qual haviam passado. Mal podiam supor que o companheiro já estivesse morto, assassinado sob tortura, e que seu corpo mergulhasse nas águas de um afluente do rio São Lourenço de fundo enlameado com sacos de cimento amarrados aos pés e eviscerado para impedir a flutuação do restante de sua carcaça.

Embora fosse nascido e criado na região pantaneira, Karl não reconhecia as paragens por onde se embrenharam. No terceiro dia de marcha, avançando pelos currais abandonados, cemitérios cujas lápides se desmanchavam sob o peso do musgo e dos cipós, margeando casebres devorados pela selva, percebeu que só podiam estar perdidos. A vegetação se adensara, dificultando o avanço. Passavam as noites no topo de árvores previamente examinadas para evitar víboras ou bugios, os maiores macacos do continente. No final da manhã, ao atravessarem um desfiladeiro de folhagens, foram atacados pelos bugios à distância, que arremessaram suas próprias fezes contra os rebeldes em fuga. Fervente, a merda ardia quando atingia a pele. Saíram do outro lado da passagem com cabeças chamuscadas e encobertos de bosta. Karl sentiu-se ainda mais traído com o episódio, pois ao seu final dois homens debandaram mesmo sem terem ideia de para onde seguir.

Armados apenas com dois revólveres trinta e oito e a velha garrucha que fora usada pelo pai de um deles ao combater na Coluna Prestes em 1926, os remanescentes se enfiaram na escuridão da floresta, temerosos de encontrarem algo mais letal que bugios; uma onça, por exemplo. Sem contar com a orientação da bússola, Karl vislumbrou o que parecia ser a luz fraca de uma fazenda em meio às copas das árvores. Estava distante, mas era a única orientação a seguir no fiapo de horizonte que tinham ao alcance. No dia seguinte, rumaram em direção à luz que haviam visto.

A revolução estava em curso, apenas tomaram o caminho contrário a ela em vez de um atalho que os levasse à direção certa. O atraso era momentâneo. Karl Reiners não hesitava diante do fracasso. Em sua imaginação, àquela altura camponeses de todo o país se uniam aos estudantes e a classe média se levantava em massa para combater os militares que haviam usurpado o poder legítimo de João Goulart. Não podia ser de outro modo, o Brasil enfim eliminaria suas diferenças sociais. Ele sabia bem o que eram essas diferenças, afinal seu pai fora latifundiário. O futuro já demonstrava suas possibilidades logo ali ao seu lado, onde estavam o camarada Z e seu filho W, responsáveis pelo primeiro levante comunista exitoso realizado por sindicatos do Mato Grosso. Em sua opinião, Z era um humilde representante do povo, semianalfabeto, com sua garrucha enferrujada herdada do pai na cintura e o facão na mão, desbastando o mato para abrir caminho. Mesmo assim era profundamente politizado e consciente de seus direitos, um líder nato que encabeçara a desocupação do Pico do Amor, em Cuiabá. Juntos, o camarada Z e ele eram a comprovação definitiva de que a união de classes em oposição aos opressores não era uma utopia, mas um ideal.

Karl adquiriu consciência política muito precocemente, e recusava-se a comer as refeições que eram servidas na casa do pai. Assim, acreditava que sobraria no mundo mais comida para os miseráveis. Por esse motivo dom Georg Reiners lhe deu várias surras, sem resultado. Ele dizia que a tortura não mudaria seu modo de pensar. Ao insistir com suas greves de fome, acabou anêmico. Arrastava-se, amarelado, pelos corredores da casa, dizendo que enfim tinha se tornado um maoísta. Crianças normais eram assombradas por Deus e pela possibilidade de ir para o inferno, porém não Karl. Ele acreditava que o inferno já era aqui, mas apenas para os pobres.

A Variant pegou uma estrada lateral e pelo ruído dos pneus no cascalho solto você soube que entravam num posto de gasolina. Ouviu latidos. Dobrando-se adiante, a rata alcançou a garrafa térmica, desatarraxou o copinho que fazia as vezes de tampa e serviu-se um pouco de água, que sorveu de um só gole. Depois encheu novamente o copo e o estendeu a você com um comprimido de fenobarbital. Está na hora, ela disse, na verdade já passaram quinze minutos, me distraí. Você engoliu o comprimido enquanto o carro estacionava. Letras e sílabas de neon apareceram na janela, junto à grande muralha formada pelas caçambas das Scanias. Esticou o pescoço e, guiando-se pelo latido, localizou o cão preso na corrente. Estava dentro do escritório, em frente à caixa registradora. A lâmpada do escritório parecia estar com defeito e piscava, prestes a queimar. Você ouviu seu zumbido. Assim que o fenobarbital fez efeito o som do latido se reduziu, e você ficou olhando o cão abrir e fechar a boca no que agora parecia ser um bocejo sem fim. De repente, passou a achar aquilo ameaçador. O cão olhava direto para você, latia para você. Sabia o que você havia feito. Recriminava-o. Das janelas traseiras, acompanhou a movimentação do frentista ao redor do carro, um homem de boné e chinelos gastos, viu retalhos de seus braços, o queixo recortado, a aba do boné que dizia CENTRAL AUTO--PEÇAS LTDA./ TUDO PARA O SEU CARRO, CURVA DE RIO SUJO, MATO GROSSO.

A nuvem de gasolina subiu, disse Curt Meyer-Clason, invadindo o interior da Variant, que partiu minutos depois. Ao longo de um quilômetro ou dois não entendeu o que a rata dizia, meio chapado com o combustível nas narinas, prestando atenção nas histórias que os soldados de chumbo tinham a lhe contar e aos murmúrios do Universo.

4.

No quarto dia, até o camarada Z desertou. Na noite anterior os remanescentes haviam se reunido na copa de um carvalho com a última cumbuca de carreteiro que dividiram entre si, e discutiram o futuro: deveriam lutar para o retorno de Jango ao poder, o presidente da República promoveria a revolução socialista e a reforma agrária, tinham certeza disso, os militares seriam dobrados, o dia de amanhã seria mais justo, a igualdade prevaleceria. Para isso, precisavam apenas resgatar as armas trazidas pelo companheiro X, tornava-se imprescindível encontrá-lo, talvez estivesse desorientado como eles próprios, com uma bússola escangalhada pelo magnetismo das montanhas. Naquela noite em cima da árvore e a salvo de predadores, os ideais revolucionários de Karl Reiners foram iluminados por vaga-lumes esverdeados e inundados pelas açucenas e bromélias que ficavam mais vermelhas sob a lua (como belos símbolos socialistas, Karl pensou, como alegorias de um futuro melhor), refletindo-se nos banhados e nas terras alagadas até que, com a proximidade do alvorecer, ele percebesse outra vez a estranha luz em meio à folhagem espessa do horizonte. Por não haver outra forma de orientação, Karl decidiu seguir aquela luz forte. Foi seguido por seus companheiros.

Entretanto, ao atravessarem uma cumeeira no meio do caminho, W, o filho do camarada Z, pisou em falso numa ribanceira oculta pelas samambaias, avencas e um grande bambuzal, e despencou trinta metros rolando como um seixo, indo parar somente em uma rocha; o impacto rompeu-lhe a cadeira, ossos das costelas e o fêmur. Para ele, não havia condições de continuar a jornada. De mesmo modo, seria impossível retornar a Cuiabá, àquela altura a oitenta quilômetros no caminho oposto ao que seguiam, se é que sabiam para onde iam. Provavelmente seria preso no meio do caminho, e morreria nas mãos dos soldados. A única saída possível era chegar a Leverger, não muito distante dali, mas existiam poucas esperanças de encontrar algum médico naquele povoado tão pequeno, populado apenas por umas taperas de pau a pique e por gente simples. Então, com olhar abrumado, o camarada Z disse a Karl que seguisse adiante, que ficariam ali e encontrariam abrigo para W, que o trataria com ervas medicinais colhidas no pântano e colocaria talas nos ossos quebrados do filho, o Pantanal nos feriu e vai nos salvar, disse o camarada Z com os olhos cada vez mais escuros, siga em frente pela revolução, camarada Karl, disse Z, e assim, com o filho apoiado nos ombros gemendo estoicamente, os dois se afastaram rumo a Leverger. A direção era incerta, pois estavam perdidos de antemão.

E Karl Reiners se viu sozinho.

Para prosseguir, temendo perder a luz solar, Karl caminhou na direção do farol da noite passada. Andou dois quilômetros com dificuldade redobrada, pois o ânimo começava a lhe faltar, até que ouviu dois tiros disparados na selva. Os estampidos vieram da direção tomada pelo camarada Z e pelo rapaz. Karl pensou na garrucha herdada pelo camarada Z do pai comunista, em seu duplo cano enferrujado, em suas duas balas, em seus dois companheiros, e fraquejou de verdade pela primeira vez, sentindo que um animal vivo se revirava dentro de suas vísceras, talvez um verme, quem sabe uma solitária de vários metros de comprimento, uma solitária do tamanho de uma sucuri. Aquele verme egoísta devorava o socialismo que lhe impregnava as entranhas, pensou Karl, considerando que os estampidos atrairiam a atenção de seus prováveis perseguidores, e decidiu acelerar sua marcha em busca da salvação. Tinha a sensação que alguém o acompanhava pelo caminho às escondidas, mas se o fazia, permanecia fora de vista.

Havia um problema em usar como guia a luz que surgia somente à noite: durante o dia ela se tornava invisível ou era apagada, e os quatro pontos cardeais pareciam tão loucos quanto inúteis. Então Karl caminhou ao longo da manhã e da tarde até o anoitecer, pensando que assim não erraria a direção de novo. Não parou nem um minuto para descanso, mesmo assim os charcos, os malditos charcos o obrigavam a se deslocar em semicírculos, e a retomar o eixo de sua trajetória, ou ao menos o que considerava ser sua trajetória, e a tangenciar um corixo, e um banhado, e então uma vasta planície alagada, e depois disso a noite chegava e somente ao localizar o trêmulo refulgir da luz cada minuto mais distante percebia que caminhara durante horas em sentido contrário, pois ela luzia fracamente às suas costas.

Decidido a permanecer desperto para não perdê-la, mesmo com o perigo do deslocamento noturno na selva (poderia despencar numa ribanceira como o jovem W, ou atolar em lama movediça e ser atacado por felinos e répteis), Karl Reiners marchou com todo vigor, abrindo picadas a facão, pisando temerariamente nos banhados onde podia antever o brilho à espreita dos olhos dos jacarés à superfície e ouvir o súbito irromper de grandes pássaros nas copas muito altas dos angicos a cada vibração da lâmina desferida contra cipós e galhos de árvores; só naquela difícil situação ele se lembrou que os tuiuiús eram carnívoros, o tuiuiú era a maior e mais bela ave de rapina do mundo, o símbolo mais que perfeito de uma terra onde a beleza era letal, e a inesperada imagem de um tuiuiú devorando restos de seu cadáver se fixou em sua mente. A ideia de ser comido por um imenso Pássaro Roca de penas multicoloridas ajudou-o a permanecer em vigília e o fez caminhar cada vez mais rápido, o tuiuiú o resgataria daquela ilha às avessas onde se encontrava perdido. Em todo o tempo que levou a caminhada sentiu-se observado.

5.

O chassi da Variant trepidava na estrada e o panorama visto da janela mudava de cores, migrando da brancura da geada que aos poucos ia ficando esparsa, pontuada pelo marrom da terra que irrompia em lamaçais conforme o Paraná ficava para trás e o sol despontava, preservando ainda a luminosidade do gelo que derretia, formando poças prateadas enquanto a manhã assomava e a rata desfiava sua história através de nuvens que engatinhavam de sua boca e se desfaziam em frases e palavras e sílabas se entrechocando com vozes do rádio ligado em uma estação qualquer; a temperatura do vento se alterou, baixando alguns graus; o silêncio de seu pai contrastava com a zoeira, e você aproveitou para registrar uma palavra de despedida no vidro embaçado cuja transparência ideal era readquirida rapidamente. O fenobarbital fazia das suas, e então o sol foi encoberto pela sombra imensa de um pássaro que alçava voo.

Contudo, a luz se apagou bem antes de a noite terminar, disse Curt Meyer-Clason, abandonando Karl Reiners no breu. Ao manipular o facão, ele se cortou no antebraço oposto ao usado para ceifar. Em pouco tempo, a manga de sua camisa e as calças se empaparam de sangue. Sentiu calafrios, o chão rodopiou, e viu olhos brilhantes na escuridão entre as árvores, olhos que o observavam à espreita. A sombra das asas abertas de um tuiuiú se estendeu nos ramos, projetada pelo luar. Karl tropeçou nos arbustos, dependurou-se nos cipós e samambaias. Ondas sonoras de animais em debandada, crocitar de gralhas, o coachar uníssono de sapos em marcações graves se misturando ao canto metálico das rãs. A selva ameaçava devorá-lo. Ao procurar sua bolsa atrás de um pano, Karl notou que a perdera. Rasgou as pernas das calças até a altura dos joelhos e envolveu o braço com o tecido para estancar o sangramento. Foram necessários poucos metros no escuro para que um tronco lascado ferisse sua panturrilha. Caminhar tornou-se ainda mais penoso, e agora o diâmetro dos banhados se ampliava, a cada passo ficavam mais largos, engolindo por completo a terra. Começou a chover. O aguaceiro despencou com uma violência tal que os troncos dos ipês e figueiras dobraram, a ventania açoitando o rosto de Karl com varadas que lhe deixavam vergões. Um galho chicoteou seu olho direito, e a visão ficou turva. Quando percebeu, após um estouro parecido a um raio que rachou uma árvore, dezenas de capivaras saíram do banhado, apavoradas com sua presença, em uma onda escura de carne. Tinha caído dentro da água, e precisou de todas as forças — já estavam no limite — para conseguir se arrastar até a margem, rastejando entre caramujos com a boca cheia de lama.

    O homem que se dizia seu pai retirou a atenção da estrada e olhou interrogativo para a rata. Ela sorriu e continuou: Karl pensou em Simbad e no Pássaro Roca, em seu bico curvo e em suas longas pernas, enquanto atingia o tronco de uma figueira. Desejou que aquela fosse a mesma figueira que ficava em frente à casa da Sumidouro, que por trilhas tortuosas tivesse enfim retornado ao lar como um filho pródigo, que dom Georg Reiners o recebera com a mesa posta — pois tinha fome, tanta que passou a ver frangos assados nas nuvens — e que desta vez ele não reclamaria de estar sozinho à mesa e de ser servido pelos criados. Essa foi a segunda manifestação de fraqueza demonstrada por Karl à beira do abismo que ele antevira e para onde, sem nenhum temor, se encaminhava, dando um passo em sua direção. Era também um sinal de que sua consciência se dissipava e que passado e futuro se amalgamavam em um presente contínuo. No alto das copas as bromélias e açucenas nunca lhe pareceram tão belas, com flores vermelhas, vermelhas como a esperança. A tormenta se intensificou ainda mais, elevando as águas do banhado. Karl apoiou as costas na figueira e, entre a lucidez e a inconsciência, esperou pela morte. Com a febre, nos poucos instantes em que pôde abrir as pálpebras, de revólver e facão em punho, procurou antecipar a chegada de predadores, dos caçadores do 16º Batalhão, do camarada Z acompanhado de seu filho W, de seus irmãos perdidos na selva, do companheiro X trazendo armas para a revolução, dos camponeses de Jaciara, dos comunistas de todo o mundo liderados por Prestes, Trótski e o Che. Porém mal teve tempo de ver o torso luzidio das ariranhas se contorcendo nos corixos em um novelo que era iluminado pelos relâmpagos e aparentava não ter começo nem fim, com laivos de sangue, emergindo e penetrando a água, arreganhando seus dentes finos e esbranquiçados, seus olhos sanguíneos que as faziam parecer-se com demônios. À beira do desfalecimento, Karl viu um submarino todo enferrujado soçobrando na área mais profunda do banhado e que, meio à deriva, se aproximou da margem, o bico da nave irrompendo na superfície enegrecida por ramos de ingá arrancados pelo aguaceiro, onde terminou preso. Pelas inscrições laterais quase apagadas — U-564 — tratava-se de um submarino alemão. Não suportando agulhadas de gotas da chuva que lhe perfuravam as pálpebras, Karl Reiners fechou os olhos, disse a rata. Agora sim, mais do que antes, quando se decidiu pela rebelião, ele estava pronto para morrer.

    Um ronco medonho interrompeu a narrativa. O fenobarbital comprometia o apetite, disse Curt Meyer-Clason, mas o estômago sempre o lembrava que nada tinha a ver com os problemas da cabeça. Você percebeu que a manhã avançou somente quando os pelos de seu antebraço ameaçaram pegar fogo. A rata distribuiu pães amanhecidos em guardanapos com um gosto rançoso de manteiga e queijo. Migalhas se esparramaram pelo banco espetando suas pernas, certificando-o de que continuava vivo. A rata se virou para trás e disse: seu tio Karl Reiners me contou essa história um pouco antes de entrar na guerrilha no Araguaia, onde ele ainda está. A atenção dela se perdeu na lonjura da estrada como se esperasse outro carro vindo na direção contrária, um carro que os atingisse e alterasse a rota da Variant. Estou sem notícias dele há meses, completou a rata.

6.

Você supõe que não exista maior atestado de lisura do que o relatado pelas mães, disse Curt Meyer-Clason, mas quanto a isso também é cético, e igualmente em relação a boletins científicos, folhetos religiosos e romances do século XVII que se iniciam com provas empíricas fingindo que são histórias verdadeiras. Para você, a mentira não passa de um mecanismo que permite às narrativas continuarem. Tinha certeza que era filho adotivo. Aqueles dois estranhos o sequestraram no meio da noite e seguiam para destino ignorado, torturando-o com uma história sem final durante o trajeto. Você não perguntava de cinco em cinco minutos quanto tempo ainda faltava para a chegada, como é comum crianças fazerem, e não deixava de considerar o que seu irmão secreto faria em seu lugar numa situação parecida. Onde estaria Hugo Reiners naquele conto de longa quilometragem, onde estava Hugo que não ia ao auxílio de Karl, quer dizer que de nada adiantava ter um irmão para alterar o final das histórias. Onde estaria a cavalaria que viria salvá-lo, não havia sinais de que os perseguiam. Era o que você se perguntava então e continua a se perguntar hoje em completo silêncio, sem obter resposta. De quem vocês fugiam. A veracidade das histórias maternas não era estendida às das madrastas. Você não tinha o menor interesse pelos finais.

O céu fechou e a Variant seguiu sob a nuvem que se alongou como uma serpente barriguda acima do caminho, uma nuvem negra em forma de serpente grávida. Podiam ver clarões em ambos os lados da rodovia. A tormenta golpeou o para-brisa da Variant no mesmo segundo em que Karl Reiners era despertado por outros pingos no relato da rata, erguendo suas pálpebras exaustas e surpreendendo-se por ainda estar vivo no meio da selva. Mas como distinguir isso, como saber se estamos vivos quando despertamos ou, por outra razão, se penetramos zonas desconhecidas da realidade, se palmilhamos as sendas do inferno. Karl viu que o submarino se afastara de ré em direção à área mais profunda, sua silhueta cinzenta agora se apagava debaixo da neblina flutuando sobre o banhado, mal discernindo sua ponte de comando e os timões laterais, a proa se impondo contra o terreno alagado e a vegetação como o nariz de um tubarão faminto procurando abocanhar suas presas. Karl concluiu que havia morrido, mas a morte não se parecia com o que imaginava, era como se ele tivesse adentrado regiões longínquas do planeta ou mesmo do passado, pois via a sombra móvel de um submarino em direção à margem onde aguardava — aguardava o que, ressuscitar, ele perguntou a si mesmo — de costas apoiadas no tronco de árvore. Ouviu o tamborilar metálico da chuva na estrutura da embarcação, um som oco e tépido. Pareceu real, e Karl se arrastou com braços esticados em direção à água; desejava tocar a ferrugem das letras — Kriegsmarine — misturada ao limo que encobria a fuselagem, e anteviu em meio à bruma um vulto sobre a ponte de comando. Mas desmaiou antes de alcançá-la, completamente sem forças.

Quando acordou não havia mais submarino e a chuva cessara. Olhava o céu em movimento sob determinado ângulo não explorado fazia tempo, talvez desde a infância na Sumidouro, quando Karl, Hugo e a rata testavam a mira interrompendo o voo das rolinhas com tiros de uma espingarda de pressão além dos anos 30. Revoadas de morcegos polinizando flores de pequi, nuvarrões e raios chispeando nesgas momentâneas da abóbada cor de cobalto em sinal de ameaça, e os olhos estatelados de curiosidade dos saguis: agora Karl era carregado em uma rede feita de sisal. Sentiu o odor acre do suor alheio, o cheiro azedo dos cordames. Ouviu murmúrios incompreensíveis. Viu narinas largas dos seres primitivos que o conduziam através da mata, sentiu-lhes as ancas cheirando a sangue, e a dor de sua ferida no braço que latejava, ramos úmidos afagando seu rosto. A febre era tão alta que sua pele incineraria um inseto que a tocasse. Penetravam a mata. Com o movimento brusco o sisal lhe mastigava a pele, seu pescoço bamboleava sem firmeza. De onde estava não sabia dizer se eram indígenas, tinham uma aparência que ele não reconhecia, altos, pálidos, apesar de conhecer muitas tribos do Centro-Oeste, aquela lhe era estranha. Os morcegos pareciam acompanhá-los por todo o trajeto como cães a uma caravana. Entraram na zona escura onde não foi possível discernir mais nada. Com a truculência do embalo, cerrou os olhos e lembrou-se do movimento feito pelas rolinhas em queda ao serem atingidas pelos chumbinhos disparados pelas espingardas de pressão: parábolas interrompidas, como a revolução latino-americana, utopias apodrecidas. Dissipou-se na inconsciência vaga e fluida que ocupava aquele plano primitivo do mundo, esqueceu seu próprio nome e suas convicções. Mergulhou na natureza na mesma medida em que se afastou da política. Sua consciência apagou na escuridão.

Após dizer isso com cara meio entristecida, a rata olhou seu próprio rosto no espelho retrovisor. Penteou as sobrancelhas desgrenhadas de roedora e redesenhou olheiras como se a unha pontuda de seu indicador direito fosse um pincel. Parecia conferir se ainda permanecia ali, preenchendo áreas do rosto que começavam a esmaecer, redesenhando-se para não se desfazer no ar como Karl Reiners em seu relato, como as palavras dela levadas pelo quebra-vento. O homem que se dizia seu pai fez uma suave curva ascendente com o volante e você viu o primeiro cavalo morto surgir no acostamento, um cadáver de pança inchada que servia de trampolim para urubus. A tormenta veio com toda força em direção ao automóvel. Olhou o cavalo, desejando que se levantasse e galopasse atrás da Variant com sua crina ao vento, até sumir de vista quando atingiram o declive da colina. Acendendo outro Minister, seu pai afirmou que acabavam de ultrapassar a fronteira do Mato Grosso. Alimentada pela ventania, a brasa chispou pela janela aberta como fogos de artifício em sinal de comemoração, embora não houvesse nada a comemorar.

7.

Karl permaneceu inconsciente por vários dias, nunca soube ao certo durante quanto tempo. Ao acordar, precisou de meses para recuperar a consciência, ou talvez nunca a tenha recuperado por completo, pois não voltou a acreditar nas abstrações da cronologia. Confundia horas e dias da semana. Como na labirintite, que afeta a compreensão espacial e os movimentos, o cérebro de Karl foi afetado por uma enfermidade qualquer que o impedia de sentir o avançar do tempo. Ficou desaparecido por um mês, mas em suas menções posteriores ao episódio nunca soube precisar o período que passou internado no Pantanal. Quando foi encontrado, Karl disse ter passado mais de um ano na companhia do bioquímico alemão. Mas sumiu apenas por um mês, sobrevivendo em um estado de suspensão entre a vida e a morte, sem compreender a diferença entre passado, presente e futuro. A rata olhou para você e disse: como nos filmes de ficção científica em que o interior das naves espaciais parece ser imenso enquanto a aparência exterior da nave é diminuta, a cabeça de Karl registrou o mês em que ficou desaparecido como se tivesse sido um ano.

A dor latejava na cabeça como se os olhos fossem saltar para fora com a pressão interna. Karl observou o teto por onde penetravam fachos de sol e poeira brilhante, reconhecendo pelas ranhuras e frestas irregulares o material de que era feito: palha, taquaras e palmeiras de buriti. Estendeu o braço direito e alcançou o chão úmido de terra batida. Encontrava-se no interior de uma maloca. Ao se movimentar, descobriu que o braço ferido estava imobilizado junto ao tronco por faixas de gaze. Levou uns minutos para se habituar à penumbra, e ficou acompanhando a revoada de morcegos que entrava e saía pela estrutura. Depois de escapar, Karl disse que somente ao estudar o seu entorno percebeu o homem deitado na rede armada no canto mais escuro. Sem nada dizer, o homem se ergueu e caminhou até a ampla faixa retangular de luz projetada pela abertura da maloca. Karl percebeu que era alto e magro, usava botas gastas e calças de brim de corte militar. Mas do rés do chão, onde Karl jazia deitado numa espécie de catre armado de capim e palha, não era possível ver o rosto de seu companheiro encoberto pela escuridão, enquanto o restante do corpo era emoldurado pelo sol que penetrava o ambiente. Além do farfalhar das asas dos morcegos, circulava no ar um rumorejar de correnteza vindo do exterior. Deviam estar próximos a um rio, que Karl intuiu ser o São Lourenço. Decidiu que só podia ser o São Lourenço, pois não lhe parecia possível que tivesse vagado em círculos até zonas mais distantes, apesar de aquela região ser um labirinto fluvial. Com a enxaqueca que comprimia seus miolos, pensar não era uma operação corriqueira, e desmaiou com o esforço. Acordou ainda mais confuso com o frescor do tecido úmido que alguém passava em seu rosto. Viu manchas de senilidade nas costas das mãos que dele cuidavam, sardas de sol marcadas na pele demasiado branca que lembrava a sua própria. Imaginou reconhecer aquelas mãos, mas o rosto de quem as tinha — Karl preferiu nunca tê-lo visto.

O desassossego tomou conta do interior da Variant quando a rata interrompeu o que contava para girar o dial do rádio, cuja agulha nos últimos quilômetros vinha apenas oscilando entre ruídos de estática, disse Curt Meyer-Clason, previsões meteorológicas e anúncios de produtos agrícolas cortados ao meio. O piloto do carro arremessou a bituca com impaciência, pressionando logo depois o acendedor no painel para acender novo cigarro, enquanto você varria nervosamente migalhas do revestimento do banco e descobria que acabara de amassar as páginas de seu livro de Centurión, caído no assoalho aos seus pés desde a noite anterior. Abaixou a cabeça para resgatar o livro, pisoteando soldados de chumbo esparramados e escutou a rata resmungar que havia sido necessário perturbar Karl durante meses para que ele contasse detalhes de seu sumiço, e que ela havia passado muita chateação até reunir as peças do quebra-cabeça. Após dizer isso, a rata olhou para o banco traseiro em silêncio, como dizendo, tenha calma pois este é apenas o início da história de seu tio Karl e ainda não chegamos à metade da viagem.

Depois de ver o rosto do homem seria impossível esquecê-lo, um mapa de traçados sem pontos de partida nem linhas de chegada, com tantas cicatrizes que mal era possível distinguir as narinas do buraco onde devia estar a boca. Era um desenho de ligar com pontos demais. E se alguém ligasse os pontos, resultaria em algo que nunca deveria ter sido visto por ninguém.

Karl Reiners permaneceu dias no limbo entre vigília e inconsciência no que depois lhe pareceriam meses, um período interminável durante o qual foi assolado por pesadelos com o rosto desfigurado do homem, e como não o viu mais nas horas ou dias seguintes, duvidou de tê-lo realmente visto, supondo que sua presença não passara da parte apodrecida de uma ilusão, algo que imaginou, uma lembrança derretida onde o rosto era uma máscara de gelo que se liquefazia. Nas ocasiões em que despertou sobressaltado, pôde ver que alguém cuidava dele, limpando-o e substituindo a gaze que cobria a ferida em seu braço. Em um momento de lucidez, verificou que o corte fora costurado com zelo profissional, e que havia melhorado. Passou a medir o tempo pela evolução da ferida: o inchaço começou a diminuir e a coloração das cicatrizes variou da vermelhidão intensa a diversos tons de roxo até amarelar. Os fios da costura enrijeceram, depois secaram e caíram, restando uma ou outra ponta que lembravam cabelos esturricados. Um dia Karl abriu os olhos e se sentiu melhor. Ergueu-se do catre onde estivera deitado com as costas doloridas e as pernas bambas e, não vendo ninguém, saiu pela abertura da maloca. Surpreendeu-se com o que encontrou: um farol não muito alto à margem de um rio largo e com forte correnteza. Era noite, e a enorme lâmpada do farol girava devagar, projetando raios de luz tão fortes sobre a superfície da água que atingiam a outra margem. Choupanas estavam distribuídas em círculo; não em uma clareira habitual, e sim misturadas à vegetação numa confusa simbiose entre a mata e as taperas. Zonzo, Karl vagou ao redor observando canoas atracadas ao barranco. Descobriu cavalos agrupados em um pequeno cercado sob as árvores. Se tinham montarias, só podiam ser kadiwéus. Mas os kadiwéus não estavam extintos, ele perguntou a si mesmo, ou talvez fossem outras tribos que estivessem extintas. Eram tantas as tribos, quase em idêntico número às extinções. Os cavalos permaneceram em estranha calmaria, o que explicava não tê-los ouvido anteriormente. Foi então que a tela da entrada de uma maloca abriu e a mão de alguém lhe acenou, sugerindo que entrasse.

Dentro havia uma lamparina, mas Karl preferiria a completa escuridão à certeza de que recém acabava de penetrar em um pesadelo real. O ser que o chamou tinha traços que lhe eram desconhecidos, olhos demasiado afastados e um corpo andrógino de brancura quase cegante. Parecia albino. Karl viu o homem estirado em uma rede armada nos fundos. A voz que ouviu então não lhe pareceu propriamente a de um homem, porém o que expressou era profundamente humano. Com timbre mecânico semelhante ao som de um megafone entupido de saliva, o homem perguntou se ele se sentia melhor. Informou-lhe que a ferida em seu braço resultara em septicemia, e que por ali não havia acesso fácil a antibióticos, mas conseguiu combater a infecção com ervas e um poderoso remédio natural que vinha pesquisando. É claro que minha formação científica facilitou, disse o homem, soltando um gargarejo roufenho que Karl interpretou como sendo uma risada, e também o fato de eu estar aqui neste inferno vegetal há tantos anos, há décadas. Tinha um sotaque estrangeiro arrastado por demasiados erres, erres que se multiplicavam e sobravam. Depois Karl contou à rata e a Hugo que parecia a voz do pai dela, de dom Georg Reiners, pois logo reconheceu o sotaque alemão do homem. Georg Reiners estava morto e sepultado fazia quase vinte anos então. Creio ter conhecido o seu pai, disse o homem desfigurado para o espanto de Karl, porém é impossível ter certeza disso. Para minha sorte, nunca vi o rosto dele, prosseguiu, embora ele tenha ficado perto demais de mim por alguns instantes. Apenas uma vez. O homem desfigurado riu mais, agora como se lembrasse de algo que preferia esquecer, como se censurasse o próprio pensamento. Aconteceu faz muito tempo, disse o homem desfigurado. No entanto, assim que examinei você, tive a sensação de reconhecer aquele corpo, a fragilidade temerária daquele corpo, prosseguiu, e tive certeza de que você é um Reiners, que você é filho daquele homem que eu preferia esquecer. E Karl perguntou: mas quem é você e onde estou. O que meu pai tem a ver com isto tudo, com este lugar. Naquele momento, talvez espantado por ouvir o rugido de cascalho da própria voz, Karl sentiu a vertigem atingir sua cabeça, o que o fez desabar com a cara no chão de barro pisado da maloca.

8.

Nos dias que antecederam o seu segundo encontro com o alemão, enquanto se recuperava, Karl Reiners foi tomado por inquietações relacionadas à revolução camponesa: nunca, nem no pior de seus prognósticos (a cena de sua morte de arma na mão no campo de batalha sempre lhe passou pela cabeça), ele poderia prever a covardia risível de seus camaradas, a indesculpável ausência de compromisso do companheiro X e suas armas roubadas que nunca foram entregues, e mesmo a deserção tão drástica e talvez perdoável do camarada Z e seu filho W, seus irmãos perdidos. No entanto, no torvelinho de sua confusão mental, Karl só não perdoava a si próprio e a sua fraqueza: como ele podia ter se perdido na terra em que nasceu, no pântano em que seu pai estava sepultado, era o que se perguntava. Era como voltar à casa do pai como um filho pródigo, porém não havia retorno possível para ele: seu pai estava morto. Nenhuma festa o aguardava, nenhum banquete de recepção, apenas as balas de fuzil dos militares. Karl deve ter pensado na rata, ao menos foi o que disse a ela quando voltou. Estou certo que pensou somente em Hugo, disse Curt Meyer-Clason, em seu irmão mais velho, em como pudera ter coragem de abandoná-lo ao próprio azar, e em qual seria a ligação de seu pai morto com aquele desfigurado perdido na selva, não podia compreender aquilo, sua cabeça não estava nada boa. Dedicou-se apenas a imaginar uma saída para retornar à luta, pois o que devia fazer era justificar sua hombridade e seu compromisso político com sua gente, seus irmãos. Devia livrar os pés daquele pesadelo pantanoso, recuperar-se do ferimento o mais breve possível e fugir ao encontro dos guerrilheiros em Jaciara. Eles estavam a sua espera, claro que estavam. A vitória não tardaria, e sacrifícios eram inevitáveis — assim como desvios e atrasos. Pela fraternidade e por Hugo Reiners. Por seus miseráveis irmãos da fazenda, pelos caboclos. Contra a memória de seu pai morto.

Deitado em seu catre, no estado semiconsciente dos enfermos consumidos pela febre, Karl via o ser que limpava o ferimento surgir na maloca no meio da noite e se assustava com sua alvura quase irreal, uma sombra clara que deslizava pelas áreas escuras do lugar trazendo-lhe comida — papa de mandioca, farinha e a carne seca de algum animal amargo —, refrescando-lhe a testa com água retorcida de um pano imundo que também era usado para limpar seu pescoço e o peito. Nesses momentos Karl pôde ver-lhe de perto o rosto e percebeu tratar-se de uma fêmea. Tinha traços incomuns, olhos claros e altura superior à das mulheres indígenas. Notou que se parecia com o homem desfigurado. Podia ser filha dele. Talvez fosse mestiça, Karl pensou, ou tratava-se de uma branca perdida na selva, alguém que sofria de uma rara enfermidade epidérmica. Talvez fosse a cria de um estupro. O que ele próprio era, afinal, além de um europeu extirpado de sua linguagem de origem, Karl se perguntava, alguém cuja brancura agora não passava de enfermidade epidérmica, de uma sarna incurável. Lembrou-se do encontro com alemães que tivera por acaso alguns anos antes. Eram viajantes que visitaram a Casa Reiners à procura de equipamento de pesca para comprar. Primeiro, os alemães estranharam a presença do compatriota naquele fim de mundo. Depois, ao perceberem que Karl não falava alemão, embora carregasse todos os traços germânicos (e apontaram seu nariz adunco, o caimento do bigode e até determinada curvatura das pernas, que indicava sua região de origem), ficaram estupefatos. Após perguntarem por que ele não falava alemão, passaram a conjecturar sobre seu misterioso caso de alienação. O guia que os acompanhava traduziu a conversa para Karl. Os alemães acreditaram que ele havia sofrido um acidente e batido a cabeça, talvez tivesse sido vitimado por uma doença que apagou por completo sua memória da pátria e da língua alemãs. O episódio acentuou em Karl a sensação de que não era natural ou verdadeiro. Pelo sotaque e pela estranha aparência, o anfitrião de Karl também parecia sofrer de idêntica moléstia.

9.

A percepção do tempo, que antes parecia avançar com urgência, alterou-se na mente de Karl Reiners. Não fosse o ruído da correnteza do rio, ele pensaria que o mundo estacionara naquele nada onde estava, imerso em pesadelos ao longo dos dias porém desperto à noite, acreditando tratar-se sempre da mesma escuridão, da mesma noite, o tempo em sua mente se metamorfoseando num rio de planície todo recurvado, dando voltas em si mesmo, com veios subterrâneos e correntezas contrárias à razão. Convulsivas ou pacíficas, à mercê da beberagem que lhe davam, as horas de sono acabaram por conduzi-lo à melhora, e um dia seu despertar coincidiu com as primeiras luzes da manhã. O alemão desfigurado estava a seu lado, e depois de perguntar se Karl sentia-se bem, emendou a conversa quase no mesmo ponto em que haviam parado.

Não sei se sabe, disse o homem, mas os mbyá-guarani não compreendem o sentido do tempo. Lembrei disso ao vê-lo prostrado nesse estado de semiconsciência que enfrentou por dias, você me fez lembrar que os mbyá-guarani só compreendem a trasladação do Sol, mais nada. O amanhã para eles não passa de remota possibilidade controlada pela natureza. É provável que estejam certos e nós, errados. Talvez isso pouco importe. Karl não compreendeu a causa de o homem afirmar aquilo, pois o ser que viu na maloca não parecia pertencer aos guarani. Mal parecia pertencer à raça humana.

Karl perguntou de novo ao desfigurado quem ele era e o que fazia ali, mas o homem se fingiu de surdo. Karl então se desesperou, repetindo que precisava se erguer do catre para seguir ao encontro de seus companheiros em Jaciara, os revolucionários o aguardavam na floresta, Karl disse, e isso afinal atraiu a atenção dos olhos azuis do alemão que parecia verificar algo inescrutável do lado de fora através das frestas da palhoça, pigarreando um latido roufenho que devia ser a maneira que sua risada arranjara para se manifestar. Revolução, disse o desfigurado, acho que os mbyá-guarani também não sabem o que é revolução, e prosseguiu, dizendo que os índios não sabiam ler as horas mas tinham ao menos vinte e cinco palavras para relatar a passagem do dia através dos movimentos da Terra ao redor do Sol, porém nenhuma palavra para revolução, revolta ou sublevação. São prisioneiros do momento presente, disse, mas são conscientes da tragédia que significa isso, então valorizam cada instante, desde a primeira fagulha a cintilar na escuridão, ko'étisoro, o lusco-fusco faiscando, ko'étí, o clarinho escuro se instalando na escuridão, o crepúsculo claro da manhãzinha, e então o amanhecer se ilumina, ko'ésaka, totalmente, ko'êmba, o amanhecer que amanhece por completo, o sol cintilante até a chegada da tarde, ka'aru, qualquer instante da manhã que entardece em sentido à plenitude, ka'aruporá, o sol velho se encaminhando ao seu final, ka'aruete, e rumo ao pôr do sol, ka'arupytu, e ao anoitecer, pytu, e ao escuro, pytupara, faíscas no lusco-fusco e depois a treva uniforme que se alastra, pytumby, e a chegada do completo anoitecer, pytumba, e da noite que anoitece, pyhare, da noite já velha, pyhareporã, e a chegada da meia-noite, pyharepyte, e da madrugada, pyharepyterire, e da noite dentro da noite, pyhareryepypepyhare, o instante mais denso de escuridão que antecede o alvorecer incerto, o instante mais negro de toda a existência, pois não se sabe se haverá o seguinte. O limbo. Os mbyá-guarani sempre dizem *se* alvorecer, no condicional, pois um dia se faz após o outro, sem nenhuma certeza de que um novo dia surgirá. Assim, não há revoluções, que costumam ocorrer uma depois da outra, encadeadas no tempo, sempre culminando em nada a não ser violência, morte e escuridão, disse o homem desfigurado, enfermidades da história, doenças do tempo para as quais não existem palavras, como pequenas manchas epidérmicas que podem ser cauterizadas com a ponta de um tição em brasa.

Karl ficou em silêncio e pensou se a sombra desconhecida que cuidou dele seria um mbyá-guarani. Ele não tinha conhecimento da etnia predominante naquela região do Mato Grosso onde estava, além de não ter reconhecido os traços daquela pessoa como sendo indígenas. Nunca dera atenção para a causa indígena, mais uma falha que cometeu. Na verdade, não reconhecera os traços daquele ser. Perguntou isso ao homem. Realmente, disse o desfigurado, não sei se aquilo é mbyá-guarani, pois não fala. Nem mesmo tenho certeza se é humano, e se é, trata-se de uma perversão do humano. Onde estamos, perguntou Karl quase sem forças, não sei onde estou. Essa é uma pergunta interessante, disse o alemão, embora nem sempre seja necessária. A enxaqueca latejou na têmpora direita de Karl, obrigando-o a tapar os olhos com as mãos. Pensou que ao abri-los o desconhecido não estaria mais lá; não devia passar de um sintoma da febre. Desejou não ver mais a destruição daquele rosto, aquela máscara de gelo em pleno sol. Karl Reiners aproveitou o breu momentâneo e recordou as palavras mbyá-guarani ouvidas havia pouco: tratava-se da precisa descrição de como ele próprio assimilara a passagem do tempo nos dias ou semanas ou meses em que se encontrou prostrado no chão, disse Curt Meyer-Clason, acompanhando réstias de luz natural se infiltrarem através de falhas na distribuição da palhoça no teto da maloca, sem garantias de um novo amanhecer.

Quando recuperou sua coragem e abriu os olhos, porém, o alemão desfigurado ali permanecia com toda a atrocidade de seu rosto, e respondeu a todas as suas perguntas. Preferiria ter ouvido as respostas de olhos fechados.

10.

As rodas da Variant agora enfrentavam um denso areião que tirava o carro para dançar. O desafio levou o homem que se dizia seu pai a arremessar o cigarro para fora e se atrelar ao volante com o apoio do braço engessado manchado de cinzas e nomes escritos com caneta Bic quase apagados. O carro parecia em vias de se descontrolar e sair da pista, disse Curt Meyer-Clason, abandonando a trilha segura que os conduziria ao final da viagem. Se isso acontecesse, enveredariam por caminhos desconhecidos que os levariam quem sabe de volta ao início ou a paragens inesperadas, talvez ao encontro de Karl Reiners em 1964 e ao fundo do pântano onde o terreno é instável, movediço como as histórias que nos revelam ao mesmo tempo que nos ocultam de nós mesmos, à lama das lembranças. Você olhou através da janela traseira as marcas deixadas pelos pneus que comprovavam o trajeto ziguezagueante de vocês até ali, àquele parco quilômetro onde estavam prestes a se perder. Mas a Variant resistiu, retornando aos eixos assim que a rata prosseguiu com o relato. O alemão desfigurado chegara em 1946 ao Pantanal dentro do submarino U-564 da Kriegsmarine, o mesmo submarino que Karl viu soçobrar nos pântanos, ou ao menos o homem imaginava que era o início de 1946, afinal o tempo naquele lugar não tinha nenhuma importância. E de certa forma ele já estava morto quando chegou, embora ainda não soubesse disso.

Agora vem uma lembrança esquiva, algo que a rata não poderia ter contado a uma criança, disse Curt Meyer-Clason, mesmo sendo esquisita como ela era, mas que você se lembra de ter ouvido naquela viagem e não em outra, nem mesmo em alguma ocasião no futuro, quando estava mais velho, a não ser naquela, na fuga do Paraná para o Mato Grosso que inaugurou o Ano do Grande Branco. Depois de ouvir o que o desconhecido tinha a revelar, Karl adormeceu, disse a rata. Acordou no escuro com a sensação de que alguém, talvez um bicho, se arrastava no chão da tapera em sua direção. Não era possível enxergar nada, apenas ouvir um ruído semelhante ao feito por pés na serragem e os guinchos dos morcegos em revoada cega entre a tora central de sustentação da maloca e as palmeiras da cobertura do teto, perceptíveis somente pelo deslocamento de ar que suas asas provocavam, pelo vento que batia no rosto de Karl Reiners. Quando ele notou, aquilo que se arrastava no chão estava muito próximo do catre onde permanecia deitado. Com metade do tronco retesado, em alerta, imaginou que tipo de animal poderia ser aquele, pensando onde teria ido parar sua pistola. Foi então que percebeu as mãos que deslizavam por suas calças dobradas, ou algo que tinha extensões que lembravam dedos, retirando de cima dele os trapos malcheirosos que o cobriam desde sua chegada àquela maloca, invadindo a área aquecida por sua roupa de brim grosseiro, abrindo os botões da braguilha, enquanto o corpo de Karl estremecia e uma coisa quente se acoplava ao seu pau, sugando-o com vigor de sanguessuga, uns bichos medonhos que abundam nos banhados do Pantanal, e Karl teve uma ereção violentamente dolorosa, sentindo que seu pau seria arrancado com a força daquele vácuo chupador que inclusive erguia o seu quadril do catre com a força da sucção, e Karl temeu por sua sorte, acreditando que não sobreviveria àquele ataque noturno, ou que seu pau seria arrancado e engolido pela boca invisível. Com as mãos, num instante de coragem e energia redobrada pelo desespero, afugentou a coisa aos safanões, não lhe sentindo direito a textura da pele, apenas um emaranhado capilar que saiu se arrastando pelo chão da tapera sem poder ser visto, e sumiu pela abertura da maloca, deixando o cheiro de esperma no ar úmido do interior do lugar. Na manhã seguinte, Karl examinou a cabeça do pau e esboçou um sorriso ao vê-lo escurecido e avermelhado pelos chupões que recebera, mas ainda plantado ao púbis. Você não vê, porém, como a rata possa ter relatado essa parte da história de Karl a um menino, a você, não consegue se lembrar se realmente ela lhe contou isso ou se é apenas algo que surgiu em sua lembrança sem saber de onde veio ou se aconteceu de verdade. Crianças encontram conforto nas histórias que lhes são contadas; você se pergunta por que então a rata lhe contava histórias tão terríveis como a de Karl Reiners perdido nos pântanos, histórias que eram puro desconforto. Talvez não tenha passado de mais um engano, disse Curt Meyer-Clason. Ou quem sabe do desejo que a rata sentia de lhe castigar por algum crime que não sabia ter cometido.

Karl se arrastou do interior da tapera e permaneceu cego por instantes ao alcançar a clareira iluminada pelo sol. Enquanto a luz o impedia de enxergar, ficou em silêncio, aterrorizado pela ideia de que ao abrir os olhos nada mais existiria, nem um sinal da natureza, e até mesmo a maloca de onde acabara de sair teria esvanecido no ar e com ela a terra que pisava e mais além, a quilômetros dali, as cidades onde homens se matavam uns aos outros em nome do poder, uma obscura neblina que teria saído do rio e dos pântanos e aos poucos apagou tudo, sua família e seus rostos por vir, os olhos e bocas da mulher e dos filhos que ainda viria a ter, inclusive o próprio Karl Reiners desapareceria assim que erguesse as pálpebras e visse a última réstia de nuvem se aproximando e o engolindo para sempre, a ele e a seu ideal socialista. E assim seria o seu final, sem brilho nem glória, apenas uma desbotada ode ao fracasso. Mas não foi o que aconteceu, disse Curt Meyer-Clason, pois quando Karl abriu os olhos o mundo continuava em seu lugar, ou persistia ao menos aquele débil mundo pantanoso onde ele permanecia aprisionado à própria enfermidade. No entanto, o que não havia ali era vivalma, indígena ou estrangeira, humana ou réptil, na clareira iluminada pelo sol da manhã, e o farol antes portentoso não passava de um largo tronco apagado.

 Karl Reiners aguardou na clareira até anoitecer. Foi somente então que o alemão desfigurado reapareceu, saindo de trás de um curral mal-ajambrado com galhos sob o mangueiral, escondendo as cicatrizes do rosto nas sombras de uma fogueira ateada com um tição em brasa que ele trouxe e também usou para acender um cigarro e oferecê-lo a seu hóspede, que o aceitou.

 No banco traseiro da Variant, observando árvores que escapavam, você se perguntou onde teria ido parar a neve. Ainda não podia perguntar qual seria o paradeiro daquele que se dizia seu pai, disse Curt Meyer-Clason, pois ele continuava a acender um cigarro na bituca do outro sem sinais de sumiço, assim como era impossível para a rata saber àquela altura que Karl talvez já estivesse morto em alguma ravina escura da selva do Araguaia, o rosto lívido coberto pela água da chuva, atingido na cabeça por um balaço disparado pelo fuzil de um recruta do 16º Batalhão de Caçadores com meros dezoito anos recém-completados, ou talvez um pouco mais velho, alguém com idade semelhante à de Karl, e que o recruta talvez tivesse comemorado seu feito bebendo pinga com companheiros de caserna num casebre à beira do rio, mas depois, sozinho na tenda do acampamento enlameado, vomitou tudo o que jantara ao se lembrar da ferida aberta no meio da cara de Karl pelo tiro disparado sem querer na noite anterior, com um toque acidental no gatilho ao resvalar no solo úmido da selva, seus olhos encobertos pelo temporal, completamente apavorado por dar combate a guerrilheiros sem face, homens a quem perseguiam havia meses nas piores condições, homens que as circunstâncias transformaram em animais, porém de ambos os lados, pois também os soldados sentiam-se metamorfoseados pela natureza em predadores e presas, e ao recordar o rosto esbagaçado de Karl, talvez o jovem recruta tivesse sido acometido de profunda crise de consciência que o levou a se perguntar, entre lágrimas de desolação, lembrando-se dos mandamentos de sua mãe, que sempre afirmava estarmos condenados a perpetuar o crime de Caim contra Abel, qual era o verdadeiro sentido de tudo aquilo, emitindo a única interrogação de toda esta história, e de onde poderia vir todo aquele ódio, e mais, qual era a validade de se matar um irmão?

E a rata prosseguiu com seu relato, pois ainda que Karl Reiners não fosse sobreviver nessa história, outros sim sobreviveriam, e inclusive se desdobrariam em dois e em três e até mesmo em nada, em vazio, escuridão e melancolia.

5. O rosto sob a máscara

(A *espada paraguaia*)
(*Marcha, soldado, cabeça de papel*)
(*O Sete de Setembro*)
(*1980*)

1.

Na Casa do Sol faltava pouco mais de uma hora para o início da conferência de Curt Meyer-Clason. Em pé, com o braço direito esticado para o alto, em um aceno ao primeiro de seus espectadores que recém chegava pela trilha de pedras do portão, o velho tradutor não dava mostras de cansaço. Parecia liberar energias longamente represadas ao relatar acontecimentos do Ano do Grande Branco e dos anos seguintes, da grande onda de amnésia que insistiu em se arrastar por toda a sua adolescência e precedeu o encontro de vocês. Não era muito simples enxergar-se na descrição de um outro. Nem sempre é fácil reconhecer-se naquilo que contam a nosso respeito. Os mecanismos da memória são tortuosos, parecidos com os dos sonhos, ou dos pesadelos. Ao lhe dizer isso, Curt Meyer-Clason lembrava um ventríloquo que contava a história de seu próprio boneco. E *você* era o boneco que falava através dele, e o manipulava para que contasse a história que ele ouvira na gravação feita pela rata, enquanto outra história permanecia escondida nos bolsos minúsculos de seu paletó de brinquedo, nas dobras de sua ínfima roupa de boneco feita de tecido falso e nas pregas do jogo de esconde-esconde em que alguém nunca foi pego, onde sua história real era omitida e protelada até o instante em que a plateia do teatro já tivesse quase debandado, e a verdade enfim fosse revelada às poltronas e camarotes de um teatro vazio.

Vamos torcer para que não seja assim, disse Curt Meyer-Clason, pois após ouvir o que tenho a revelar você terá de viajar à Sumidouro ao encontro de Hugo Reiners, e lá ouvir a fita cassete gravada pela rata. As respostas estão nela. É o capítulo final dessa história escondida. Isto aqui é só o começo, o que posso contar.

2.

Curva de Rio Sujo, Mato Grosso, início do verão de 1980. Anos se passaram desde a partida do homem que se dizia seu pai, no mesmo tempo em que as rodas da bicicleta resvalaram na encosta lamacenta da colina, deslizando de lado até darem na areia fofa que levava ao mangueiral. Em tais condições, freios eram inúteis. A chuva cessou não fazia uma hora e minhocas da grossura do seu polegar se retorciam no barro debaixo das árvores, cujas copas estendiam sua sombra impenetrável sobre a planície culminando no Ñandipá. O melhor a fazer era empurrar a bicicleta pelo guidão, enquanto desviava de poças tão grandes quanto lagoas. Na extremidade da área abrangida pelos galhos das mangueiras, uma faixa de sol se estendia, deixando entrever a vegetação do cerrado e o vazio se perdendo na luminosidade excessiva. Não havia ninguém por ali, deu para perceber assim que seus pés tocaram a área ensolarada. As ruínas carcomidas do obelisco de ponta quebrada dedicado à memória da batalha demonstrava o que aquele terreno era na verdade: nada além de um cemitério antigo, habitado por lacraias e lagartixas. Apoiando a bicicleta na base da construção, sentiu-se livre para observar o terreno até onde óculos embaçados pelo suor permitiam ver. Nenhum Botina Negra à vista. Sentou-se então ao lado da bicicleta e admirou a paisagem revolvida pelo temporal. Tudo parecia fora de lugar, ao contrário, de ponta-cabeça, a terra em cima do colonião com suas raízes arrancadas para o alto. A devastação se parecia com sua vida desde a desaparição de seu pai postiço, do impostor. Era como se você tivesse sido esquecido entre os índios, mas não conseguia se lembrar quem exatamente havia lhe esquecido.

Mas isso foi em 1980, disse Curt Meyer-Clason: era uma tarde ensolarada, você tinha dezesseis anos e continuava a ser espancado por seus colegas de classe. Duas semanas após o assassinato do índio, Hassan Sader Gamarra e seus cupinchas voltaram a ocupar suas carteiras na classe. Disseram a todos que passaram uns dias na fazenda paraguaia de um coronel do regimento. Vacaciones en el paradiso, disse Hassan Sader Gamarra. Vangloriaram-se disso até que o assunto também morreu. Como o indiozinho comunista, torturado e esquecido na dobra imunda do rio.

Você retirou o exemplar do livro de Centurión da sacola de pano que carregava. Olhou de esguelha, em meio às páginas do livro, o recorte do jornal *O Mensageiro* e a fotografia amassada onde aparecia o garoto desconhecido com a cara coberta de espuma na banheira. Segundo a inscrição no verso, havia sido tirada no inverno de cinco anos atrás, em 1975. Desde que a encontrou no envelope entregue por Karl Reiners a seu pai, a foto passou a ser uma prova das seguintes possibilidades: 1. era realmente adotado; 2. quando recém-nascido, fora roubado da casa de alguém ou do berçário do hospital e sua verdadeira mãe devia estar procurando você pelo mundo havia dezesseis anos sem obter nenhuma pista de onde o esconderam; 3. não era adotado, na verdade nem mesmo existia, não passando de um fantasma que habitava aquela casa fantasma em uma cidade fantasma; 4. pode ser que fosse o fantasma que assombrava o banco traseiro da Variant; 5. em hipótese mais otimista, não havia sido substituído no berço nem era adotado, apenas não se lembrava de seu passado devido ao ocorrido no Ano do Grande Branco e ao uso constante de fenobarbital desde o acidente; 6. nesse caso, quem era o garoto da foto, já que você não se lembrava dele, hein; 7. novas hipóteses surgiam com essa possibilidade, e o desconhecido podia ser: um primo da família Reiners, quem sabe filho do próprio Karl, afinal fora ele quem passara o envelope contendo a foto para o seu pai; talvez o garoto da foto fosse você, já que não havia outras fotos suas em casa com as quais pudesse verificar sua própria aparência de anos atrás (não facilitava nem um pouco você se sentir aterrorizado por espelhos e não conseguir olhar para o próprio reflexo desde o acidente, muito menos o fato de o garoto com a máscara de espuma ser mais novo); também podia ser que não tivesse sido roubado do berço, mas encontrado à beira da estrada, perdido, momentos depois de a espaçonave que o transportava se espatifar no meio de um milharal (essa era a hipótese que mais o atraía, apesar de não compreender direito a causa de seus superpoderes ainda não terem se manifestado, uma chateação); o garoto da foto era o seu irmão secreto, o verdadeiro filho da rata e do homem que se dizia seu pai.

Como era difícil compreender o passado. Lembranças bem que podiam ser algo menos volátil. Mas a memória é tão frágil quanto a vida, que não passa de um ato heróico, de um ato de bravura, cuja beleza equivale ao brevíssimo tremeluzir da superfície de um lago subterrâneo no interior de uma gruta escondida que nunca será vista por ninguém.

É claro que você não sabia disso, disse Curt Meyer-Clason, pois é algo que estou lhe contando agora.

3.

Dentro da sacola de pano também havia uma revista *Manchete* com fotografias do novo presidente da República, o general Figueiredo, nas quais ele aparecia bronzeado e sorridente, de tênis brancos e sunga. Não parecia digno que um militar se vestisse daquela maneira, as fotos lhe despertaram — além de asco — a intuição de que algo ruim estava por acontecer. Levou a revista na mochila, pois nela também havia a propaganda de um disco cuja capa mostrava uma moça de patins sentada no chão após levar um tombo, *Disco'80*. Nas últimas semanas aquela moça de patins e shorts vinha sendo sua namorada, a cara de dor que ela fazia te matava. Com os joelhos arqueados, de frente para você, a dobrinha de carne que saía dos shorts, a polpa da virilha dela, a cara de dor, o sorriso, você começou a se masturbar. Mas é difícil dominar por completo a arte da masturbação ao ar livre, e o vento virou as páginas da revista. Apareceu o general de sunga. Você estudou a pele bronzeada do general e continuou a se masturbar, pareceu-lhe que era o que devia ser feito. O jorro de esperma cobriu o general Figueiredo de sunga, e você dispensou a *Manchete* no meio do mato. Vasculhou com os pés a terra revirada pela água da chuva. Naqueles anos, toda casa de família de Curva de Rio Sujo tinha dependurada na parede da sala uma relíquia da Guerra do Paraguai, objetos achados nas redondezas do Ñandipá que permaneceram enterrados desde a batalha. Depois dos temporais, era comum se deparar com gente por ali, revolvendo a terra encharcada para ver se encontrava algum recado enviado por seus antepassados mortos através do mundo subterrâneo. Porém naquele dia não havia ninguém além de você, limpando esperma dos dedos no tecido do calção e calculando pegadas como um agricultor que mede o crescimento das couves. Barrancos inesperados irrompiam debaixo da luz do sol que endurecia o barro em esculturas ressequidas, em estátuas avermelhadas que vistas de soslaio lembravam soldados flagrados no instante da morte. Nos baixios havia grande quantidade de água acumulada. Nuvens de moscas se moviam de um seixo a outro, em busca de restos vegetais e cadáveres, e você prosseguia plantando os calcanhares na lama das margens do pantanal que nascia logo após o término da clareira onde ficava o obelisco de Ñandipá com seu obelisco de ponta quebrada.

Assomando à superfície, viu uma lasca de madeira que parecia ser a extremidade da coronha de uma carabina. Estava fora de alcance, então tentou puxá-la com o auxílio de um galho caído, mas para isso teve de mergulhar o pé na margem até a metade da canela direita. Quando fez isso, sentiu o fundo do pântano ceder e, ao tentar retornar, terminou por forçar ainda mais o seu ponto de apoio, mergulhando de corpo inteiro na lama movediça cheia de cipós, folhas e insetos mortos. Na hora pensou em lontras e na mulher das lontras, que poderia virar comida de lontra e morrer ali sem que jamais se soubesse o que tinha acontecido com seu cadáver. Pensou que a rata se tornaria uma espécie de mulher das lontras, disse Curt Meyer-Clason, e se perguntou se ela choraria sua morte. Pensou se o general de sunga sujaria seus tênis brancos a fim de salvá-lo. Cuspiu detritos e vislumbrou mais acima o túnel vegetal feito de copas de árvores e parasitas, de cipós e teias de aranha, sentindo enorme paz.

Você estava em um túmulo natural.

4.

A sensação de paz não durou muito, pois percebeu que a terra do fundo do lago era tão mole quanto a da margem, e afundava mais e mais. Estava prestes a ser engolido por Curva de Rio Sujo, e agora não se tratava mais de figura de linguagem: se não saísse dali, em poucos momentos não seria mais que a lembrança passageira de um imbecil qualquer que havia sido abandonado pelo pai, sendo obrigado a viver a sós com a mãe, a mulher das lontras.

Com esforço, procurou alcançar de novo o galho que deixou cair na lama escura e densa. Por um momento, nuvens taparam o sol. Escureceu, e o galho afundou para longe de seus dedos. A lama chegou ao queixo. Agitou os braços à procura de sustentação, porém apenas afundou mais. Batendo asas na água pútrida, uma libélula moribunda procurava se safar do inevitável tentando entrar em suas narinas arreganhadas pelo esforço da respiração. Nesse instante, enquanto nadava como um cachorro, sua mão direita resvalou em algo sólido sob a massa líquida e informe. Agarrou o objeto como se fosse Jonas ao ser vomitado pela baleia agarrando o primeiro destroço que boiava. Percebeu que não era o galho usado anteriormente, mas aquilo também servia a seus propósitos. Descobriu no fundo do pântano uma rocha ou restos de um tronco onde apoiar o objeto e afinal conseguiu retornar à margem. Quando sentou em uma pedra, exausto, descobriu que havia sido salvo por uma espada coberta de limo. Arranhando com a unha a ferrugem do punho, encontrou inscrições em espanhol e o brasão da infantaria paraguaia: estava intacta. Agora que era um soldado armado, quem sabe não seria aceito pelos outros. Empunhou a lâmina e vibrou-a com toda força fatiando o ar. Parecia um devaneio, apesar de concreto. Aquilo havia brotado dos livros de viagens e aventuras que leu, e do livro de Centurión. Era a arma enviada do passado por El Diablo para sua proteção.

Ao desgrudar as Congas da lama, enquanto pedalava no caminho de volta para casa com a espada enlaçada à bolsa de pano nas costas, pensou na verdadeira utilidade dos objetos: fazer com que nos lembrássemos de situações que, não fosse por sua presença de coadjuvantes, pelo companheirismo silencioso das coisas que testemunham nossa passagem, seriam inacessíveis. Mas sua vida não tinha lugar para símbolos, disse Curt Meyer-Clason, era uma vida repleta de caixas de mudança fechadas. Não deixava de imaginar que um dia abriria todas aquelas caixas esparramadas pela casa apenas para descobrir que estavam vazias. Talvez aquilo fosse o verdadeiro símbolo.

5.

Alguns dias após o sumiço de seu pai, quatro anos antes, meio acabrunhada e com a cara enfiada na fumaceira do laboratório químico, a rata emergiu de um mutismo tão extenso que se tornara eloquente, procurando justificar a ausência dele, dizendo que tinha fugido de seus fantasmas, mas de que são feitos os fantasmas, a rata disse, não sabemos, só que é impossível fugir deles, estão em todo lugar, e nos acompanham aonde vamos. Ou pior: já nos esperam quando chegamos lá, pois estão sempre adiantados no tempo, vivem no passado e no futuro, menos no presente, e isso nos ilude, pois dá a impressão de que podemos escapar. O fato de estarmos presos ao presente nos convence de que estamos protegidos de sua influência, porém fantasmas são feitos de tempo e espaço, não há outra matéria em sua composição, estão à nossa espera no final pois já estavam conosco no início, e isso lhes dá uma puta vantagem em relação a nós. Você acompanhou o olhar meio baratinado da rata girando em torno das lâmpadas amarelas do pavilhão dos fundos de onde ela parecia não sair mais nem para preparar seu Toddy morno, disse Curt Meyer-Clason, o leite que você odiava mais a cada ano que passava, e como passavam os anos — pareciam prestes a se acabar na sequência do calendário da parede. A matéria de um fantasma é som, um som indiscernível, que ouvimos entre outros sons sem que a gente possa identificá-lo. Um fantasma é feito de tempo, espaço, silêncio e som. Mas às vezes é feito só de ausência.

Depois, a rata disse que o seu pai peitou credores poderosos do banco, agricultores da região que deviam milhões em financiamento rural e que foram cobrados por ele, provocando represálias. Quando ameaças de morte se tornaram diárias, e sem qualquer proteção oferecida pelo banco, seu pai teve de fugir. Se ficasse, acabaria com a cara enfiada na charneca, devorado pelas lontras, e não foi a primeira vez que isso aconteceu, em Medianeira foi igual, é claro que você não se lembra, disse a rata, lá foi a mesma coisa e até quebraram o braço dele. Daí nós viemos pra cá, foi isso, ela disse.

Em sua mente a sombra de uma lembrança se insinuou e logo desapareceu. Dava para perceber que era mentira. Era final de tarde, e o sol batia de chapa na parede contrária. Diante da luz, a figura da rata se desintegrava em bilhões de flocos. Por que as coisas são tão bonitas quando acabam. Existem poucas coisas no mundo tão belas quanto o final do dia, é um momento que transforma tudo o que está exposto a ele. E sempre vem o começo do dia seguinte e depois outro dia e depois mais outro.

Pois nesse instante você retirou a fotografia do menino com a máscara de espuma que encontrara no envelope e a jogou em cima da bancada do laboratório. Não falou nem uma palavra ao fazer isso, e não poderia ser diferente. A rata descolou as costas da parede aquecida pelo poente e se aproximou da bancada. Ao alcançar a foto, a mão dela estremeceu. Os olhos brilharam, e ela se apoiou na bancada para não cair. Era isto o que eu gostaria de fazer neste laboratório, a rata disse: congelar o tempo como nas fotografias. A rata se aquietou, somando a quietude dela à sua, e depositou a foto onde a pegou sem ao menos perguntar onde você a conseguira. Este é você, a rata disse, debaixo desta máscara de espuma. Quando você ainda falava, antes de o Ano do Grande Branco começar. Então ela saiu em silêncio do pavilhão, aquecendo as pontas frias dos dedos das patas na quentura da parede branca onde o sol batia.

6.

Como reagir àquilo, disse Curt Meyer-Clason, foi o que você se perguntou. Nem pensou direito, apenas mostrou a fotografia, expondo o segredo sobre a mesa como se fosse uma carta de baralho. Um trunfo desperdiçado. Analisou o menino da foto. Aquele menino era você ou não era, ou seria o seu irmão mais novo, o seu irmão secreto que insistia em habitar sua cabeça defeituosa. Esboçou uma teoria acerca de objetos e as marcas do tempo: se o menino da foto tivesse realmente existido, teria deixado marcas de sua passagem entre as coisas da casa da família. O problema mais evidente dessa ideia era a de que não havia propriamente uma casa, mas objetos encaixotados, uma casa encaixotada. Vidas encaixotadas. O conteúdo daquelas caixas era o museu da família, objetos que deviam ter sido esquecidos pelo caminho que ela arrastava como se fossem sua cruz.

Se sua teoria estivesse correta, portanto, haveria alguma pista de seu irmão mais novo naquelas dezenas de caixas, quem sabe outra fotografia onde ele aparecesse ao seu lado, ou uma peça de vestuário com o nome dele bordado. Sabia, porém, que aquele costume — tão comum entre os alunos de sua escola, pois as mães costumavam bordar o nome de seus filhos na gola interna das camisetas do uniforme para que não se perdessem nos vestiários depois da aula de educação física — nunca chegou a ser adotado pela rata, e você nunca teve seu nome em qualquer roupa. Por outro lado, sabia que ela guardava, espetado com um alfinete de cabeça de madrepérola no tecido do interior de sua bolsa de mão, um cacho de cabelos. Dizia ter pertencido à mãe dela, Antonieta, morta quando a rata tinha apenas três anos de idade. Se a rata guardava aquilo, e se o irmão mais novo tivesse existido de verdade, haveria de restar uma peça de roupa que lhe pertencera, como nos costumes maternos de preservar o primeiro sapatinho do bebê ou uma fralda como lembrança. Tinha chegado a hora de esvaziar caixas fechadas, foi o que você pensou e se propôs a fazer naquela mesma noite.

O hábito infantil de se esconder, de querer salvar a todos. A esperança de que existem portais para o centro da Terra nos fundos dos guarda-roupas, além do emaranhado de vestidos e blusas dependuradas nos cabides. Um cheiro forte de defunto, de sachês com odores mórbidos e a naftalina entorpecedora das gavetas. O toque frio dos tecidos acetinados no rosto enquanto se penetra a gruta em direção ao passado familiar, rumo ao mundo dos mortos, pois nunca cavou entre os tecidos sem estar dominado pelo pavor de lidar com coisas mortas. Era essa a sensação que roupas vazias lhe passavam, desprovidas do calor humano de quem as usou, meros fantoches sem ventríloquos que os manipulassem, isolados da luz do dia, imóveis em varais secretos, fantasmas à espera de um sopro de ar que os devolvessem à vida, roupas sem corpos a quem vestir.

Nada lhe aterrorizava mais entre os objetos do guarda-roupa do que a farda usada no serviço militar pelo homem que se dizia seu pai: ao vê-la dependurada no guarda-roupa, era impossível não pensar que o rapaz que a usara já estava morto fazia muito tempo, e que de algum modo aquela farda esvaziada o aguardava como a uma sina, a preservação dela não passava de promessa feita pelo destino, aviso constante de que um dia chegaria o seu turno no tiro de guerra. Era o que você mais ansiava: pertencer a uma família. Mas, quando chegasse, todos os outros recrutas envergariam fardas reluzentes de novas, enquanto você estaria vestido com sua herança cheia de mofo. Naquela noite de anos atrás, ao verificar a quantidade de roupas abandonadas por seu pai, considerou que a partida dele fora demasiado abrupta, não houvera tempo nem de fazer as malas. A rata disse a verdade, você se perguntou, será mesmo que o perseguiam. Àquela altura ele podia estar morto e enterrado, talvez indigentemente nu, e as calças sociais e camisas de botão deixadas para trás também não passariam de um enxoval funesto. Sempre odiou camisas de botão, acreditava que usaria somente camisetas de malha quando se tornasse adulto. Os botões lhe causavam náuseas, pois pareciam feitos de ossos ou dentes, às vezes eram, e isso só lhe aumentava a sensação de que roupas eram um símbolo contraditório de nossas vidas limitadas. Se bem preservadas, sobreviviam aos corpos que um dia vestiram, restando no mundo por um tempo sem ter a quem vestir. Todas as manhãs, ao se preparar para a escola, a obrigação de abotoar aqueles pequenos círculos aperolados com dois furos por onde passavam fios de costura quase o levava ao vômito, e se o fazia era aos engulhos, prendendo os botões um a um nas casinhas da camisa. Teve a sensação de que não herdaria fortuna alguma, só aquelas roupas. Puro revestimento sem conteúdo, disse Curt Meyer-Clason, eram a própria representação da fantasmagoria.

Encontrou uma caixa de sapatos no piso do interior do guarda-roupa, e dentro dela um par de coturnos. Estavam bem preservados, e ainda mantinham a graxa que o soldado raso lhes aplicara anos antes, muito provavelmente em seu último dia aquartelado, talvez se perguntando quem afinal voltaria a usá-los no futuro, quem herdaria suas botas. Depois de descalçar os Congas, experimentou os coturnos apenas para se certificar de que eram grandes demais para seus pés. Apoiando-se com esforço nas gavetas, escalando-as como se fossem degraus de uma escada, localizou outros objetos que de costume são escondidos nos guarda-roupas familiares, entre eles um pequeno baú de madeira trancado a cadeado. Sem se surpreender, alcançou o baú com as mãos trêmulas devido ao peso e saiu do quarto da rata antes que ela o flagrasse ali.

No pavilhão dos fundos, diante da lamparina de querosene acesa, disse Curt Meyer-Clason, rompeu sem dificuldades o cadeado com uma chave inglesa. Você não podia crer no que havia encontrado.

7.

Um lote de carne de porco contaminada com cisticercose matara dezenas de pessoas na cidade. Só na D'Escragnolle-Taunay foram três, dois alunos e um funcionário. O verme da carne de porco podre se instalava no cérebro dos hospedeiros sem intenção de algum dia deixar de ser hóspede.

Após dois meses no hospital, um aluno da classe sobreviveu. Apareceu na aula de matemática daquela manhã com olhos vazios, não entendia mais nada. No intervalo, os demais alunos o espancaram, perguntando sobre coisas de antes da epidemia, mas ele não se lembrava. Batiam nele, como se assim pudessem lhe arrancar alguma resposta. Não havia nenhuma, porém, já não havia qualquer resposta. O verme havia se perdido nas dobras do labirinto das vísceras dele, enquanto algarismos se desmanchavam no ar da classe no preciso momento em que saíam da boca do professor de matemática. Você reparou nas sandálias franciscanas com meias que o professor usava. Havia um furo na ponta de uma delas, expondo o dedão direito ao ar livre, um dedão pulcro e boa praça. Qual era o nome daquele professor, não se recorda, chamava-o apenas de professor. Avançando devagar entre filas de carteiras alinhadas, o professor avaliava cadernos enquanto eram preenchidos com equações pelos alunos, estacando de carteira em carteira; havia expectativa no ar, um clima de catástrofe iminente adensado a cada arrastar de calcanhares das sandálias no piso empoeirado de tábuas que se vergavam ao peso de sua autoridade. Com a cabeça baixa como os demais, concentrado nos números e encurralado pela agonia, você pressentiu o professor à espreita, denunciado por sua trôpega respiração de fumante e pelo odor de cinzeiro de suas roupas, era possível ouvir o ruminar que ia por dentro de sua cabeça calva, as equações se resolvendo muito rapidamente até que ele deu mais dois passos, estacando na fileira onde sentava-se o sobrevivente da epidemia. Ao lado do aluno, o professor verificou o caderno dele completamente em branco. De braços cruzados nas costas, com a régua de madeira nas mãos, o professor parecia ainda mais apavorante. Então, com um gesto brutal e sem aviso, ele quebrou a régua na cabeça do aluno doente e prosseguiu, arrastando sandálias em silêncio, destilando medo e deixando atrás de si um choro baixinho que de repente aumentou e explodiu entre risos reprimidos.

Você deve estar se perguntando o motivo de eu lhe lembrar disso, disse Curt Meyer-Clason: pelo fato de que a carne contaminada dos porcos e a violência dos professores não passavam de simples prenúncio do horror que viria a seguir.

8.

Ao contrário de algarismos, palavras não sumiam com facilidade, não as sussurradas por Hassan Sader Gamarra e seus cupinchas, rodeando-o por todos os lados, um deles na carteira em frente, outro na carteira à direita, mais um à esquerda e Hassan Sader Gamarra na carteira logo atrás da sua, murmurando com voz roufenha aquelas palavras, voy enfiar una cascabel en la concha de tu madre, Hassan disse, ao que o primeiro cupincha emendou, y yo voy enfiar un fio elétrico descascado en el culo de tu madre. Não contente, o segundo cupincha completou: voy a meter un palo bem grosso no cu da tua mãe, ele disse, e o quarto cupincha emendou: sí, o meu pau bem grosso na boca da tua mãe, ele disse, e Hassan Sader Gamarra falou assim, yo já enfiei, yo enfio todo dia, toda tarde, todas las noches, e também enfio um monte de basura dentro dela, e enfio uma piranha viva dentro da buceta dela que é pra comer ela vivinha por dentro, pra comer o útero de onde foste cagado, mudinho del carajo. Com a cara enfiada no caderno quadriculado, você preenchia os vazios mentalmente, disputando partidas solitárias de jogos da velha das quais saía derrotado, tudo para aquietar as vozes, para não ouvir o que diziam. No entanto, era impossível. Hassan Sader Gamarra era daquelas pessoas que, quando cochicham, falam mais alto do que normalmente.

Depois, distraído com a nobreza dos uniformes talhados pelo major alfaiate ostentados pelos Botinas Negras que simulavam brigas e distribuíam socos de brincadeira entre si, você se perdeu no pátio em meio à balbúrdia da saída. Basano La Tatuada brilhava entre outras garotas, despedindo-se de cada uma delas com beijos no rosto que você, mesmo à distância, podia interceptar e roubar. Ela havia crescido, disse Curt Meyer-Clason, e a marca de seus mamilos na camiseta o fazia pensar em montanhas inexpugnáveis e em se tornar alpinista.

Despencando dos píncaros do Everest, lamentou a possibilidade futura de que um dia os chicletes deixassem de veicular figurinhas transferíveis.

9.

No portão da escola ao final da aula, notou que Basano La Tatuada olhou em sua direção, esboçando seu sorriso de canto de boca. Estava sozinha, e enveredou pela trilha de terra que culminava na mata, disse Curt Meyer-Clason, olhando para trás a cada dez passos com intenção de verificar se você a seguia. Era algo impossível de se crer, que Basano La Tatuada ao menos notasse sua existência, e você não pensou, apenas caminhou atrás dela, atraído pelas figurinhas estampadas na pele e a nascente de cabelos negros em sua nuca, fisgado por seu olhar-anzol. Mata, mato, matagal. Repetiu para si mesmo essas palavras mas sem saber a causa de tê-las murmurado. Mata, mato, matagal, matadouro. A arcada de cipós e galhos se encerrou sobre sua cabeça sem deixar à vista nenhuma nesga de céu. No fundo do túnel de folhas, apenas a silhueta recortada de Basano La Tatuada ia desaparecendo, saindo de seu campo de visão, sumindo, seus dentes brilhando na escuridão. A inconsistência do terreno pantanoso debaixo de suas solas aumentou, assim como os ruídos de animais ocultos na selva, deslizando pelo lamaceiro, espreitando por entre as árvores. Era como se Basano tivesse sido engolida pelo pântano. Então, ao alcançar o trecho em que a água do rio começava a minar a terra irremediavelmente, deparou-se com Hassan Sader Gamarra e seus três cupinchas. Sem nenhuma vergonha aparente por tê-lo traído, Basano La Tatuada prosseguiu sua caminhada sem olhar para trás.

Hassan deu um passo adiante. Tinha o braço direito pra trás, escondia algo. Ora, si no és el tevíro jukahare ñe'ngu del carajo que viene solito por el bosque, ele disse. Marcha, soldadito, cabeza de papel. Se no marchar direito, vai preso pro quartel. Hassan mostrou o revólver. Baje los pantalones, ele disse. Você sacudiu a cabeça em negativa. Hassan encostou o revólver no meio de sua testa. Tira as calças, ele disse, agora. Sem deixar de mirar o cano logo acima de seus olhos, você se negou outra vez. Você viu o relógio Technos no pulso de Hassan, chegou a ouvir seu tique-taque. Era um belo relógio. Os cupinchas agarraram seus braços por trás. Tira ahorita, disse Hassan Sader Gamarra, e disparou o revólver encostado em sua testa. Uma. Duas vezes. *Tec tec.* Gargalhadas subiram, indo morrer nas copas das árvores. Você sentiu o líquido quente escorrendo pelo meio de suas coxas, e o cheiro de urina subiu até o seu nariz. Podia imaginar a mancha escura nas calças, a poça se formando ao redor de seus pés. Hassan se afastou dois passos. Retirou do bolso da frente da gandola uma bala de revólver e a mostrou para você. Depois de chupar a bala, ele a enfiou na arma e girou o tambor, fechando-o com força. Hassan enfiou o cano em sua boca, e você se agachou com os braços suplicantes pra cima. Tira a cueca, ele disse, senão atiro. Você sentiu o gosto frio do metal na língua, parecido com o do fenobarbital. Negou pela terceira vez. Hassan apertou o gatilho três vezes. *Teeec. Teeec. Teeec.* Ele puxou o cano pra fora de sua boca, e a alça da mira rasgou seu lábio superior. O quarto tiro foi pra cima, e o barulho afugentou tuiuiús à espreita de cima das árvores. O primeiro murro atingiu-o na boca, o segundo no olho direito, o terceiro no nariz. Você sentiu o cheiro de pólvora no ar. As porradas seguintes se concentraram em seus dentes, que amoleceram após alguns minutos. Não havia nada a fazer, você os admirava com intensidade. Moviam-se com precisão, acertando seus dentes com força. Sentiu as raízes dos dentes fraquejarem, a gengiva adquirir consistência de carne amaciada com martelo na tábua de bater bife. Socavam-no em silêncio, com a dedicação concentrada de uma tarefa molesta porém inadiável. Hassan Sader Gamarra observou sua queda vagarosa, depois tirou o pinto pra fora da braguilha e andou em sua direção, dizendo: bamos arranjar alguma utilidade pra essa sua boca que no sirbe pra nada, mudinho. Mas atención: se morder, no sale vivo desta mata. Você pensava em Basano La Tatuada e no impossível: como podia sentir a sensação de ter sido traído, se nem ao menos chegou a receber dela qualquer sinal de aliança ou amizade. Número 2, número 15 e número 31 o jogaram de bruços no chão, prendendo seus braços e pernas para trás, enquanto Hassan Sader Gamarra arrancou sua cueca mijada. Que asco, ele disse, cai fora daqui, tevíro jukahare ñe'ngu del carajo. Ao se erguer, você pensou que preferia ser um prisioneiro russo com a corda no pescoço, sentado na cela solitária sobre uma vara por dias, à espera só de adormecer e cair enforcado na própria corda que o prendia. Imaginou o campo de prisioneiros de Solovki. Imaginou o Centro de Eutanásia de Bernburg. Tudo isso teria sido mais rápido, e você estaria morto.

No caminho de volta, pisando nas barras ensopadas das calças, viu a mulher das lontras. Sua pele era meio esverdeada, disse Curt Meyer-Clason, como se sofresse de hepatite. Estava no descampado vizinho à escola, na beira da charneca onde o filho dela morreu. Você a viu diversas vezes naquele mesmo local, sempre parada próxima à margem como se estivesse à procura de algo que se perdeu dentro d'água, jogando retalhos de carne no pântano para atrair as lontras. Na escola, ouviu que ela procurava matar as lontras oferecendo carne envenenada. Mas, ao observar a mulher das lontras, pareceu-lhe que ela propunha uma troca, oferecendo carne de vaca às lontras pela devolução do filho devorado. A mulher das lontras olhou para você e acenou. Tinha olhos amarelados. Parecia acenar a alguém conhecido.

10.

Na manhã seguinte, não chegou a pensar em Hassan Sader Gamarra ou na mulher das lontras. Seus tímpanos ainda zuniam. Sentado no piso de tijolos rachados do alpendre do pavilhão dos fundos, acompanhava a rata dependurar lençóis nos varais que se estendiam ao longo de trinta metros da área coberta do pavilhão, debaixo do altíssimo pé-direito e do teto sem forro pontuado por telhas de vidro que seguiam alguma pauta musical inescrutável. Através delas, raios de luz penetravam em diferentes direções, iluminando nuvens de poeira.

Ao vê-la se agachar para recolher os lençóis na bacia no piso e depois se erguer com braços esticados para cima, permitindo entrever apenas partes de seu corpo entre panos estendidos, ora um antebraço e o pescoço ou apenas a linha do perfil sem exibir os olhos, enquanto a linha adunca de seu focinho e daí o rabo de cavalo que chicoteava o ar claro e de súbito um ciclópico olho muito apreensivo que o espiava entre toalhas, a silhueta da rata dançava. Os movimentos de expansão do tronco e das pernas, os passos de lado a lado dos varais ao estender os panos e o desenho de sua sombra que se distorcia a ponto de parecer com a de outro animal, talvez uma ave imensa que batia suas asas, eram acompanhados pelo baque surdo da pá do jardineiro que ela contratou para capinar o campinho ladeando o pavilhão.

Mais triste do que você naquela casa só havia o campinho de futebol. Cercadas pelo colonião alto, as traves não podiam mais ser vistas. O jardineiro retirou seu chapéu de palha da cabeça, coçou a testa e caminhou em sua direção. Trazia uma cobra de uns cinquenta centímetros de comprimento que serpenteava como se pudesse fugir dos dedos grossos que a seguravam pelo pescoço. É engraçado que cobras tenham pescoço. Se realmente tiverem, têm um corpo-pescoço. Na natureza, em termos proporcionais, a cobra tem o pescoço ainda maior que o da girafa. Você pensava isso enquanto o jardineiro atava a cobra em um trecho do varal. Foi se juntar às outras cinco que ele pendurara no arame com torniquetes feitos com arame. A primeira jazia imóvel, e as seguintes serpenteavam seus pescoços-caudas, seus corpos-pescoços, pela última vez. Essa aqui é uma jararacuçu, disse o jardineiro, é muito venenosa. Admirou a capacidade de resistência da víbora. Com uma dessas correndo atrás a gente ia poder treinar os ponteiros mais velozes do mundo neste campinho, ele disse, apontando o bicho. Depois olhou para a rata, que se afastava em direção à casa com a bacia esvaziada debaixo do braço. Coçando a cabeça suada, o homem devolveu o chapéu à maçaroca de cabelos cinzentos e retornou à enxada. A meio caminho, volteando ligeiramente o pescoço em sua direção, o jardineiro disse: ainda por cima tem esta casa mal-assombrada e um campinho de futebol coberto de carrapicho que não ajudam em nada. Com certeza, tua mãe é a coisa mais triste deste lugar. Até parece que tá de luto, ele disse. Foi a primeira vez que ouviu aquela palavra. Luto. Não sabia o que significava.

Passou a conservar as cobras nos vidros de compota que a rata lhe dava. Conseguiu formol na farmácia do centro da cidade. Usava o líquido para encher os vidros e enrodilhar as cobras dentro deles, criando nas prateleiras do pavilhão dos fundos um museu de história natural particular. Aprendeu técnicas de etiquetamento ao estudar prateleiras com lepidópteros e fósseis existentes na biblioteca da escola, e a rata lhe deu as dicas de conservação dos répteis. A parte que mais lhe agradava era a da aplicação de injeções de formol ao longo do cadáver.

Nesses momentos, disse Curt Meyer-Clason, ao ser pinicado pelas escamas duras e frias das cobras, percebia que certas coisas continuam ameaçadoras mesmo depois de mortas.

11.

Escondia o pequeno baú de madeira encontrado no guarda-roupa no vão detrás das compotas de cobras, sem que a rata nunca tivesse dado por sua falta. Guardava nele a foto do menino com a máscara de espuma e o recorte do jornal O *Mensageiro* que noticiava o abandono de uma casa por uma família na nevasca do Ano do Grande Branco. Dias antes, quando abriu o cadeado do baú após retirá-lo do guarda-roupa, encontrou dentro dele uma máscara de couro inteiriça com pregos de aço distribuídos com uniformidade por toda a cabeça. O couro parecia muito velho e de aspecto gasto, porém os pregos eram pontiagudos. A máscara tinha aberturas apenas para os olhos, disse Curt Meyer-Clason, e você permaneceu um tempo tentando adivinhar como poderiam ter sido os olhos que um dia preencheram aqueles buracos. Como era impossível olhar por muito tempo para a máscara sem se sentir atemorizado, devolveu-a junto com o baú no vão onde também guardava a espada paraguaia encontrada no lamaçal do Ñandipá.

Dias depois, deparou-se no quintal com meio corpo de uma jararacuçu saindo do telheiro ao lado da casa. A cobra engolia um sapo-boi. Tinha pra lá de dois metros. Ambos imóveis, predador e caça, atravessavam seu caminho. O sapo era enorme, e a boca elástica da cobra se esticara ao limite para comportá-lo. Exceto pela pulsação emitida pelo sapo minuto a minuto, procurando escapar ou estertorando, nada se mexia. Você se sentou para admirá-los. Para a cobra, toda a realidade havia se apagado momentaneamente: só lhe interessava devorar o sapo. Ao sapo a realidade não interessava mais. Quando ele foi engolido de vez, você matou a cobra com uma pranchada da lâmina. Teve cuidado para não danificar o couro com a espada. Preparar a jararacuçu deu trabalho. Pelo avantajado tamanho dela, gastou mais formol do que com as cobras anteriores. E a rata teve de arranjar um vidro maior, para que a cobra enrodilhada coubesse de maneira satisfatória. Após dispô-la em hélice dentro do recipiente, você fez com que sua boca permanecesse aberta num sorriso ameaçador, como se tivesse sido flagrada pela morte no perene instante de um bote. O próximo passo foi reorganizar a ordem dos vidros nas prateleiras do pavilhão. Fez isso seguindo a disposição de um pódio, colocando as cobras menores nas extremidades e no centro a jararacuçu, que apelidou de General.

Uma noite, logo após tomar sua dose de fenobarbital e se deitar, disse Curt Meyer-Clason, você foi atraído pelo pavilhão dos fundos como se um buraco negro o sugasse. Em geral você dormia ao ser medicado. Não é uma figura de linguagem: em algumas ocasiões você dormia assim que a droga atingia sua corrente sanguínea, mesmo que ainda permanecesse de olhos abertos, sentado na mesa de jantar entre dois adultos que ruminavam sua comida muito lentamente. Já levava anos tomando fenobarbital, mais do que o recomendável. Depois da partida do homem que se dizia seu pai, não voltou a fazer eletroencefalogramas. Não sabia se sua disritmia cerebral persistia. Naquela noite, porém, você abriu a janela de seu quarto sem fazer barulho e saiu para o gramado molhado de sereno do jardim, rodeando a casa em direção aos fundos. Do pavilhão vinha uma luz esverdeada que iluminou seu caminho até lá. A porta do laboratório onde ficava seu pequeno museu dos répteis estava entreaberta. A luz não passava de reflexo da lua no vidro de compota que encerrava a General. Com sua boca aberta iluminada, a cobra parecia disposta a lhe dizer algo, ou ao menos você imaginou que sim. Tapada pelas nuvens, a lua oscilou, estendendo seu brilho a todos os vidros de compota, esverdeando as cobras como se as devolvendo à vida. A bancada do laboratório da rata fora ocupada nos últimos meses sem que você prestasse atenção. Diversos instrumentos cujos nomes lhe eram desconhecidos lotavam o lugar, além de caixas com produtos químicos, lixeiras e manuais técnicos em inglês. Também havia um caderno preenchido com fórmulas anotadas pela caligrafia arredondada dela. O equipamento ali reunido configurava um laboratório mais completo do que o existente em sua escola, e isso o surpreendeu.

Você verificou o que a rata guardava ali, disse Curt Meyer-Clason. Havia material de limpeza em quantidade suficiente para limpar sua escola de toda imundície. Desinfetante de piscina composto por peróxido de hidrogênio. Você procurou alguma piscina lá fora, e não havia nenhuma. No quintal só existia um campinho coberto de erva daninha, carrapicho e minhoca. Com tanto material de limpeza era possível fabricar triperóxido de triacetona suficiente para explodir um ônibus escolar. Verificou o combustível de bomba de agrotóxico à base de nitrometano, também conhecido por TNT. Bastava misturar àquilo um oxidante como o nitrato de amônio e pronto: não haveria cofre de banco que não escancarasse sua porta. Limpador de tubos de drenagem usados em irrigação, removedor de ferrugem para motor de tratores. Produtos que tinham ácido nítrico e ácido sulfúrico na composição, disse Curt Meyer-Clason, e com eles dava para produzir nitroglicerina. Era só misturá-los com dióxido de silício em pó para fazer dinamite igualzinha à usada pelos bandoleiros dos gibis de faroeste que você lia todo dia. Onde já se viu, sua mãe adotiva devia ter mania de limpeza, foi isso que passou por sua cabeça. Mas essa é uma característica materna irreprovável. É bem possível que as mães, pelo fato de acumularem tantos produtos de limpeza com ingredientes químicos tão úteis — pois bem, é bastante provável que elas tenham esperança que seus filhos descubram a múltipla utilidade desses produtos e que os usem um dia. Talvez fosse o que a rata também esperasse de você. Afinal, aquelas suas aulas de química do colégio deviam servir para alguma coisa.

Depois de encontrar anotações da rata que indicavam a composição de explosivos caseiros, seus tiques nervosos afloraram. O músculo detrás da orelha direita repuxou repetidas vezes, levando-o a contrair a sobrancelha, o que o levava a franzir o nariz e a iscar com o pescoço para cima e para baixo, e isso o deixava parecido com um furioso ganso no cio. Em um equilíbrio bastante delicado, semelhante ao funcionamento de uma máquina de fliperama, seus nervos batiam uns nos outros num ritmo totalmente desprovido de sentido utilitário, pois seu corpo se movia, porém se movia parado. Tiques são muito divertidos para quem os observa, mas são doloridos e nem um pouco legais para quem sofre com eles. Em seu caso, indicavam que o fenobarbital deixara de cumprir sua função, ou ao menos diminuía a cada minuto sua função de regulá-lo, deixando-o mais normal, ao menos na aparência.

Sob a bancada havia uma caixa com ferramentas de metal e alicates de diversos tamanhos, porcas e arruelas enferrujadas, e uma chave-inglesa que você sopesou e usou para arrebentar os vidros de compota, libertando a General e as outras cobras, esparramando-as pelo chão molhado que ganhou um súbito tom esverdeado. O odor entorpecente do formol turvou seus olhos e logo evaporou.

Retirando o pequeno baú de madeira da prateleira onde o escondia, você o abriu e admirou a máscara de couro negro com pregos de aço dobrada em seu interior. Se um objeto guardado deve ser a metáfora perfeita do que foi a vida do morto a quem pertenceu, a vida que aquela máscara representava tinha sido um pesadelo. Você a vestiu, ajustando-a à cabeça, e após muito tempo sem ver o próprio reflexo observou-se no espelho do banheiro do pavilhão dos fundos. Diferentemente de seu irmão secreto, você sobreviveu à infância. Faltava despertar.

O tempo correu: quando viu, o dia lá fora soprava seu hálito de recém-nascido em forma de nuvem através da janela basculante do laboratório, esparramando-se acima da bancada, dando seus primeiros bocejos. O ar adquiriu tons róseos e principiou a azular — já era de manhã e você não tinha dormido um minuto sequer. Estava acordado como nunca.

12.

Era a manhã do Sete de Setembro, disse Curt Meyer-Clason.
O grave batuque da baqueta no surdo sinalizou o início do desfile, sendo o primeiro ruído a ser escutado de uma sequência completa de ritmos marcados não somente pelos instrumentos da banda marcial, mas pelo esfregar de solas de sapatos e sandálias nas calçadas dos dois lados da avenida e a fricção dos pneus carecas dos carrinhos de milho cozido e pipoca e o vozerio das crianças que não continham a excitação ao ver, mais atrás da ordem unida das escolas municipais, muito além do palanque ocupado por autoridades como o prefeito, o vice-prefeito, alguns vereadores e suas respectivas esposas, também o coronel responsável pelo comando regional e o general João Batista Figueiredo, com sua calça de culote de cavaleiro; a alegria das crian-

ças por ouvir os rebenques dos militares sendo batidos contra suas próprias pernas em cumprimento às autoridades civis, e o sussurro das madames em êxtase com a presença do presidente da República, do suave vibrar das tábuas do piso do palanque sendo distendidas ao limite, e então do palmilhar arrastado das Congas azuis e dos Kichutes pretos e das botinas dos estudantes da zona rural na rua coberta de cascalho que servia para improvisar certo ar de civilização à via sem pavimento, do repique dos taróis e das caixinhas, do bumbo empurrando à frente as escolas de primeiro grau e depois as de segundo grau e então os estudantes da EEPSG Alfredo D'Escragnolle-Taunay e sua fanfarra, e era impossível não incluir o canto dos passarinhos naquela parada varonil, os periquitos revestidos de penas com as cores da bandeira nacional que era rapidamente içada, o deslizar do cordão de náilon erguendo a bandeira no mastro ao céu da pátria enquanto bem-te-vis piavam entusiasmados com o que viam e só então surgia o que todos queriam realmente ver, mais ao longe, os canos dos canhões de guerra despontando e os quepes altos com seus penachos vermelhos do esquadrão de caçadores do 10º Regimento de Cavalaria Mecanizado furando o ar, e até seus cavalos estavam ornamentados para o desfile, com celas reluzentes de tão novas, e tapas e cangas de couro negro que serviam para não se assustarem com a plateia distribuída ao longo da avenida em pleno esfuzio com a passagem dos cavaleiros e das armas lubrificadas e brilhantes e dos fuzis armados de baionetas e dos grandes canhões em riste a caminho do local onde seriam disparados, então no momento em que as ferraduras dos cascos arremessavam pedrinhas do chão nos escudos dos soldados da infantaria logo atrás e acionaram a leva inicial de rojões na medida em que as fileiras de estudantes se dispersavam na chegada não muito distante da escola, você deu um empurrão em Hassan Sader Gamarra e saiu em disparada da fileira do desfile em direção ao portão, parando apenas para verificar se ele mordera a isca e o seguia, porém era bastante óbvio que ele o acompanharia a toda velocidade, seguido por seus cupinchas, e agora o único ritmo era o das pegadas dos Botinas Negras afundando na lama no seu encalço e de sua respiração prestes a falir conforme vencia o umbral de ferro do portão e dobrava as quinas dos corredores da escola no instante em que eram disparados os fogos de artifício e a segunda queima de rojões que antecipava o grande momento, o clímax da parada militar de todos os anos e você chegou ao banheiro dos alunos e entrou correndo e viu os explosivos que distribuíra em posições estratégicas pelo piso do banheiro, os explosivos encontrados por você no laboratório da rata durante a noite, e foi o tempo necessário para sacar o isqueiro e acender os pavios, e também o tempo exato de subir na tampa de uma privada dos fundos a fim de se proteger fechando a porta e, no instante em que ultrapassava a janela basculante quebrada e ouvia o guinchar dos saltos das botinas negras muito bem engraxadas para o Sete de Setembro frearem nas lajotas lisas do piso do banheiro, imagine só o assombro de Hassan Sader Gamarra, número 2, número 15 e número 31 ao se depararem com aqueles pavios acesos, disse Curt Meyer-Clason, bem na hora em que saltava para o lado de fora e seu traseiro batia no barranco duro dos fundos da escola e escapava, precisamente nesse instante foram disparados os canhões no campo de polo do 10º Regimento de Cavalaria Mecanizado, salvas de tiros em homenagem ao Dia da Independência, da sua independência, uma barulhada ensurdecedora que serviu para encobrir as explosões no banheiro e o estrondo dos azulejos e das privadas e dos canos de descarga arrebentando, dos ossos se partindo e o fragor de pedaços de carne revoando e da merda saindo da fossa e do pedaço de fêmur que entrou nos canos e saiu navegando a tubulação, atravessando o tempo e a geografia, indo parar em outro mundo, e o estilhaçar das costelas quebradas que foram parar na praia da Ossuda, enterradas na areia, e os gritos de dor que subiam enquanto você ria muito. Ria, não: gargalhava, a ponto de os músculos de sua barriga ficarem doloridos. Mas de repente ficou triste.

Assim que passou a melancolia por desordenar algo tão admirável, disse Curt Meyer-Clason, a harmonia entre os Botinas Negras, você procurou a espada paraguaia que escondera no meio da moita no terreno atrás da escola, vestiu a máscara de couro com pregos na cabeça, apesar de ela ficar um pouco frouxa (o dono original da máscara devia ter uma senhora cabeça), e escalou a parede de volta. Dentro do banheiro, o fumaceiro de pólvora ainda não tinha se dissipado. Gemidos baixos se faziam ouvir, e alguém chamava a mãe de maneira incessante, mamá, me ajuda, mi madrecita, a voz de alguém gemia. Abanando e tapando o nariz, você desviou de membros despedaçados e da água jorrada pelos canos arrebentados pelas explosões. Encontrou quem buscava ao ver, saindo da fuligem, o braço de Hassan Sader Gamarra sobre o sangue empoçado nos azulejos. Reconheceu seu belo relógio de pulso Technos. Sopesou a lâmina de El Diablo, mirando no relógio, e ergueu a espada. Ouviu um grito ao baixá-la com toda força, e percebeu que os dedos da mão dele se esticavam num estertor, como se acenassem em despedida a um corpo do qual não faziam mais parte. Você chutou a mão decepada para longe.

Naquela altura da manhã, disse Curt Meyer-Clason, após escapar pela segunda vez pela claraboia do banheiro, enquanto corria pelos fundos da escola sob um sol que nunca lhe pareceu tão cálido, ao retirar a máscara de couro com pregos de aço e lamentar não ter visto os soldados na parada militar do Sete de Setembro, em seus lustrosos uniformes de gala e seus quepes dourados com penachos vermelhos e suas botas de cano alto engraxadas, só quando já era quase meio-dia você percebeu que, no silêncio obscuro de sua mente, nem ao menos tinha cantado o hino nacional.

13.

Você adormeceu depois acordou.
Outros não acordaram.
Você temia o escuro e perdeu o medo.
Você correu enquanto alguns permaneciam deitados.
Você adotou a tática das sombras.
Você fugiu num cavalo mecânico.
Você seguiu adiante, não olhou para trás.

6. O homem desfigurado

(*1946, 1964*)
(*O pântano*)
(*A ilha*)
(*Metamorfoses*)

1.

Hoje você pensa que talvez a narrativa sobre Karl Reiners contada pela rata na viagem de 1975 tivesse um fundo alegórico. Talvez ela tenha improvisado aquela longa história para distraí-lo do tédio, ou quem sabe para reavivar na sua memória danificada pelo acidente a lembrança de seu irmão desaparecido.

No pântano, em abril de 1964, o homem desfigurado contou a Karl que de início acreditava ter chegado por acaso àquele quadrante esquecido do Mato Grosso, disse Curt Meyer-Clason. Àquela altura ele sabia que não havia sido bem assim, mas a maneira como chegara ali num submarino alemão que se perdeu ao final da Segunda Guerra, enveredando pelo Atlântico Sul até a bacia do Prata, depois pelo rio Paraguai, à deriva por afluentes num labirinto aquático que exauriu a autonomia de navegação do aparelho ao chegarem àquele ponto ignoto onde se encontravam agora, presos aos movimentos de um banhado sem saída cujas águas subiam e desciam conforme as monções, àquela altura ele sabia: isso não importava muito nem tampouco essa história. Era apenas a narrativa de como o próprio Karl chegara ao lugar, perdendo-se em derivas circulares pelas lagoas cujos diâmetros se tornavam a cada quilômetro mais largos, até quase se afogar no mar interno do Pantanal. Na juventude, o homem se especializara em farmácia bioquímica na universidade de Barmen e apenas isso o salvou de morrer entre milhões de rapazes de idades parecidas à sua no Dia D no litoral da Normandia, na batalha de Stalingrado e bem antes, nas florestas congeladas de Hurtgen.

Eis que o homem desfigurado não era exatamente um cientista alemão, continuou Curt Meyer-Clason, mas um bioquímico cuja especialidade era a fabricação de barbitúricos como o fenobarbital, e foi isso o que garantiu seu lugar na tripulação do U-564 da Kriegsmarine que navegou pelo Atlântico Sul, pois existia a bordo um viajante secreto necessitado das pílulas por ele fabricadas sob orientação do dr. Theodor Morell, clínico geral responsável pelo tratamento médico da alta cúpula do Reich, e porque o médico não aceitou embarcar na mesma viagem por afeição a Hannelore, sua esposa, vindo a morrer na Baviera em 1948, e é evidente que essa decisão foi preponderante para o fato de o bioquímico ter sobrevivido aos campos de batalha europeus. Outros dois submarinos da Kriegsmarine teriam, de acordo com o que se sabia a bordo do U-564 (pois, para sobreviver, haviam desligado por completo a comunicação ao longo dos meses, talvez anos, disse Curt Meyer-Clason, ele não saberia dizer quanto tempo, em decorrência da desorientação temporal que acompanhou a geográfica, oscilaram entre a submersão e breves visitas à superfície em baías recônditas), que dois U-boats teriam igualmente aportado em uma base portuária em Mar del Plata, rendendo-se ao Exército argentino, mas se tratava de notícias não confiáveis que foram captadas através de emissões radiofônicas em línguas semidesconhecidas, como as variantes rudimentares de português e espanhol entreouvidas nas comunidades ribeirinhas onde atracaram clandestinamente para se abastecer de alimentos e água potável.

O bioquímico alemão relatou como perdeu a noção do tempo nos meses em que passou submerso, enquanto o mergulho nas marés, o subir e descer de noites e dias sob as ondas fez com que se sentisse num não lugar, ou melhor, um não tempo, um deslocado tempo líquido semelhante ao da Variant singrando estradas de terra e campos enlameados, desviando-se de cadáveres de animais, de banhados e nevascas fora de lugar, em meio ao nada porém em permanente movimento, e isso para ele era um estado de compreensão do evoluir da vida, entre nascer e morrer, a rata começou a fungar enquanto falava, e isso era uma das coisas mais odiáveis que ela podia fazer ao contar uma história, em geral significava que começava a se emocionar, a rata fungava de um jeito que parecia ser para disfarçar a emoção, disse Curt Meyer-Clason, ou então naquela hora ela talvez estivesse fungando por causa do cigarro e a ventania que entrava na janela já devia ter meio que congelado suas articulações, o fato é que a rata caiu em profunda comoção ao falar do deslocamento do submarino, de como estar em deslocamento é meio que jazer morto, entre a origem e o destino, mas você pensou: isso não é justamente a vida, e a rata, vendo dentro de você o que pensava, que era outra mania dela, o hábito de olhar para o seu interior e perceber o que acontecia, bem, ela respondeu, é claro que é a vida, mas é vida em suspensão, onde se cancela o que se deixou na partida e se adia aquilo que ainda está na chegada.

Com o homem desfigurado se passou o mesmo que aconteceu na Variant, disse Curt Meyer-Clason, só que ele estava aprisionado debaixo d'água na companhia de outros homens, e na medida em que os alimentos escassearam e deixaram de fazer refeições nos horários de terra firme, café da manhã, almoço ao meio-dia, jantar às oito em ponto da noite, e perderam a noção do tempo e, para ampliar ainda mais a parcela de desconhecido de sua jornada, que já não era pequena, ele estava acompanhado de um ser do qual sabia muito pouco, o passageiro secreto que o bioquímico apenas intuía ser algum mandachuva do alto escalão mas no fim não era nada disso, enquanto com impaciência ele moía fenobarbital com o pistilo em um almofariz para depois entregar a substância pronta para consumo ao imediato, único oficial autorizado a entrar no compartimento ocupado pelo misterioso passageiro do U-564, e conforme o destino final de todos era infinitamente adiado — o bioquímico fora informado que fugiriam para o extremo sul, e quando perguntou, não sem boa dose de ingenuidade, ao oficial de comando se o destino seria o extremo sul da Europa, quem sabe Portugal, apenas ouviu entre risos de escárnio a resposta do oficial: não, a Patagônia Austral, para além da Argentina —, e quanto mais o passageiro secreto necessitava de seus comprimidos, mais obrigava o bioquímico a trabalhar em jornadas de doze, catorze horas sem intervalos, moendo componentes químicos no almofariz e observando pela vigia em frente à bancada do pequeno laboratório improvisado a vida marinha lá fora, os tubarões e arraias, a luz da superfície refletida através de corpos translúcidos de águas-vivas e medusas e o vulto escuro dos bancos de recifes cobertos de corais brilhantes, o que apenas aumentava a sensação de irrealidade e obstruía a noção da passagem dos dias, pois o tempo parecia correr normalmente apenas lá fora, entre postes de luz que se tornavam mais regulares conforme aumentava a proximidade de um vilarejo ou então em meio às árvores que corriam sempre em direção contrária ao irrefreável avançar da Variant.

Até que um dia surgiu uma enorme tartaruga marinha na vigia do submarino e o bioquímico ergueu seu olhar para as suas barbatanas abertas e o seu enorme casco pintalgado de sargaços e cracas diversas, fósseis de pequenos peixes parasitários que ali viveram colados àquele planeta em forma de casco, conduzidos pelas migrações mais impensáveis pela tartaruga, enquanto ela varava o tempo e os peixes se alimentavam da vegetação que nascia e morria na superfície do casco, dos minúsculos seres que viviam nas reentrâncias de seu couro centenário, reproduzindo-se de geração a geração ao longo da existência do velho animal que agora, no breve momento em que o bioquímico o assistia maravilhado diante da vigia arredondada, encontrava-se nas últimas, assim como a própria tripulação do U-564, pois, assolados por enfermidades decorrentes da falta de ar puro e da ausência de luz solar, sem contar a fome, os marinheiros da Kriegsmarine vinham sucumbindo como pragas atacadas por um veneno natural enviado pela Providência em forma de fungo, e só então o bioquímico percebeu que desde o princípio a tartaruga marinha estava imóvel, e suas barbatanas se mexiam somente por causa da força da correnteza, na verdade pareciam descarnadas (ele notou isso mais claramente ao ver o que lhe pareceu ter sido uma moreia ou um muçum negríssimo como a noite mais escura sair de um coral e abocanhar um pedaço de carne da barbatana, e como os restos foram arrastados pela corrente marinha junto aos ossos e cartilagens), e o bioquímico observou os olhos fundos da tartaruga marinha, suas órbitas vazias e desprovidas de foco, e quando enfim concluiu que acabara de vislumbrar a morte de um animal que até então imaginou desprovido de morte, a sombra devastadora do que pensou ser um monstro antediluviano se projetou sobre a frágil luz da vigia e um jacaré-açu arrancou a cabeça da tartaruga com uma dentada, despedaçando as vértebras do pescoço do cadáver que se desfez, restando somente o casco oco, enquanto o monstro se afastava para longe com movimentos ondulantes de sua cauda em forma de serra.

2.

A partir da visão daquele e de outros animais de água doce que logo surgiram, os poucos sobreviventes do U-564 restabeleceram sua posição geográfica, perdida a partir da travessia do Equador em algum dia de julho de 1945, graças à observação da fauna e da flora subaquáticas, e perceberam que navegavam um afluente do rio Paraguai em meio ao Pantanal mato-grossense, e o bioquímico alemão, liberto de suas obrigações diárias pôde cuidar da sua própria sobrevivência. O rapaz pensava, quase até o momento culminante em que escapou, que o passageiro misterioso para quem devia preparar doses brutais de fenobarbital sucumbira como outros marinheiros à estranha doença que grassava entre os tripulantes, em decorrência do mofo que se alastrou pelo interior da embarcação devido ao longo período submerso, um microrganismo tão poderoso que desenvolvera colônias nas paredes internas da embarcação parecidas com heras. Em uma noite, ao tentar despertar o marinheiro com quem dividia os turnos de uso do catre em horários de descanso, percebeu que o rapaz estava morto. Sem muito refletir, decidiu trocar sua identificação militar e o jaleco com a farda do pobre marinheiro Kurt Meier. Naquele mesmo dia, em uma parada na margem fluvial para o U-564 se abastecer de frutas ou apenas de informações mais precisas, disse a rata, o bioquímico subiu até a ponte e — sem medir os desdobramentos de se aventurar em águas populadas por monstros como aquele que vira decepar a cabeça da tartaruga — jogou-se na água escurecida pelo lodo. Sob a mira dos inábeis disparos de fuzil feitos por seus trêmulos companheiros adoentados, ele conseguiu atingir a margem do rio, embrenhando-se na floresta e desaparecendo de vista.

3.

Quando anoiteceu, a rata murmurou ao piloto da Variant uma pergunta sobre o quanto faltava para chegarem, se parariam para comer antes de Curva de Rio Sujo ou se a matula bastaria, e se não seria possível estacionar um pouco no acostamento ou em um posto de gasolina mais adiante, disse Curt Meyer-Clason, algum lugar onde fosse possível se espreguiçar e alongar as juntas, mas o homem que se dizia seu pai sussurrou ainda mais baixo uma resposta qualquer que pela curta extensão devia indicar sua negativa, e acendeu mais um cigarro. Uma longa quietude se espichou a partir daí, e a rata apoiou a cabeça pensativa na mão direita, observando os últimos raios alaranjados do poente no horizonte da rodovia. Ela ofereceu a você um copo d'água e um pão envolto em guardanapo de papel que à primeira dentada já lhe pareceu rançoso. A rata disse que um dia ainda entenderia por que no regresso o caminho sempre parece mais curto, ao contrário do que acontece na viagem de ida. Mas quem disse que um dia a gente volta, a gente nunca volta atrás, só segue em frente, sempre pelos caminhos mais compridos, pelos caminhos mais longos e labirínticos, sem nunca descobrir a saída.

Nessa hora você deveria ter perguntado para onde iam, qual era o destino final e o motivo de terem escapado de Medianeira no meio da madrugada como se tivessem cometido um crime, e por que aquele piloto da Variant que se dizia seu pai estava com o braço partido em forma de L, e quem afinal era aquele homem de bigode ao volante da Ford Willys F-75 em cuja caçamba se deslocavam todas as coisas que tinham na casa deixada para trás, encaixotadas às pressas em caixas de madeira protegidas por lona, e a quem seguiam desde a noite passada, porém você não passava de uma criança de cabeça avariada, chapada de anti-histamínico e fenobarbital, à espera do final da viagem ou ao menos do final daquela história, tanto fazia, mas seria melhor se ambos os finais coincidissem, disse Curt Meyer-Clason, já que as respostas não importavam, pois as esqueceria antes mesmo de lembrar quais teriam sido as perguntas. Aquele, afinal, era o Ano do Grande Branco.

Quando enfim o bioquímico alemão reuniu coragem para sair das profundezas da mata de onde observou escondido a movimentação dos marinheiros em cima da ponte, o restante da tripulação já morrera sem que o submarino zarpasse do lugar. A espera não durou muito, cerca de uma tarde e talvez uma noite, e o bioquímico acompanhou o girar enlouquecido do periscópio do submarino que lembrava os olhos desorbitados de um moribundo (depois saberia que um dos homens caíra sobre a alavanca que o acionava), além da eventual saída de um marinheiro que despejava baldes de vômito na água do rio. Mesmo de longe ele compreendeu facilmente que os ex-companheiros de viagem estavam condenados, não teriam condições de seguir viagem e morreriam naquele ponto tão distante da Alemanha. Ao falar isso, o homem desfigurado exibiu os dentes para Karl. Eu sobrevivi, ele disse, embora não inteiramente, como você pode conferir. Um simples esgar da boca movimentava toda a conjunção de cicatrizes que encobria a pele do pescoço dele.

Karl ouviu tudo em silêncio, sem interromper o relato do homem desfigurado. Ao final, perguntou como ele fora enviado para aquela viagem ao desconhecido. Trabalhei em Bernburg, disse o bioquímico alemão, sob ordens do dr. Irmfried Eberl, a quem prestei bons serviços no Centro de Eutanásia. Então eu estava integrado ao Aktion T4, não sei se você sabe do que se trata. Era responsável pelas crianças, e me especializei na sintetização e manipulação de substâncias barbitúricas com diferentes graus de eficácia para os mais diferentes usos. Trabalhei com ratos nos laboratórios Bayer, onde participei de uma pesquisa sobre desvios comportamentais em cobaias sob efeito de medicamentos experimentais. Ratos reagem de modo surpreendente ao fenobarbital. Machos da mesma ninhada se tornam violentos, e matam uns aos outros. Mas quem garante que não se comportariam da mesma forma em liberdade, é o que o homem desfigurado se perguntou então. Após o estágio nos laboratórios Bayer e a passagem por Bernburg, o bioquímico acabou designado ao gabinete do dr. Theodor Morell, de onde foi integrado à tripulação do U-564 nos instantes finais da guerra. A rata contou essa parte com olhos fixos na estrada, disse Curt Meyer-Clason, sem olhar para o banco traseiro.

Na margem do rio, após aguardar com paciência que o periscópio deixasse de girar, o jovem bioquímico nadou até a embarcação, escalou a escada lateral até a ponte de comando e içou a âncora, abandonando-a à própria sorte. Enquanto sentia o movimento sob os pés, ele saltou na água e retornou até a margem nadando com a rapidez que lhe foi possível, pois imaginava o abocanhar em falso de monstros antediluvianos ao alcance de seus calcanhares. De lá, observou o U-564 soçobrar em direção ao desconhecido. Ao dizer isso, a rata se virou para trás e deu sinais de que ainda se lembrava de que seu principal ouvinte não passava de uma criança, contando que o homem não fazia ideia de que, ao desatracar o submarino, criara uma das maiores lendas do Pantanal, pois nas décadas seguintes centenas de pessoas afirmariam ter visto um submarino alemão todo enferrujado surgir muito brevemente e logo desaparecer nos mais diversos afluentes nos períodos de cheia na bacia do rio Paraguai. Quem testemunhava isso, porém, costumava passar por louco, bêbado ou mentiroso.

Karl Reiners revelou à rata que em 1945 ou 1946 (era impossível saber com exatidão a data da deserção do bioquímico), segundo o que ouvira, o alemão, com a farda roubada ao marinheiro Kurt Meier, se embrenhou novamente na selva e saiu caminhando sem outra direção que não a ditada pelas constelações e pelo nascer do sol. O bioquímico sentiu que era vigiado por olhares ocultos nas áreas mais escuras da vegetação, nos interstícios entre as árvores, quando mergulhou em um córrego para agarrar com as próprias mãos o maior peixe que já vira, ao cortar o couro e abocanhar a barriga branca de gordura do pacu, em todos esses momentos sentiu-se observado, algo semelhante ao percebido por Karl ao se perder em abril de 1964 naquela mesma zona, mais de vinte anos após o alemão desfigurado empreender sua fuga do submarino.

Naqueles dias em que o bioquímico se encontrava ainda isolado da compreensão do passar do tempo, cronoenfermo, como ele explicou a Karl, e também tomado por alguma variação aguda de labirintite que o fez desentender a cartografia estelar que o guiaria a uma estrada qualquer, em direção às luzes de uma cidade, sem que porém tivesse certeza de que existiria qualquer coisa parecida a civilização naqueles ermos, pois naquelas noites o bioquímico descobriu que o farfalhar da ventania nas copas das árvores tinha idêntico movimento ao marulhar das ondas do oceano, e o som do pântano e do mar eram o mesmo, e em meio a tantas dúvidas guardou dentro de si uma certeza: nunca mais voltaria para casa, e nunca mais pisaria as terras ensanguentadas da Europa.

4.

E assim foi até que o jovem bioquímico alemão, com a identificação do marinheiro morto chamado Kurt Meier, encontrasse uma trilha de terra mais alta cruzada por marcas de rodas de carro de boi e pneus de caminhão. Prosseguiu pela trilha debaixo do sol que chegava ao zênite, escaldando seu pescoço. Calor opressivo igual àquele nunca tinha sofrido, e, após um par de dezenas de léguas vencidas em que o terreno evoluiu do alagamento à savana, cruzando pontes de madeira e mata-burros, deparou com o vilarejo. Ao lá chegar, porém, ainda sentia olhos postos em sua nuca empapada de suor, temendo que o observassem de cima, de um outro plano, como se ele fosse um asno atravessando um desfiladeiro observado por pumas, sensação que o acabaria trazendo de volta àquele exato ponto do pântano em que se encontraria no futuro com Karl Reiners, em 1964.

Na entrada do vilarejo — um punhado de casebres de pau a pique ao redor de uma capela —, o bioquímico, que a partir daquele momento seria conhecido como marinheiro Kurt Meier, foi recebido por homens e mulheres de cabelos lisos e escuros e baixa estatura que de início pensou serem indígenas. Tardou a reconhecer qual era a língua que falavam por causa da pronúncia arrastada e da inflexão arredia e introvertida que fornecia às palavras um aspecto melódico mas áspero, próximo ao gutural. Depois de fracassar na tentativa de se comunicar em alemão e em inglês, captou em meio às frases algumas palavras semelhantes ao espanhol, cognatos, e deduziu que aqueles seres que o cercavam com tanta curiosidade deviam falar o português, ou um dialeto da língua portuguesa contaminado por idiomas indígenas. Foi então que concluiu estar em algum ponto do território brasileiro sem ao menos atinar como podia ter chegado aqui.

Do interior da choupana saiu um homem corpulento de chapéu e relho na mão que o dominou, amarrando-o como a um animal de corte. Sem qualquer possibilidade de argumentação ou de se defender (estava fraco), foi arremessado na caçamba da picape repleta de poças coaguladas de sangue parecidas com ferrugem e levado ao quartel militar nos arredores de uma cidade cujas luzes amarelas avistou entre as grades, enquanto sentia o cheiro das fezes dos prisioneiros anteriores misturado ao forte odor de metal. Isso aconteceu no final de 1945 ou início de 1946, o certo é que a Segunda Guerra já havia acabado. Do interrogatório executado pelo oficial do DOPS-MT com frases em inglês que não faziam sentido, não captou mais do que referências ao uniforme da Kriegsmarine sublinhadas por violentos puxões na flâmula em sua gola. Não tardou a descobrir qual tinha sido a posição brasileira na Segunda Guerra. *Phone call from Berlin for you*, disse o oficial às gargalhadas, antes de lhe acertar dois tapas simultâneos nos ouvidos. Antes de chegar ao vilarejo onde foi capturado, não tinha muita certeza de sua localização. Podia estar na Bolívia ou no Paraguai, e mesmo que a conhecesse, e apesar de um episódio vivido em Bernburg em que convivera brevemente com dois militares brasileiros de origem alemã, o delegado Filinto Strubing Muller e seu lugar-tenente mascarado, não estava informado a respeito da orientação política internacional do país, nada que o primeiro impacto ensurdecedor nos tímpanos não lhe esclarecesse de imediato.

Do quartel o conduziram de caminhão em uma viagem que levou ao menos dois dias até o litoral do Rio de Janeiro, e em todo o trajeto não deixou de recordar a figura do homem mascarado que vira em Bernburg na companhia do delegado da polícia política brasileira, Filinto Muller, e então de barco de Mangaratiba até Ilha Grande, onde foi registrado com nome e ocupação que constavam na identificação militar que roubara de seu companheiro de catre morto, Kurt Meier, marinheiro alemão sem procedência conhecida, capturado ainda com parte de seu uniforme no dia 22 de fevereiro de 1946, no vilarejo de Mimoso, a cento e vinte quilômetros de Cuiabá, capital do estado de Mato Grosso, e muito distante do Atlântico. Foi o que fizeram constar em seu registro, sem mencionar a inexplicável distância entre Mato Grosso e o oceano. No meio da travessia para Ilha Grande, calculou lançar-se ao mar do bote que zarpara do píer de uma vila de pescadores. Percebeu, porém, que era tarde para isso ao se admirar com a franja da mata que assomou no horizonte marinho, composta de árvores frondosas e palmeiras da ilha, vegetação muito distinta daquela que vira na região pantanosa de sua chegada. Acalmou-se ao descobrir que não pretendiam matá-lo, não de imediato, ao ser informado por um dos oficiais brasileiros em um inglês compreensível que estava sob jurisdição da polícia política brasileira a caminho da Penitenciária Agrícola de Dois Rios, onde seria aprisionado em companhia de outros de seus compatriotas. Ao lá chegar, foi recebido por um homem muito gordo, cujo olhar estrábico lhe emprestava certa despretensão. Era o diretor do presídio. O prisioneiro Fritz Zander, tenente da marinha alemã, escoltava o diretor. Não fosse o sotaque renano, seria possível imaginar o tenente se arrastando pelas escarpas rochosas da ilha, esticando seu pescoço de iguana ao sol — a pele do pescoço escamava sob a gola, uma cobra trocando de casca, pensou o marinheiro então identificado como Kurt Meier ao observar detidamente o prisioneiro Zander, pois o rosto do tenente era coberto de acne. O diretor do presídio e o tenente lembravam o comitê de recepção de um hotel, exceto por não haver quem lhe carregasse a bagagem. Por sorte, não havia bagagem nenhuma. A caminho das celas, Zander avisou o marinheiro Kurt Meier que em breve pyhareryepypepyhare lhe provocaria disenteria e febre, pois o mal afetava mais de um terço dos quase duzentos alemães que se encontravam detidos na Ilha Grande. Era uma enfermidade que parecia atingir apenas os prisioneiros europeus, uma epidemia tropical que secava as entranhas causada por bactéria desconhecida dos médicos alemães da enfermaria do presídio. Uma vítima fora dissecada e suas vísceras pareciam plantas secas, disse o tenente Zander. As condições de higiene e de alimentação eram péssimas, porém os prisioneiros podiam circular em liberdade, caso demonstrassem bom comportamento.

No entanto, disse o tenente Zander, era impossível fugir da ilha.

5.

Nas taperas onde se encontravam em meio ao pântano em 1964, Karl Reiners afirmou que olhos se acenderam na penumbra ao redor da fogueira, aproximando-se de onde ele ouvia com atenção o alemão desfigurado; eram olhos de ouvintes tão atentos quanto ele, que se concentravam em acompanhar o relato da chegada do marinheiro Kurt Meier ao Brasil no final da Segunda Guerra. Enquanto se mantinha próximo ao objeto da atenção dos indígenas, sob a luz avermelhada da fogueira, Karl sentiu que era novamente vigiado como antes, disse Curt Meyer-Clason, quando vagava perdido entre os banhados.

Ao ouvir as recomendações do tenente Zander, o bioquímico não pôde deixar de recordar do único banheiro disponível para a tripulação do U-564, em cuja porta havia uma lista de usuários dependurada. Todo marinheiro era obrigado a preencher a lista com seu nome após o uso, para identificar responsáveis pelos frequentes entupimentos do vaso sanitário. Assim, tornava-se fácil saber quem fora o último a usá-lo. Inesperado, porém, era o hábito que os marinheiros tinham de escrever poemas no espaço em branco ao lado da lista, o que, segundo o homem desfigurado, comprovava que os sentimentos mais belos podiam surgir das ocasiões mais adversas. Ele disse isso a Karl a fim de estimulá-lo a encarar seu fracasso revolucionário como algo circunstancial, assim como ocorrera a ele próprio na temporada no campo de concentração para súditos do Eixo na Ilha Grande, disse a rata olhando para trás, parecendo querer dizer a você que aquilo também se aplicava ao seu aprisionamento sobre quatro rodas, um lembrete de que no final da estrada haveria uma garagem, e talvez um picolé de limão. Esticando o copo d'água para o seu lado, ela ordenou que abrisse a boca e fechasse os olhos. Sentiu o comprimido roçar a língua e o amargor do fenobarbital na garganta. O sono pesou nas pálpebras. Adormeceu, e quem sabe a história de Karl Reiners tenha continuado a rodar em sua cabeça até hoje.

O cotidiano de ambos os presídios da ilha era organizado pelos prisioneiros de guerra, muito disciplinados, e cada um deles mantinha o seu oficial responsável por liderar a limpeza das acomodações: o subserviente tenente Zander comandava Dois Rios e um aristocrata chamado Gerd von Rhein se encarregou da Colônia Penal Cândido Mendes, que distava poucos quilômetros da primeira. Mas você mergulhou em um sono anti-histamínico e barbitúrico, então isso pouco importava, disse Curt Meyer-Clason. Com cílios chamuscados pelas fagulhas que o vento do rio arrastava da fogueira, Karl Reiners ponderou qual seria sua condição naquela tapera, a de prisioneiro ou a de hóspede. Para saber, deveria em algum momento testar os limites de sua liberdade, pensava em fugir assim que estivesse em condições de caminhar. Após horas de exposição à brutal desfiguração de seu anfitrião ou detentor, acostumou-se, e observou sem disfarce os estragos de seu rosto, a erosão carcomendo pele e tendões, o maxilar espasmódico e sua boca à procura inútil de ar, lembrando a de um peixe preso na superfície. Considerou se por acaso a transformação da aparência também teria operado mudanças no caráter do homem desfigurado, se nossa identidade está atrelada à forma que oferecemos ao mundo. Havia um queloide que lhe atravessava a cara bem na altura dos olhos, como se a parte superior da cabeça tivesse sido derretida e depois, a meio caminho, se solidificado em posição inapropriada, permitindo que ele mal abrisse os olhos. Aquelas pálpebras semicerradas por causa do queloide davam ao homem um aspecto tristonho, de alguém que espera algo que nunca chega. Era inimaginável, o mundo entrevisto por aquela cicatriz.

De sua parte, nada o impedia de abrir os olhos. Lá fora a noite continuava escura como sempre, e o capô da Variant parada no acostamento fumegava, disse Curt Meyer-Clason, ondulando a paisagem na penumbra. O desaprumo dos eixos do carro, divididos entre a terra batida e os pedregulhos, sugeria que estavam prestes a cair num despenhadeiro. À frente dos faróis acesos, com o braço quebrado em L, o piloto lutava contra a ventania para segurar o mapa em ângulo satisfatório para estudá-lo, mas a revoada de insetos em torno da luz indicava o lado vitorioso da luta, e nem mesmo o cigarro que ele sacudia pra lá e pra cá demonstrava qualquer eficácia como arma. A rata dormia no banco do passageiro, com uns óculos escuros tão grandes que encobriam metade do focinho exausto. Em um instante, o piloto reassumiu seu posto. Não olhou para você, o que lhe permitiu abrir a porta traseira e sair caminhando em direção contrária à que seguiam, de volta pela margem da estrada que haviam percorrido. Estava meio zonzo de sono e remédio. Era a melhor oportunidade que teria para fugir de seus sequestradores, e foi isso que você fez, descambando pelo barranco que ladeava a pista dando num charco encoberto de colonião. Foi abrindo caminho com as mãos, o mato fechado e a tontura impediam que corresse mais rápido. Alguns minutos depois você parou e ficou olhando a silhueta de seus raptores no topo do barranco, os faróis se perdendo no acostamento, e o facho de uma lanterna que girava à sua procura na escuridão. Ouviu gritos e palavrões, e os guinchos chorosos da rata se sobressaíram. Os dois brigavam, você tinha conseguido arrancar suas máscaras. O piloto que se dizia seu pai devia estar procurando o revólver no porta-luvas para sair em sua perseguição.

Foi logo capturado. Menos de cinco minutos depois a Variant retornou à estrada e um galo ensaiou seu primeiro canto do alto de um cascudo. O carro fazia meia-volta quando a rata deu um tapa em sua cara. Seco, breve, ardido. Mesmo sem qualquer explicação do piloto, dava para perceber que estavam perdidos. Você teria escapado com facilidade se não estivesse sendo drogado constantemente, disse Curt Meyer-Clason, as pernas lhe desobedeciam. Ao longo de cinquenta quilômetros ninguém abriu a boca, só a seleção de guarânias paraguaias no toca-fitas o torturou. Ao subirem a serra, baixaram logo em seguida a uma depressão mais profunda que aquela causada em você pelo cheiro de vômito seco dos bancos estofados, e pelo retrovisor pôde ver seus próprios olhos tornarem-se vermelhos. Foi então que notou a tampa do porta-luvas aberta, seu interior lotado de chaves que não abriam mais coisa nenhuma. Nesse momento o homem deprimido que se dizia seu pai falou (talvez seu maço de cigarros estivesse vazio ou talvez tenha se cansado do silêncio), e como acabou a história do Karl na floresta e dos alemães na tal ilha. A rata lhe devolveu um olhar que misturava resignação e desalento. Eu quero saber o final. Era sempre a mesma divisão desigual entre as duas cabeças mais adiante, nos bancos da frente, e a sua cabeça sozinha no banco traseiro, explodindo de fantasia e solidão. Na dianteira, um monstro bicéfalo decidia a sua vida e você o seguia sem poder resistir. Vômito, chulé, suor e lágrimas só pioravam o cheiro comum da família. Será que toda aquela mistura de fedores e humores significava que pertenciam a uma família, não lhe parecia possível, você não queria acreditar nisso.

6.

Reunidos na praia da Ilha Grande ao final da Segunda Guerra, os alemães falavam de tortura. De acordo com o bioquímico, então sob a identidade roubada ao falecido marinheiro Kurt Meier, a pele germânica, esbranquiçada e enfermiça, lhes conferia uma aparência irreal. O tenente Zander, encarregado de adaptar o recém-chegado ao presídio e também de investigá-lo, apresentou-o a civis condenados por espionagem. Cauteloso, o barão Gerd von Rhein foi o primeiro a mencionar o nome de El Cazador Blanco, atraindo a curiosidade do bioquímico. O assim conhecido marinheiro Kurt Meier exagerou nas peripécias ao relatar como chegara ao Brasil, evitando mencionar a viagem sem fim do U-564 (ninguém acreditaria no tempo recorde em que permaneceram submersos).

Em 1964, diante da fogueira, disse Curt Meyer-Clason, em algum lugar do Pantanal, Karl Reiners interrompeu o relato que ouvia e perguntou com voz enfraquecida quem era El Cazador Blanco. O desfigurado o ignorou, devolvendo-lhe frases desconexas das quais Karl compreendeu apenas as expressões *homem insepulto* e *máscara com pregos de aço*. O bioquímico disse ainda que aqueles alemães aprisionados na ilha pertenciam ao Abwehr, o serviço de informações do Reich. Eram homens de negócios de Porto Alegre e São Paulo que, graças às posições ocupadas em multinacionais de comércio, serviam como informantes. Alguns cumpriam pena de vinte anos, mas alegavam ter sofrido tortura para confessar. O chefe da polícia política de Getúlio Vargas era o delegado Filinto Strubing Muller, o tenente Zander dissera a Kurt Meier, um descendente de alemães de Mato Grosso ligado a Hitler que, contraditoriamente, promovia perseguição privada aos prisioneiros de guerra em campos de concentração no território brasileiro. Muller se opôs ao pacto brasileiro com os Aliados em 1943, e sua influência fora essencial para retardar ao máximo tal adesão, cochichou o barão Von Rhein. O delegado viajou à Alemanha a convite de Himmler com a finalidade de aprender práticas de interrogatório da Gestapo que agora usa contra nós, disse o tenente Zander, não é irônico. El Cazador Blanco o acompanhou, especializando-se no assunto, disse o barão Von Rhein, e conheceu a eficácia do fenobarbital no Centro de Eutanásia de Bernburg.

Em volta da fogueira, sem se estender mais, o homem desfigurado se despediu de Karl Reiners com repetidos bocejos e um aceno de dispensar. Com a cabeça de volta ao catre, Karl passou a imaginar quem seria El Cazador Blanco, disse a rata se virando para você pela primeira vez desde a sua fuga fracassada, enquanto observava morcegos em rasantes próximos da cabeça dele, tão próximos que eriçavam seus poucos fios de cabelo. Karl Reiners jamais vira morcegos tão grandes; estavam em todos os lugares, em torno do farol, das copas das árvores, enegrecendo ainda mais o céu noturno com suas asas. Não sabia o que aconteceria com sua vida. Todos os seus ideais atolaram naquele terreno pantanoso, e ele parecia sem qualquer perspectiva de voltar para a estrada e prosseguir com a luta. Também não tinha notícias do que havia acontecido no país após o golpe militar. Ele podia ser um vitorioso sem saber. Podia ter havido levantes em todo o país para combater os milicos e devolver o presidente deposto ao poder. Se isso tivesse ocorrido, sua vergonha seria tremenda. Não ter pegado em armas enquanto seus companheiros revolucionários de Jaciara morriam de cara enfiada na lama, os pés calçados em meiões de concreto até as canelas no fundo dos rios. Isso não o diferenciaria muito daqueles espiões citados pelo bioquímico alemão, aprisionados na Ilha Grande no final da Segunda Guerra, tão distantes dos campos de batalha europeus.

Pouco antes de dar sinais de cansaço e se retirar para dormir, o bioquímico de rosto desfigurado falara a Karl do estranho caso do espião Hans Werner Curt Meyer-Clason. De início o nome mencionado pelo barão Von Rhein chamara a atenção do bioquímico pela semelhança com o seu próprio, ou com o nome usurpado ao verdadeiro Kurt Meier. O barão adotara Curt Meyer-Clason, executivo de uma empresa comercial de Porto Alegre acusado de ser o responsável pela morte de centenas de pessoas, como pupilo literário (alguns, tendo em vista a homossexualidade do barão, sugeriam que a camaradagem não se restringia às tertúlias) para afastar Hans de sua obsessão com transmissões de rádio. O rapaz se especializara em enviar a Berlim mensagens cifradas em poemas através de relatórios de compra e venda. Tais mensagens resultaram no torpedeamento de seis navios brasileiros em 15 de agosto de 1942. Torturado pela polícia política e condenado a vinte anos de prisão, Curt, ou Hans, afundou em severa depressão causada pelo remorso, seguida de manias violentas que o levaram a crer na ressurreição das vítimas. Graças a seu conhecimento de equipamentos de rádio, o diretor do presídio permitiu que se responsabilizasse pelos equipamentos sob a supervisão de Zander. Estava proibido de emitir e receber mensagens, e era vigiado pelo tenente. Porém trabalhava no desenvolvimento de um singular aparelho de gravação. Na roda em torno da fogueira da praia, na primeira noite em que passou na Ilha Grande em companhia de outros presos, o bioquímico que então se tornou conhecido como Kurt Meier e que vinte anos depois, em 1964, ao conversar com Karl, não passaria de um homem desfigurado, um velho que vivera duas vidas distintas em uma só, descobriu ser prisioneiro de um lugar repleto de mistérios.

O mais intrigante deles era que os prisioneiros mantinham relativo direito de ir e vir por toda a ilha, mas estavam agrilhoados a si mesmos pela culpa de crimes de guerra que pareciam ter sido cometidos em vidas passadas das quais não guardavam lembrança.

7.

Os pavilhões dos presídios mantinham as portas abertas, disse Curt Meyer-Clason. Tanto presos como algozes sentiam-se mais protegidos ao permanecerem distantes da população do continente e dos vilarejos da ilha. Negros e índios podiam parecer sombrios, mas a mistura surgida deles provocava horror. A ilha era inexpugnável, diziam, e a Kurt Meier não restava outro passatempo senão medir distâncias com passos rápidos pela areia límpida daquele paraíso, enfurnando-se na floresta em busca de cachoeiras isoladas onde pudesse ficar sozinho. A experiência submersa na companhia de cinquenta marujos em exíguas acomodações lhe inoculara certa fobia de confinamento que custou a superar. Observava a vegetação da ilha, e a partir dos rochedos que beiravam o oceano verificou a progressão da natureza. A massa de água interminável e os reflexos de luzes das estrelas em sua superfície o induziam a estados de enlevo profundos, assim como as tempestades repentinas que açoitavam palmeiras, arrancando com selvageria o telhado dos casebres de pescadores. Relâmpagos ficavam registrados em suas retinas como assinaturas de algum artista superior.

Em uma obscura manhã, sentado na orla pontuada por arbustos ressequidos, ele viu um fragmento da paisagem se movimentar. De início pensou que estivesse delirando de febre. O surto de pyhareryepypepyhare tinha se alastrado, e a enfermidade desconhecida que alguns apelidaram de praga vegetal causava uma baixa por semana. Kurt Meier observou um pedaço de folhagem colado a uma pedra e à metade de uma nuvem se movimentar rapidamente, como se um detalhe da paisagem que observava tivesse sido recortado com a tesoura e retirado do todo a que pertencia, ou como se apenas uma peça do quebra-cabeça se deslocasse da paisagem, e só então, após um movimento sutil e quase mecânico do réptil se destacar do fundo e seus olhos se acostumarem, compreendeu que acabara de ver um camaleão. Aos poucos, o grande lagarto retomou sua coloração normal — nem ao menos sabia que coloração era essa, e se a normalidade era o disfarce ou a outra versão — e sumiu no matagal, permitindo a Karl Meier entrever apenas seu último serpentear de cauda. Ele nunca vira animal tão perfeito. Sua capacidade de metamorfose era um fenômeno da mais pura beleza. Reconheceu algo de si nos métodos de sobrevivência daquele réptil. A bravura da reinvenção pessoal que guiou sua decisão ao roubar a identidade do marinheiro morto. Logo após ver o camaleão, disse a rata, na mesma praia do lado norte da ilha, Kurt Meier teve o seu primeiro encontro com Hans Werner Curt Meyer-Clason. Ao vê-lo, considerou por instantes qual seria a mensagem enviada pelo acaso ocultada sob o nome daquele homem, quase idêntico ao que agora lhe pertencia.

No banco traseiro da Variant, pouco importava a você se Karl Reiners e o bioquímico alemão disfarçado sob a pele de marinheiro Kurt Meier escapariam de suas respectivas prisões ou quantos anos eles passaram aprisionados, disse Curt Meyer-Clason, pois seus pés formigavam. Você não avistava uma só lâmpada acesa desde que o carro entrou nos últimos duzentos quilômetros daquela estrada pedregosa que se estreitava a cada esterçar de rodas, muito menos o letreiro de um posto de gasolina. O motor da Variant pipocava de exaustão e o ânimo do piloto sucumbia aos desvios da história contada pela rata. A cada novo personagem que surgia, seu pescoço pendia mais para a esquerda, trocas de marcha se sucediam mais lentas, seus olhos ficavam cada vez mais fundos, o silêncio atordoava, o tédio era crescente. Agora não era só o braço esquerdo do piloto que estava quebrado, ele todo parecia quebrado. Era possível que o homem que se dizia seu pai desfalecesse a qualquer segundo, e todos seriam liberados de uma vez daquela viagem ao inferno pelo acidente automobilístico que se avizinhava. As luzes traseiras da picape de Hugo Reiners tinham desaparecido. Corriam o risco de terem perdido seu guia para Mato Grosso. A Variant encostou de novo, dessa vez no meio do descampado. A poeira demorou muitos anos para baixar, você ainda não sabe se já baixou. O piloto se ergueu do volante e ficou de cócoras na terra, catando punhados de areia no chão e deixando grãos escorrerem entre os dedos. Fez isso uma e outra vez, improvisando uma ampulheta, depois sua cabeça pendeu, como se a deitasse no próprio ombro à procura de acalanto. Então o corpo de seu pai começou a sacolejar, e foi aumentando e sacolejando até meio que implodir como um prédio sendo demolido. Você achou que ele gargalhava. Ouviu a voz dele, que não era bem uma voz, mais parecia um gemido. Ele estava chorando. Você não teve saída a não ser falar, porém falou com a rata e apenas com os olhos. Não é nada, ela disse devolvendo-lhe o olhar, ele só está perdido.

8.

Naquela madrugada, Karl Reiners despertou sobressaltado e saiu da maloca. No meio da clareira, cercados pelos índios desconhecidos, estavam o camarada Z e seu filho Y. A cor deles era esbranquiçada e irreal como a dos seres que os acompanhavam; não olhavam para Karl, e sim através dele, para algum foco além do que podia enxergar ou mesmo compreender. Entre Z e Y existia uma sombra que parecia ter vida própria, uma sombra feita de musgo e melancolia que se dissipava como mormaço no meio da chuva. A visão durou apenas um instante, logo pai e filho saíram em fila indiana, mãos nos ombros um do outro, em direção ao breu da selva. Karl os seguiu, ainda caminhando com dificuldade, enquanto os índios albinos andavam numa velocidade impossível de se acompanhar. Arrastados pela sombra que cheirava a orvalho nas plantas, Karl percebeu o grupo desaparecer entre os cavalos presos ao cercado, e os chamou, camarada Z, jovem Y, onde vão, disse Karl, onde estão indo, repetiu, sem obter resposta, até que sumiram. Karl se aproximou do cercado e notou que as brechas entre os galhos fincados no solo eram suficientemente largas para os animais escaparem, no entanto permaneciam imóveis, com seus olhos sem brilho fixados no escuro, bufando uma densa respiração que se dissipava no calor opressivo da noite. Por uma brecha, Karl penetrou o cercado, mas não encontrou sinal do camarada Z e de seu filho Y, nem dos outros homens. Parado em meio aos animais, sentindo seu ofegar quente, ele verificou pegadas na areia úmida, mas a escuridão não permitiu que encontrasse nada além de marcas de cascos. Mancando, retornou sobre seus próprios passos até a maloca, mas não voltou a adormecer. Concluiu que naquelas paragens a noite era mais movimentada que o dia, e decidiu esquecer aquilo que viu, talvez não passasse de delírio provocado por uma febre mais resistente. As horas e os dias de Karl Reiners rastejavam como caramujos no interior da compreensão das coisas.

9.

Acabrunhado no banco do passageiro, aquele que se dizia seu pai escondia olhos mareados e fixava a sua imagem refletida no espelho retrovisor lateral como se não o reconhecesse ou pior, como se não o visse, como se você não passasse de um fantasma incômodo no banco traseiro da Variant. O olhar dele para você era de pavor, disse Curt Meyer-Clason. Os dentes dele começaram a bater com força, enquanto os nervos do pescoço repuxavam, fazendo você saltar no banco traseiro, movimentando a orelha direita para cima e para baixo, fazendo o músculo da têmpora latejar. O ataque de nervos do piloto obrigou a rata a assumir o volante, e ela não podia deixar de enxergar seus olhos suplicantes no reflexo, seus olhos que lhe pediam para não interromper a história, para preencher o interior da Variant com qualquer coisa mais consistente que o vento. Você conseguiu lhe transmitir o recado, pois ela acenou positivamente com a cabeça, apesar de continuar quieta até encontrarem o primeiro posto de gasolina onde Hugo Reiners os aguardava havia horas, de braços cruzados e apoiado na caçamba da Ford Willys. Encontraram aquele que os guiaria ao seu destino. O acaso os favoreceu, e a rata apeou para falar com o irmão dela, enquanto Hugo observava o passageiro da frente com expressão difícil de ser decifrada, algo entre o enjoo e a lástima. Os longos pelos castanhos da rata refulgiram contra o vento, os dedos de sua pata direita se enredaram nos cabelos como se entre os fios houvesse pensamentos necessitados de conforto, aquietem-se, pensamentos, aquietem-se, ela parecia dizer, e abraçou Hugo com força. Ao ver aquelas pessoas ali, em um desolado posto de gasolina do Centro-Oeste, a meio caminho de suas existências, você decidiu, mesmo cheio de dúvidas a respeito de quem se tratava, que aquelas pessoas mereciam ser salvas e que você, como nunca tinha sido encontrado, como ainda permanecia escondido, seria o seu salve-todos, você os livraria de serem esquecidos para sempre nos esconderijos de suas vidas sem sentido. Hugo se aproximou da janela do passageiro do carro e entregou ao piloto destituído de sua missão um maço de cigarros sobressalente, segurando seu ombro em sinal de encorajamento. Só por um instante você pôde ver o rosto de Hugo Reiners de perto, disse Curt Meyer-Clason, quando ele lhe dirigiu uma piscadela, e calculou o quanto ele se pareceria com o irmão Karl, e quanto tempo você levaria para voltar a vê-lo.

10.

O marinheiro Kurt Meier se deparou com o espião Hans Werner, ou Curt Meyer-Clason, na praia da Ossuda, cuja topografia mineral, com algum favor, lembrava as costelas saltadas do esqueleto de um garoto atingido por uma explosão. Estavam a sós, longe da presença do barão Von Rhein, e nuvarrões obscureciam a paisagem com a tormenta que se aproximava. Instantes depois, quando as águas enfim desabaram, levando os dois a se abrigarem sob os restos de uma embarcação corroída pela ferrugem, Hans, ou Curt, revelou a Kurt Meier que, inspirado em estudos do ruído branco feitos por conhecidos do barão Von Rhein, os parapsicólogos Konstantins Raudive e Hans Bender, vinha desenvolvendo um sistema de comunicação com o mundo dos mortos, e estava prestes a captar algo além do chiado em rádios fora de sintonia. Construíra o receptor com transístores negociados no mercado negro dos criminosos comuns que também habitavam a Ilha Grande, em um submundo à parte do ocupado pelos alemães. Os resultados eram assombrosos, embora Curt Meyer-Clason ainda se encontrasse distante de contatar passageiros e tripulantes do *Baependí*, disse a rata, navio torpedeado pelo submarino U-507 da Kriegsmarine em agosto de 1942. Sua prisão se devia à acusação de ter informado a rota do *Baependí* aos alemães.

O espião narrou o seu encarceramento na delegacia da polícia política do Distrito Federal a Kurt Meier, além de descrever em minúcias a rotina de torturas a que fora submetido. Em princípio as torturas eram desnecessárias, pois os prisioneiros demonstraram absoluta disposição em colaborar. No entanto, El Cazador Blanco — o principal torturador sob as ordens do delegado Filinto Muller — devotou-se com lubricidade mística aos interrogatórios. A descrição de seus métodos despertaram o marinheiro Kurt Meier do estado enfermiço em que se encontrava, e depois da conversa, a sós, notou que se sentia não somente disposto, mas também mais acordado do que jamais estivera. O verdadeiro objetivo dos interrogatórios, afirmou Curt Meyer-Clason, pertencia ao limiar dos segredos de tal maneira obscuros que não chegamos a possuir ferramentas para decifrá-los, pairando no limite entre a vida e a morte, além de nossa compreensão. A história secreta das torturas praticadas por El Cazador Blanco guardava em seu coração negro a origem da Segunda Guerra, dos laboratórios do Centro de Eutanásia de Bernburg e a essência terrível do próprio Terceiro Reich.

Estarrecido, o marinheiro Kurt Meier revelou sua verdadeira identidade e sua participação nas experiências com fenobarbital nos laboratórios de Bernburg no princípio da guerra. Relatou ainda a Curt Meyer-Clason o que vivera na última noite a bordo do U-564, quando a tripulação definhava e o encarregado de servir comida e fenobarbital ao hóspede misterioso da embarcação desfalecera de cansaço (pois também cuidava dos doentes). Ao perceber a porta do compartimento entreaberta, o bioquímico a deslocou alguns centímetros, apenas o suficiente para enfiar a cabeça na abertura e verificar o que havia no interior. Estava escuro, e os olhos do bioquímico demoraram a se acostumar. O catre parecia vazio, sob a iluminação tênue que penetrava pela vigia. As paredes do compartimento estavam revestidas com algum tipo de isolante escuro e pegajoso, um material desconhecido. Parecia ter origem orgânica, segundo o bioquímico, provavelmente vegetal; era a praga pyhareryepypepyhare que se alastrava pelo submarino. Foi então que identificou, debaixo do catre, um vulto que se estendia até os cantos tomados pela penumbra. Com o destemor que prenunciava a fuga do dia seguinte, o bioquímico estendeu o braço à procura de algo que se escondesse ali, talvez o cadáver do passageiro secreto, e ao fazer isso percebeu sua pele enregelar com a temperatura bem mais baixa da área obscurecida. Ao tateá-la, sentiu nas pontas dos dedos a impressão de tocar limo ou musgo, e o bioquímico foi tomado por grave melancolia, por uma tristeza insuportável que o remeteu ao passado e à memória de seus pais e irmãos mortos, e retirou a mão da sombra. Ao afastar-se em direção à porta, surgiu um rosto debaixo do lençol encardido, um rosto bastante conhecido do bioquímico e que de imediato lhe inspirou terror. Tratava-se de um ex-interno de Bernburg, um menino conhecido por número 13. Ao vê-lo, o bioquímico cerrou o compartimento, trancafiando-o pelo lado de fora. Encostado na porta, respirando o oxigênio contaminado do submarino, o bioquímico observou a iluminação leitosa das vigias projetando vultos pelo corredor. No teto, as luzes artificiais falhavam, denunciando que a energia da embarcação estava no fim. Ele colou o rosto à vigia e avistou um grupo de golfinhos de aparência disforme e estranha coloração avermelhada. Eram botos. Ao tocar o vidro com as mãos, os ouvidos do bioquímico zuniram e ele sentiu uma forte enxaqueca. Imaginou a própria mãe soterrada num bombardeio e seus irmãos sendo dizimados no front. O zunido aumentou e ele percebeu que os golfinhos seguiam o submarino, emitindo um canto subsônico, e se perguntou se naquele momento os outros sobreviventes da tripulação também estariam pensando em seus familiares, e que tais lembranças pareciam um pedido de socorro, um SOS emitido à distância. Esse pensamento o apaziguou, e ao olhar novamente através do vidro os golfinhos tinham desaparecido. Alguns dias após o episódio, o U-564 estaria perdido para sempre nas águas dos afluentes do rio Paraguai.

11.

Na zona pantanosa em 1964, Karl Reiners aguardava o desfigurado, temeroso pela visão noturna de seus camaradas sumindo nas sombras do curral. Ao chegar, o anfitrião ouviu seu relato enquanto perscrutava a janela em silêncio. Vi pela primeira vez a pyhareryepypepyhare muito antes de chegar a este lugar, ele disse com sua boca em forma de cova, em Bernburg. E acredito tê-la visto pela segunda vez a bordo do U-564, no compartimento onde viajava o passageiro secreto. A pyhareryepypepyhare havia sido levada por Filinto Muller ao Centro de Eutanásia como objeto de pesquisa de cientistas liderados pelo dr. Irmfried Eberl, depois incorporada ao grupo de meninos judeus sob os cuidados do então jovem bioquímico, deficientes que eram usados como cobaias em pesquisas com o fenobarbital. Então pyhareryepypepyhare não passava de um microrganismo desconhecido, uma bactéria que prometia ser a origem de novas armas químicas, que se desenvolveu e se tornou um líquen, a flor-vampiro. Ao final de minha estação no inferno, que é como Curt Meyer-Clason se referia ao nosso aprisionamento na Ilha Grande, disse o homem desfigurado a Karl, após sermos libertados de nossas condenações, cerca de quase três anos depois de encerrada a Segunda Guerra, não hesitei em decidir qual seria o meu destino, e vim para cá, pois precisava descobrir quem eram os donos dos olhos postos em minhas costas durante todo o tempo em que fiquei perdido no pântano. Sabia que a praga vegetal se originou nesta zona pantanosa, mas não fazia ideia de como se dava a incubação.

Devido ao estado repulsivo do rosto de Kurt Meier, os pantaneiros o evitaram como a um leproso. Pelo fato de suas feridas permanecerem abertas, o desfigurado passara a usar um véu feito de algodão cru que recobria com emplastros de ervas fitoterápicas para recuperar a pele, o que certamente acrescentava um aspecto fantasmagórico à sua aparência, para não dizer monstruoso. Aproveitou o isolamento, construiu sua maloca no ermo cercado de pântanos, à beira daquele rio cujo nome nunca pôde identificar, e esperou. Assim como na ocasião de sua fuga do U-564, ele sentiu que nos dias que passou abrindo a clareira e colhendo paus para a construção também era observado. Na terceira noite, o homem desfigurado os viu surgir na bruma da margem oposta do rio, seus vultos esbranquiçados emergindo do pântano. No entanto, não se aproximaram, e o dia avançou. Na noite seguinte, nova visita, só que na mesma margem em que ele estava. Eram brancos como o luar batendo na superfície do rio devido a uma deficiência epidérmica. Não pareciam gente e, pelo que averiguei com a população indígena ribeirinha, fazia anos ou mesmo séculos que eles vinham sendo tomados como aparições sobrenaturais — o que não são, você bem sabe — e já pertenciam ao campo das lendas, disse o bioquímico alemão a Karl Reiners.

Karl me disse que só então, ao encontrar os esbranquiçados, os kadiwéus albinos, o bioquímico alemão, o homem desfigurado, aquele que se tornou conhecido na Ilha Grande como o marinheiro Kurt Meier, que somente ao se aproximar daqueles homens ignorados pela civilização e do conhecimento que eles tinham de pyhareryepypepyhare, de seu entendimento daquela planta tão ínfima que invadia corpos humanos assim como o candiru, o peixe-vampiro, e se alastrava em suas vísceras, alimentando-se de sangue, intuiu que o U-564 nunca esteve perdido em sua rota pelo Atlântico Sul, e que a conduta do comandante do submarino, um arredio oficial com quem havia trocado poucas palavras ao longo do período em que permaneceram submersos, confundida então pelo bioquímico como pura ânsia de sobrevivência, se devia ao seu rigoroso senso de dever. O oficial da

Kriegsmarine apenas procurava cumprir suas ordens e levar sua missão a cabo, e fazer regressar a seu ponto de origem, ao Pantanal mato-grossense, à selva, o passageiro secreto do compartimento isolado da tripulação, a quem o bioquímico fora encarregado de suprir com doses de fenobarbital por toda a viagem. O U-564 conduziu a pyhareryepypepyhare de volta aos pântanos de onde fora colhida, pagando por isso o preço da morte de sua tripulação.

A presença no compartimento do menino conhecido como número 13, e com a ossatura aparentemente íntegra, é algo que o bioquímico nunca soube explicar. Intuiu que ele não era um hóspede, e sim um hospedeiro.

12.

Depois do reencontro com Hugo Reiners no posto de gasolina, as luzes traseiras da Ford Willys voltaram a orientá-los. A rata dirigia a Variant e contava a história de Karl para o vento, que engolia metade de suas palavras, enquanto as demais explodiam contra o vidro como libélulas chamuscadas pela vermelhidão do crepúsculo. No banco do passageiro, o copiloto mergulhava a cada quilômetro num silêncio indevassável, talvez pensando nas causas que o levariam a sua posterior demissão do emprego no banco e à encruzilhada na cidade de Engano, e por momentos submergia em nuvens de cigarro de onde não parecia querer sair. Na manhã seguinte à revelação feita pelo desfigurado, disse a rata, Karl despertou em um lugar desconhecido. Era um quiosque de taipas à beira de uma trilha quase encoberta pela vegetação. O panorama parecia o mesmo, de banhados e lagos e açudes e corichos e córregos misturados à areia e à selva, mas o único sinal de gente nas proximidades eram marcas de pneus ziguezagueantes no areião branco da estradinha, e Karl, sentindo-se recuperado de seus ferimentos, decidiu seguir caminho no sentido mais profundo do rastro deixado pelas rodas, que indicava para qual direção funcionara a tração do carro que por ali passara havia não muito tempo.

Depois de quatro horas enfim encontrou um grupo de caçadores. Carregavam com esforço nos braços uma sucuri que hibernava após devorar sua vítima. A enorme serpente tinha o ventre inchado e nele era possível verificar o delineamento do cadáver sendo digerido. Com a ponta de facão, os caçadores abriram o estômago de extremo a extremo, retirando da sucuri, ainda de olhos arregalados pelo sufocamento súbito e recoberto pela gosma digestiva que impossibilitava a Karl identificá-lo, um animal desconhecido. Podia ser um homem. Apenas ao retalharem o cadáver, notou que os caçadores vestiam fardas militares. Os membros ensanguentados dispostos sobre o verde da campina recordaram ainda mais a Karl um ser humano. Quem sabe uma criança. Os homens dispuseram os cortes em sacos de estopa e depois prosseguiram com a viagem, abandonando a sucuri à margem do pântano. Eram brutos que nada sabiam de política e golpes de Estado, ou pouco se importavam com o assunto devido à existência que levavam naqueles ermos não civilizados, e Karl preferiu apenas segui-los sem fazer perguntas. Caminhando logo atrás, observou os sacos de estopa úmidos de sangue que os homens carregavam sem se espantar com o curioso método de caça aplicado por eles, mais apropriado a animais de rapina. Perguntou-se se pretenderiam comer sua caça de segunda mão, aquela carniça, ou se o que via não passava da última etapa de um método de tortura de vanguarda baseado no princípio de que o torturado não emitiria resposta a não ser que fosse sussurrada através da boca da serpente que o devorou. Os caçadores lhe prometeram carona de volta a Cuiabá, disse Curt Meyer-Clason, a terra natal de Karl Reiners, e após um bom pedaço de caminhada todos montaram em uma velha picape do Exército que os aguardava escondida em um matagal. Karl subiu na caçamba e contou aos homens que estava perdido havia algum tempo e necessitava saber em que mês se encontravam. Ainda corria o ano de 1964, Karl perguntou, ou estamos em outro ano, quem sabe em 1965. Sem esconder a surpresa com a pergunta, os homens gargalharam, e sem responder disseram que estavam no começo do mês de maio, veja, as águas começam a recuar, um deles disse, você não consegue perceber a passagem do tempo só de observar o fluxo das águas, de que lugar você vem, não deve ser daqui, o homem retrucou. Só pode ser da cidade, deve ser um sujeito da capital, disse outro, com a pele branca desse jeito. Perguntaram-lhe o nome, e ele respondeu que se chamava Schmidt, Karl disse, sorrindo de volta, dos Schmidt de Cuiabá. Permaneceu em silêncio pelo restante da jornada que prosseguiu por caminhos circulares não reconhecidos por ele e por onde sentiu que nunca havia passado, como se tivesse sobrevivido àquele tempo perdido em outra dimensão da realidade, porém movia-o um desejo incomum de retornar para casa, a um lugar que nunca reconheceu como seu lugar, sua casa, e que imaginava ter apagado da memória. Depois de horas um dos homens disse, veja, chegamos a Cuiabá, devolvemos o homem da cidade para o seu lugar de origem. Você nasceu aqui, disse o caçador, e aqui vivem os seus irmãos. A velha caminhonete parou debaixo da sombra da muralha que protegia a cidade e todos apearam da caçamba e viram Karl se ajoelhar aos pés da muralha e entregar-se ao pranto, ele próprio se surpreendendo com essa reação, e aos caçadores o seu corpo arqueado lembrou uma tenda na savana arenosa quando o vento a abandona e subitamente desinfla, pois chorava com uma força que nunca antes viram aplicada ao pranto, e sua camisa era preenchida com seu arquejar e depois esvaziada, como um pulmão furado por um balaço.

Diante de sua reação tão imprevisível, afinal aquela cidade representava tudo contra o que ele se indispusera, seu pai, o capital, a propriedade, seu passado burguês de filho de latifundiário, ele ouviu gargalhadas interrompendo seu choro. Os homens riram de tanta emoção, e Karl se perguntou se não existiriam mais homens cujos corações pulsassem de afeto no peito, e se recriminou por reagir daquele modo ao reencontrar a casa do pai, de onde ele tinha se perdido fazia tanto tempo. Um homem então se adiantou aos outros e lhe explicou o motivo das risadas: esta muralha pertence a outra cidade, disse, Cuiabá ainda está longe, cuiabano, e os homens explodiram em nova zoada, retornando à caçamba. A partir desse momento a viagem adquiriu um caráter abstrato e irreal para Karl Reiners, disse Curt Meyer-Clason, a paisagem que passava deixou de ter importância, e as cidades do caminho eram todas iguais, sem qualquer significado. Ele olhou para aqueles rostos barbados e toscos, para aquelas mãos grosseiras de caçadores que não o haviam caçado, preferindo caçoá-lo, que nem ao menos o reconheciam como ameaça, e se perguntou se os seus anseios por uma sociedade solidária teriam sido em vão, disse a rata observando de soslaio o copiloto amuado no banco do passageiro, observando aquele homem de olhar vago e irreconhecível que se dizia seu pai, aquele homem prestes a abandoná-los de vez.

    Os caçadores se aquietaram cerca de cinquenta quilômetros adiante e, tomados pelo cansaço, também deixaram de sorrir, apoiando-se nos ombros uns dos outros, deixando-se conduzir aos trancos pelo sono, aderindo à cadência do balanço da picape em movimento, vibrando pálpebras de susto, caindo adormecidos, perdendo-se em pesadelos com bestas dos pântanos e sucuris que devoram mulheres, adquirindo a forma sinuosa delas, cheia de curvas. Outra muralha de outra cidade surgiu após certo tempo de viagem e a caminhonete brecou, erguendo poeira do acostamento. A cabeça do motorista apareceu na janela, dizendo: esta sim é Cuiabá, cuiabano. Os caçadores apenas sorriram de lado, exaustos, imersos em seus sonhos com serpentes grávidas com cabeça de mulher e águas que avançavam sobre a terra, devorando homens, mulheres e crianças e suas casas, enquanto viam o passageiro descer.

Karl Reiners caminhou até a entrada da cidade, ao portão sob o arco aberto na muralha, um lugar que reconheceu, porém sem que isto então tivesse qualquer importância, e ao trespassá-lo não sentiu nada além do que vinha sentindo nos últimos quilômetros, disse a rata, um grande cansaço, e nos últimos meses, uma exaustão difusa, quem sabe nos últimos anos, que se somava à sensação de se encontrar irremediavelmente perdido no meio de um caminho cujo ponto de partida se esquecera e que não tinha mais fim.

7. A mulher das lontras

(*Terras distantes de Amnésia*, 1980)
(*Engano*)
(*A gravação*)
(*Prosopopesis*)

1.

Após a explosão do Sete de Setembro e o decepamento da mão de Hassan Sader Gamarra, assim que escapou pela claraboia do banheiro e saiu na campina dos fundos da escola onde retirou a máscara de pregos encontrada no baú, você se deparou com a mulher das lontras. Estava imóvel, no centro do areial cercado pelo pântano, e se comportava de maneira diferente das outras vezes que a viu. Perdera o filho no Apa, levado pelas lontras. Tinha braços erguidos para cima e murmurava algo impossível de se ouvir à distância. Usava um vestido meio encardido, e seus dedos dos pés escarafunchavam a lama, irrequietos. Disparos de canhões soaram no campo de polo em frente ao 10º Regimento de Cavalaria Mecanizado, esfumaçando a voz da mulher. A parada do Sete de Setembro prosseguia, o soar de instrumentos da fanfarra do colégio e da banda marcial chegavam até onde você se encontrava. A mulher das lontras não parecia lastimar a perda do desfile, ao contrário de você. E erguia seus braços e murmurava frases ininteligíveis e imitava um polichinelo descoordenado. Você se aproximou, porém ela não deu sinais de perceber sua presença. Observou-a mais de perto: como a maioria dos habitantes daquela cidade, a aparência dela tinha pouco a ver com a sua. Uma chamacoco, talvez, alguma bugra de estação rodoviária, daquelas que bebem pinga e depois vendem as filhas ao primeiro viajante. Frases sussurradas pela mulher das lontras chegaram a seus ouvidos com inflexão musical, e só então notou que ela entoava uma melodia, um canto na língua dela. Você foi tomado de súbita ternura. Aqueles índios todos de Curva de Rio Sujo, aqueles caboclos perdidos em terra alheia num equilíbrio frágil entre línguas, habitantes dos acostamentos das rodovias, em meio à saúde e à doença, eles não eram diferentes de você. Exceto por sua palidez, e a indelével queimadura de neve em sua testa. A mulher das lontras começou a se mover, seu maxilar inferior projetou-se para a frente e depois se retraiu. Ela repetiu o movimento, apreciando a distensão dos músculos da face, o osso esticando a pele uma vez e outra mais, imitando com a boca uma gaveta que abria e fechava seguida de um desagradável rangido de saliva seca. Faltavam dois dentes em sua arcada inferior. Nesse meio-tempo, silenciaram tiros, surdos e taróis. A mulher das lontras congelou um instante, perscrutou o céu sem nuvens com olhos arregalados à procura de caças bimotores no espaço aéreo da fronteira, logo retomando seu lento mastigar, a baba engrossando nos cantos da boca, os olhos apontados para as bandas do rio onde o filho foi devorado pelos bichos. Esperava que o devolvessem. Quando você notou, imitava sem querer o gesto da dona com o queixo, aderira ao ritmo dela, sua mandíbula era uma gaveta sendo aberta bem devagar, e ambos promoviam uma dança sutil no descampado sob o sol nervoso. De sobrancelhas crispadas, seus membros se contraíam involuntariamente e relaxavam, em espasmos coreografados: você copiava a mulher das lontras, ou ela o copiava. Pela repetição idêntica dos tiques, era provável que ela também usasse fenobarbital, talvez sofresse de epilepsia. Sua ternura aumentou, passou a desejar ser devorado pelas lontras. Queria ter uma mãe que o amasse como a mulher das lontras amava o filho perdido. Mesmo não sendo o filho pródigo da parábola ou o sétimo de oito irmãos, sentia-se relegado pela rata, por sua madrasta, por sua sequestradora, pela verdadeira mãe do irmão mais novo cujas lembranças se insinuavam em meio às brumas do esquecimento. Em instantes, planejou aos mínimos detalhes sua venturosa viagem à terra distante de Amnésia, capital dos pântanos e das areias movediças habitada pela Rainha Ariranha. Gostaria de ver a si próprio de uma dimensão distinta, como se acompanhasse um personagem na trama de uma história, e considerou inventar um final, um epílogo, de forma a comprovar sua teoria. Se fosse realmente adotado, ninguém choraria por você como a mulher das lontras. Forjaria ter sido comido pelas lontras, aqueles animais asquerosos, meio ratazanas meio serpentes, as lontras rasgariam suas roupas e sua carne com seus caninos pontiagudos, restando somente trapos nas margens do pântano e fios de sangue na superfície da água. Se não fosse o adotado que pensava ser, de cima da árvore onde aguardaria escondido por sua mãe, a Rainha Ariranha à sua procura, quando ela enfim encontrasse os trapos ensanguentados na charneca e se deparasse com os apavorantes risos das lontras, a Rainha Ariranha compreenderia, e choraria em desespero pela perda de seu jovem príncipe. Pensou isso, e então percebeu que a mulher das lontras havia diminuído a frequência de seus tiques e voltado a murmurar. Dessa vez você estava mais próximo dela, e ouviu o que ela dizia, caminhei tanto então, ela disse, falei tanto, amei tanto a sua sombra, disse a mulher das lontras, que nada mais resta de você. Apenas sombra, ela disse, sombra entre sombras, ser cem vezes mais sombra que a sombra que retorna e retornará sempre, disse a mulher das lontras, em sua vida cheia de sol.

2.

A explosão no banheiro da escola talvez tenha matado alguém, disse Curt Meyer-Clason, quem sabe todos morreram. Você hoje sabe que não foi bem assim, pois tão logo o sol se cobriu de nuvens como um estilhaço de metal no estômago de um cupincha de Hassan Sader Gamarra ou do próprio Hassan Sader Gamarra que com um murmúrio rolasse para o lado da maca no hospital militar de Curva de Rio Sujo, soltando um último gemido de dor e medo, encerrando o dia e iniciando a noite e outra etapa de sua vida, tão logo isso ocorreu, Hugo Reiners já se encontrava pela segunda vez diante de você, vindo ao seu resgate após um telefonema da rata, e você reagiu com a desconfiada sensação de reconhecê-lo daquela manhã seguinte ao acidente que inaugurou o Ano do Grande Branco, quando o encontrou na varanda enrolado nos cobertores com uma carabina nas mãos e maldizendo o frio e a neve que caía em Medianeira em 1975, e depois, na fuga até Curva de Rio Sujo.

Mas nessa ocasião ele parecia ter mais pressa, pois o escapamento da Ford Willys despejava monóxido de carbono pela porta da garagem, e foi apenas o tempo de a rata lhe passar a mochila com roupas na qual você também guardava o envelope pardo e a máscara de pregos desde o Sete de Setembro, jogar debaixo de sua língua o fenobarbital e outro comprimido de Dramin. Assim, seus planos de forjar a própria morte com auxílio das lontras foram suspensos por tempo incerto. Logo deixou para trás aquela casa de caixas fechadas de Curva de Rio Sujo e a esperança de um dia quem sabe descobrir qual era o conteúdo delas. Horas depois, ainda de manhã, nem ao menos teve a alegria de ver baterem no portão os soldados da Polícia do Exército que vinham buscá-lo após meticulosa investigação sobre a explosão do banheiro da EEPSG Alfredo D'Escragnolle-Taunay. Também ignoraria para sempre que naquela mesma manhã Basano La Tatuada o dedurou com alegria e uns lábios muito rubros que não guardavam resquício de melancolia, somente a ingênua felicidade de castigá-lo pelo que fez.

A rata não os acompanhou, ficou em Curva de Rio Sujo por mais tempo, apenas o necessário para se livrar dos produtos químicos do laboratório nos fundos da casa que sem dúvida incriminariam você (e a ela também), e fornecer algumas desculpas à polícia, além de mencionar o seu comportamento instável, a disritmia cerebral, o longo tratamento com fenobarbital, as convulsões, a prosopopesis, os delírios, a psicorragia e sua desaparição sem aviso no meio da noite após o crime. No interrogatório ela disse aos policiais que não sabia onde você estava, e eles a deixaram em paz após visitas inesperadas que se estenderam por semanas, sempre infrutíferas.

Se lá estivesse, teria sido a oportunidade de denunciar aqueles que o sequestraram aos militares, pois suspeitava que o homem que se dizia seu pai e a rata o usaram apenas para disfarçar a clandestinidade. Não havia dúvida, o homem era um daqueles terroristas procurados de quem se falava na escola e também em frente à Câmara Municipal, uma das caras nos cartazes de "Procura-se" colados na parede em frente à delegacia de polícia, não era bancário coisíssima nenhuma, mas assaltante de banco e sequestrador de filho de diplomata, além de louco, era o que você pensava. Da mesma forma, o curso de química feito pela rata nunca o enganou, pois não devia passar de uma desculpa meio idiota para a compra de materiais químicos e a confecção caseira de explosivos a serem usados em ataques aos militares, em assaltos a bancos para financiar a revolução, só podia ser: Karl Reiners convencera a rata e o homem que se dizia seu pai a colaborarem com as ações de guerrilha, agora você está certo disso. De fato, às vezes a inteligência militar o decepcionava um pouco. Que ditadura era aquela que não conseguia nem ao menos fabricar seus próprios soldadinhos de brinquedo, obrigando-o a brincar com soldadinhos de chumbo alemães da Primeira Guerra herdados de alguém. Era uma enorme falha de propaganda, inépcia indesculpável. Aqueles dois não eram seus pais, mas Bonnie e Clyde atrás de dinheiro para manter a Ação Libertadora Nacional e os guerrilheiros do MR-8 ou qual fosse a organização de Karl Reiners. Desde o seu lento recobrar da consciência, no final do Ano do Grande Branco, você reuniu indícios de que a dupla atentava contra a ordem nacional: mudanças constantes de cidade, a fuga de Medianeira no meio da noite, o inexplicável braço quebrado daquele homem que se dizia seu pai na véspera da fuga, a discussão com o homem desconhecido no parquinho de diversões da churrascaria de beira de estrada a caminho de Campo Grande, o encontro furtivo entre ele e o homem do envelope pardo no Hotel Gaspar (para você, os eletroencefalogramas feitos na clínica do dr. Wolfgang Gerhard não passavam de um disfarce cujo propósito era o recebimento de ordens superiores, ordens havia muito esperadas), assim como o sumiço de seu suposto pai e a desaparição da prova mais incriminadora, o revólver do porta-luvas e, principalmente, as luvas do porta-luvas. A fotografia do menino com máscara de espuma na banheira e o recorte de jornal também comprovavam o crime, e se relacionavam ao encontro com a família de terroristas no retorno de Campo Grande em que testemunhara a morte de uma mulher, a mesma que encontrou no banheiro do posto de gasolina. Ela lhe pediu silêncio, provavelmente o vigiava, e prometeu resgatá-lo. Como se você pudesse falar. Seus captores o mantiveram drogado naqueles anos todos. Você se perguntava onde estaria sua família de verdade, o sr. Embaixador e a sra. Embaixatriz, por que ordens superiores nunca chegaram. Deviam ter voltado para a Alemanha e o abandonaram entre os índios.

Talvez não pensasse tais coisas se soubesse que não veria mais a rata a partir desse dia.

3.

Não conhecemos nosso próprio rosto pois não temos outra maneira de vê-lo a não ser em reproduções, reflexos e fotos. Se você cruzasse consigo mesmo na rua, disse Curt Meyer-Clason, provavelmente não se reconheceria. A impossibilidade de reconhecer seu próprio rosto na hipótese de encontrar com um sósia se deve ao fato de nessa situação não estar imóvel diante do espelho. A imagem em movimento no reflexo equivale à garantia de aprovação, pois refletido é possível escolher o seu melhor ângulo e se convencer de que está arrumado antes de ir à festa, por exemplo, ao passo que nem sempre você aprecia sua imagem nas fotografias. Nelas, isso acontece porque a imagem se encontra estática, por não ser possível corrigir a imagem fixada, encolhendo a barriga ou virando-se de lado para parecer menos narigudo e mais adequado à ideia feita de si mesmo. Essa ficção.

Por outro lado, é possível que o contrário desse fenômeno ocorra ao se ouvir a própria voz gravada, com a diferença de que nesse caso o que se estranha é a reprodução, em vez do original. É comum ouvir a própria voz num gravador e não reconhecê-la, ou achá-la muito esquisita e diferente de como soa ao vivo. Talvez porque, quando você fala, a voz venha de dentro de você, portanto você a ouve de todos os lados, vinda de baixo e de cima, você a ouve com seu ouvido interior, digamos, enquanto na gravação tal efeito não ocorre. Você se reconhece agora, começa a reconhecer a própria voz ao ouvi-la, começa a lembrar, e como ter certeza de que esta é mesmo a sua voz, a sua verdadeira voz. Diante do espelho, qual seria o seu melhor lado, o direito ou o esquerdo. Gravações como a feita pela rata na fita cassete despachada para a Sumidouro comprovam essa teoria, os mortos são vozes sem o de dentro, sem ouvidos interiores que as ouçam. Por isto não se reconhecem: mortos são ocos. É o motivo de sofrerem tanto.

Aquela gravação: você precisava ouvi-la, deveria ouvi-la, você a ouviria a qualquer custo, disse Curt Meyer-Clason.

Sob a guarda de Hugo Reiners, tempos depois do Ano do Grande Branco, você voltou à estrada. Após a primeira conversa que tiveram, quando o encontrou na varanda enrolado nos cobertores com uma carabina nas mãos e amaldiçoando o frio e a neve que caía em Medianeira em 1975, uma neve que parecia vir de outro lugar mais frio, talvez de Bernburg, nunca mais escutou nem sequer uma palavra dele, que só aparecia em emergências, embora às vezes telefonasse para a rata, em diálogos cochichados às escondidas aos quais você não tinha acesso. Estava escuro na cabine da picape, mas mesmo assim era fácil perceber que Hugo olhava para você com insistência, à espera de um olhar em retribuição, algo que você lhe negou. Escondido no fundo do obscuro labirinto de seu cérebro, aos poucos você ia metamorfoseando a própria aparência na figura de um facínora, um tuaregue, um mercenário da Legião Estrangeira, um terrorista, um assassino em série, um guerreiro kadiwéu albino, um paramilitar de extrema direita, de um mentiroso de marca maior. Você explodiu o vaso sanitário de um banheiro escolar, mas era como se o prédio inteiro da D'Escragnolle-Taunay agora não passasse de escombros, de um monte de pedras encobrindo cadáveres. Estourava de rir por dentro, antevendo sua glória futura em calabouços úmidos onde pudesse somente ler e mais nada, esparramado no catre sem que ninguém lhe dirigisse a palavra. Viu no chão do banheiro a mão amputada de Hassan Sader Gamarra, seus dedos se encolhendo e enrijecendo. Mas depois de um tempo, vinda das profundezas dos corredores da masmorra, de cantos recônditos e distantes, perfurando sombras e muros da prisão imaginária onde se encontrava, uma voz ecoou. Parecia furiosa.

Mas o que deu em você, disse Hugo, parece que pirou de vez.

A reprimenda dele lhe concedeu satisfação momentânea, e a perene tristeza de que destruíra a ordem estabelecida entre Hassan Sader Gamarra, números 2, 15, 31 e você, a ordem entre opressores e oprimido, uma ordem perdida para sempre. Hugo se concentrou na estrada até o anoitecer, reconstituindo o ponto oculto da história em que a cobra abocanhava o próprio rabo. *Da capo al fine*.

Não sei se percebeu, mas estamos todos presos em uma arapuca, disse Hugo Reiners apontando com o indicador a própria cabeça e olhando para você: estamos aprisionados aqui dentro desta carniça que pensa.

4.

Depois de Rio Brilhante ele torceu a direção, tomando a estrada cuja placa indicava a poucos quilômetros o povoado de Engano. A poeira causou uma revoada de mochos que cochilavam no cercado. O senso de humor do seu pai sempre foi esquisito, disse Hugo ao estacionar nos cascalhos em frente ao pardieiro. O lugar não passava de um hotel de caminhoneiros atendido pela dona decrépita, e na portaria Hugo apontou o nome no caderno de páginas encardidas usado como registro de hóspedes. Ele passou por aqui, disse Hugo, foi aqui mesmo que aconteceu. Mas você não reconheceu o nome, embora suspeitasse ter reconhecido a caligrafia, o rastro dele, então não entendeu direito a quem Hugo se referia. A dona os conduziu ao mesmo quarto ocupado pelo homem que se dizia seu pai, e somente no corredor escurecido pelas samambaias pendendo de ganchos no teto você percebeu que não se encontravam ali para passar a noite.

Naquela região o cérebro cozinha na cuia de osso da cabeça por causa do calor, disse Curt Meyer-Clason. Assim você, seus pais e a sombra de seu irmão secreto tracejavam o mapa durante a fuga, com seus cérebros cozidos, enquanto seguiam em direção à tormenta no horizonte, rumo ao abismo que se confunde com o próprio fim do mundo. Seguiam noite adentro, até seus pés alcançarem as profundezas do poço arrodeado de neve e sangue onde sempre terminavam por cair, até a única saída possível bem acima daquele buraco no chão se resumir a uma pálida imitação de lua cheia azulada de acetato, até os gritos se perderem de encontro àquela cópia miserável de lua. E se a lua for apenas um buraco no céu, uma escotilha que permite que a gente fuja desta galáxia, era isso que você se perguntava enquanto seguiam a dona pelo corredor escuro do hotel, ouvindo o resfolegar dos homens e gemidos das putas de acostamento nos quartos mal iluminados por lâmpadas rodeadas de moscas.

Quarenta e quatro é a lei do Mato Grosso, disse Hugo Reiners, e quarenta e quatro graus era o que devia marcar o termômetro na noite em que ele se hospedou aqui. A dona parou em frente à porta de madeira com venezianas por onde a luz fraca vazava pelas frestas e Hugo jogou umas notas na palma da mão dela estendida, que logo sumiu com o dinheiro dentro do decote. Você ouviu os saltos da dona se afastando pelo corredor serem substituídos pelo raspar das solas de Hugo no assoalho do interior do quarto, enquanto estudava a cama de solteiro meio arriada, a cadeira de assento de piaçava do lado com uma bíblia em cima e um candeeiro na parede.

Foi aqui, disse Hugo, foi bem aqui que tudo aconteceu, na entrada de Engano, sem dúvida o bilhete suicida mais irônico que jamais existiu. Um bilhete escrito em uma placa de trânsito. Você viu a mancha de sangue na parede atrás da cabeceira da cama. Foi naquele quarto que o homem que se dizia seu pai se matou com um tiro na cabeça. O que são parentes, senão homens com víboras no lugar das vísceras, disse Hugo enfiando as mãos nos bolsos como se as enfiasse sob o jorro d'água de uma fonte, como se as lavasse de todo pecado. Um homem abandona a mulher no meio da noite. Dirige como se mil demônios guiassem seu carro pela rodovia. Nas proximidades de Engano, um vilarejo com menos de cinquenta taperas, com mais cães vadios do que habitantes, dá entrada no hotel de beira de estrada. Antes de o dia amanhecer, interrompendo a história, atira na própria cabeça.

Talvez não tenha sido assim, disse Curt Meyer-Clason, mas você sentiu que naquela conversa Hugo Reiners tinha começado a lhe dizer a verdade. Um tiro na cabeça bem pode ser o ponto final de uma história, mas esta não tem final. Continua, como o sangue.

5.

Nada disso interessa, disse Curt Meyer-Clason, exceto a rata: é preciso compreender o trajeto dela para se obter a visão completa do mapa na parede. O início da história é idêntico ao de todo mundo. Uma explosão. Desgraça somente após a bonança. Um parto. A rata nasceu em Leverger em 8 de maio de 1945, no dia em que a guerra acabou. O Dia D. Ao segurá-la nas mãos pela primeira vez, dom Georg disse que, na impossibilidade de batizá-la de Vitória, a chamaria simplesmente de rata. A infância na Sumidouro ao lado de Hugo e Karl sob a sombra inexplicável de dom Georg e Antonieta, uma sombra projetada sobre o areião do curral que logo se apagaria até sumir por completo, a caminho do matadouro. Ainda criança, a rata pensava com frequência em ser mãe. Um paradoxo. Você não esperava por isso, não é, afinal, ela devia mais era pensar em ser sequestradora, madrasta, guerrilheira, estelionatária, vagabunda, artista, química amadora, irmã devota, mas não mãe, nunca mãe. Uma roedora. Porém era isso o que ela desejava, estirada no gramado em frente ao casarão da Sumidouro, enquanto observava Karl e Hugo dispararem suas espingardas de chumbo contra pássaros que implodiam em pleno voo, pequenas bombas sem ruído que ao estourar derramavam penas multicoloridas pelo ar que iam caindo bem lá de cima no focinho respingado de suor da rata. Ao desgrudar da pele do rosto as penas vermelhas, azuis e amarelas das araras, ela pensava que no futuro teria uma vida comum: com marido, filhos e netos. A rata gostaria muito de ter netos, ou melhor, uma neta. Só uma, com quem pudesse conversar e dividir a queijadinha. Quando pequena, num lugar tão ermo quanto Sumidouro, no meio do Pantanal mato-grossense, disse Curt Meyer-Clason, ela viu centenas de jacarés esparramados nos areiões às margens do rio São Lourenço, tão imóveis que pareciam congelados; viu o sol virar uma laranja gigante que mergulhava no rio todas as tardes; milhares de vezes testemunhou o poente e nunca foi igual; de pé na caçamba enquanto a picape dançava no areial, ela sentiu o vento no rosto; ela dormiu na rede no alpendre sentindo o sopro das estrelas e o halo da lua vermelha e ouviu o rugir noturno de grandes felinos na selva. Tudo isso a rata conheceu muito bem, porém não tinha uma família. Quer dizer, tinha Karl e Hugo, dom Georg e Antonieta eram estranhos, não pareciam ser os seus pais. Você deve estar reconhecendo a sensação, não é. De ser órfão, um adotado. Por isso, ela torcia para que sua infância fosse rápida, que encontrasse logo com quem se casar, pois precisava ter filhos. Se houvesse amor, melhor. A infância de seus filhos podia tardar, mas que não fosse por muito tempo, disse Curt Meyer-Clason, pois ela precisava ter netas, e bisnetas. Uma neta, na verdade, e já ficaria satisfeita, rodeada de filhos, noras, e uma neta com quem dividir a queijadinha. A rata adorava queijadinha, claro, mas ter uma neta devia ser muito mais gostoso.

Em Cuiabá, ainda no liceu escolar, a rata conheceu o seu pai. Não o pai dela, que então ela apenas pensava conhecer, mas o homem que seria o pai do filho dela. O homem que se dizia seu pai era um homem tão prático a ponto de fazer aniversário na véspera de Natal, a fim de que os amigos economizassem nos presentes. Não que tivesse muitos deles, seus amigos eram Hugo e Karl, e este último só lhe arranjava problemas em vez de presentes.

A carreira de bancário naqueles anos não era fácil. Para ser promovido, o funcionário era obrigado a correr agências pelo Brasil, viajando a lugarejos pouco hospitaleiros. Não foi diferente com vocês. Tratou-se da primeira decepção da rata, a mesma que assolou toda uma geração de camundongas que ansiou viver em Copacabana ao som da Bossa Nova ou descer a rua Augusta na garupa de uma lambreta: terminou morando em cidades sem energia elétrica do interior do Brasil, sem condições nem de ligar a vitrola. Roberto Carlos, só no rádio a pilha. A saída para a solidão era ter filhos, disse Curt Meyer-Clason, e nisso a vida da rata não foi diferente da experimentada por outras mulheres de classe média. Veio o primeiro filho, e adeus, Copacabana.

Depois aconteceu o seu acidente e se iniciou O Ano do Grande Branco, disse Hugo. Não vou mencionar o golpe militar de 1964, pois isto não chegava a ser pior que o fato de a televisão não pegar direito em Medianeira, tornando impossível assistir às novelas *Pecado capital* e *Escalada*. As preocupações da rata quanto a isso se intensificaram com o AI-5 e a sua chegada, em 1968, e depois com a perseguição aos militantes a partir de 1970. Então era Karl Reiners e sua guerrilha particular, Karl e seus sumiços, Karl e suas aparições-relâmpago à procura de abrigo ou trazendo um presente inesperado como você no meio da noite, Karl e seus raros telefonemas que faziam a rata atravessar a casa como uma velocista no sprint final dos Jogos Olímpicos cada vez que a campainha soava. Em geral não passavam de enganos ou trotes, às vezes ameaças. Karl e suas encomendas de explosivos, que a rata produzia no laboratório do pavilhão dos fundos. O Banco do Brasil se mostrou implacável a cada cidade, voraz em sua deglutição cotidiana do homem que se dizia seu pai. Quando voltava de noite para casa, a mente esvaziada de amor e repleta de problemas, ele parecia um saco de ossos sem ritmo, alguém que sempre perdia a hora da dança no baile da quermesse da paróquia. Para a rata, os dias se organizavam ao redor dos uniformes escolares que ela retirava com todo cuidado da tábua de passar roupa e dispunha em cabides, depois de engomá-los junto com as camisas de bancário de seu pai, e assim que a casa se esvaziava de camisas e uniformes a vida dela se preenchia de mais silêncio, disse Hugo observando a mancha de sangue esmaecida na parede, uma mancha que alguém tentara limpar sem sucesso cuja forma lembrava um ponto de interrogação avermelhado em uma história sem pontos de interrogação.

Depois que se sente, disse Curt Meyer-Clason, o gosto de sangue nunca sai da boca. Você ficou com impressão de já ter ouvido aquela frase. Voltaram para a picape, e na estrada você intuiu que aquilo tudo não passava de uma pantomima, do truque hábil que o prestidigitador faz com a mão direita para distrair a audiência daquilo que ele realiza secretamente com a esquerda.

6.

Veio então Karl Reiners com o presente inesperado, caiu a neve de 1975, você bateu a cabeça, você cometeu um crime. Isso então transformou a visão que a rata tinha das coisas. E tudo mudou.

Depois do acidente e do que veio em seguida, o Ano do Grande Branco, disse Curt Meyer-Clason na varanda da Casa do Sol, o mal e o mundo passaram a ser chamados pelo mesmo nome pela rata. Karl e Hugo se resignavam a uma existência à parte, e a única família disponível era composta de um marido ausente e um filho que não falava, apenas lia em silêncio sem retribuir qualquer gesto de afeto. Não que ela sentisse falta de algo que nunca teve, suas ligações com os antepassados familiares tinham se iniciado com dom Georg Reiners e nele mesmo se encerrado após sua morte precoce, antes ainda quem sabe, quando o pai dela migrou para a América do Sul, desfazendo laços com a Alemanha ao não ensinar a língua aos filhos, demolindo a realidade pregressa de sua infância europeia e em Nueva Germania ao romper por completo com a linguagem materna.

Mas a solidão do casarão de Curva de Rio Sujo, as chuvas e os sapos intermináveis, as cobras que habitavam o quintal, o acúmulo de tudo isso aos poucos terminou por levá-la à conclusão de que em sua vida o número de penas superava com folga o de alegrias. E àquela altura a rata já sabia que o fator decisivo não se baseava na mera possibilidade de o mal existir, pois o mal existia, era real e bastante palpável, e ela o conheceu de perto em uma situação que nunca esqueceria. Sabia, portanto, que uma equação estava sendo tramada por forças invisíveis orientadas pelo acaso ou por ordens superiores, e que uma hora o mal se repetiria, pelo simples fato de que era assim, a vida era assim, e passados uns breves instantes de distração, talvez nem chegassem a tantos, apenas umas poucas alegrias, o mal podia inclusive se infiltrar entre uma alegria e outra, desfazendo uma ordem que não devia ser desfeita. E ela sabia: o mal, quando surgia, era implacável.

A neve de 1975 foi um raro instante de felicidade, ninguém supera a visão da neve nos trópicos, é como ver as luzes do carrossel no parque de diversões pela primeira vez. Depois de vê-las, sabemos que nada mais será igual. Ao ver a geada cobrindo as ruas de Medianeira, a rata soube que a desgraça era iminente, que o mal estava para chegar. Quando os primeiros surtos do homem que se dizia seu pai aconteceram, na viagem de Variant de Medianeira a Curva de Rio Sujo, ela soube que teriam de pagar pelo que haviam feito, e que não demoraria para receberem a conta com juros.

Já em Curva de Rio Sujo, aulas particulares de química prática com um professor aposentado eram um passatempo, mas depois a ciência se tornou a ferramenta para que ela concretizasse a obsessão crescente surgida no instante em que viu a neve cair pela primeira vez em 1975, a neve enviada por Bernburg, e percebeu que estava na presença de um milagre. Quantas vezes em um século inteiro a neve pode cair naquela região do Brasil, uma, duas vezes. Em Medianeira, na viagem de carro do hospital para casa, após você receber alta, depois de ter sido o único a não ser encontrado naquela brincadeira de esconde-esconde e perder a memória, a rata procurou sintonizar a rádio de Foz do Iguaçu sem conseguir. A geada atingira os fios de eletricidade e o despreparo da região para lidar com a nevasca impediu por algum tempo que fossem feitas transmissões. Nas horas em que permaneceram fora do ar e sem notícias sobre a extensão dos estragos causados pela tempestade de gelo, a rata se perguntou se a frente fria teria sido poderosa o bastante para congelar as Cataratas do Iguaçu. Se isso acontecesse, o tempo também congelaria, e ficariam condenados a viver os mesmos segundos e minutos eternamente, como se a história sofresse uma crise de soluços. Quais seriam as consequências de um fenômeno semelhante, de uma armadilha feita de tempo e de espaço, a rata preferia não saber. Porém a nevasca chegou atrasada para resolver os problemas dela, disse Curt Meyer-Clason, o tempo deveria ter sido congelado um instante antes, quando ainda havia algo a ser salvo: o seu irmão secreto. Agora já era demasiado tarde, o minuto seguinte à catástrofe pessoal, a perda precoce de um filho.

Daí nasceu sua obsessão: controlar o tempo, guardar o instante que passa e não se repete, o instante sem igual. Lembrou-se do rei da Frígia, que tudo o que tocava transformava em ouro. Ela se dedicaria a resolver essa equação, e as cataratas que tocasse virariam esculturas de gelo no ar, mas então veio a vida, e com ela a repetição que a congelou, ela própria, imobilizada pelas obrigações cotidianas. Cuidar de você era uma dessas obrigações, ministrar comprimidos de fenobarbital para que suas convulsões cessassem e suas lembranças, quem sabe, regressassem e com elas ressurgisse o seu irmão perdido em alguma dobra do labirinto de seu cérebro.

Nas manhãs de Curva de Rio Sujo, enquanto você ia para a escola e o seu pai, ao banco, a rata vagava pelas margens do Apa, em caminhadas que se tornaram cada dia mais distantes, assim que passou a usar a Variant para se locomover até onde não sabia bem, pois não tinha certeza se queria chegar a algum lugar ou só partir e não mais voltar. A estrada ao longo do rio se afunilava à medida que se afastava da cidade, e a rata pensava que seus caminhos pessoais seguiam de maneira parecida, a cada passo mais estreitos. Iludia-se com a eventualidade de uma bifurcação errada que a conduziria a um ponto de onde não pudesse mais regressar. Ela tirou a cabeça pela janela, o céu visível fazia companhia ao estreitamento do caminho, adelgaçando-se em uma tripa azul que parecia uma seta, as copas das árvores se unindo no extremo em que a trilha sumia e a mata engrossava. Alguns quilômetros adiante das ruínas da velha alfândega, em torno a uma clareira na selva, surgiu uma aglomeração chamacoco. Chamar de tribo àqueles índios enfermos seria exagero, estavam mais para flagelados da perseguição movida por colonos da região que os expulsavam de onde quer que parassem, dizimando famílias que ainda persistiam em permanecer juntas.

Um homem a recebeu, era o líder espiritual do agrupamento. A rata mostrou ao homem os galões térmicos que carregava no bagageiro da Variant, e disse que gostaria de lhes mostrar algo divertido. O velho assentiu, e a rata penetrou a clareira com sua mochila nas costas, seguida pelas crianças em algazarra. Fazia muito calor, e o vento estagnado, a poeira assentando no caminho como se cada grão não soubesse onde cair de volta; as folhas das árvores nem se mexiam. A rata observou o velório das moscas ao redor das cabeças das crianças. Mulheres barrigudas saíram das taperas, exibindo seus dentes podres, arrastando mais crianças e varejeiras atrás de si.

A temperatura passava dos quarenta. Da água parada à beira do rio se pressentia o fedor de carniça, o mormaço suspirava nas poças. "Decomposição" era a palavra na cabeça da rata. Decomposição, a cabeça dela repetia, observando a revoada em espiral dos urubus. O pajé apontou o caminho aos homens que carregavam galões trazidos da Variant. Em fila, as mulheres seguidas das crianças e das moscas entraram na tapera maior. O cheiro no interior era de suor e fermentação. Naquela imundície as mulheres preparavam a comida, e a rata tentou pensar por um instante nisso, mas as moscas rodearam sua cabeça e com o gesto de afugentá-las o pensamento desapareceu, dando lugar a outro, que mostrava o que ela pretendia realizar em instantes. A rata pediu ao pajé que a deixasse a sós para preparar o material. Com dificuldade, o velho convenceu todos a saírem. Na companhia das moscas, ela retirou sacos plásticos de sua mochila, amarrando-os conforme previra. Ao dar os nós, ouviu risadinhas de dois meninos que em meio às treliças da palha procuravam ver o que ela fazia. A rata viu quatro olhos negros que chispavam e se perguntou se pertenceriam a dois irmãos unidos em suas traquinagens. Amaldiçoou a ingenuidade das crianças e suas brincadeiras idiotas, seus jogos letais, lembrou-se do mal sempre a se infiltrar entre duas alegrias, e com o devido cuidado de não desperdiçar sequer uma gota, transferiu o líquido dos galões para os sacos. Do lado de fora, os meninos, com um último pio — seriam ou não dois irmãos, e como seriam as relações fraternas entre indígenas, também permitiriam que a catástrofe destruísse as mães —, silenciaram: o que aquela roedora branca estaria fazendo ali, os índios cochichavam, aquela rata albina louca. Num ímpeto, ela retirou o gravador a pilha da mochila, verificou se a fita estava no ponto certo e pressionou a tecla Gravar.

Os sacos preenchidos pelo líquido foram empilhados com cuidado pela rata, que enfim permitiu ao pajé que entrasse, acompanhado dos outros. As crianças trouxeram mais moscas grudadas aos cabelos desgrenhados, e sentaram no chão batido ao redor da escultura que se resumia a um grande saco redondo e rijo que sustentava outros quatro sacos, todos transparentes e arranjados com gravetos e tiras de borracha de modo a não terem sua estrutura deformada. Um moleque encostou a mão num saco e a retirou, ao sentir que estava quente. A rata aprendera a fazer bichos com bexigas de aniversário, sempre foi boa em dar nós, se bem que não em desfazê-los. Ela gesticulou com os braços, imitando a assistente de um mágico prestes a serrar alguém ao meio. Depois tocou com sua varinha de condão em forma de chave de fenda, rompendo os sacos repletos da composição de água com acetato de sódio. Como que despertando para a vida, o líquido congelou de imediato, rompendo sacos, enrijecendo a ponto de parecer se levantar de um banco onde tivesse passado um longo tempo sentado. Com a ponta da chave de fenda, a rata desenhou olhos e uma boca bastante tosca na cabeça do boneco de neve que ela coroou com um penacho. Como foi apenas a primeira vez que ela fez aquilo diante de alguém, demorou a sacar a câmera fotográfica da mochila. No negativo revelado depois, o boneco já está meio derretido, prestes a tombar sobre os meninos que ainda sorriem, encantados com sua irradiação fria em meio ao mormaço do pântano.

Ao sair da tapera, homens armados aguardavam a saída da rata, disse Curt Meyer-Clason. Eram capangas de fazendeiros endividados que ameaçavam o seu pai. É a mulher do sem-vergonha do Banco do Brasil, disse um deles. Vai saindo fora, dona, disse outro de cassetete na mão. Amedrontados, os chamacocos carregaram os galões térmicos até o bagageiro da Variant. A rata partiu em seguida, a tempo de ver o incêndio engolir rapidamente a palhoça da tapera enquanto os capangas distribuíam pauladas, afugentando moscas, crianças e mulheres de volta ao lado de lá da fronteira, a fumaceira subindo acima da faixa verde que tremulava em brasa.

De volta à trilha ao longo do rio, ela viu nos campos queimados e no reflexo avermelhado nas patrolas todo um catálogo de centenas de milhares de plantas extintas composto por Lineu e o rosto de seu filho silencioso no retrovisor, e os olhos do marido prestes a enlouquecer. Uma insanidade branda a tomou e sentiu-se sedenta, sonhando de olhos abertos com o derretimento de geleiras, o boneco de neve se desmanchando no interior da tapera incendiada, viu os dois irmãos chamacoco que escapavam pelas ravinas da floresta com um capanga de arma em punho em seu encalço, fujam, disse baixinho a rata para si mesma, fujam para cá, escondam-se debaixo do banco deste carro, ela murmurou com voz trêmula, estejam aqui, agora, e não morram nunca.

Ao ver o sol acima, no zênite, e a fuligem oleosa das chamas no horizonte que escurecia a primeira manifestação da noite prestes a desabar, a rata percebeu que o tempo, mesmo congelado, não tinha meios de sobreviver, e que nos movíamos na noite sem saída e seríamos todos devorados por aquele incêndio.

7.

A rata fez o boneco de neve no acampamento chamacoco quase por acaso. Expor seu totem a desconhecidos nos charcos lhe provocou efeitos inquietantes, disse Curt Meyer-Clason. Observou que os chamacocos, mesmo assombrados pelas moscas e por capangas de fazendeiros que os expulsavam de suas terras, eram mais felizes que Karl Reiners com toda sua esperança, pois viviam de forma primitiva, ligados uns aos outros pela justeza do afeto. Como promessas de felicidade, o que poderiam significar astronautas saltitando na superfície da lua ou a cura do câncer; se comparados à vida familiar, não representavam nada, não passavam de ilusão. Ao volante da Variant que enveredava pela estrada de terra sob a nuvem de poeira iluminada pelo sol, ela anteviu a desolação do futuro na destruição dos campos pelas queimadas, nas cinzas negras do cerrado estorricado pelo fogo e pensou em sua neta que um dia nasceria, em como seria impossível viver em um mundo sem geleiras nem icebergs, onde o solo e a água estivessem contaminados como a memória. Era setembro de 1976, onde estaria Karl então, ela se perguntava, teria mesmo ido para o Araguaia. Ainda não sabia se a guerrilha estava em andamento, se Karl continuava vivo. Os líderes guerrilheiros haviam sido assassinados em 1974, mas esse fato só foi revelado anos depois, quando tudo já estava definitivamente acabado. Talvez Karl vagasse solitário pela selva como um daqueles soldados japoneses que se recusaram a acreditar no final da Segunda Guerra, e continuaram lutando apesar de derrotados. Como a rata gostaria de tê-lo visto no hotel em Campo Grande, nunca teria palavras suficientes para agradecer a Karl por ter você, como poderia dizer a ele que sem você ela não teria nada, você tinha sido o presente que Karl lhe dera, foi isso o que ela pensou ao ver os primeiros casebres que indicavam a entrada de Curva de Rio

Sujo, barrancos escuros que culminavam no pântano, então se lembrou do envelope pardo e do recorte de jornal e da fotografia que precisavam ser destruídos antes que você os encontrasse. Então ela não sabia que o envelope já estava em seu poder.

Quando as rodas do automóvel rolaram sobre os pedregulhos do piso da garagem não parecia haver ninguém em casa, disse Curt Meyer-Clason, embora você devesse estar ali, enfurnado sob o lençol com um livro nas mãos. Não estava, nem no quarto nem no pavilhão dos fundos. Sem o pai, sem ninguém, os trilhos das janelas sem cortinas que nunca chegaram a ser instaladas permitiam à luz natural inundar a sala, atribuindo aos móveis encaixotados e à luminária com fio ainda enrolado no pedestal a aparência de objetos expostos em um museu fechado por falta de visitação. A rata se distraiu ao verificar sombras que o sol projetava nas paredes e no chão, figuras que se moviam. O telefone tocou. Deixou que tocasse cinco, dez vezes, então o atendeu. Era um homem. Disse: se não parar de meter as patas onde não deve você vai morrer, você, a piranha da tua companheira e teu menino retardado, traidor. E desligou. A rata olhou para o bocal do fone de onde tinha saído a voz com esperança de ver um rosto ali, de encontrar alguma pista. Traidor. O telefonema não era para ela. A rata caminhou até o armarinho do banheiro, pegou um comprimido de fenobarbital e o mastigou, deixando que os estilhaços se esparramassem por toda a língua, amargando a boca. Não pensou se exagerava com os barbitúricos, se abusava da facilidade de ter a receita médica nas mãos, receita que era sua, não dela, então ela pensou em você, em onde estaria e fazendo o quê, se ainda estava vivo. Saiu à sua procura, e depois de rodar toda a cidade encontrou-o em frente à Câmara Municipal, estático diante do aparelho de tevê instalado na caixa metálica amarrada a uma árvore. Parecia em transe, olhando para o tubo desligado, e seu pescoço repuxava com tiques nervosos. Quando a rata tocou seu ombro, disse Curt Meyer-Clason, ela percebeu um velho mendigo chamacoco na calçada, deitado no chão. Reconheceu-o do acampamento em que estivera naquela manhã, enquanto o índio murmurava de modo quase inaudível frases que mencionavam o derretimento de geleiras, o boneco de neve e o inevitável irrompimento de pyhareryepypepyhare entre os homens, o índio anunciava o fim do mundo.

8.

Naquela tarde que antecedeu a partida de seu pai e a sua própria, depois de servir o lanche para você, a rata procurou pela casa o envelope com o recorte e a fotografia, sem encontrá-lo. Passou o dia telefonando ao Banco do Brasil, em tentativas igualmente fracassadas de conversar com o homem que se dizia seu pai antes de ele retornar do expediente. Alheio ao nervosismo dela, você mergulhou nas aventuras de El Diablo. E antes do horário costumeiro, foi obrigado a jantar e a tomar sua dose noturna de fenobarbital. Meio a contragosto, já estava na cama antes de escurecer.

Sozinha no pavilhão dos fundos, a rata retirou da mochila o gravador que utilizou para gravar a reação dos chamacocos ao congelamento, ao rito totêmico que inaugurara naquele dia e seria repetido tantas vezes, disse Curt Meyer-Clason, pelos motivos que lhe explicarei a seguir. O gravador não era um potente aparelho como os desenvolvidos por Attila Von Szalay ou Friedrich Jurgenson, mas um limitado Philips Cassette Recorder 2202 acoplado a um microfone de curto alcance, que a rata usava para ouvir fitas da pianista Heidi Rosenberg. Não sabia se o gravador a pilha tinha funcionado aquela manhã, se a fita não havia enrolado ou mesmo se o microfone tinha sido capaz de captar qualquer registro, pois a movimentação das crianças, dos velhos e mulheres, os murmúrios e ruídos causados pela fricção entre os corpos dos índios, o arrastar no chão batido de terra, o zumbido das moscas, tudo poderia ter interferido no resultado. Pressionou a tecla: de início, o que escutou não evoluiu além disso, mas depois ocorreu algo surpreendente; ao rodá-la, a fita emitiu grave distorção, parecida com uma gravação tocada ao contrário ou fora de rotação, então surgiu certa movimentação rítmica semelhante ao esfregar de dezenas de pés na terra batida, o som de uma dança tribal, entretanto com peso desproporcional ao percebido no ato da gravação, pois na tapera, envolvida com a preparação do congelamento súbito, a rata não percebera a cadência daqueles passos, assim como a algaravia acompanhada de assovios que se seguia até o instante em que, de acordo com o tempo gasto por ela para realizar o congelamento, perfurou os sacos e o boneco de neve surgiu; até aí, o contador do aparelho Philips marcava dois minutos e cinquenta e cinco segundos de gravação quando um completo silêncio assomou, tapando o som anterior; durante segundos não foi possível captar mais nada, a não ser a vibração da própria fita cassete sendo impulsionada pelo mecanismo de rotação, e o ruído metálico da fita avançou sem emitir qualquer ruído; aos poucos, preenchendo o vazio, começaram os cantos de pássaros; no primeiro momento não passavam de pios isolados, um aqui e outro ali, de aves desconhecidas ou ao menos irreconhecíveis para a rata, não exatamente versada em pássaros, mas suficientemente familiarizada com aves do Centro-Oeste, que então percebeu o que parecia ser o pio melancólico de um ximango caramujeiro e a crescente festa das ararinhas azuis nos galhos, porém soavam estranhos, aqueles cantos, como se ela nunca os tivesse ouvido, e se somaram ao alarido surdo de morcegos que subiu e desceu também parecendo deslocado, morcegos de dia, quem já viu, e ali não havia nada parecido ao que a rata experimentou na tapera, os apupos selvagens dos meninos, o maravilhamento sussurrado e respeitoso de mulheres e velhos, os ulalás na língua chamacoco, nada disso aparecia na fita, mesmo se ela aproximasse o ouvido do alto-falante do gravador para escutar melhor, ou se ajustasse o volume ao alcance máximo, aquilo que ali estava não era o que ela gravara no acampamento indígena, e se uma interferência inesperada houvesse ocorrido, que a fita tivesse se desmagnetizado, por exemplo, seria impossível discernir o que ali estava como sendo de origem humana, e só então a rata percebeu qual era o barulho, ela reconheceu aquele ruído como sendo algo que ouvira na Garganta do Diabo, em Foz do Iguaçu, o ruído altíssimo das Cataratas batendo contra os rochedos, aquele era o som das águas despencando; nesse ponto da fita, um instante antes de a gravação parar bruscamente e a tecla dar seu estalo seco, retornando sem qualquer comando à posição desligada, a rata ouviu a voz de uma criança em meio à gravação, e a voz disse, deste lado do espelho também faz muito frio, a voz que havia muito ela não escutava, uma voz tão ressequida por falta de uso quanto o som de uma caçamba despejando cascalho sobre uma sepultura aberta em tarde de sol.

Nessa primeira fita cassete que, por sugestão de Hugo Reiners, a rata enviou a Munique com a reação dos chamacocos, pude perceber, disse Curt Meyer-Clason, para além do burburinho em uma língua desconhecida para mim, outras vozes na ventania eletromagnética que percorria a fita, cochichos no ruído branco que reclamavam não fantasias com gelo e forma, mas a vida, sua existência ceifada no auge. Não eram vozes dos mortos da selva, de soldados paraguaios ou dos perseguidos do presente. Eram centenas de pedidos de socorro submergidos pelo Atlântico, uivos de afogados no fundo do oceano e sons de naufrágios. Passageiros de navios comerciais mortos nos torpedeamentos cometidos pela Kriegsmarine no litoral brasileiro em 1942. Não deixava de ser irônico, pois durante trinta anos eu procurei ouvir as vozes de minhas vítimas sem sucesso, disse Curt Meyer-Clason, o que a rata conseguiu por acaso. Mas havia outra voz conhecida ali, algo que a rata não percebeu de imediato. Era a voz inconfundível de uma criança. Era a voz de seu irmão secreto, a voz do verdadeiro filho dela.

9.

Hugo Reiners se apresentou a mim em Buenos Aires, disse Curt Meyer-Clason. Foi no inverno de 1976, em minha conferência sobre Fenômeno da Voz Eletrônica aplicado à composição poética num obscuro porão de San Telmo frequentado por marginais. Era um rapaz interessado em Robert Desnos e surrealismo. Conhecia minhas traduções de escritores brasileiros e quis me conhecer, pois tinha dúvidas acerca do assunto. Hugo gostaria de ouvir o sobrinho e o próprio pai. Buscava notícias de Karl. Todos desaparecidos. Ele mantinha particular interesse pela prosopopesis ou mitomania. É uma teoria parapsicológica cujo melhor exemplo ocorre durante o sono, quando encarnamos outra pessoa ou não somos ninguém e acompanhamos o drama onírico como uma câmera subjetiva.

Depois de ouvir a voz na gravação, a rata decidiu que fotografaria as cenas de suas instalações futuras e gravaria a reação sonora à primeira visão do gelo por parte de seus espectadores. De noite, quando o homem que se dizia seu pai retornou do banco, ela o alertou, mencionando o telefonema ameaçador recebido naquela tarde. Ao ouvir a descrição da voz ao telefone e o que ela dissera, seu pai desabou. Disse que precisavam partir, porém não sabia para onde. Nos encontraram a caminho de Campo Grande, e recordou à rata que Karl aparecera do nada no Hotel Gaspar, o seu pai disse, com aquele envelope pra mim.

Onde estivermos, nos descobrirão. Precisamos esconder o menino, disse a rata, não vamos devolvê-lo. Sentado no piso, com as costas apoiadas na parede e as mãos nos joelhos, de cabeça baixa, o homem que se dizia seu pai contou que havia surrado um cliente do banco. O supervisor decidiu me afastar por licença médica, disse, acham que estou louco.

Naquela noite, disse Curt Meyer-Clason, o seu pai também desapareceu. Seus únicos rastros foram a caligrafia sinuosa no registro de hóspedes e o ponto de interrogação na parede em forma de despedida, a mancha de sangue deixada pelo disparo do revólver em sua cabeça ao se suicidar, uma pergunta sem corpo que se desfez assim que na cabine da picape, quando os faróis iluminaram revoadas de insetos na estrada que se perdia na escuridão, Hugo baixou sua mão esquerda até o câmbio e com a redução da marcha revelou o episódio do sequestro de que Karl Reiners participara em 1968, fazendo a história avançar a dois quilômetros por hora, na mesma velocidade do sangue em suas veias.

10.

Você partiu para não mais voltar.
Você vinha das terras distantes de Amnésia.
Você era o rei do esconde-esconde.
Você descobriu o seu lugar no mundo.
Você era o filho do pântano.
Você sabia que ficaria para sempre no banco traseiro da Variant.
Você sabia que estava a caminho.
Você só não sabia para onde.

8. História do fenobarbital

(*Bernburg, 1939*)
(*Laboratório labirinto*)
(*Ilha Grande, 1946*)
(*A caça*)

1.

Ao volante, os olhos da rata perscrutavam a estrada engolfada pelo breu. Faróis da Variant indicavam o rumo da viagem de Medianeira a Curva de Rio Sujo, enquanto a história contada por ela trilhava caminhos acidentados e imprevisíveis. Bem longe, incrustados na distância como olhos de um dragão que os aguardasse de boca aberta para engoli-los na próxima curva, era possível ver dois pontos vermelhos servindo de guia, as luzes traseiras da Ford Willys quando Hugo Reiners acionava os freios. No banco do passageiro, o copiloto contribuía com fumaça e silêncio para que o tempo rodasse ainda mais devagar.

Na praia da Ossuda logo após a tempestade, a rata prosseguiu diminuindo a velocidade, no lado norte da Ilha Grande, lugar de vários encontros entre os dois, aquele que se tornou conhecido como o marinheiro Kurt Meier e cuja identidade permanece em segredo contou ao espião Curt Meyer-Clason o que aconteceu no Centro de Eutanásia de Bernburg em princípios da Segunda Guerra, ambos encostados nos rochedos em forma de costelas humanas que brotavam da areia como se explodidos, formando o conjunto petrificado que remetia à caixa torácica de um esqueleto soterrado. Ali os dois prisioneiros encontraram perfeita sintonia que, de certa forma, refletia a inexplicável semelhança de seus nomes quase idênticos, e ao falar com dificuldade, devido ao lenço de algodão que encobria as feridas de seu rosto, o bioquímico imaginava que a qualquer momento a cabeça do esqueleto emergiria da areia para se reunir à conversação, afinal os restos rochosos daquele gigante teriam muito a dizer sobre o campo essencial que discutiam, a morte e seus terrenos habitáveis, além de lembrarem Kurt Meier de um episódio vivido em Bernburg.

Na juventude, antes de abandonar o submarino U-564 e conhecer a tortura na prisão da Ilha Grande, ao concluir seu estágio nos laboratórios Bayer com os drs. Joseph von Mering e Emil Fischer, responsáveis pela sintetização do fenobarbital, o bioquímico se voluntariou para as tropas da Gestapo. No processo de qualificação e treinamento, superiores souberam de sua formação científica, enviando-o ao orfanato de Bernburg para colaborar no então incipiente projeto de eugenia com crianças deformadas. A experiência em desvios comportamentais praticada em ratos nos laboratórios Bayer se mostrou fundamental para ele obter o posto. O objetivo das aplicações de barbitúricos não estava claro ainda, ao menos entre os subordinados, e ao bioquímico coube um grupo de meninos judeus cujas idades variavam entre três e doze anos. O lugar, outrora um orfanato, fora adaptado para funcionar como laboratório. As acomodações de início receberam beliches de quatro níveis, e conforme o aumento do contingente de crianças, de cinco níveis, o que deixava o colchão superior a menos de trinta centímetros do teto. Esse era o lugar ocupado pelos meninos menores, que, atormentados por pesadelos no meio da noite, caíam como maçãs podres de um galho e às vezes quebravam um osso. Conforme cada pavilhão recebia mais crianças, alcançando o número de cem, cento e vinte amontoadas em um dormitório, cercas de arame farpado passaram a ser construídas em torno do anteriormente aprazível orfanato de Bernburg, que a partir de então recebeu o nome de Centro de Eutanásia. O jovem bioquímico foi um dos primeiros técnicos de laboratório a chegar, e pôde ver a transformação do orfanato em um dos campos de extermínio inaugurais do Terceiro Reich, aquele que serviria de modelo a Auschwitz.

Inicialmente, o fenobarbital foi desenvolvido como arma química, disse a rata virando-se para você no banco traseiro. Entretanto, ao ser testado em ratos nas dependências farmacêuticas da IG Farben, conglomerado ao qual pertencia a Bayer, o dr. Fischer descobriu propriedades hipnóticas na substância, e decidiu testá-la em personalidades desagregadas como sonâmbulos, histéricos, psicóticos e retardados mentais. Nas experiências com ratos, o fato mais intrigante foi o comportamento das fêmeas, que após perderem um filhote vitimado por machos de uma diferente ninhada adotavam o assassino como substituto da vítima. O acréscimo de diamante carbonado moído à fórmula concedeu extraordinárias possibilidades ao medicamento.

Nesse momento a rata pigarreou e abriu a janela do motorista para cuspir, quase perdendo a direção. Um tuiuiú enorme que estava pousado na cerca à margem da estrada alçou voo, assustado com os faróis, e suas asas encobriram o capô do carro.

2.

Os meninos aos cuidados do bioquímico eram cinquenta e sete, nomeados numericamente e vindos de províncias como

Brandemburgo, Saxônia e Brunswick, e tinham em comum o fato de serem judeus e órfãos, além de seu comportamento inconstante os caracterizar como doentes mentais. Como hoje se sabe, aqueles que ainda não eram órfãos em breve o seriam. Com o passar das semanas e o despejamento diário de crianças trazidas em caçambas de caminhão repletas de homens e mulheres enfermas, os mantimentos e as roupas passaram a não ser suficientes para todos, mas a função do bioquímico não era se preocupar com roupas ou mesmo com a higiene dos pequenos, e sim aplicar crescentes doses de barbitúricos que deviam ser registradas em fichários informando as variações da posologia, de acordo com a quantidade e a distribuição de minuto a minuto, bem como as reações de cada paciente e sua faixa etária. Com número tão grande de garotos à vista, o bioquímico passava noite e dia distribuindo comprimidos, e quase não tinha tempo de dormir, dedicando todas as horas a verificar como o metabolismo de cada menino reagia, se vomitava ou sofria com diarreia, e quantas vezes ao longo de tantos minutos isso acontecia. Evidentemente não havia maneira de limpar tantas crianças pequenas, o que resultava em uma verdadeira enxurrada de fezes e vômito empesteando o ambiente e obrigando o bioquímico a usar máscaras para suportar o mau cheiro. Os meninos viviam maltrapilhos e eram alimentados com sopas frias servidas em bacias de zinco cujas beiradas eram disputadas aos tapas e prantos. Algumas noites, quando uma das crianças mais novas começava a chorar, o choro era transmitido a todos os garotos, como uma doença, o que tornava o exíguo pavilhão ocupado pelos cinquenta e sete meninos e o bioquímico, recluso em seu laboratório que também fazia a vez de sala de controle, um verdadeiro hospício, ou muito pior, um perfeito zoológico.

 Pelo vidro de sua saleta, onde dispunha a bancada com instrumentos químicos e o catre na parede quase intocado, o jovem bioquímico ouvia a rede de pranto se formar e observava os dentes a cada noite menos brancos das crianças refulgirem na escuridão.

3.

Certa noite, um camburão trouxe de Berlim dois hóspedes que trouxeram a pyhareryepypepyhare no interior de um diamante negro; o microrganismo foi alojado nas acomodações dos órfãos à disposição do bioquímico. Eram militares sul-americanos, embora não o parecessem, devido à sua ascendência germânica, e de início os químicos de Bernburg imaginaram que fossem argentinos. No entanto, o delegado Filinto Muller, um homem alto a quem o uniforme negro de oficial da SS — pedido pessoal dele, de acordo com boatos, pois gostaria de envergar em solo alemão as cores daquela divisão que tanto admirava, algo que lhe seria inviável fazer em público no Brasil, de onde vinha — caía com perfeição, ornando seu modo aristocrático de cumprimentar oficiais e funcionários ao ser recebido nas acomodações do Centro de Eutanásia.

Mas o delegado, cuja aparência não diferia substancialmente daquela de integrantes do alto-comando de Berlim, não impressionou os anfitriões, por causa de sua estranheza e do sotaque inábil com que falava alemão, levando o bioquímico à conhecida sensação de estar diante de algo tão pouco genuíno como o boneco articulado em escala humana que vira na vitrine de Alexanderplatz em sua infância e do qual se recordava com exatidão agora, pois diante do delegado Muller sentia que estava diante de algo falso, de uma imitação, sentimento diverso, porém, do que teve ao ver o lugar-tenente que acompanhava o delegado, um homem silencioso cuja cabeça avantajada era ocultada pela máscara de couro negro que lhe permitia ver não mais do que os olhos de um azul intenso. Artefatos como aquele não eram incomuns naqueles tempos em que o anonimato se tornava necessário em mais de uma situação e foram levados para os SS por carrascos, que terminaram por usá-los em ocasiões de gabinete como a da apresentação da experiência desenvolvida em Bernburg aos estrangeiros. No entanto, aquela era uma máscara demasiado excêntrica, pontuada de pregos de aço inoxidável parecidos com lâminas que a tornavam uma arma letal. Entre os colegas do bioquímico havia um francês que a comparou, entre cochichos, à armadura siberiana produzida no século XIX especialmente para a caça de ursos que ele vira em um museu de Paris.

No pátio onde a carga humana era desembarcada, recortado contra a neve, o mascarado não passava de uma mancha escura misturada a outras que se moviam em direção à entrada do prédio. Ao penetrar no pavilhão ocupado pelas cinquenta e sete crianças, porém, a sua presença adquiriu um caráter magnético que tornava impossível ignorá-la, relegando o delegado Muller a segundo plano, imerso em trocas de gentilezas com os oficiais que o recebiam. Diante das crianças amedrontadas, aquela máscara de pregos de aço se tornou doentiamente obscena, e os órfãos começaram a chorar. O homem desconhecido se aproximou delas com lentidão, e as silenciou com um breve estalo das luvas de couro. O bioquímico o observou enquanto sua presença negra atravessava a multidão de crianças cheirando a fezes, era evidente que não se tratava de um jovem, e mancava um pouco, mas o detalhe não o tornava mais frágil, pelo contrário, ele mancava de um jeito ameaçador, como se isso fosse possível, de maneira que seu deslocamento sugeria que a qualquer momento cairia sobre quem estivesse à frente, ou o atacaria. Era inegável que seu corpo magro e encurvado parecia ameaçador por causa do traje de couro negro coberto de pregos da máscara às botas, mas havia qualquer outra coisa que o tornava incomum como um animal, só que um animal enfermiço. Caminhando entre os meninos que se afastavam à sua aproximação, o mascarado balançava os braços ao longo do corpo, simulando que iria pegá-los como faz um pegador no jogo de esconde-esconde, como se os enxergasse sob os esconderijos imaginários que cada um deles criou para sobreviver àquela prisão, debaixo de cada pedra e atrás de cada tronco de árvore, como se não houvesse a menor chance de escaparem ao seu olhar, como se nunca pudessem verdadeiramente escapar à sua perseguição, como se não passassem de cordeiros brincando de esconder no pasto à espera de serem escolhidos pelo esquartejador.

4.

O delegado Muller devia ter assuntos mais graves a tratar em Berlim, pois logo se dirigiu para lá, deixando para trás seu lugar-tenente mascarado ou seja lá o que fosse aquele homem sombrio entre tantos, mais assustador que todos. Os militares brasileiros haviam trazido a pyhareryepypepyhare da América, algo que ao chegar não se parecia com nada que conhecíamos a não ser com uma minúscula planta exótica, disse o bioquímico a Curt Meyer-Clason, ou um líquen desenvolvido no interior de um cristal. Pouco era informado então aos técnicos da Aktion T4 sobre os objetivos da experiência com fenobarbital, soube-se apenas que as doses também deveriam ser ministradas à pyhareryepypepyhare integrada ao grupo de meninos sob a guarda do bioquímico. De início, parecia uma planta necessitada de água. Depois, saiu do diamante negro em que chegou e se arrastou pelo chão como uma trepadeira à procura de sol. Não bastassem estar aterrorizadas, agora as crianças seriam obrigadas a conviver com aquilo. A pyhareryepypepyhare se enraizou debaixo de um beliche de cinco níveis, e teria sido impossível aplicar a primeira dose do barbitúrico, não contasse o bioquímico com o auxílio das botas do soldado que vigiava o pátio. Na primeira noite com a nova interna, o bioquímico sucumbiu ao sono pelo que lhe pareceu um par de horas, mas não passaram de quinze minutos. Acordou com sons líquidos e risinhos abafados que vinham do breu do pavilhão onde se encontravam os beliches, os meninos deviam estar dormindo àquela altura. Ele acendeu as luzes e flagrou os cinco meninos que ocupavam o beliche acima do canto onde a pyhareryepypepyhare se escondia. Eles urinavam sobre a recém-chegada.

Naquela noite a nevasca interrompeu a estrada até o orfanato, impedindo que o caminhão com mantimentos chegasse a Bernburg. Com isso, as cobaias ficaram sem qualquer alimento por dois dias e duas noites inteiras, e na terceira manhã o bioquímico encontrou morto o menino mais novo de sua cota de medicados. Não devia ter mais do que três anos e meio, e morreu de inanição. Para não apavorar os outros, assim que o descobriu o bioquímico envolveu seu pequeno corpo no cobertor manchado e procurou retirá-lo do pavilhão sem que as crianças o notassem. Isso não foi possível, entretanto, pois a meio caminho da porta de saída que levava ao pátio a pyhareryepypepyhare saiu de seu canto sob o beliche onde se escondia e arregalou para o bioquímico o que pareciam ser duas pupilas brancas ou os estigmas de uma flor. Um a um, os meninos saíram de seus colchões e desataram o pranto, enquanto cercavam o bioquímico e sua carga a cada segundo mais pesada nos braços.

Tal acontecimento marcou o décimo quinto dia das experiências no Centro de Eutanásia de Bernburg.

5.

O passar das semanas e a subsequente concentração de doses despertaram efeitos colaterais inesperados nas crianças, como a insônia. Concentrado em suas tarefas, em um estado quase catatônico devido à exaustão, o bioquímico passou a provar do próprio remédio, pois necessitava de qualquer recurso à mão para manter suas pálpebras abertas. Teve receio de possíveis consequências, como sofrer convulsões e ficar à mercê de suas cobaias, porém não viu saída. Tiques nervosos de toda ordem apareciam nos meninos. Começaram a brigar entre si, o que antes não ocorria devido ao seu absoluto estado de prostração, e os maiores começaram a abusar dos menores, espancando-os e proibindo que se alimentassem, amordaçando-os com tiras de câmaras de ar dos pneus dos caminhões que se acumulavam pelo pátio. Violações ocorreram. O bioquímico notou especial aumento da crueldade em alguns deles, inclusive em quatro ou cinco meninos que antes haviam se mostrado afáveis e preocupados em ajudar os menores. Parte significativa passou a ter convulsões, como o bioquímico já esperava, enquanto outros poucos, certamente epiléticos, deixaram de tê-las. A população do pavilhão permanecia desperta durante noites inteiras, à exceção dos muito enfermos, que começaram a morrer em poucos dias. Apenas em uma manhã o bioquímico retirou quatro cadáveres do dormitório, entregando-os ao guarda de plantão no pátio durante a noite para evitar repetir a cena de choro generalizado ocorrida no primeiro óbito. O bioquímico começava a se sentir afetado pelo destino dos meninos, eram muito novos para tamanha brutalidade. Diversas cenas testemunhadas o fizeram se lembrar de seu período na escola, das relações de poder e das torturas físicas e psicológicas a que os alunos eram submetidos pelos professores. Com o tempo, vítimas frequentes se tornavam propagadoras do mal sofrido, abusando dos mais fracos. Ele se flagrou atravessando noites para limpar o ambiente, depois usando trapos para limpar as crianças mais novas na tentativa de evitar infecções e a proliferação de doenças. Não tinha meios, porém, de suprimir as doses progressivas de fenobarbital, cujos relatórios deviam ser entregues aos superiores a cada semana e depois enviados aos laboratórios Bayer sob os cuidados de Fischer e Von Mering. Através dos relatórios, os cientistas procuravam compreender as reais aplicações da droga, ou pelo menos era isto que o jovem bioquímico deduzira, que aqueles meninos não estavam ali somente sob o signo do extermínio, mas cumpriam o papel de ratos em um laboratório. Passou a conceber sua versão pessoal daquilo tudo, na qual a mortandade de crianças adquiria o sentido de um sacrifício ritual.

Durante o sono o bioquímico sentiu-se mal, vomitou diversas vezes e necessitou de um pouco de ar gelado para se restabelecer. Caminhou pelo pátio com as mãos enfiadas nos bolsos do avental, cabisbaixo, e observou que não havia nenhum soldado de sentinela. Depois de passar alguns instantes sob o vento, respirando fundo, cansado de admirar a limpidez do céu de após a tempestade, retornou ao seu catre no aposento das crianças. No caminho, decidiu verificar as luzes acesas de um laboratório numa área pouco habitada do antigo orfanato, cujas salas costumavam ser usadas como almoxarifado. Através do postigo envidraçado da porta percebeu uma movimentação no interior do cômodo, e ao espiar por uma fresta viu que o estranho mascarado acompanhava o que parecia ser a autópsia do cadáver de um menino que morrera dias antes. No entanto os legistas que operavam, assim como o próprio mascarado, estavam estáticos e observavam com muita atenção algo que ocorria nas entranhas da barriga aberta do cadáver, algo fora do alcance das vistas do bioquímico. O grupo de homens lembrava uma estampa vista pelo bioquímico em um livro sobre as diversas manifestações do sagrado na Grécia Antiga.

Aumentou a sensação de que participava de algo maior, talvez do ensaio de um ato ancestral promovido pela inteligência de Heinrich Himmler no que seria a grande produção teatral onde desempenhava o papel secundário de uma engrenagem minúscula, e o bioquímico passou a considerar os eventos ocorridos no Centro de Eutanásia como as vésperas de uma transformação primordial no mundo. Não conseguia compreender, apesar disso, o motivo de a pyhareryepypepyhare estar no centro de palco tão grandioso, e considerou que talvez houvesse algum componente sagrado naquela pequena flor selvagem que crescia exponencialmente a partir de um microrganismo e a todos confundiu com sua animalidade primitiva e pouco reconhecível, parecida à de uma planta carnívora. Prosseguiu desconfiado com as aplicações de fenobarbital na arredia pyhareryepypepyhare, que podia passar horas desaparecida. Os instantes de procura pela pyhareryepypepyhare passaram a ser momentos de intensa atividade no pavilhão, adquirindo características de um jogo. Apesar de exaustos e doentes, os meninos aderiram à caça da pequena com entusiasmo, procurando-a debaixo dos beliches e móveis em uma animada diversão comandada pelo bioquímico, responsável por atribuir ao momento de ministrar a dose à pyhareryepypepyhare aspectos lúdicos que remetiam aos atos heroicos de Hércules contra o leão da Nemeia e a hidra de Lerna, cujos papéis eram encarnados com disposição natural e involuntária pela planta perseguida.

6.

Na Ossuda, enquanto ouvia a voz débil do marinheiro Kurt Meier, o espião Curt Meyer-Clason se aturdia com sua aparência. Com a cabeça encoberta por um lenço de algodão para proteger as feridas recentes da inclemência do sol, o falso marinheiro lembrava um fantasma: seu delineamento se perdia na claridade, diluindo-se contra a brancura da areia da praia, quase sumindo de tanta palidez. O espião segurava as mãos do marinheiro na tentativa de reconfortá-lo, e o escutava com atenção. As palavras saíam da boca de Kurt Meier muito baixas, quase sussurradas, e Curt Meyer-Clason era obrigado a se dobrar em sua direção, dispondo o ouvido próximo à cabeça enfantasmada de onde provinha a fala quase inaudível. Sua posição se assemelhava à de um padre que ouvisse uma confissão longamente adiada, disse a rata olhando para a expressão acabrunhada de seu pai, porém os pecados de Kurt Meier desapareciam rapidamente, assim que suas palavras eram levadas pela brisa marinha.

As mortes das crianças se multiplicaram, assim como os efeitos do fenobarbital aplicado em doses a cada miligrama mais brutais. No entanto, talvez por não estar em pleno domínio de suas faculdades, o bioquímico demorou para se dar conta do desaparecimento de um dos garotos mais empenhados na caçada ao perigoso inimigo. Um dos maiores, número 13 sumiu de seu colchão, e o bioquímico se perguntou se não teria sido levado pelos legistas que vira outro dia na companhia do estrangeiro mascarado. Chegou a investigar o caso com discrição entre os SS com quem já trocara algumas palavras, mas nenhum deles sabia do que ele estava falando (o ambiente era de desconfiança em relação aos técnicos, pois a direção suspeitava que todos haviam se viciado no uso do fenobarbital). Os dias se passaram sem que o bioquímico tivesse notícia do menino desaparecido. Com o passar das semanas, um clima de medo injustificado se instalou entre os remanescentes. Injustificado porque já fazia um tempo que se encontravam em situação aterrorizante, às portas da morte por intoxicação, expostos à inanição e a enfermidades desconhecidas. Foi então que ocorreu a inesperada troca de papéis naquele palco improvisado, e os caçadores passaram a se comportar como caças.

Aquele dia jamais iria desaparecer da memória do bioquímico, por mais que tenha sobrevivido a terríveis experiências posteriores, como passar meses sob o oceano em um submarino infectado pela umidade ou o aprisionamento em uma ilha de um país desconhecido repleto de negros e índios, e mesmo ter sido submetido à tortura. Em Bernburg, ele vinha sofrendo com uma diarreia inclemente que o levava de hora em hora à privada imunda usada pelas crianças, pois devido a seu estado lhe seria impossível alcançar a tempo o banheiro destinado aos funcionários. Foi então que, após tapar o nariz e se acocorar na latrina, viu ossos humanos serem devolvidos pelo esgoto, ossos de proporção semelhante aos do número 13, o menino que sumira, mas podiam ser de outro, afinal eram tantos cadáveres, e em poucos minutos o buraco da latrina ao seu lado cuspiu o que parecia ser o esqueleto do desaparecido, acompanhado do conteúdo inteiro da fossa. Um pedaço de fêmur despencou a sua frente respingando sangue e merda em seu rosto, com tiras de carne ainda pendentes, como se fosse um osso recém-partido por uma explosão, um osso arrancado ao corpo de alguém que pisou inadvertidamente em uma mina. À beira do desfalecimento, o bioquímico relatou aos sentinelas que afinal havia encontrado os restos do número 13.

De algoz a vítima, o bioquímico também passou a se sentir acuado em uma trama inesperada, e se viu integrando uma experiência fatal da qual não escolhera tomar parte, como um rato na gaiola de um laboratório.

7.

O jovem cientista alemão não saberia dizer o que era a experiência de Bernburg, se a recuperação do mundo natural de seu estado de degradação através de um líquen desconhecido ou da criação de armas químicas, mas se dava conta de que a pyhareryepypepyhare não cumpria papel secundário na pantomima sagrada à qual estava aprisionado, disse Curt Meyer-Clason, e começou a ver a si e aos meninos numerados como integrantes de uma fila distribuída em ordem a cada dia decrescente, como se não passassem de meros figurantes de um capítulo da cosmogonia dos nibelungos regida pelo caos dos esforços de guerra da época, personagens secundários a quem não fora designada nenhuma fala.

Apoiando-se em seus conhecimentos químicos, decidiu adiantar-se à experiência obscura que fugia de seu controle, pois quase nada lhe era revelado por seus superiores, e promoveu uma investigação pessoal. Naquela noite, depois de aplicar fenobarbital à pyhareryepypepyhare, colheu sua seiva. A pyhareryepypepyhare se contorceu quase se esvaindo sob o beliche onde se plantou, mas o bioquímico acabara de tomar a sua própria dose do barbitúrico e se encontrava na plenitude das forças. O exame realizado no laboratório do pavilhão trouxe outro aspecto ao estranho caso: embora sua coloração fosse ligeiramente alterada, lembrando a seiva das plantas, o líquido extraído da pyhareryepypepyhare não diferia da hemolinfa encontrada em aracnídeos e alguns invertebrados. Ao concluir os exames, o bioquímico verificou uma leve penugem esverdeada nas pontas de seus dedos, deixada pelo contato físico com a pyhareryepypepyhare, e sentiu-se tranquilo, como se estivesse perto de renascer.

Antes de se deitar, o bioquímico aplicou a hemolinfa no rato que mantinha em uma gaiola ao lado do catre, um suvenir de sua temporada de pesquisas nos laboratórios Bayer.

8.

Na praia, os dois alemães derretiam sob o sol. O espião Curt Meyer-Clason estava impactado com a morbidez do relato descrito pelo marinheiro Kurt Meier, disse a rata com olhos arregalados no retrovisor. Seria possível que a mente de Himmler tivesse a ousadia de conceber o nacional-socialismo como expressão teatral, aos moldes de um oráculo órfico ou apocalipse fáustico, era o que se perguntava com a mão no cabelo ensopado de suor. O sol levantava e a sombra oblonga do marinheiro se estendia na areia transparente composta por cristais e búzios esfacelados, cercada de rochedos em forma de gigantescos ossos adolescentes que também se assemelhavam a chifres, levando Curt Meyer-Clason a pensar em explosões e na morte em banheiros fétidos de escolas do interior. Talvez não passassem todos, em algum obscuro plano da realidade, de meros soldadinhos de chumbo manipulados por um pequeno deus solitário que cria histórias para si mesmo para preencher o vazio do tempo, enquanto viaja no banco traseiro de um automóvel que adentra a escuridão. Seu mentor, o barão Von Rhein, se entusiasmaria ainda mais com fábula tão onírica, pontuada ricamente por traços noturnos e góticos. Tratava-se, sem dúvida, de uma história perturbadora, e mal podia esperar para conhecer o seu final. Mas nem sempre as histórias têm fim, lamentou para si, e mesmo quando existe uma conclusão, nunca há garantias de que não seja decepcionante. Todo cidadão germânico que se colocou a serviço do Terceiro Reich, sem exceção, tinha uma história a ser contada. Mas quase nenhuma delas se encerrava, permanecendo a meio caminho, interrompida qual um fêmur partido. Uma hora ou outra, é inevitável, soldadinhos de chumbo terminam encerrados em uma caixa de sapatos.

De início, o rato da gaiola não demonstrou qualquer reação à hemolinfa de pyhareryepypepyhare que corria por seu organismo. Na manhã do segundo dia, porém, ao despertar e limpar a remela das pálpebras, o bioquímico notou que o rato sumira, deixando em seu lugar apenas alguns ramúsculos. Atônito, o bioquímico deduziu que seu mascote havia sido roubado, mas não soube dizer por quem. Depois de retirar os ramos da gaiola para analisá-los, deixou-os cair ao chão sem perceber que as delgadas folhas logo se esparramaram, atraídas pela umidade encanada que saía da calefação inútil, desaparecendo através dos canos.

Ao final do primeiro mês, o número de crianças do pavilhão caiu para trinta e cinco. Era possível prever que nem metade delas chegaria ao mês seguinte. Com isso, aumentou a necessidade de alguma distração. O inverno era brutal, e a nevasca permanente não permitia que saíssem ao pátio nem por um segundo, pois os agasalhos eram insuficientes. O tráfego de prisioneiros também se intensificou no pátio, tornando-o uma encruzilhada de enfermos a caminho da morte em algum outro campo. Assim, os remanescentes armaram um labirinto com os beliches desocupados que sobravam no pavilhão. O bioquímico não colaborou com a construção, mas também não a impediu, mal acompanhando da janela de seu laboratório o trabalho noturno. A insônia assolava os meninos, que durante a noite desatarraxaram os pinos das partes de madeira dos beliches, rearranjando-as em uma estrutura modular onde poderiam brincar de esconde-esconde, o que passaram a fazer em tempo quase integral. Nem mesmo o medo que a presença da pyhareryepypepyhare causava neles os impedia de se dedicarem ao prazer do jogo. Em seus focinhos imundos era possível até vislumbrar reações de felicidade, mas talvez isso não passasse de interpretação equivocada do bioquímico, cuja consciência mais e mais se perdia na confusão decorrente da falta de sono. No esconde-esconde, a pyhareryepypepyhare mal podia ser vista.

Uma semana após a estrutura surgir, em um momento de distração em que os meninos disputavam a gororoba servida na bacia de alumínio, o bioquímico adentrou o labirinto dedicado ao jogo. Deu vários passos no interior da construção e, quem sabe devido à exaustão ou por causa do estado precário de sua mente, teve a impressão de se perder. Igualmente, sentiu que o lugar parecia exceder em tamanho a área interna do pavilhão, o que era impossível, caminhando pelas alamedas e vielas que se formaram, obstruindo a visão dos beliches que ainda permaneciam montados. Após um minuto, também perdeu de vista os meninos remanescentes, porém não suas risadas e murmúrios, que ainda podiam ser ouvidos, abafados pela distância como se viessem de um cômodo contíguo. Tratava-se de um verdadeiro labirinto, e um sinal de alerta acendeu na memória obscurecida do bioquímico, ao pensar que no interior de todo labirinto reside um monstro. Ele então voltou sobre os próprios passos, tropeçando em montículos de relva espalhados pelos cantos, até bater com a cabeça em uma quina lascada que o feriu na testa. O sangue escorreu sobre seus olhos, deixando-o zonzo, à beira de desfalecer. Prosseguiu mesmo assim, encontrando finalmente a saída por onde havia entrado. Quando saiu, os meninos o viram bater com força a porta do laboratório. Apoiava a cabeça com um lenço ensanguentado. Parecia furioso, mas na verdade estava perplexo.

9.

Depois de se entreter com a leitura de um livro encontrado na gaveta da bancada do laboratório, o diário da travessia dos pântanos do Gran Chaco Boreal na América do Sul no século XVI pelo soldado e explorador bávaro Ulrich Schmidl von Straubingen, atividade que às vezes o ajudava a superar a insônia causada pelos barbitúricos, o bioquímico foi até o pátio coberto de neve fumar. Àquela altura os cigarros representavam sua paz e única certeza. Estava enjoado com certa passagem do livro na qual espanhóis comiam os cadáveres de seus companheiros. Von Straubingen descreveu um soldado canibalizando o próprio irmão. Foi a única cena de antropofagia testemunhada pelo explorador no Novo Mundo, e praticada por um europeu.

Devido ao tráfego intenso de caminhões pelo pátio, a aparência da neve era suja, misturada à lama. Naquela madrugada não havia muitos soldados da SS no pátio, exceto os sentinelas na guarita a demarcar a entrada do setor cercado, a algumas centenas de metros de onde o bioquímico acendeu seu cigarro, tragando-o com vontade acumulada ao longo de seis horas de abstinência. Ele esticou as pernas, ensaiando uns passos para se aquecer, e exalou pelo nariz a tragada que se misturou ao ar mais espesso saído de sua boca. Quando o vapor se dissipou, viu a pyhareryepypepyhare do lado de fora do cercado de arame farpado, em um lugar impossível de ser atingido pelos prisioneiros. Estava maior e esparramava-se no chão feito o arbusto de uma espécie pouco propícia a sobreviver naquele clima gélido, no limiar da floresta que cercava o Centro de Eutanásia. Aparentemente, não percebia que era observada. O bioquímico passou a mão sobre os olhos, procurando desanuviá-los do cansaço. Quando os abriu, não havia sinal de pyhareryepypepyhare. Foi então que o sentinela alertou para que retornasse ao pavilhão, caso contrário seria alvejado na perna por um tiro de advertência.

No microscópio do laboratório, o bioquímico verificou que a cor da hemolinfa colhida da pyhareryepypepyhare tinha se alterado, adquirindo tonalidade quase leitosa, até desaparecer na lâmina onde fora preservada. Fazia grande silêncio no dormitório, e ao perceber isso o bioquímico acendeu as luzes. Nenhum menino se encontrava em sua cama, e no centro do quarto o labirinto feito de pedaços de beliche estava vazio. Talvez reservasse uma pergunta, uma pergunta sussurrada pelo monstro do fundo do labirinto. Sem querer ouvi-la, o bioquímico trancou a porta atrás de si, recostou-se na parede do dormitório e afinal, após dias sem se deitar, adormeceu. Como era de se esperar, não teve sono reconfortante. De fato, aqueles foram anos de completa revogação das ilusões, um período em que os pesadelos não corriam qualquer risco de perder sua hegemonia noturna. Com o bioquímico não foi diferente: em seu longo serão daquela noite, ele imaginou conquistadores espanhóis liderados por Cabeza de Vaca que varavam na escuridão a selva do Chaco Boreal, na América do Sul, seguindo o rastro prateado da lua, como lera nas reminiscências do livro de Von Straubingen, e a consequente contaminação e extermínio da coluna por um microrganismo de origem vegetal. No pesadelo, Von Straubingen narrava a excursão da mesma forma que no livro. O bioquímico não conhecia aquelas paragens, que surgiam com ares sombrios em sua fantasia noturna, mescla de floresta negra (a visão de um passeio familiar a Baden-Baden na infância se misturou ao devaneio) com os pântanos de Schwarzes Moor; também caía a neve de um inverno improvável, mas o que ele poderia saber das variações climáticas de latitudes tão desconhecidas. Nada, e não passava de um pesadelo, do qual despertou somente quando a manhã já se aproximava.

O bioquímico ergueu-se ainda entorpecido, na boca um gosto amargo de fenobarbital misturado com bile, e descobriu que as crianças sobreviventes dormiam em suas camas. No espelho do banheiro ele abriu a boca e se viu tão frágil e sujo a ponto de quase desfalecer ao aspirar o próprio hálito.

Ao se deparar com o reflexo de seu rosto, o bioquímico percebeu que não existia outro monstro no fundo do labirinto, a não ser ele mesmo.

10.

O número de meninos baixava a cada semana. Só os mais resistentes seguiam de pé, e os efeitos colaterais se manifestavam de maneira bizarra: não choravam mais, ao contrário de antes, permaneciam observando os quatro cantos superiores do cômodo, prostrados à espera de não se sabe o quê, talvez da súbita demolição que catapultasse o teto e os libertasse. A diarreia e os vômitos cessaram sem deixar sequelas, sendo substituídos por violentas manias que progressivamente impunham ritmo ao ambiente, com garotos retorcendo pescoços, erguendo sobrancelhas e arreganhando narinas, fazendo barulhos nojentos com a garganta, coçando o couro cabeludo até arrancar sangue (por causa dos nervos, mas também das pulgas e dos carrapatos). Um dia, os ss levaram dois deles para tomar eletrochoques. Depois, mais três, e assim por diante com todos aqueles que restavam, o que levou o bioquímico a se indagar o que afinal significava aquilo, já que era o barbitúrico que causava as manias, os efeitos provinham de seu uso prolongado e intensivo, e agora os psiquiatras no comando pretendiam eliminá-las com choques. Nada fazia sentido.

Dois dias depois os meninos foram devolvidos aos beliches em um estado que não era apenas de prostração, mas de escura tristeza.

Durante o tempo em que ficou sem as crianças, o bioquímico observou o comportamento da pyhareryepypepyhare, que deslizava do vão onde se escondia logo que a luz diurna se punha entre as grades das janelas do dormitório. Era como se durante as noites em que desaparecia, fugindo e retornando pelo encanamento da calefação desligada, tivesse uma existência distinta em algum lugar longe dali, quem sabe em outro continente e mesmo num distinto tempo histórico. O bioquímico não sabia muito bem como fora levado a pensar nisso, mas a verdade é que para ele a pyhareryepypepyhare parecia ser um fruto apodrecido de sua própria imaginação, como se pertencesse a uma zona fronteiriça entre dois lugares pouco definidos que o bioquímico preferiu considerar como sendo o espaço da morte. A mera intrusão do líquen naquele ambiente de ruína moral induziu o bioquímico a pensar que talvez houvesse uma saída para os homens do pesadelo da história, algo a ver com aquela primitiva pyhareryepypepyhare tão pálida que, a cada vez que ressurgia de debaixo do beliche, olhava para o bioquímico como se nunca o tivesse visto antes, como se estivessem se encontrando pela primeira vez ou como se sua memória fosse apagada por completo a cada ausência sua, e o mundo tivesse de ser reinaugurado a cada nascer do sol. Era um movimento que inspirava ao jovem bioquímico umas fúrias distraídas e devaneios que o levaram a prometer a si mesmo que, no caso de sobreviver àquela guerra, viveria sua vida como se o amanhã não fosse certo, e cada dia seria como se fosse uma vida inteira.

Ao observá-la com mais atenção naqueles dias, porém, não conseguiu descobrir quais eram os hábitos alimentares da pyhareryepypepyhare.

Para arrancar os cinco meninos remanescentes de sua prostração, o bioquímico resolveu propor um esconde-esconde. As regras eram conhecidas: enquanto o pegador contava até cinquenta no pique (nessa ocasião a janela de vidro do laboratório), os outros se escondiam. Ao final da contagem o pegador devia caçar os escondidos. Se o último deles não fosse pego e conseguisse atingir o pique, se tornava o salve-todos, obrigando o pegador a contar novamente, reiniciando o jogo. Enquanto explicava as regras, o bioquímico observou a reação dos meninos: não pareciam compreendê-lo totalmente, na verdade parecia que nunca antes tinham ouvido aquele regulamento. A pyhareryepypepyhare ouviu junto com os garotos a orientação do bioquímico, como se fosse uma participante — assumindo o papel de pegador —, assim que ele começou a contar. Então, tirando o rosto da parede onde se debruçara para fechar os olhos, o pegador passou a procurar os meninos escondidos. O dormitório não era tão vasto a ponto de dificultar seu objetivo, e aos poucos, entre beliches vazios cheirando a fezes secas e os recantos externos do labirinto de beliches meio esquecido, com montes de relva distribuídos pelos cantos, o pegador capturou um a um, o primeiro num desvão de escada, o segundo quase sufocando sob um colchão cheirando a urina, o terceiro atrás de uma porta, o quarto debaixo do monte de roupas imundas que tremiam por causa de seus tiques nervosos, denunciando-o, o quinto dentro da latrina, restando somente a pyhareryepypepyhare sem ser encontrada. Foi então que a flor surgiu, arrastando-se no chão, sem que o bioquímico, no papel de pegador, a percebesse, enquanto vasculhava por debaixo das camas onde a pyhareryepypepyhare costumava ficar, e se postou no exato lugar do pique, arrancando aplausos de todos: os meninos que haviam sido pegos estavam livres, recuperando o direito de novamente se esconder. Nesse momento o bioquímico percebeu o homem mascarado, o lugar-tenente do delegado Muller, que observava a atividade da janela do laboratório. Por um instante, o bioquímico se viu no lugar dos meninos, sendo observado pelo verdadeiro pegador, o esquartejador que escolhia cordeiros no pasto, aquele homem vestido de couro negro com sua máscara de pregos de aço, e temeu por sua vida.

O mascarado, porém, não esboçou reação, e prosseguiu em seu posto, imóvel.

11.

Na praia da Ossuda, o marinheiro Kurt Meier revelou ao espião Curt Meyer-Clason que o mascarado de Bernburg e El

Cazador Blanco, o torturador do DOPS, eram a mesma pessoa, e que o reconhecera assim que o vira pela primeira vez na Ilha Grande. Ele não poderia deixar de reconhecê-lo, disse a rata se remexendo ao volante enquanto olhava para você pelo retrovisor, pois aquele homem revestido de couro negro habitava seus pesadelos desde Bernburg.

A noite veio e o bioquímico não conseguiu encontrar os meninos escondidos. Cansado de esperar que voltassem, abandonou o pavilhão e seu papel de pegador, enfiando-se na neve suja do pátio para fumar. O céu parecia mais fuliginoso que o normal, repleto de cinzas, e o facho prateado do holofote de vigilância se projetava da guarita em forma de torre como um farol desorientando navios rumo ao naufrágio. O bioquímico pensou que aqueles meninos não deveriam ter morrido ali, mas prosseguido com suas vidas em escolas, trabalhando no campo ou em pequenos comércios com seus pais, deveriam ter vivido para se casar assim como ele esperava se casar um dia, e ter filhos, netos e bisnetos. No entanto, eram navios encalhados na água imunda de sangue e terra da neve que derreteu. Ao observar o capô de um caminhão aberto na garagem além do pátio, pensou que o futuro serve aos humanos de modo semelhante ao motor de um automóvel. Não sabemos como funciona, apenas que está lá, nos impulsionando adiante.

Despertando do devaneio, o bioquímico se aproximou da grade de arame farpado no limite do campo e lá estava, imóvel, a pyhareryepypepyhare na borda negra da floresta, parecida com mais um líquen no caule esbranquiçado meio encoberto pela sombra das árvores. A luz do holofote de vigilância varria a outra extremidade do pátio, e aos poucos, entre galhos e troncos, o bioquímico foi divisando os cinco meninos sumidos, suas figuras pálidas sobressaindo na escuridão. Tinham os olhos brilhantes e então desapareceram. Nunca mais foram vistos naquela tormenta, mas quem é que foi, não é mesmo. Não havia dúvida, disse a rata observando a estrada escura adiante, foi a mesma neve de Bernburg em 1939 que caiu em Medianeira neste ano de 1975.

12.

O jovem bioquímico foi afastado de sua função no Centro de Eutanásia, sendo designado a servir na clínica do dr. Theodor Morell em Berlim, de onde, ao final da guerra, o deslocaram para a tripulação do U-564. A breve passagem do homem mascarado pelo Centro de Eutanásia deixou lendas em seu rastro. Disseram que ele partiu assim que o bioquímico relatou à direção do campo os últimos óbitos de crianças sob seu tratamento. O relatório incluía a morte da pyhareryepypepyhare, além de detalhar efeitos colaterais e o comportamento fisiológico dos pacientes do princípio das aplicações à sua conclusão. Havia em Bernburg a desconfiança de que a inclusão de pyhareryepypepyhare no relatório precipitou a partida de El Cazador Blanco, e alguns sentinelas de plantão afirmavam que o viram se desviar da estrada encoberta pela neve que caía e entrar na floresta durante a noite. Sua desaparição também foi o cúmulo de uma série de boatos propagados entre os homens do contingente. A principal delas dizia que o mascarado tinha nascido na Alemanha no século XIX, mas partira ainda criança com a família para fundar uma colônia antissemita na América do Sul. Também diziam que fora salvo de uma enfermidade letal por pyhareryepypepyhare, e que isso o levou aos terrenos da morte, de onde não podia sair a não ser quando adormecia, o que, de acordo com o que observaram de seus hábitos, parecia não acontecer nunca. Contava-se que El Cazador Blanco havia sobrevivido a um sepultamento, de onde escapou sem que se soubesse como. Era um insepulto em meio aos vivos, ocupando outro tempo, um lugar não tocado pela vida. Isso forneceu-lhe um alento desconhecido aos europeus, uma força primitiva que o aproximou do inumano. Ao conhecer essas histórias, o bioquímico preferiu creditá-las ao expediente cruel e sem descanso, repleto de horas vazias a serem preenchidas por conversas e cigarros nos plantões de vigília dos soldados. Eram, por seu conteúdo absurdo, típicas de insones que atravessam noites e ocupam seu tempo contando uns aos outros lendas e fábulas, como fazemos em longas viagens ou fazem as crianças ao conversarem com seus objetos de estima. Enquanto um sentinela passava a noite a observar os limites da floresta e a escuridão salpicada de neve e cinzas, elocubrava histórias que eram transmitidas ao novo sentinela na troca de guarda feita pela manhã. Tais histórias prosseguiam no sono interrompido do substituto ao longo do dia, sendo enriquecidas por novos episódios inventados por outros e passados adiante em trocas de guarda, sobreviviam a plantões noturnos e manhãs de breve descanso, relatos que nunca chegavam ao fim. Mas o bioquímico não acreditava naquelas histórias, ao menos não até passar pela Ilha Grande.

Em junho de 1946, poucos meses após o assim conhecido marinheiro Kurt Meier ser aprisionado na Colônia Penal Cândido Mendes, a Embaixada espanhola — usada como mediadora pela diplomacia alemã — solicitou à direção do presídio uma lista completa dos cidadãos alemães detidos no lugar. No arrolamento constava o nome de Kurt Meier e seu número de identificação na Kriegsmarine, o que despertou pronta reação dos espanhóis, que acusaram o diretor da penitenciária de lhes repassar dados não confiáveis: o marinheiro Kurt Meier, especialista em torpedos submarinos da Marinha alemã, nunca esteve no Brasil, além de ter sido dado como desaparecido em combate no Atlântico no ano anterior. A incongruência pôs em alerta a administração penitenciária, que se desculpou com a embaixada espanhola pelo equívoco, aproveitando para trancafiar o bioquímico em uma solitária. Depois da pena de morte, a solitária é a condenação mais cruel, disse o assim conhecido marinheiro Kurt Meier ao espião Curt Meyer-Clason, duas semanas sem ver ou ouvir ninguém é uma perfeita abolição do tempo, duas semanas se transformam em dois séculos. Através da Superintendência de Segurança Política e Social, o delegado Filinto Muller foi informado da presença de um prisioneiro clandestino na Ilha Grande e a partir daí a polícia política prosseguiu com o interrogatório. Evidentemente, o delegado não reconheceu o bioquímico de sua breve estada em Bernburg, disse a rata, pois agora ele se ocultava sob a identidade do marinheiro Kurt Meier, protegido por uma grossa barba arruivada.

De início, a tortura consistia em deixar o prisioneiro imóvel em pé com os braços para cima durante quarenta e oito horas sem descanso, água ou alimentação. Depois, evoluiu para o espancamento de modo regular, marcado pela precisão dos golpes em áreas do corpo desgastadas pelo esforço da etapa anterior, seguidos de diversos telefonemas a cobrar recebidos de Berlim sem que o prisioneiro tivesse pedido a seus carrascos para falar com ninguém. Desde a sua chegada, os agentes da polícia política pareciam ter especial apreço pela comunicação telefônica, disse o marinheiro Kurt Meier ao espião Curt Meyer-Clason, não passavam todos de umas telefonistas enrustidas. A fase das chamadas telefônicas internacionais de hora em hora, primeiro da mãe, depois do pai e das tias, tantas tias que o marinheiro jamais pensou ter, além da brincadeira de estátua, levaram duas semanas, sem suficiente eficácia para arrancar confissões do marinheiro Kurt Meier. Ele não podia revelar sua verdadeira identidade. A resposta para a pergunta que faziam com tanta veemência também não devia ser dada, primeiro, porque ele não sabia como tinha chegado ao território brasileiro, em decorrência de o U-564 ter se perdido, muito menos em qual província do país. Segundo, porque não acreditariam em sua história.

Naqueles dias, Kurt Meier ouviu pela segunda vez o nome do delegado Filinto Muller e o viu atravessar o pátio seguido por subordinados. Julgou reconhecê-lo de sua estada no Centro de Eutanásia de Bernburg. Foi quando falaram de El Cazador Blanco como se a sua mera menção fosse ameaça mais aterrorizante do que qualquer tortura recebida. Lendas em torno desse nome surgiam em geral na sala dos fundos da colônia penal, contadas aos prisioneiros como forma de aliciá-los. Depois eram repetidas nas celas à noite, murmuradas no pátio e sopradas ao vento nos passeios pela praia, onde se perdiam nas ondas do oceano. Nelas, o marinheiro Kurt Meier reconheceu ecos de histórias ouvidas em Bernburg, assim como o mesmo sistema de propagação dessas histórias, e estremeceu ao lembrar do mascarado. Pensou se ambos seriam a mesma pessoa. Não teve muito tempo para sofrer com a dúvida, pois no dia seguinte estava frente a frente com El Cazador Blanco. Sem olhar para os pregos cintilantes que espetavam pela máscara negra afora, Kurt Meier se concentrou na lua que surgia entre as grades da janela de um azul semelhante ao das faces de afogado do verdadeiro Kurt Meier, o marinheiro preso ao submarino naufragado no pântano, aferrando-se à ideia de que não tinha nada a temer, pois na realidade já estava morto.

13.

Nos três dias seguintes ao surgimento do mascarado na cela, Kurt Meier foi privado de comer. Depois, no quarto dia, serviram-lhe farta refeição que, apesar de muito salgada, ele devorou. Nos dias que se sucederam não lhe deram água ou comida e então, no oitavo dia de privações, o guarda da solitária dispôs um prato fundo de sopa fumegante sob a portinhola. A sopa, porém, estava ainda mais salgada que a refeição servida dias atrás, pura salmoura, e então foram impostos ao marinheiro mais três dias sem nem um copo d'água. Na madrugada da décima segunda noite, El Cazador Blanco surgiu em pé no canto da cela. O prisioneiro não o ouviu entrar. Ao despertar, banhado no suor febril que minava de seu corpo esquálido, pressentindo que o calor extremo comprimiria seu peito até implodi-lo, ele notou a sombra negra quase dissolvida na penumbra que permanecia em silêncio, um silêncio estendido acima, ao teto da solitária e com tessitura tão leitosa quanto a da montanha de queijo que ele acabara de escalar em devaneio, pois morria de fome. Àquela altura, Kurt Meier não teria forças para revelar o que fosse, nem mesmo se o desejasse com intensidade, e só o que gostaria era de comer e beber. Ele notou o halo negro se abrir em torno da lâmpada, sibilante como uma grande libélula com cabeça humana, e perdeu a consciência.

Ao despertar, estava caído na selva. A fome perdera importância, e sentia apenas sede. Fazia frio, a lua seguia azul como o rosto de um cadáver e agora lembrava também um escaravelho luminiscente cujo rastro branco deixava nuvens para trás, encobrindo a copa das árvores, culminando no impenetrável carvão noturno do céu. Tentou se levantar, mas não conseguiu. A madeira do tronco em que apoiara as mãos soltou farpas sob suas unhas, ele sugou o sangramento nas pontas dos dedos e sentiu alívio: pela pulsação, continuava vivo. Então perguntou a si mesmo se poderia sangrar em ficção, se poderia se alimentar do próprio sangue em um pesadelo. Ergueu-se, titubeante, e o ruído de seus passos nas folhas secas provocou uma revoada de pássaros que dormitavam nos galhos. Isso o despertou de vez, e apalpou-se todo, freneticamente, como se procurasse a carteira que esquecera em casa após sair para comprar cigarros. Precisava conferir se o corpo continuava inteiro. Não fazia sentido que o torturassem para depois libertá-lo. Ouviu ondas arrebentarem contra os rochedos, o mar não devia estar distante. Sabia o que fazer, devia seguir em direção ao vento. A Ilha Grande tinha fama de ser uma prisão natural, mas aquilo não era um romance de Dumas. Os caiçaras se tornaram corruptos após longos anos de convívio com criminosos comuns que exploravam a ilha e os serviços oferecidos pelos pescadores para transportar o contrabando que alimentava o mercado negro local. Nas proximidades do cais, ele certamente encontraria um pescador disposto a transportá-lo até Mangaratiba. Não necessitou refletir muito para descobrir o quanto se enganava: nas profundezas da selva, a picada de árvores abatidas terminava nos cumes de um penhasco de pedras, de onde não existia qualquer saída a não ser o salto para a morte.

Não havia sido libertado, disse a rata ao volante com olhos fixos na estrada e no horizonte que começava a dar os primeiros sinais de que um dia amanheceria. Apenas o conduziram à bateria seguinte do jogo, e a falsa esperança de ganhar a liberdade não passava da mais cruel das torturas, como de costume, ao serem reunidas as palavras esperança e liberdade em uma mesma frase. Fora lançado em um campo de caça, e ele era a caça. Restava descobrir quando o caçador ia surgir. Até lá, e não contaria com a clemência do tempo, Kurt Meier precisava se esconder.

9. El Cazador Blanco

(*História do fenobarbital II*)
(*Araguaia, 1976*)
(*13 de dezembro de 1968*)
(*O cluster Kappa se desfaz*)

1.

Em 1976, na noite de seu assassinato pelo disparo acidental de um recruta do 16º Batalhão de Caçadores e de seu surgimento no pavilhão dos fundos da casa de Curva de Rio Sujo, cerca de duas horas antes do fim, perdido em um lamaçal às margens do Araguaia, barbado e sujo, ferido e exausto de tanto fugir, sem comer fazia dias, Karl Reiners viu a pyhareryepypepyhare seguida por meninos muito pálidos cujos olhos iluminavam a penumbra da selva amazônica.

Embora lembrasse talvez um ser humano, se bem que um humano originário do rio, disse Curt Meyer-Clason, ou apenas a sombra de um ser humano, um ser humano radicalmente alterado vindo de nossa destruição futura, a maneira como a pyhareryepypepyhare se movia no interior da mata, semelhante a algas terrenas mesclando-se aos ramos e às folhagens, ou talvez à maneira de um líquen congelado no interior de um cristal, não permitia a Karl vê-la propriamente, apenas intuí-la, quase adivinhar seus contornos através da chuva.

É possível que a pyhareryepypepyhare pensasse o mesmo de Karl ao perceber o estado em que se encontrava, prestes a desabar de cara na lama, se estivesse apta a pensar como um ser humano ou mesmo como um animal. Vestidos com farrapos de trinta anos atrás, os meninos acompanhavam a pyhareryepypepyhare em fila indiana e, ao passar por Karl, também o observaram. A pyhareryepypepyhare irradiava luz translúcida idêntica à vista por Karl no curral do acampamento do bioquímico alemão anos antes, em 1964 no Pantanal, e somente esse aspecto permitiu que ele a reconhecesse. A visão do cortejo foi passageira, enquanto Karl, sozinho — àquela altura os cadáveres de seus companheiros de guerrilha se esparramavam, engolidos pelo terreno movediço à margem do rio Araguaia, transformando-se em algo próximo à pyhareryepypepyhare, em musgos que se desfaziam sobre a face da terra —, fugia entre ravinas e se esgueirava pela vegetação sob chuva intermitente, o fuzil quase sem munição pesando às costas como uma cruz de madeira e aço que a qualquer momento o enterraria.

Atordoado pela visão, Karl interrompeu a fuga e se deitou sobre as raízes de uma figueira de longos galhos convidativos, que lembrava uma árvore enorme em frente à casa de seu pai na Sumidouro. Deslizou os dedos entre os cabelos finos, tirando-os da testa. Ao ver o chumaço que saiu em sua mão, pensou que talvez sobrevivesse àquela perseguição, mas não à calvície. As gotas de chuva que pinicavam suas pálpebras o transportaram para a ocasião em que se perdeu no caminho até Jaciara em abril de 1964, ao aderir à clandestinidade na noite do Golpe, lembrando-se do brilho envolvente das figuras do camarada Z e seu filho W, ao surgirem na clareira do acampamento iluminados pela brancura lunar. Pragmático como qualquer pessoa pobre, o camarada de Karl sempre dizia a verdade ao filho. Certo dia, quando já estavam na selva, W se lamentou, sentindo falta dos amigos. Ao ouvi-lo, o camarada Z o repreendeu, dizendo que ele veria quem eram seus amigos de verdade quando estivessem numa trincheira sem comer há dez dias.

Agora, porém, perseguido no Araguaia pelas forças da repressão, por um bando de moleques de cueiros sujos do 16º Batalhão de Caçadores, que bem podiam ter sido seus amigos de liceu, e talvez tivessem sido, Karl se lembrou de situação parecida, parte da história do assim chamado marinheiro Kurt Meier, de quando o bioquímico alemão contou para ele, havia muito tempo, o que ocorrera após despertar no meio da selva da Ilha Grande em 1946. Kurt Meier fora libertado da solitária em que se encontrava. Escondido entre as folhagens, assim como Karl no Araguaia, por um instante pensou que estava livre. No entanto, disse Curt Meyer-Clason, com o forte baque das ondas do mar contra rochedos do penhasco intransponível, percebeu que o libertaram apenas para caçá-lo, não havia maior tortura do que oferecer ao condenado a liberdade e depois retirá-la. Era a tortura pela esperança.

Nessas rememorações, Karl perguntou ao bioquímico alemão, o assim conhecido marinheiro Kurt Meier, como ele obtivera suas cicatrizes. Antes de perguntar, Karl considerou que seu anfitrião devia ser pessoa de boa índole, pois tratava dele como se fosse um amigo, e decidiu entregar-se ao risco que a curiosidade lhe impunha. Foi recebido com meio instante de silencioso desdém que o constrangeu, e afinal, após nova crise de tosse a título de preâmbulo, o homem desfigurado contou que fora lançado a um campo de caça na mata ao redor da Colônia Penal da Ilha Grande, e ele era a caça. Parte da estratégia de quem o caçava, do pegador que pretendia encontrá-lo e levá-lo de volta ao pique, à sua cela no presídio da ilha, era obter o esmorecimento do oponente pela espera, pela ansiedade demolidora que acometia aquele que aguardava em meio ao mangue, abandonado sem recursos em um lugar selvagem. A polícia política brasileira, após falsas promessas de liberdade, soltava condenados à solitária por algum tempo na ilha e depois os devolvia à cela sem explicações. Essa variedade de tortura quebrava a vontade dos homens mais fortes, que terminavam por se entregar à delação e à loucura. Quando se está livre, a liberdade é como o vento, disse Curt Meyer-Clason, não a vemos, mas sabemos que está ali. Quando se é prisioneiro, porém, e a sentimos por um instante passageiro, passamos a entender que sua forma mais verdadeira e perene é a esperança, assim como seu avesso é a tortura.

    O bioquímico, então conhecido por Kurt Meier, decidiu esperar em um ambiente que lhe era familiar, descendo as escarpas do despenhadeiro à procura de reentrâncias nos rochedos que pudessem abrigá-lo da sanha do oceano e de seu perseguidor, de um esconderijo onde não fosse encontrado. Encontrou uma gruta espaçosa o bastante para ficar de pé em seu interior e com suficiente profundidade para se preservar fora do alcance da maré. Naquela noite, a abertura da gruta foi ocupada pela lua cheia, e o marinheiro Kurt Meier celebrou a luminosidade que lhe permitiu revistar o local atrás de possíveis animais que o desejassem como jantar. Nada encontrou. Decidido a utilizá-lo como abrigo, lamentou que aquela mesma lua tão admirável pudesse entregar sua localização aos que o caçavam.

    A beleza da lua avermelhada, ampliada pela proximidade das ondas com seu som tão familiar, acalmou o bioquímico alemão, ou Kurt Meier, e ele adormeceu. Seu sono não foi dos melhores, pois o ir e vir das águas o conduziu ao interior do submarino U-564 e à visão de seu passageiro secreto.

2.

Em seus instantes finais na guerrilha do Araguaia, Karl Reiners, o último guerrilheiro, se lembrou desta coincidência, do fato de tanto ele como o bioquímico alemão terem visto a pyhareryepypepyhare em situações-limite, mesmo que em sonhos, como no caso de Kurt Meier, e essa aparição não ter sido fortuita. Podia ouvir tiros esparsos disparados pelos fuzis dos soldados que o perseguiam vindos do sopé da colina onde se escondia, disse Curt Meyer-Clason, tiros que provavelmente não alvejavam ninguém, disparados a esmo contra a vegetação para desentocá-lo e aos outros, aos poucos companheiros que ainda sobreviviam, e palavrões cuspidos para o alto, sai da toca, comunista filho da puta, gritou uma voz com sotaque desconhecido, e eram tantas, as coisas desconhecidas por Karl no Brasil, pois saíra do Mato Grosso apenas uma vez para uma conferência da Ala Vermelha do partido em São Paulo em meados de 1966, em todo caso dois anos antes de os militares endurecerem a repressão com o AI-5. Se incluísse o mundo nesse cálculo, a gama de assuntos desconhecidos por Karl atingia um número incalculável, já que sua ignorância se originou em casa: era órfão de um imigrante alemão que não lhe transmitiu a língua, e ao mesmo tempo não passava de um caboclo pálido demais para as terras onde vivia, sem enquadrar-se no passado e muito menos no presente. O saldo de desconhecimento crescia além da conta se incluísse nele uma mulher: não conhecia direito as mulheres, o liceu em que estudara era um internato masculino e, como envolveu-se muito precocemente com a militância política, não teve tempo para a óbvia sequência cronológica de amadurecimento de um rapaz: namorar em portões da vizinhança com alguma prima (não tinha nenhuma), noivar, casar, ter filhos e netos, com muita sorte bisnetos, morrer, enterrar e ser enterrado. Suas tentativas de compreensão das mulheres não passaram de conversas breves com freguesas da Casa Reiners, moças burguesas pelas quais não sentia interesse, no balcão da loja que tocou com relativo sucesso durante algum tempo, o que lhe atribuiu fama de bom partido, despertando olhares e rodadelas de saias diante da caixa registradora, iscas que nunca mordeu pois só tinha olhos para o futuro socialista de seu povo, a militância partidária e a divisão dos próprios bens. Agora, em 1976, ferido na lama, tremendo de frio com a chuva incessante de não sei quantos dias e com um bando de porcos mascando seus calcanhares, porcos que supostamente deveriam ser seus irmãos e amigos, não seus algozes, ele se arrependia das proporções da sua ignorância em relação às coisas da vida, e sentia-se também um porco.

Ambas as situações, disse Curt Meyer-Clason, Kurt Meier oculto na gruta do despenhadeiro onde culminava a selva que rodeava o presídio da Ilha Grande à espera de um perseguidor desconhecido, o pegador de um jogo de esconder do qual não pedira para participar, e Karl Reiners atolado no lamaçal no topo da colina à margem do Araguaia, cercado por soldados em seu encalço, soldados que talvez conhecesse desde a infância, meninos crescidos como ele mas que se encontravam então em lados opostos da trincheira, foram descritas pela rata a você na viagem entre Medianeira e Curva de Rio Sujo, e agora você se pergunta como tais histórias, tão ricas em reviravoltas, tão facilmente distorcíveis devido ao tempo distante em que as escutou, tão frágeis e esquecíveis, surgiram à tona em sua lembrança após anos de amnésia e tanto tempo depois do Ano do Grande Branco, porém mesmo assim as contava para si próprio, e ao contá-las você as enriquecia com detalhes e novos desdobramentos, movimentando seus soldadinhos de chumbo alemães sobre o estofado do banco traseiro da Variant, um palco no teatro da imaginação, porém não deixava de questionar a causa de serem estes e não outros episódios recordados, certamente mais marcantes e que o auxiliariam a compreender dilemas do passado que tanto o afligiam, permanecendo intrigado pelas inconcebíveis motivações da memória e também da amnésia, o que de fato escondiam ou revelavam essas circunvoluções do subconsciente à procura de se manifestar.

E mesmo aqui e agora, enquanto conversamos, disse Curt Meyer-Clason, cumprimentando de longe dois recém-chegados que se juntavam aos outros na recepção da Casa do Sol à espera da conferência que ele logo daria, você percebe que cada lembrança a que temos sorte de aceder, oculta outra que não gostaríamos de recordar. Não lembramos de momentos importantes de nossa primeira infância pelo motivo de ainda não falarmos nem escrevermos. Uma criança é refém exclusiva dos sentidos que aprende a dominar, das imagens que inundam a visão com tantas cores, dos sons tão distintos e incômodos, agudos, graves, altíssimos, dos ruídos incompreensíveis que a boca dos adultos exala, palavras sem nenhum significado, coisas engraçadas que fazem cócegas nos ouvidos, impossíveis de se traduzir.

Minutos antes de ser atingido pelo último disparo, Karl Reiners chegou a se perguntar se o homem que o abrigou em seu acampamento na selva em abril de 1964, o bioquímico alemão que um dia ficou conhecido pelo nome de Kurt Meier e cuja identidade permanecerá para sempre desconhecida, se aquele homem já não estava morto então, e ele mesmo também, se não estaria morto naquele ano e agora apenas ocupasse terrenos que a morte estende sobre a terra e que podemos alcançar quando oscilamos entre o chão e o céu, ao vagarmos pela zona pantanosa do limbo.

Karl Reiners então se lembrou de uma criança, de um menino que conheceu brevemente em uma ação do movimento de que não teve como se esquivar, disse Curt Meyer-Clason. Passadas vinte e quatro horas da noite de 13 de dezembro de 1968 em que a Junta Militar anunciou o AI-5, Karl apareceu inesperadamente na casa que a rata e o homem que se dizia seu pai ocupavam na rua Comandante Costa, em Cuiabá, levando pela mão um menino desconhecido que não devia ter mais de quatro anos de idade. A rata acabava de ser mãe pela primeira vez, e seu corpo ainda guardava sinais da gestação. O menino não falava português, apenas balbuciava negativas em língua estrangeira e chorava. Karl parecia extenuado, pois tinha dirigido de algum ponto do sudeste do mapa até Cuiabá quase sem interrupção, com o menino dopado no banco traseiro do Corcel. A rata não via o irmão desde maio de 1964. Depois de depositar sua criança pequena no berço, ela serviu comida aos recém-chegados na mesa da cozinha. Não mereceu explicação da parte do irmão, apenas o pedido para que cuidasse do menino, que se aquietou diante do prato e olhava tudo com olhos arregalados. Era melhor que não soubessem de nada, disse Karl Reiners entre uma colherada de mujica de peixe com farinha e baforadas no cigarro, em breve voltaria para resgatar o hóspede. Sabia que o homem que seria seu pai estava para se transferir a uma agência do Banco do Brasil no oeste do Paraná. A mudança seria conveniente para não despertar suspeitas. Chegariam ao novo destino com dois filhos, ninguém estranharia nada. Não deviam se apegar ao menino silencioso, pois sua estada era circunstancial e temporária. Aguardava ordens superiores, ordens que talvez demorassem a chegar. Que talvez nunca viessem. Cumpriu somente o que lhe ordenaram. As informações eram suficientes para não comprometê-los. Por idêntico motivo não poderia passar a noite na casa da irmã. Era procurado, estavam em seu encalço. Dizendo isso e capengando de cansaço, Karl Reiners entregou um revólver Rossi calibre .32 ao homem que viria a se dizer seu pai e olhou longamente o menino, um olhar que então não antecipava nem por um segundo a culpa que Karl sentiria no futuro, em seus instantes finais no Araguaia, e despediu-se de todos, arrastando-se sobre os formigueiros que infestavam o quintal.

Antes de entrar no automóvel, Karl Reiners mediu com a mão a temperatura do capô ainda fumegante como se verificasse a febre na testa de um moribundo, e logo desapareceu na noite.

Durante a semana que antecedeu a mudança de cidade, disse Curt Meyer-Clason, a rata e o homem que já começava a se dizer seu pai procuraram notícias nos jornais que revelassem a identidade do menino, porém sem sucesso. Talvez seja a sequela da malfadada tentativa de sequestro de algum diplomata estrangeiro, disse a rata ao marido de ar soturno que fumava encostado na soleira da porta. Ela se calou um instante, abandonando o jornal sobre a mesa da cozinha, e observou o menino adormecido no sofá. Rezou em silêncio para que ficasse calado pelo tempo necessário para que não fossem presos, mas não fazia ideia do que estava fazendo, não tinha como adivinhar as proporções, a extensão e a profundidade do silêncio daquele menino, e aonde sua presença inesperada os levaria. Fora isso, não acreditava em Deus.

3.

Na gruta de Ilha Grande em 1946, ouvindo o rebentar das ondas nos rochedos escarpados aos pés do despenhadeiro, o marinheiro Kurt Meier também se lembrou de um menino, pois pensava nas crianças do Centro de Eutanásia de Bernburg. De início, lembrou-se de um deles em particular, o número 13. Era um garoto de olhar esperto que adorava ver os flocos de neve pela janela, podia ficar horas apoiado no beliche, espichando-se nas pontas dos pés até alcançar o parapeito com o queixo. Dali, admirava a neve que aos poucos encobria capacetes e ombros dos guardas imóveis da Gestapo, silhuetas negras que sujavam a imensa área do pátio como se, com sua presença sórdida, a terra se opusesse à brancura despejada pelo céu.

Isso foi antes de as rodas enlameadas dos caminhões que traziam prisioneiros todos os dias conspurcarem a neve, manchando o campo de escuridão, assim como antecedeu a chegada do delegado Filinto Muller e de seu lugar-tenente mascarado. Então o dormitório ainda estava repleto de crianças e o bioquímico, no início das aplicações de fenobarbital, perguntava-se o que poderia levar aquele garoto a ficar tanto tempo dependurado na janela.

Certo dia, quando a fila indiana de crianças armada no centro do dormitório avançou, disse Curt Meyer-Clason, uma espécie de comunhão diária que revestia o jovem bioquímico de certa aura sacerdotal, apesar de distribuir drogas em vez de hóstias, ao chegar a ocasião de ele depositar sob a língua de número 13 a sua dose, perguntou-lhe o que tanto ele olhava pela janela, se era a neve, a cerca de arame farpado, os corvos e coisas assim. O garoto retirou do bolso rasgado do casaco um murcho biscoito de água e sal, estou guardando para ela, disse o garoto. Nesse momento, o jovem bioquímico percebeu que o garoto aguardava que alguém viesse buscá-lo. Para quem você está guardando esse biscoito, disse o jovem bioquímico, e número 13, não contendo as lágrimas, disse, para minha mãe, ela está vindo me buscar, eu sei que está.

Oculto pela penumbra e distraído com o esvoaçar dos morcegos entre as estalactites, Kurt Meier não notou quando a estranha silhueta surgiu, recortada na boca da gruta contra o céu iluminado pela lua cheia. De início, pensou que nuvens obstruíssem o luar. Depois olhou, e não entendeu o que viu: era a silhueta de um homem, porém seus contornos estavam cravejados de pregos, lâminas que o tornavam uma espécie de ouriço humano. Procurava se equilibrar entre as rochas onde Kurt Meier também se apoiou para entrar na caverna. Sem refletir, o marinheiro alcançou o primeiro pedregulho ao lado e o arremessou em direção ao ouriço humano, atingindo-o na cabeça. Perdendo o apoio, o visitante indesejado despencou no abismo que dava no mar. Kurt Meier correu até a passagem e observou braços e pernas estatelados alguns metros abaixo, presos a uma reentrância das escarpas. Entre deixar cair novos projéteis ou fugir — a reentrância era suficientemente profunda para que o homem se protegesse —, decidiu escalar o despenhadeiro de volta à floresta e lá tentar a sorte, contando que seu pegador não estivesse acompanhado por guardas e cães farejadores.

Após atingir o topo e verificar que não havia sinais de guardas do presídio ou cães na escolta do homem desconhecido, escapou pelo matagal. Para seu azar, não ventava o bastante, e essa circunstância exigia que se esgueirasse de maneira a não provocar ondas de folhagens à sua passagem, rastros de movimento que o denunciariam a quem o caçava, como pegadas sanguinolentas denunciariam um animal moribundo. Entretanto, se a força da gravidade o tivesse beneficiado, o homem deveria estar morto àquela altura, com o pescoço quebrado pela queda. Talvez Kurt Meier pudesse contar com isso, e também com o impacto da pedrada, pois o homem parecia imóvel, estirado sobre a rocha achatada onde caiu. Abrigou-se em um denso cipoal, prendendo a respiração, mergulhando na terra como se também estivesse morto, a face pálida de véspera do desmaio. Então era verdade o que as lendas do presídio diziam, pensou, El Cazador Blanco apreciava se divertir com prisioneiros que mofavam na solitária, esquecidos a ponto de poderem ser envolvidos no jogo de esconder em que agora ele se encontrava sem que ninguém desse por sua falta. Gostaria de saber por que tinha sido o escolhido. A amizade dele comigo, disse Curt Meyer-Clason, se por um lado diminuiu seu isolamento, por outro era sua maldição. Tínhamos quase o mesmo nome, porém não contribuíam as circunstâncias de sua chegada ao Brasil, clandestina, se comparada à minha posição de executivo comercial com passaporte de trabalho e registro de entrada no país. Podia se dizer o mesmo do barão Von Rhein e demais prisioneiros de guerra, oficiais, marinheiros e imigrantes que estavam ali para a própria proteção, evitando que fossem linchados nas províncias onde habitavam. Um sumiço facilmente justificável, na hipótese de a embaixada espanhola requerer visita para verificar a real existência de um homônimo do desaparecido marinheiro Kurt Meier, ademais a direção do presídio podia forjar uma confusão de papéis, alegando ter grafado incorretamente o nome de Kurt Meier, pois na verdade quem estava aprisionado na Ilha Grande era eu, o comerciante Curt Meyer-Clason, com C no lugar do K e Y em vez de I, disse Curt Meyer-Clason, e os espanhóis teriam razão: Kurt Meier desaparecera em combate no Atlântico a bordo do submarino U-564 no ano anterior. Portanto, o assim conhecido marinheiro Kurt Meier, misterioso soldado da Kriegsmarine aprisionado em 1946 nas proximidades do Pantanal mato-grossense, nunca existiu.

Ou pior, teve sua existência revogada naquela noite, sendo jogado em um campo de caça na selva para ser torturado com a esperança da liberdade.

4.

Uma tarde no Centro de Eutanásia, semanas antes de número 13 sumir por dias e de afinal seus ossos aparecerem, cuspidos de volta pelas fossas de Bernburg inundadas pelo gelo que já derretia, o jovem bioquímico que depois se tornaria conhecido como Kurt Meier o flagrou em seu lugar habitual na janela. Parecia mais abatido que no início, quando ainda havia farelos de biscoitos para se guardar nos bolsos, quando havia bolsos e não se encontravam tão próximos do final. Suas costelas eram tão visíveis que agora, recordando o que Kurt Meier me contou na Ilha Grande, disse Curt Meyer-Clason, não parece assim tão improvável que o bioquímico o tivesse reconhecido pelas medidas da ossatura quando o menino foi devolvido pela latrina. Lá fora, o sol esmaecia o bosque, abandonando poças misturadas ao barro pelo caminho, deixando a paisagem com aspecto molhado. O corpo de número 13 se esticava em uma pilha de tábuas arrancadas dos beliches e tremia levemente, suas patinhas apoiadas no peitoril, as unhas sujas de merda, o focinho preto de fuligem e a cabeça estranhamente grande, lembrando um palito de fósforo queimado pela segunda e pela terceira e quem sabe pela quarta vez. Em silêncio, igualmente trêmulo e com olhos arregalados por ter exagerado na sua própria dose de fenobarbital, o bioquímico se aproximou de número 13, perguntando a si mesmo se o menino ainda esperaria que sua mãe o buscasse em Bernburg. Ao perceber sua movimentação, como que ouvindo a pergunta, número 13 se virou, enfiando a mão no bolso das calças, de onde retirou uma rata morta. Com os lábios cerrados, ele disse que só havia sobrado aquilo para guardar para a mãe. Uma rata. O bioquímico pensou que a criança só podia ter enlouquecido.

 Agachado na mata depois de alvejar El Cazador Blanco com uma pedra, quase adormecido em meio ao cipoal, e tomado pelo pavor de chocar por descuido um ninho de cobras, Kurt Meier voltou a si ao ouvir o quebrar de gravetos e passos sobre folhas secas. Altos bambuzais o cercavam, obstruindo por completo o céu, apagando sua visão, circunscrevendo-o a uma clareira que não fazia jus ao nome, mais parecida com o buraco negro de um sumidouro. Então, surgindo muito branco e oscilante entre árvores cujos troncos também se tornavam enegrecidos a cada instante pela noite que ocultava tudo de Kurt Meier, deixando-o meio cego, ele teve a impressão de ver um menino sair da mata com braços estendidos e pálpebras cerradas como um sonâmbulo no labirinto. Por um momento, titubeante sobre que direção seguir, o menino parou sob a tênue luz da lua, quase esvanecendo em tanta brancura, e Kurt Meier pôde apreciar o vibrar de suas pálpebras firmemente fechadas, sua hesitação em abri-las, e a expressão de dúvida em seu lábio inferior sendo mordido quase até sangrar.

 O aparecimento do menino durou alguns segundos, o tempo de um cochilo de exaustão, tão fugaz que Kurt Meier se perguntou quem seria você, se teria sido um colega de dormitório do número 13, em Bernburg, embora não se recordasse de seu rosto, e quantas ratas carregaria nos bolsos e para quem as entregaria, quando esse alguém chegasse, se alguém chegasse algum dia.

5.

Com Karl Reiners foi diferente: você o viu deitado na cama de campanha enquanto ele lia Marx, no quartinho dos fundos da casa de Curva de Rio Sujo, a mão apoiada na cabeça quase calva com um cigarro aceso entre os dedos. Mas Karl não o viu, e não deixa de ser curioso como esses cruzamentos ocorrem, não é verdade, disse Curt Meyer-Clason, é um verdadeiro enigma, são como linhas telefônicas cruzadas, acidentes do infinito emaranhado da vida e da morte, na verdade uma e a mesma coisa que, por diversas circunstâncias, merecem nomes distintos.

Logo depois de a visão sumir, imerso em escuridão e medo, a partir do cipoal Kurt Meier acompanhou seu pegador assomar na franja iluminada da orla do despenhadeiro, primeiro suas mãos enluvadas que se apoiavam no rochedo, depois o tronco luzidio e o reluzir pontiagudo das lâminas: era El Cazador Blanco em sua armadura crivada de pregos de aço que iam dos longos canos de suas botas até a cabeça oculta por uma máscara negra em que se podiam entrever apenas olhos transbordantes de ódio. Sobrevivera à queda. Em pé, limpando a poeira das luvas, o pegador olhou para os lados como um grande felino que cheirasse o vento para determinar o rumo tomado pela presa.

Não portava arma visível. Ele próprio, tronco, membros, cabeça, o corpo inteiro encoberto pelo couro e pelos pregos de aço, era a arma. Então, implacável, El Cazador Blanco penetrou a selva à procura do marinheiro Kurt Meier.

6.

Em movimento de fuga no Araguaia, com seus perseguidores cada vez mais próximos e os disparos de fuzil chispando ao redor de sua cabeça, Karl Reiners escalava uma colina que então lhe parecia o próprio Everest, tamanho era o peso de suas botinas encharcadas. Prosseguiu com dificuldade, pois fome e maus-tratos nunca aceitam fiado, confundindo o rastro flamejante dos disparos com chuvas de meteoritos. Um relâmpago partiu ao meio o tronco da sibipiruna a menos de cem metros. Ao se valer das chamas nos restos da árvore para localizar-se no escuro, o incêndio lhe pareceu a queda do sol no meio da noite, e ele se lembrou de outra queda, da morte do pai. Georg Reiners morrera como sempre viveu, sozinho na fazenda. Karl e Hugo foram avisados somente dias depois da queda de cavalo que supostamente o matou. Quando chegaram a Sumidouro, Georg já estava sepultado ao lado de Antonieta. Não viram o cadáver do pai, mas conviveram por muitos anos com seu fantasma, com os mistérios de sua passagem pela Terra, desde a infância desconhecida na Alemanha e no Chaco Boreal. Karl se recordou do rosto duro de Hugo ao ser atravessado por uma única lágrima, da cal branca sobre a laje da sepultura estourada pelo sol da manhã, da campina refulgente de um dia após a tempestade, e procurou compreender o que faltava ali, um corpo, a evidência, o que velar, de maneira que a lembrança do pai os assombraria para sempre no futuro, apesar de nunca terem acreditado na real existência de sua alma. Faltava uma explicação.

Assim são os fantasmas, continuamos a senti-los como a um antebraço ou a uma perna cortada, acariciamos seus cabelos na lembrança e, ao narrar suas vidas interrompidas, lhes damos continuidade. Ninguém teme a morte, disse Curt Meyer-Clason, mas que sua vida fique incompleta. Sonhamos com fantasmas porque assim a história continua, ou chega a uma conclusão. E se isso nos reconforta, está tudo bem, pensou Karl Reiners no exato instante em que foi atingido por um balaço na perna direita.

7.

Está tudo bem, pensou Kurt Meier ao sair do bambuzal onde se abrigava, é melhor esperar em pé. Depois de perder El Cazador Blanco de vista, começou a chover. É incrível como a chuva está presente nesses momentos, disse Curt Meyer-Clason, onde a morte campeia sempre cai um aguaceiro. Atirar-se no mar era alternativa nada desprezível, mediante as circunstâncias. A grossa cortina de água que caía nublava sua visão, mesmo assim sentia-se observado. Pesou opções: voltar para o presídio ou pular no despenhadeiro. Não deixava de ser cômico, pois Kurt Meier gostaria apenas de estar em um domingo de sol de verão em seu vilarejo natal nos arredores de Berlim. Havia uma terceira opção, claro, e ela não tardou a se apresentar quando El Cazador Blanco surgiu ao final da trilha estreita, emergindo da escuridão como uma súbita visão do inferno. Kurt Meier estacou ao vê-lo, eliminou momentaneamente as opções anteriores, concluindo que não havia nenhuma saída. Com ímpeto, o homem vestido de couro negro da cabeça aos pés caminhou em sua direção em ritmo de pesadelo. Os pregos de aço cravados em sua armadura cintilavam na chuva, e ele abriu os braços, mas não existia qualquer consolo naquele abraço estendido, muito menos abrigo. O assim conhecido marinheiro Kurt Meier deu meia-volta e depois de vinte metros atingiu a franja desmatada do despenhadeiro. Diante do oceano prateado, sobre as rochas, correu para o abismo. Foi alcançado pelo pegador a um passo da queda, num aperto tão poderoso que deslocou seu ombro. El Cazador Blanco o envolveu com a força de uma garra que não dava sinais de relaxamento, disse Curt Meyer-Clason, e os pregos de aço se distribuíram de maneira uniforme ao longo do corpo da presa, rasgando-lhe as roupas ensopadas, ferindo muitos pontos de sua pele, desfigurando Kurt Meier.

Quase duas décadas depois de escapar da Ilha Grande, em 1964, com seu olho esquerdo cego iluminado pelas chamas, o marinheiro Kurt Meier abriu os botões de sua camisa e mostrou a Karl Reiners o resultado daquela noite, cicatrizes que o deixavam com a aparência de uma grande ferida, de uma chaga interminável, de um Cristo desfigurado pelas lanças de mil centuriões, e então estendeu as palmas perfuradas de suas mãos para Karl: veja, ele disse, isto é porque tentei afastá-lo de mim.

Abraçados na borda do despenhadeiro, a poça sob as botas daquele corpo único se tingiu de vermelho e, ao ter o corpo vítreo de seu olho esquerdo vagarosamente perfurado por um prego de aço da máscara, uma lâmina fina como agulha disposta na testa do mascarado para essa finalidade, que era atingir o centro da pupila de suas vítimas ao abraçá-las, Kurt Meier enfim percebeu a essência de que El Cazador Blanco era feito, qual era sua matéria e por quais terrenos trafegava.

Resgatei o marinheiro Kurt Meier do fundo de uma ravina onde sangrava à espera da morte somente na noite seguinte, disse Curt Meyer-Clason, e o levei à choupana na praia da Ossuda, onde o escondi até que se recuperasse. Pude alimentá-lo graças à relativa liberdade de que dispunha por reparar o equipamento de rádio do presídio. Kurt Meier saiu da ilha semanas depois, sob influência do barão Gerd von Rhein e das artimanhas dos contrabandistas.

8.

Está tudo bem, disse Karl Reiners a si mesmo ao improvisar com a manga de sua camisa um torniquete para conter a hemorragia da ferida à bala de sua perna, está tudo muito bem.

Mas nada estava bem àquela altura, pois não conseguia caminhar, sua fraqueza aumentara e a chuva engrossou, enquanto a visão foi gradativamente diminuindo, a ponto de enxergar pouco além do sangue que se diluía na charneca a seus pés. Não havia muito a fazer a não ser pensar, pensar, e foi isto o que Karl fez: pensou que nasceu em um pântano ao sul e lhe parecia bastante justo morrer em outro mais ao norte. Pensou no menino silencioso com quem compartilhou o automóvel em uma viagem que durou um dia completo, do Rio de Janeiro até a casa da rata em Cuiabá, talvez sua missão mais infrutífera e sem sentido, seu único equívoco em nome do socialismo, e pensou na rata, no problemão que arranjou para a irmã, algo que tomaria rumos impensáveis a partir do instante em que ele entrou de mãos dadas com o menino pela porta da casa dela na rua Comandante Costa onde ela vivia com o marido e o filho então recém-nascido.

Karl nunca retornou para buscá-lo, ordens superiores nunca chegaram, tudo o que foi planejado deu errado. Agora, ferido na selva do Araguaia, talvez o último guerrilheiro a ser caçado, pois seus companheiros já haviam caído em 1974, só o que o incomodava era testemunhar a diluição de seu sangue vermelho na água do pântano, era coisa que não admitia, não o dele. O sangue de Karl era vermelho como suas convicções, e sem vacilar ele infligiria a si mesmo o número necessário de feridas para equilibrar a cor vermelha a seus pés, para enrubescer aquele sangue aguado pela chuva, pois não via outra saída a não ser morrer.

Considerou então que não levaria muito tempo para que isso acontecesse, os gritos de seus perseguidores soavam cada vez mais próximos, e ser alvejado por novos disparos era apenas questão de minutos. Caiu no pé de uma figueira, mas era a mesma figueira de antes, aquela parecida com a figueira-branca que existia em frente à casa de seu pai em Sumidouro ou era uma nova figueira, ou então uma figueira que o acompanhava desde 1964, atravessando a mata para lhe servir de apoio nas horas ruins, seguindo-o através de seu caminho. Exausto, preferiu pensar dessa maneira. Quando ergueu a cabeça, viu primeiro as baionetas nos canos dos fuzis em riste perfurarem a neblina, saídas do lado das árvores, depois os corpos de soldados mais ou menos de sua idade que emergiam como se ressuscitassem das brumas de um sonho, parecendo tão cansados quanto ele próprio, quanto a própria caça, arrastando suas fardas em frangalhos e desprovidos de qualquer heroísmo. E Karl continuou a pensar, talvez a figueira estivesse ali para isso, permitir-lhe umas poucas reflexões de partida, e afinal ele constatou que realmente nem tudo estava tão bem assim, e pensou no futuro: gostaria de um dia ser professor daqueles garotos, se o futuro não lhe parecesse algo tão impalpável naquele momento. Porém não recriminou seu desejo, e brevemente concebeu um futuro que não teria tempo de viver, e lembrou-se do menino silencioso no banco traseiro de seu Corcel, e se arrependeu de seu erro pela última vez. Aquele menino alemão sequestrado por Karl em dezembro de 1968, disse Curt Meyer-Clason, aquele erro era você.

9.

Enquanto sonhava na selva do Araguaia, Karl Reiners teve a cabeça varada por uma bala perdida de fuzil disparada pelo recruta morto de cansaço que se desequilibrou ao tropeçar em um galho caído, disse Curt Meyer-Clason, acionando o gatilho. A imagem nítida que ficou congelada em seu córtex mental nesse instante, seu pensamento final, era a de uma constelação ternária na qual Karl, Hugo e a rata rutilavam no ar escuro, e a rata era a estrela mais alta, a ponta do vértice que dava sentido ao todo, o diamante mais reluzente do porta-joias do cluster Kappa do Cruzeiro do Sul.

*
* *

    Depois de envolverem o corpo frio de Karl em uma lona, os caçadores iniciaram a descida de volta à margem do Araguaia. Enquanto vivia seus derradeiros instantes no interior daquela carne que habitou por vinte e seis anos quase completos (faria aniversário no décimo quinto dia do mês seguinte à sua morte), passeando daqui até ali, da cabeça ferida ao estômago vazio, despedindo-se das dores do mundo, o pensamento de Karl Reiners se transferiu momentaneamente para uma cama de campanha cujo molejo estava enferrujado e o colchão fedia de tão úmido, no quartinho dos fundos da casa onde sua irmã vivia em Curva de Rio Sujo. Nunca um cômodo tão estoico lhe pareceu tão confortável, pois em sua lembrança ele tinha um volume de Marx nas mãos para ler, a vela acesa e um maço de cigarros quase cheio. Durou poucos instantes, essa felicidade última, funcionando apenas como um adeus às coisas concretas do mundo e foi nesse instante que você o viu no pavilhão dos fundos, ao abrir os olhos enquanto praticava seu teste pessoal para perder o medo do escuro, anos atrás, os braços esticados adiante como se enfim o sonâmbulo encontrasse a saída ou o monstro que habita o fundo do labirinto. Karl também viu você, e se arrependeu do sequestro que cometera em 1968. Era uma ilusão, e as ilusões são longas, perduram por muito tempo e nunca terminam, como as monstruosidades.

Quando o pelotão de caçadores chegou ao acampamento à margem do Araguaia, disse Curt Meyer-Clason, próximo ao cais de um povoado ribeirinho, um miserável agrupamento de tendas cujos furos nas lonas tinham o único mérito de parecerem um céu estrelado para o recruta que se deitava no catre abaixo, ocultando quão carregadas as nuvens estavam naquele tempo, o corpo de Karl Reiners foi abandonado ao temporal intermitente pelos soldados, atraindo cães famintos.

Durante o tempo em que bebeu pinga, a tropa mal olhou para o cadáver de Karl deitado no lamaçal. Somente depois de horas, desvencilhando-se dos tapinhas nas costas que seus colegas ainda insistiam em lhe aplicar pelo tiro certeiro, o jovem recruta que matou Karl sem querer se decidiu a enfrentar a chuva e afastou os vira-latas. Enjoado por causa dos tragos, o recruta percebeu que os cães tinham rasgado a lona e o cadáver estava exposto à chuva. Ao ver a cara arroxeada e repleta de hematomas, algo que conseguira evitar até então, um buraco negro onde evitara se enfiar, desabou no piso enlameado do acampamento sob a água que caía, pois reconheceu Karl Reiners, seu ex-companheiro de liceu, o bom e generoso Karl, amigo de tantas risadas, o nobre Karl Reiners a quem o recruta sempre considerou um protetor irmão mais velho.

A chuva aumentou, derrubando tendas, encharcando soldados, cães e o cadáver, porém o pinicar das gotas nas pálpebras não perturbava mais Karl e ele não se movia, disse Curt Meyer-Clason, não mais, exceto pelo vento que ameaçava levar para longe seus ideais revolucionários, seu único erro em nome da luta e seus últimos fios de cabelo.

10. O Salve-Todos

(*Notícias de jornal*)
(*Departamento de Demolições*)
(CCC)
(*Candelária*, 1989)

1.

Aquela que se dizia sua mãe agora era uma voz na máquina, uma gravação. Você não viu mais a rata após a explosão no Sete de Setembro, disse Curt Meyer-Clason, e voltou a saber dela, de início, somente através de notícias de jornal. Sua mãe agora não passava de reportagens em papel velho, de traços negros sobre o amarelado dos jornais onde apareciam fotos de esculturas de gelo dispostas em lugares improváveis, fotos de mulheres índias com prolapso de útero esculpidas em gelo, retratos da esterilidade. Soube que ela se deslocou para São Paulo, mas por pouco tempo, passando a encenar pelo país sua ópera do congelamento súbito. Depois desapareceu. Alguns jornais noticiaram os espetáculos, pois de início os confundiam com happenings artísticos, depois compreenderam que se tratava de um manifesto pela recuperação do corpo de Karl Reiners, seu irmão desaparecido na Guerrilha do Araguaia, até enfim, ao fracassarem em arrancar da rata qualquer testemunho que desse um sentido à terrível série de esculturas, a acusarem de louca. Com a Anistia, a abertura política foi iniciada pelo general Figueiredo. Líderes oposicionistas voltaram do exílio, houve enfrentamentos. Você pouco se importava com o que acontecia. Sumiu, mas não inteiramente: a pedido da rata, Hugo Reiners abriu conta bancária em seu nome. Assim, passou a ser um número vinculado a outro, através do qual o dinheiro depositado mês a mês o alcançava, mantendo-o a salvo de ser incriminado pela explosão na escola. Mudou-se para o Rio de Janeiro sob orientação de Hugo, onde prestou vestibular. Começou a estudar arquitetura na FAU-UFRJ por inércia. Você sabia desenhar, e a Ilha do Fundão era um lugar repleto de drogas. O bom das drogas é que elas induziam ao silêncio, tudo era silêncio em torno delas, não se falava nada, pouco se escutava. Vagava sozinho pelas trilhas do campus devoradas pelo matagal e pelo lixo, à espera de ônibus que nunca vinham. Sua memória era uma ilha de edição quebrada, uma ilha que percorria a pé à procura de lembranças, de pistas apagadas pelo tempo. Sua voz, quando saía, murmurada entre os dentes, era cuspida através das brechas de uma máscara. Na época, leu na revista *Bizz* uma entrevista com David Bowie na qual o cantor dizia não se recordar da década de 60 por causa do abuso de drogas. Concluiu que algo parecido acontecia com você em relação à sua infância. Meu primeiro telegrama enviado de Munique, porém, o relembrou da noite em que atravessou os pântanos no banco traseiro do automóvel de Karl Reiners, disse Curt Meyer-Clason, do Ano do Grande Branco e de seu irmão secreto. Você precisava descobrir quem era aquele irmão, onde estava, o que aconteceu com ele. Mas que irmão, a rata diria, você nunca teve um irmão. Na fuga apressada de Curva de Rio Sujo ao lado de Hugo, depois do incidente do Sete de Setembro, disse Curt Meyer-Clason, ao menos trouxera sua mochila com as provas do crime praticado pela rata e pelo homem que se suicidou na cidadezinha de Engano, o homem que se dizia seu pai: o envelope contendo a foto do menino com o rosto coberto de espuma e o recorte de jornal.

Pouco se importava com o suicídio ou com o desaparecimento da rata. O recorte do jornal de Medianeira dizia que um casal suspeito abandonou sem explicações sua residência na noite da nevasca de 1975. Foram encontrados produtos químicos usados na confecção de explosivos. Testemunhas afirmaram que o casal tinha dois filhos. Lembrava-se apenas desse detalhe: o casal tinha dois filhos.

2.

Hugo Reiners passou a endereçar as notícias de jornal sobre a rata para a pensão do Méier onde você mal dormia, preferindo passar noites em bares do centro e do subúrbio, engolindo comprimidos de Hipofagin e Inibex como se fossem amendoins. Desde que se afastou da rata, não tinha mais receita médica para o fenobarbital. Não voltou a consultar um neurologista, pois suas convulsões diminuíram até quase desaparecerem. E quem precisava de receita, se anfetaminas nasciam nos corredores do alojamento estudantil, produzidas pelos estudantes de química. Solidão e silêncio não bastavam. Fez amizade com um chileno exilado que trabalhava no balcão do Bob's da rua Dias da Cruz fazendo milk-shake. Você o considerava um idiota, porém um amigo idiota era melhor que nada. O chileno traficava drogas nos corredores da faculdade de letras, petecas de maconha embaladas em cópias xerox de poemas de Nicanor Parra, tão melancólico quanto sua ocupação parecia absurda. Era apenas uma companhia, um índio chileno meio sacana que pensava não ser compreendido em sua língua mascada dos Andes. Então não conversavam nem mesmo por sinais, apenas compartilhavam comprimidos e uísque nacionalizado, caminhando à espera do ônibus que nunca passava e se despediam cada qual para seu lado, a linguagem de sinais esquecida pelo caminho e o silêncio no meio, migalhas ressecadas de um Big Bob sem molho.

    O dinheiro que surgia todo dia 5 do mês por milagre em seu saldo bancário era insuficiente para gastos extras, e você arranjou estágio em um departamento da universidade que se encarregava das demolições de prédios abandonados da Marinha distribuídos pela orla. Conseguiu o trabalho por meio de um professor de mecânica dos sólidos que se condoía de sua mudez e isolamento. A situação lhe pareceu ideal: antes mesmo de aprender a construir, você se especializava em demolir. Para economizar, fazia suas refeições no bandejão da faculdade, cujos fundos da cozinha davam para o escritório ocupado pelo departamento de demolições e pelas oficinas de gravura da faculdade de belas-artes. Por ali as ratazanas não corriam, galopavam, e os longos corredores ecoavam suas patas arranhando o piso, além das tamancas de artistas meio hippies.

    O cotidiano de seu trabalho de campo era agradável: nos descampados à beira-mar, com o capacete amarelo de plástico e óculos de proteção, auxiliava o professor a descarregar explosivos de uma caçamba. Parte da atividade era manipular esse material instável, que aprendeu a preparar, e fazer a distribuição calculada das cargas na área a ser demolida. Ao fazer isso, pensava na rata e na revelação que Hugo lhe fizera: naqueles anos de Curva de Rio Sujo, a rata produziu explosivos que Karl retirava periodicamente enquanto você dormia. Você o vira no pavilhão em uma de suas visitas noturnas. Por mais que negasse, era o filho de uma incendiária. Explosões lhe causavam intensa comoção, pareciam anunciar um futuro em que o passado teria zero importância. Permanecia estático sob o sol ao longo da manhã, debaixo de poeira, tensionando cordas esticadas, ou empurrando carrinhos de mão com sacos de cimento. Nos instantes de folga, fumava seus cigarros em praias negras de cascalho, enquanto sentia o cheiro morto de óleo trazido pelo vento do oceano. Ao longe, os reflexos prateados na fuselagem dos aviões que pousavam no Galeão do outro lado da baía, na Ilha do Governador onde torturavam os últimos comunistas remanescentes. Em mais de uma ocasião encontrou cadáveres esticados nas praias usadas como ponto de desova por traficantes ou militares. Os policiais, após indicarem com setas adesivas os buracos de bala nos corpos, tomavam cerveja nos trailers de estudantes à espera da perícia. Encerrado seu turno no trabalho, você almoçava no bandejão universitário e subia aos pisos onde as salas de aula se encontravam vazias. Das sacadas contíguas, era possível ver os cadáveres na praia lá embaixo, à espera da onda escura que carcomia bancos de areia, a própria ilha e quem sabe o mundo. Lembravam banhistas se bronzeando ao sol, sobrevoados por gaivotas pretas de piche.

Depois as salas da FAU se enchiam de alunos que entravam em grupos e se espalhavam ao redor das pranchetas. Você estava ali, mas era como se ainda permanecesse na praia compartilhando cigarros com os mortos. Olhava pela janela e pensava nos buracos de sua infância e no Ano do Grande Branco, em ligar para Hugo Reiners e lhe pedir alguma explicação. Pensava em especial na máscara de pregos. Não houve tempo para descobrir a quem tinha pertencido aquela máscara. Porém os orelhões da faculdade estavam sempre ocupados ou com defeito, as filas de espera eram longas demais para o tempo de que dispunha, não tinha dois minutos a perder. Então, matar o tempo já lhe parecia um dos possíveis disfarces do suicídio. Entre os colegas, alguns se vestiam de preto como se fossem ingleses e a Ilha do Fundão, a Inglaterra. Ouviam bandas inglesas, imitavam cortes de cabelo dos músicos e havia um sósia de Robert Smith que vivia com a mãe divorciada em

Jacarepaguá. Prostrado num banco do térreo, você os via derreter sob o verão de quarenta graus, suas maquiagens ridículas escorrendo a brancura artificial das peles tropicais, e os imaginava na pista de dança da boate Crepúsculo de Cubatão, em Copacabana. Ao vê-los, a sensação de irrealidade só aumentava. Não conheciam a neve, enquanto o inverno ainda o engasgava. Sentia-se ausente de seu próprio passado, disse Curt Meyer-Clason, o que lhe deixava o futuro em branco. Não tinha ofício nem herança. Nas noites de sábado, sozinho no banheiro dos fundos da pensão onde vivia no Méier, você experimentava a máscara de couro com pregos de aço e estudava a própria imagem no espelho mal iluminado pela lâmpada de sessenta watts. Agora a máscara lhe servia com perfeição, sem nenhuma sobra. Parecia feita sob medida para você. A máscara era sua única herança, embora você ainda não tivesse meios de compreender isso.

3.

Guardava entre páginas de livros notícias sobre a rata que Hugo Reiners enviava. No bar disfarçado de trailer, à espera do chileno que trazia barbitúricos e às vezes a ponta de um baseado, leu a carta de Hugo que acompanhava o último recorte — algo incomum, pois os envelopes costumavam conter apenas jornais, disse Curt Meyer-Clason. Não havia nenhuma novidade a respeito da rata, mas ainda assim ele lia as informações com a avidez de quem acompanha um folhetim: o que a rata vem fazendo é algo muito simples, embora ninguém entenda, escreveu Hugo. O motivo da incompreensão talvez se deva ao fato de suas obras serem efêmeras, essa precariedade parece trazer o real significado do que ela busca alcançar. Ao mesmo tempo, não quer que a alcancem: os militares, a imprensa, a Censura. A base das peças que ela faz são moldes de borracha esculpidos e amarrados com tal destreza que um único corte aplicado no ponto exato por uma ferramenta suja — sua varinha de condão é uma chave de fenda — os desmancha, tocando simultaneamente o conteúdo dos moldes, que é água aquecida com acetato de sódio; o invólucro plástico cai ao chão, erigindo no ar por um breve instante — a rata constrói seus totens congelados apenas em regiões do país onde a alta temperatura contribua para a efemeridade da obra — uma estátua de gelo cuja composição pode ser vista por alguns segundos, o tempo de o calor derreter suas formas, e sua significação está perdida para sempre, como o corpo de Karl também está. A rata não fotografa as estátuas, e não permite que eventuais testemunhas as registrem. O papel das testemunhas é fundamental para a simbologia da ópera do congelamento súbito: é a única maneira de seu conteúdo se propagar, por meio de depoimentos e do boca a boca. Os pontos escolhidos para a instalação das estátuas é igualmente importante, locais ermos usados para desova de desaparecidos, cemitérios de indigentes onde foram descobertos cadáveres em covas rasas, os cafundós do Araguaia habitados por esqueletos com pés cimentados. Aldeias indígenas de tribos massacradas. Conheci uma dessas testemunhas, repórter do *Diário de Cuiabá*. A estátua de gelo que ele viu ser instalada no centro da clareira ocupada anteriormente por kadiwéus chacinados por garimpeiros nas proximidades do rio São Lourenço não resistiu nem dez segundos aos raios de sol. A posição ocupada pelo repórter era contrária à luz, e ele mal teve tempo de vê-la. Contudo, antes que derretesse, aproximou-se e a viu, translúcida como um iceberg prestes a desaparecer, a estátua de um homem sendo torturado com a cabeça envolta por um capuz de borracha, enquanto três torturadores o prendiam na cadeira; a composição era absolutamente realista, e correspondia a uma técnica de tortura do DOPS — policiais a chamavam de *A Voz dos Sonhos*, pois arrancava dos comunistas até os segredos desconhecidos, trazidos da escuridão representada pelo capuz de câmara de ar de pneu; ainda de acordo com o repórter, a obra se desmanchou assim que ele pôs os olhos sobre ela, tomando a forma de um sorvete desmantelado do qual, ao mesmo tempo que os detalhes da cabeça se desfizeram, começou a escorrer sangue, ou um líquido vermelho como sangue que recheava a escultura, sendo expelido das narinas, olhos e orelhas da estátua. O resultado da instalação foi uma poça de gelo ensanguentado misturado à lama da clareira rodeada por ruínas de taperas incendiadas pelos garimpeiros. Enviei-lhe o artigo publicado pelo repórter, não sei se o leu, escreveu Hugo na carta, no qual ele define o trabalho da rata como um desagravo ao genocídio indígena. Ao publicá-lo, não sabia nada a respeito do desaparecimento de Karl no Araguaia, embora não tenha ocorrido o mesmo em jornais do Sudeste. Mais de um jornal relacionou a rata com Zuzu Angel, a estilista que usou seus figurinos para fins semelhantes, denunciando o desaparecimento de seu filho Stuart Angel, integrante do MR-8 como o próprio Karl.

Para você, as cartas de Hugo com suas transcrições da imprensa faziam a realidade parecer uma fotomontagem, disse Curt Meyer-Clason. Na biblioteca central da universidade, você consultou microfilmes de jornais do Rio de Janeiro do período iniciado em 13 de dezembro de 1968, data do anúncio do AI-5, até 4 de setembro de 1969, dia em que o embaixador norte-americano Charles Elbrick foi sequestrado. A edição do *Jornal do Brasil* de 16 de dezembro mencionava em uma nota marginal a tentativa mal-sucedida de sequestro do embaixador alemão por terroristas não indentificados no bairro de Laranjeiras. Dois dias depois, o mesmo jornal voltava ao tema, alterando o teor da notícia ao informar que o embaixador alemão — cujo nome não era mencionado, apenas suas iniciais — havia sido morto na troca de tiros entre agentes da polícia federal que atuavam como seguranças e os terroristas.

O assunto não seria mais abordado até surgirem as notícias relativas ao sequestro de Elbrick. Não havia nas duas notas e em nenhuma outra qualquer referência a um menino feito refém na tentativa de sequestro do embaixador alemão. Você parecia viver uma realidade exterior àqueles fac-símiles, recortes e fotografias, uma realidade que não fazia senão protelar o enredo principal, uma história secreta que era omitida seguidamente, uma história que queria desaparecer, ser esquecida, mas cuja força impedia que isso acontecesse, trazendo-a à tona como um submarino soçobrando no pântano, a verdade submersa que em ocasiões vinha à superfície, mostrando-se apenas aos pedaços, fragmentos de um todo que não poderia ser abarcado a não ser pelos olhos atentos da rata.

Não seria você a procurá-la, porém; você a odiava e preferia que estivesse não apenas desaparecida, mas morta. Não passava de uma roedora mentirosa.

4.

O idiota chileno apareceu afinal acompanhado de outros três compatriotas com quem dividia um cubículo no alojamento estudantil. Vestiam-se com capotões de brim e exibiam barbas minguadas, disse Curt Meyer-Clason, com fios manchados de nicotina, pois fumavam com tanto nervosismo que pareciam querer simular a neblina de Santiago à beira do Atlântico. Quase não falavam entre si, cochichavam, contando que dessa maneira as garras de Pinochet não os alcançariam. O alojamento se encontrava lotado de estudantes graduados havia anos, que continuavam ali por causa da hospedagem e da comida grátis do bandejão, e também de traficantes afáveis que se confundiam com a fauna estudantil completada por exilados latino-americanos e refugiados de Angola e Moçambique. Na presença dos chilenos, você engolia um rebite e se sentia vigiado. Via arapongas nos corredores cheios de ratos da FAU e nos becos do Méier, tropeçando em latões de lixo. A caminho da pensão tomava outra, dessa vez acompanhada de um Dreher no boteco, e via a Veraneio da Patamo na esquina da Dias da Cruz com Dona Claudina, suas sirenes girando em silêncio como num pesadelo, colorindo a paisagem de rubro. Não pretenderiam levá-lo para veranear na praia, você se perguntava, estariam atrás do menino sequestrado. Você se escondia em árvores e moitas, corria agachado pelas vielas, até chegar à pensão da rua Dona Claudina. O paranoico tem seus mecanismos narrativos, imagina que existe alguém do lado de fora da porta mesmo quando não tem ninguém. O paranoico nunca está sozinho, é sempre acompanhado por dois ou três.

Na cama do quarto, com tremores, você prosseguiu a leitura da carta de Hugo Reiners a partir de onde tinha parado: a obra seguinte da rata chegou a ser descrita em artigo do *Chicago Tribune* que recordava a morte suspeita de Zuzu Angel em 1976. Foi encenada no Alto Araguaia, em uma curva de rio nas proximidades de onde Karl teria desaparecido. A única testemunha foi o jornalista do jornal norte-americano, cujo depoimento li em fax enviado por meu conhecido, o repórter de Cuiabá, escreveu Hugo. O início do texto perfilava a rata, irreconhecível nas palavras do jornalista, que foi proibido de acompanhar a preparação do congelamento. A artista sombria, ele a descreveu, caminhava em silêncio pela margem do rio, entre a selva e a correnteza das águas que se erguiam em torvelinhos rumorejantes, tensionando cordas à distância. No momento de a instalação ser realizada, contou o jornalista norte-americano, ele enfim pôde pisar o rochedo de onde se podia ver a rata em cima de uma ponte de cordas que atravessava o rio enovelado na altura de uma queda. A rata balançava nas cordas suspensas, ele escreveu, com uma chave de fenda na mão direita. Mais abaixo estava a estranha composição um pouco flácida de sacos de lixo amarrados a uma longa vara sobre o rio, que ela, debruçando-se perigosamente sobre as ondas, furou com a ponta da ferramenta. De imediato o conteúdo dos sacos se solidificou, aumentando de tamanho, e uma forma tridimensional surgiu enquanto os retalhos de plásticos rasgados caíam e eram levados pela turbulência do curso das águas. Um sistema de roldanas sustentou a estátua de gelo, que reproduzia um homem em tamanho natural dependurado pelos joelhos dobrados para cima e com os braços torcidos num pau de arara. Os ombros eram distendidos ao máximo, em posição tão extrema quanto dolorosa, e havia um cassetete plantado até a metade no reto do torturado. A perfeita expressão de dor moldada num rosto de gelo embaçou os binóculos do repórter. Destacada contra o escuro caudal barrento, a imagem translúcida foi içada para baixo até sua cabeça se afogar na torrente aquecida do Araguaia, sua superfície gelada derretendo muito rápido, revelando nacos de carne sanguinolenta que tinham sido amarrados de modo a dar forma a um homúnculo de carne que preenchia o espaço oco da camada de gelo da estátua original, seu espírito de carne anteriormente protegido pelo corpo de gelo que se liquidificou ao tocar as águas quentes do rio. Despejada na correnteza, a carne crua passou a ser devorada pelas piranhas que infestam o Araguaia, escreveu o jornalista, restando um longo rastro de sangue no torvelinho. Em poucos segundos o sangue, a obra e a artista desapareceram, restando apenas a estrutura de cordas e roldanas que uma mão invisível em meio à mata cortou com o facão e logo foi arrastada pela correnteza.

Ao encerrar sua carta, Hugo revelou que a rata fora indiciada como cúmplice de assaltos a banco praticados pelos terroristas do grupo de Karl: notas fiscais de compra de material químico em Campo Grande e suas explosões na EEPSG D'Escragnolle--Taunay a denunciaram. O mesmo teria acontecido ao que se dizia seu pai, caso não estivesse morto.

5.

De volta ao Departamento de Demolições no dia seguinte, diante de uma garagem de barcos que em segundos implodiria com cargas de explosivo plástico distribuídas em pontos estratégicos, você se perguntou se Hugo forjava as matérias e mentia em suas cartas com o único intuito de manter a rata viva em sua lembrança, para que tivesse notícias dela e não a esquecesse. A verdade é que havia pouco a lembrar. O Ano do Grande Branco se expandiu para os lados, acima, adiante, e o esquecimento daqueles doze meses passara a ser o de séculos. Você pensava que na verdade a rata levava uma vida cinzenta em São Paulo com outro nome, casada com algum medíocre diretor de teatro gorducho, e era mãe de gêmeos univitelinos. Talvez tivesse morrido ao dar à luz. Estava certo daquilo, disse Curt Meyer-Clason apontando aos dobermans que corriam pelo pomar da Casa do Sol, tão certo quanto aqueles cães acham que também são gente. Veja como se comportam, disputando a atenção da dona. Estão presos à ideia de que Hilda H. é sua mãe, e cada cão tem certeza de que o outro é uma farsa, um órfão adotado que nunca estará à altura de si, enquanto ele se encontra desprezado pela mãe, carente de seu afeto e atenção. Sempre acreditamos que o mundo nos deve algo e a mãe é a primeira a ser cobrada.

As cargas explodiram em sequência, deixando-o surdo além de mudo, mas não silenciaram seu pensamento. A garagem de barcos, coluna a coluna, desabou, erguendo poeira. Por longos minutos, pôde ouvir apenas o zumbido crescente que foi tomando forma e abarcou a soma dos ruídos daquele pedaço da ilha em que se encontrava, a caçamba que rangia ao despejar cascalho, os destroços se acomodando no chão, aviões que sobrevoavam a ilha, a musiquinha do mundo soando e a voz do professor que lhe ordenava outra tarefa. Antes existia algo à sua frente, uma construção arruinada porém sólida, e agora não havia nada além de estilhaços e fuligem se esparramando. Em breve construiriam outro prédio naquele terreno, e a garagem de barcos existiria somente na lembrança de quem um dia a vira, até esse alguém também sumir e com ele a lembrança. Então a garagem de barcos seria fumaça num dia de vento e temporal na orla daquela ilha; não teria existido.

Nesses primeiros anos na Ilha do Fundão, o relato de sua vida começou a surgir em seu cérebro enigma a enigma. O labirinto da grande cidade se comparava ao de Bernburg e os ramúsculos de pyhareryepypepyhare se estendiam de maneira tentacular pela rede de esgotos do prédio da FAU. Quando nasce um escritor é a extinção da família, disse Curt Meyer-Clason, sua linhagem se interrompe. A amnésia lhe deu carta branca para inventar o próprio passado.

Não demorou a perceber que o curso de arquitetura não era para você, mas parecia preso à ilha, ou às drogas que encontrava com facilidade nela. Finalizadas as demolições, era atraído pelos manguezais onde plantava os pés até os tornozelos na água, arriscando-se a contrair infecções, e pensava nos pântanos do Mato Grosso, enquanto fumava baseados do chileno. Os arbustos da margem estavam recobertos de espessa camada de óleo formando estruturas semelhantes a teias de aranha onde pássaros mortos permaneciam rijos nos galhos, pequenas estatuetas enegrecidas e brilhantes. A água não se movia, a não ser por bolhas que afloravam à superfície sugerindo que algo respirava por baixo da poluição, um ser desconhecido que habitava as profundezas da baía. A vegetação subaquática se ramificou, emaranhando-se em seus tornozelos como uma trepadeira que crescesse em velocidade impossível, prendendo-o ao lamacento solo marinho, até você despertar para a razão: imerso na obscuridade do passado, o seu presente se fazia impalpável e o futuro não parecia mais um possível fim. Se não descobrisse de onde vinha, não viveria jamais, e a felicidade a que se dispunha nunca seria alcançada. Queria esquecer o que não se lembrava, objetivo tortuoso e implausível, enquanto o que tinha a fazer era lembrar o que esquecera, e para isso se concretizar bastaria um DDD a cobrar para Hugo Reiners, sempre prorrogado.

Um dia no trailer-bar os chilenos revelaram que havia policiais infiltrados entre os estudantes. Foi logo após o atentado no Rio Centro. Eram vigiados, disse o chileno rompendo um pacto de silêncio nunca estabelecido, a abertura política não passava de ficção. Na manhã anterior um de seus camaradas fora abordado por dois homens ao sair de sua aula na oficina de escultura. Aguardaram, segurando-o pelo braço, que os demais alunos debandassem rumo ao refeitório, e o conduziram de volta à carteira que ele ocupou durante a aula. Sob o tampão de madeira, embrulhado em celofane no interior de um maço de cigarros, havia um punhado de comprimidos de barbitúricos, cinco pelotas de haxixe e papelotes de cocaína embalados em guias da loteria federal. Ameaçaram deportá-lo e o espancaram. Tinham plantado drogas na carteira antes da aula. Queriam nomes de traficantes do alojamento universitário. Sabiam que o tráfico sustentava a militância contrarrevolucionária, disseram. Era uma manhã de sábado, em pouco tempo o campus se tornaria a habitual cidade fantasma dos finais de semana. Os dois homens trancaram por dentro a porta da oficina. Ninguém os veria, podiam ficar ali até segunda de manhã, disseram. Com uma corda de náilon, amarraram o camarada do chileno de bruços com os braços para trás. A ponta da corda prendia com justeza os tornozelos do prisioneiro à sua boca em uma brida. Preso às mandíbulas, o náilon rasgava a pele do rosto do prisioneiro, e sua coluna quase se partia cada vez que um dos homens puxava para baixo a corda esticada entre os tornozelos e os dentes. Concentrado em não deixar os músculos do ventre se romper, e nas vértebras que rangiam, nos músculos dos ombros tensionados até o esgarçamento, nos tendões dos tornozelos que ficariam arruinados para sempre depois daquilo, e nos flancos que adormeciam devido à circulação sanguínea debilitada, dando-lhe a esperança de que todo o seu tronco também adormecesse, focado somente na dor que ocupava cada poro de seu corpo, na dor do primeiro dente arrancado pela fricção da corda nos cantos da boca, o camarada do chileno não conseguiu ouvir as perguntas que lhe foram dirigidas pelo outro homem, e até sonhou que não era mais um homem, mas um cavalo. Na hora que tiraram a corda de sua boca (já havia escurecido, pois as luzes tinham desaparecido das janelas da oficina), ele não pensou duas vezes em entregar o nome do principal traficante do alojamento estudantil, disse o chileno com voz trêmula e olhar vazio, que foi preso na manhã seguinte. Estamos cuidando de nosso camarada, disse o chileno, mas suspeito que ele nunca mais volte a ser o mesmo. Nos sentíamos protegidos aqui, longe demais do Chile para ser pegos, foi um engano. Enquanto a voz dele era sorvida com o gole de cerveja que deve ter lhe parecido particularmente amargo, você se distraiu com a menção da palavra engano e os reflexos nas fuselagens no aeroporto do Galeão à distância, o que pareceu ser a irrupção de um incêndio na asa de um avião. Como saber se o suicídio do homem que se dizia seu pai não fora forjado, um acerto de contas em vez de engano, você pensou. As chamas subiram rápido, e o clarão avermelhado se alastrou pela fuselagem e hangares ao redor. Bem depois, na tevê sobre o balcão de um boteco do Méier, você assistiu no *Jornal Nacional* que o incidente fora causado por um engano ao abastecer o avião. Injetaram combustível fora do condutor que deveria levá-lo ao tanque, esparramando-se pela superfície onde o calor da nave, somado ao clima externo, o ativou. Foi a explosão mais bonita que testemunhou, um belo engano, disse Curt Meyer-Clason, ao menos entre os não causados por você.

6.

Oito anos se passaram e você permaneceu no mesmo lugar, disse Curt Meyer-Clason, o que lhe parecia absoluta novidade. A política tomou novos rumos, ao contrário do vento que varria a Ilha do Fundão, cada vez mais quente e sujo. Quase dava para acompanhar sua sombra se adensar sobre o solo da ilha naqueles anos, destinando-se vagarosamente a endereço nenhum ou ao desaparecimento no mar. Abandonou qualquer ideia de construção, os estudos na FAU, e foi efetivado no Departamento de Demolições. O salário era insatisfatório, mas dispunha de tempo suficiente para se dedicar à escrita e ao caderno sem pauta que preenchia com um jogo de ligar pontos cada vez mais complexo. Nesses momentos, o professor observava a prancheta com um cenho de compreensão meio fingida por cima de seu ombro e dizia que não fazia ideia do que poderia vir a ser a imagem final que surgiria ao ligar todos os pontos, já que isso se tornava cada dia mais improvável. Na opinião dele, havia pontos demais, e pouca ou nenhuma intenção de ligá-los. O pontilhismo caótico que se esparramava pela longuíssima página que você ia estendendo e desdobrando, ao colar folhas do caderno umas às outras em forma de sanfona, um passatempo, resultou em uma abstração cuja beleza estava nessa indefinição e em sua impossibilidade, disse o professor de demolição, era o mapa de um sistema de bombas em permanente suspensão — parecia o esquema que usavam no planejamento de implosões —, um campo minado concebido de forma a se autoanular e a não explodir. E isso era belo, disse o professor dando um tapinha em seu ombro, além de muito perigoso.

Era 1989, e meus telegramas para você haviam se tornado habituais, ao passo que as cartas de Hugo Reiners deixaram de chegar, disse Curt Meyer-Clason. Em um deles mencionei as treze fotografias que a rata enviara na mesma correspondência que incluía a fita cassete em cuja gravação me baseei para conduzir esta conversa até aqui. Foi no telegrama enviado em 9 de fevereiro que manifestei pela primeira vez o desejo de encontrá-lo, disto ao menos você deve se lembrar, pois usei o ardil das fotografias para despertar seu interesse: "Em posse treze fotos pertencentes rata PT Não incluem foto menino máscara de espuma PT São desconhecidas PT Sugiro encontro urgente PT Saudações PT Curt MC".

A Nova República garantia algum esquivo direito à população, o que não chegava a lhe interessar. As primeiras eleições para presidente em quase quarenta anos estavam próximas. Você não amava sua pátria, seu fulgor abstrato, disse Curt Meyer-Clason, não daria a vida por nenhuma pessoa e por nenhum pântano, e por nenhuma cidade arruinada, cinzenta, monstruosa, e por nenhuma figura de sua história, e por qualquer fronteira, e por nenhum rio sujo, nem o Apa. Não tinha família nem país. Formou uma ideia enevoada do que o levou àquela situação e assim permaneceu, com a cabeça enfiada nas nuvens. Carregava no bolso sua caixa de fósforos cheia de barbitúricos que lhe pareciam suficientes, ao menos por certo tempo. Milícias de extrema direita caçavam novos asseclas entre os estudantes, mas só encontravam inglesinhos pálidos da Zona Sul com camisetas pretas que alardeavam A Cura. Mas que cura, não havia cura nenhuma. Não para você.

Na noite seguinte, após um grande comício, num ponto de ônibus no centro da cidade, enquanto aguardava sua condução ao retornar da entrega de drogas que o chileno lhe pedira para fazer, uma mulher olhou para você ao passar. Você devolveu a encarada quando ela se afastava e reconheceu alguém nela, alguém que havia esquecido. Basano La Tatuada hoje deve se parecer com essa aí, você pensou, aposto que a pele queimada de sol é igualzinha. A mulher olhou para trás, armou um sorriso branco e se foi. Gostosa essa raimunda, ouviu alguém dizer, um homem de paletó, chapéu e pasta zero-zero-sete que também aguardava condução no ponto da Praça XV, e se liga que é puta, alemão, pois toda mulher no centro da cidade é puta, disse o homem de chapéu antes de se calar, mesmo que não seja. O que ele disse ecoou em sua cabeça. Ele o chamou de alemão, era como se soubesse da noite em que fora levado aos pântanos por Karl Reiners, como se o reconhecesse de algum lugar, embora fosse impossível após tantos anos. Na única foto em que aparecia, o seu rosto estava coberto de espuma. Ele tachou a mulher de puta só por ela estar no centro da cidade. Quer dizer que é o lugar que determina a natureza das pessoas, você se perguntou, aquela era uma lição proveitosa de pertencimento, a que o homem de chapéu lhe oferecia: você não sabia de onde vinha, então não chegava a ser nada. Por isso se sentia tão emprestado, tão falso, porque estava livre, sem qualquer papel designado. Era um figurante sem falas. Com isso, esqueceu o ônibus que aguardava e seguiu a mulher pela calçada até uma viela escura. Podia ver os mil dentes do sorriso dela cintilando no escuro do final do beco, ouvir os saltos altos repicando nos paralelepípedos, e tragou o rastro de seu perfume como um cão lambendo o ar. Quando olhou de novo a mulher tinha desaparecido, disse Curt Meyer-Clason, e um vulto tão redondo quanto a lua recém-pousada surgiu nos fundos da viela. Olhou para trás e reconheceu o homem de chapéu em seu encalço. Seguiu você, e agora o interpelava, dizendo, não dê uma de besta, alemão, não reaja, disse o homem de chapéu, enquanto o gordo lhe golpeou a nuca com um instrumento tão duro quanto deve ser a coronha de um revólver.

7.

Acordou deitado no banco traseiro de um Opala, pulsos atados para trás e um saco de estopa enfiado na cabeça dolorida, pressentindo o asfalto através da vibração dos caminhões pesados em movimento. Graças à velocidade do percurso em constante linha reta e aos ruídos do tráfego, deduziu que avançavam pela avenida Brasil. Com sua cara no estofado sofrendo com os solavancos, tragando poeira e suor acumulados no tecido, reconheceu no tranco mais brusco a saída tantas vezes ultrapassada da entrada da ponte que levava à Ilha do Fundão, depois as curvas diante do Hospital Universitário, até os pneus deslizarem sob pedregulhos do estacionamento da faculdade de engenharia. No trajeto, ouviu o vozerio entrecortado no rádio do automóvel, a respiração asmática de um dos homens da frente, o vento no quebra-vento, como devia ser.

Deitado de lado, a cabeça trepidante terminou por conduzi-lo a outra viagem mais antiga, só que no meio da noite por selvas e pântanos, você no banco traseiro de um Corcel, ao volante um homem desconhecido que o pegara no incidente que aconteceu quando regressavam, você e alguém de quem não se lembra mais, o embaixador alemão, de um passeio de automóvel pela orla de Copacabana. Ao dobrarem a esquina, outro carro abalroou o que você estava, e o motorista ao seu lado perdeu a direção, batendo em um poste. Você era pequeno, a cena aconteceu alguns anos antes do Ano do Grande Branco, disse Curt Meyer-Clason, será que seu verdadeiro pai se machucou, onde estaria ele, você pensava ao olhar a escuridão do lado de fora, e aqueles homens armados que os arrancaram do carro quando voltavam do passeio de domingo, quem seriam eles, seu pai estaria bem, o embaixador alemão, você se perguntou tudo isso naquela viagem de muitos anos atrás que agora retornava como alguém que partira e resolveu voltar. Depois houve aquele homem silencioso no banco da frente enquanto atravessavam pântanos selvagens acompanhados pela lua e as estrelas, aquele homem era Karl Reiners, agora você sabia, e então lembrou de outra viagem um pouco posterior, de Medianeira a Curva de Rio Sujo no início do Ano do Grande Branco, a travessia dos campos nevados e das estradas de terra com o homem que se dizia seu pai ao volante e a rata no banco da frente contando histórias, e as duas viagens se misturaram, a do esquecimento e a da lembrança, levando-o a um destino ignorado, disse Curt Meyer-Clason, trazendo você até aqui.

O lugar estava escuro. Você reconheceu a figura do homem gordo que vira antes e mais nada. O brilho fraco vinha da janela pintada de betume, era como o sol negativo visto através de uma lâmina de raio X. Com o lenço, o homem de chapéu aliviou a baba do canto de sua boca mas não o travo amargo que seguiu, bem no fundo da língua. Gordo, disse o homem de chapéu, mostra pra ele. Arrastando-se, a corpulenta figura enfiou a mão no interruptor de um banheiro, acendendo a luz. Cegado pela lâmpada que pendia do fio descascado, demorou a ver aquilo que o gordo lhe exibia, um bilhão de pequenos planetas se desfazendo em explosões diante de seus olhos como dentes-de-leão ao vento, então viu: o chileno dependurado pelos pulsos na barra de ferro sem tocar o chão, seus braços e ombros para trás em uma torção que lhe pareceu impossível e não natural. Estopa estufava a boca dele, e hematomas se alastravam pelo rosto inconsciente a partir dos olhos. Seria melhor se estivesse morto, porém movimentos quase imperceptíveis de expansão e contração de seu peito em cunha indicavam que ainda respirava. Concentrou-se na enxaqueca que aflorou no centro de sua testa. Censurou uma a uma as imagens em sequência que lhe surgiram na mente. Gritaria para afugentá-las, se pudesse. Carne boa pra recheio de empanada, alemão, disse o homem de chapéu, macia, bem macia. O gordo completou: só falta moer, e soltou uma risadinha aguda que não combinava com seu peso. Não havia alternativa, e você se dedicou a escutar: queriam explosivos, mais que isso, queriam seu conhecimento obtido no Departamento de Demolições. Observavam seu trabalho havia meses. Tinham planos. Queriam conter a escalada da campanha do candidato metalúrgico à presidência da República. Os comunistas não chegariam ao segundo turno das eleições nacionais como andavam dizendo. Eles cuidariam de tudo, mas precisavam de você. Seria recompensado. Tinham até um presente pra lhe dar. E o chileno, não gostava do chileno, não prezava sua amizade, hein, e todos aqueles barbitúricos. Pois para soltarem o bolcheviquezinho fazedor de milk-shake você tinha de lhes fornecer explosivos plásticos e dinamite em quantidade suficiente para explodir o palanque do último comício da campanha presidencial do metalúrgico. O comício aconteceria na Candelária. Milhares estariam presentes, e outros alvos importantes acompanhariam o candidato no palanque, disse o homem de chapéu ao acender seu cigarro, mas sem você não temos como fazer isso. Somos os últimos dos moicanos, ele disse, não passarão por nós. Queremos ordem, mas pra obtê-la alguma desordem é necessária. Depois limpamos tudo de novo. Você não tem opção: olhe o chileninho, disse, veja se não parece carne de segunda depois de passar pelo moedor. Agora está macio, macio, disse o homem de chapéu. Você o observou salivar, a língua dele passeando pelos beiços, o suor que escorria em suas têmporas deixava uma mancha circular na gola do paletó. Ele piscou para o gordo, apontando a chave inglesa encostada na parede. Dirigindo-se ao banheiro com a ferramenta na mão, o gordo deu um discreto pulinho de felicidade, quase tropeçando nos cadarços desatados. Eram simpáticos, aqueles dois. O chileno continuava imóvel, exceto por sutis contrações torácicas. Com delicadeza, o gordo estendeu ao máximo a abertura da chave em torno do escroto esquerdo do chileno. Vamos endireitá-lo, disse o homem de chapéu já sem chapéu passando um lenço encardido nos cabelos oleosos, se é que me entende. Então o gordo apertou a roela da chave inglesa, espremendo o escroto do chileno até perder a forma, até sua estrutura ovoide se tornar um disco. Apenas o brusco movimento do pescoço, que se ergueu num espasmo e logo caiu, demonstrou que o chileno seguia vivo. Enquanto o gordo desajustava a chave inglesa, o homem de chapéu disse que guardaria seus documentos, e que você os reaveria só após lhes mostrar o diagrama da distribuição de explosivos a serem instalados no palanque. Nessa ocasião nós lhe daremos um presentinho, disse o homem de chapéu. Que não se preocupasse com os comunistas, prosseguiu, pois ele próprio estaria no local cuidando da segurança. Antes disso nós o procuraremos, ele disse, você saberá quem somos. Cuidaremos de você, somos seus amigos. Chega dessa sua vida solitária e vazia, alemão. Seremos uma família, até o chileninho, se ele quiser. Enquanto ouvia aquelas palavras e observava o chileno, notou que ele não se movia mais. O peito não arfava. Nesse momento escureceu, e você sentiu o chulé de meia velha da venda que colocaram em seus olhos, disse Curt Meyer-Clason. Abriu-os somente diante da pensão do Méier, onde o despejaram na calçada.

8.

O último comício da campanha presidencial do metalúrgico comunista aconteceria na Candelária em 10 de novembro, disse Curt Meyer-Clason, e as eleições seriam no dia 15. A primavera recém começava, e você teria pouco mais de um mês para subtrair material explosivo do paiol do Departamento de Demolições numa quantidade mínima a cada ocasião, de modo a não levantar suspeitas do professor.

Na segunda-feira, antes da chegada do restante dos funcionários, analisou a agenda de implosões a serem realizadas até a data do comício. Não eram muitas, e talvez fossem insuficientes. O acesso ao paiol se dava somente na véspera das ações, você não tinha a chave.

Ao final do expediente de sexta, o homem de chapéu o aguardava no corredor diante do bandejão. Após apagar o cigarro no piloti, estendeu-lhe uma planta da região da Candelária com as dimensões do palanque desenhadas em papel de pão. Pelo ar de satisfação do gordo, ele devia ser o autor dos garranchos. Tudo o que precisa está aí, disse o homem de chapéu, no domingo ao meio-dia vou te levar pra conhecer alguém. E logo partiram, abraçados como se fossem dois tios em visita a um sobrinho.

Não havia fila no Bob's. Depois de verificar se o chileno por acaso não estaria escondido atrás do balcão, você apontou o milk-shake de morango no cartaz. A atendente o entregou, dando sinais de reconhecê-lo, e perguntou: faz tempo que tu não vem aqui, tava doente. Pensou em mencionar o chileno, em perguntar com as mãos se ele não tinha aparecido. Onde está o seu colega chileno, essa seria a pergunta que faria, apontando o posto costumeiro dele, mas ficou com receio que ela lhe respondesse que chileno, aqui nunca teve nenhum chileno. O milk-shake tinha gosto de remédio e a calda parecia sangue muito doce, disse Curt Meyer-Clason, um sangue misturado com neve e lama, embora não tivesse certeza se o sangue era doce ou salgado.

Você sorveu o creme batido, correu até a calçada em frente à lanchonete e vomitou.

9.

No domingo ao meio-dia, o Opala dobrou a esquina da Dias da Cruz com a Dona Claudina. Pneus guincharam diante da pensão. Você penetrou o interior escuro do automóvel como se ingressasse a própria meia-noite, só que ainda mais quente que o dia. Não vedaram seus olhos. O homem de chapéu jogou fora o cigarro meio murcho que pendia de seus lábios e retirou o embrulho com todo cuidado de suas mãos, dizendo que não era ocasião lá muito propícia para se fumar. Hoje você vai conhecer o paraguaio, alemão, ele disse. Na manhã anterior, fingindo que esquecera algo importante no emprego, você obteve uma cópia da chave do paiol e roubou a primeira carga de explosivos. Agora não lhe parecia tão impossível reunir o material no prazo de que dispunha. Salvaria o chileno. Ele voltaria a fazer milk-shake com sorvetes frescos, não estragados. O idiota voltaria a sentir frio em pleno calor. Enquanto deixavam o Méier e seguiam pela rua Uranos em direção a Ramos, um trajeto que conhecia bem, observou o interior do Opala, os adesivos e brasões estampados no vidro da frente, o coldre de um .38 no porta-luvas aberto, e concluiu que seus tios adotados só podiam ser policiais militares à paisana.

Depois de passar por Bonsucesso, o automóvel entrou nas vielas aos pés do morro do Adeus e estacionou na garagem de um casarão semidevorado pela umidade. Manchas de infiltração faziam o local lembrar as ruínas de um incêndio. Teve a sensação de que adentrava um espaço conhecido, o pavilhão dos fundos da casa de Curva de Rio Sujo, onde reencontraria bancadas repletas de instrumentos químicos do laboratório da rata e cobras em compotas cheias de formol até a boca nas prateleiras empoeiradas. Encontrou somente o chileno, entrevisto através da portinhola aberta pelo gordo. Encolhido num canto escuro, abandonado e imóvel, era impossível saber se era um cadáver ou um boneco em tamanho natural jogado na penumbra para enganar quem o visse. Suas mãos tremeram ao pensar que naquela manhã tomara o último Hipofagin do estoque. O chileno fazia falta. A boca estava seca, mas você não tinha sede. Os músculos do pescoço repuxavam. Via coisas. Sentiu o que havia muito não sentia, a aura que antecedia as convulsões. O gordo o conduziu pelo corredor que levava a uma sala vazia. De acordo com o que apreendeu do cinzeiro e dos cigarros fumados pelo gordo e pelo homem de chapéu, pelo menos três pessoas com diferentes gostos para marcas estiveram ali, dois visitantes e o anfitrião. Seus sentidos se aguçavam na iminência de uma convulsão. Fedor de urina se misturava às cinzas. Pensou ouvir gemidos, quem sabe as últimas palavras de alguém. Do chileno. As convulsões se avizinhavam, ou talvez fosse a enxaqueca. Minutos se arrastaram por séculos. O tal paraguaio permaneceu atrás da cortina de treliças que separava a sala do corredor, a brasa acesa de seu Minister se movendo para lá e para cá, metade do corpo mergulhado no outro cômodo. O anfitrião. Viu a mão enluvada que sustentava o cigarro aceso, o rutilar avermelhado na superfície encouraçada de seu uniforme. Talvez usasse máscara, não era possível ter certeza. O paraguaio, disse o homem de chapéu, está aqui para nos ensinar. O paraguaio, você pensou. O generalíssimo Stroessner o enviou, disse o homem de chapéu, é o seu predileto. Nós o chamamos de paraguaio, quando o chamamos. Porém nunca precisamos fazer isso, ele sempre aparece. O paraguaio nunca fura. O brilho da lâmpada tremeluziu um instante, e ouviu-se seu filamento queimar. A sala mergulhou no breu. O som sibilante das treliças escorrendo em contato com a superfície de couro da jaqueta se impôs, era o paraguaio que entrava na sala escura. Outro gemido veio do fundo do corredor, um gemido que parecia o adeus à pior parte desse mundo, a mais suja. Você tragou a fumaça do cigarro que se alastrava pelo ambiente e a reconheceu como o hálito de um parente há muito esquecido, um irmão perdido na infância. Um irmão secreto. O anfitrião esticou o braço direito para alcançar o cinzeiro sobre a mesa, e só então você percebeu que a mão direita dele era a cópia de madeira de uma mão com um furo na palma onde ele sustentava o cigarro. Ele bateu a prótese de madeira no tampão da mesa, ordenando alguma coisa ao gordo. A luz de uma lanterna se acendeu, iluminando o jornal aberto sobre a mesa. Na página, havia uma foto que mostrava mulheres índias esculpidas em gelo com seus úteros despencados para fora das vaginas como se fossem sacos escrotais, distendidos e quase transparentes, uma multidão de estátuas dispostas no centro de uma aldeia indígena. Es la primera fotografía de un trabajo de la rata y la hice yo, disse o paraguaio, soy el presidente del fan club de su mamá. Tevíro jukahare ñe'ngu del carajo, ele disse, mudinho do caralho. Era Hassan Sader Gamarra sob a máscara, debaixo da sombra escura. Observou os olhos sob a máscara que lhe cobria, sem reconhecê-los. Não podia ser Hassan. A mão de madeira segurou outro cigarro, enquanto a mão de carne o acendeu. Reconheceu o mesmo relógio Technos metálico no pulso dele de anos atrás, como invejara aquele relógio. O arder da brasa transportou você ao trecho da carta de Hugo Reiners em que ele descrevia a obra estampada na fotografia do jornal que estava à sua frente: eis uma obra da rata ainda mais obscura, escreveu Hugo. Prolapso de útero é comum entre mulheres indígenas, decorrente dos trabalhos forçados ao serem escravizadas e da inanição. Contudo, ao descrever essa obra o repórter do *Diário de Cuiabá* não conseguiu estabelecer ligação com obras anteriores. Aparentemente, ela trocara as representações de tortura por outro tema. Mas eu compreendi de imediato que a rata tinha se conformado com o destino de Karl, escreveu Hugo, e retornado a seu tema essencial, a você e à tragédia ocorrida em Medianeira durante a nevasca de 1975. Aquelas índias estéreis feitas de gelo representavam ela própria e sua incapacidade de fazer o tempo voltar, tudo voltar a ser como um dia foi, a vida prometida adiante, e não a morte antes da hora.

Voltando a si, você viu o homem de chapéu entrar na sala. Ele sorria, ao jogar a fotografia sobre o jornal. Na imagem, a rata aparecia sentada com as mãos para trás como se estivesse algemada. À frente dela havia uma mesa sobre a qual se via um gravador e um microfone armado sobre um pequeno pedestal. O rosto da rata estava coberto de hematomas, porém sua expressão não demonstrava medo. Ela encarava a lente. É o teu presentinho, alemão, disse o homem de chapéu, aquele que prometi quando a gente se conheceu. A boca da rata fora congelada no momento em que gravava a fita cassete. De longe, de algum lugar desconhecido, a rata falava com você. Mas você não a ouvia.

Concentrado na fotografia, você não percebeu o quão próximo de você estava o rosto mascarado do paraguaio. Ao ver os dentes brancos dele se esticando num rasgo incompreensível, a meio caminho entre a dor e a melancolia, você pensou que ele abria a boca para mordê-lo, mas ele o abraçou. Sorrindo, pois aquilo era um sorriso, o paraguaio o envolveu em seus braços muito fortes que pareciam não querer largá-lo tão cedo, e disse bienvenido, hermano, no estás más solo. Bienvenido, ahora somos tu familia.

10.

No dia em que você roubou a última carga de explosivos, a Ilha do Fundão amanheceu enevoada, disse Curt Meyer-Clason. Vindo do Méier, o ônibus da linha 663 furou a maresia trazida de alto-mar com você a bordo, lendo um poema que falava sobre o costume feudal tibetano de arrancar a pele dos criminosos ainda vivos. Era um meio-dia de primavera ou começo de verão, porém você sentia uma tristeza profunda, sentia que as trevas se infiltravam como areia em seus pulmões. O 663 varava a neblina e não trazia quase ninguém a bordo, apenas o motorista, o cobrador adormecido sobre o caixa, a quem dera uma moeda, e você. Ao atravessar a ilha sentiu que chegava a outro lugar, não mais ao campus, talvez atravessasse o Estige ou o Aqueronte, lendo o poema que dizia que alguém tinha visto órgãos humanos submersos em formol no laboratório do hospital, órgãos vermelhos e com nervuras, e quase vomitou como se uma mão invisível o afogasse. Talvez tivesse chegado ao inferno. No ponto onde o ônibus o deixou, só o topo do prédio da FAU se mostrava visível, despontando sobre a neblina. A morte rodeia cada pessoa como o ar, como o formol dentro da compota de cobras. Você entrou no paiol do Departamento de Demolições sem ser visto por conta da manhã nublada, e na volta, com os explosivos na mochila, somente alguns vultos zanzavam pelo pátio. O Opala dos homens do CCC, pois era isto o que eram, o Comando de Caça aos Comunistas, a última célula que ainda resistia na Polícia Militar, o automóvel negro o aguardava em frente ao edifício, e o gordo deu partida assim que depositou a carga nas mãos do homem de chapéu. Opa, alemão, disse o homem de chapéu, e você sentiu afeto por ele, como se fosse seu tio. Na próxima vou trazer uma farda de presente, bem que você merece, sobrinho. O chileno não importava mais, se é que teve importância algum dia. O idiota. Você passou um bilhete para o homem de chapéu que dizia: a partir de agora me chame de El Diablo.

11.

Naquela manhã, ao conseguir enfim adormecer, teve pesadelos com El Cazador Blanco nos quais ele o perseguia na selva, disse Curt Meyer-Clason. No pesadelo, a gravação que você ouvia em um walkman lhe fornecia pistas tão falsas como migalhas de pão jogadas em estradas bifurcadas, e a cada passo você se perdia mais no labirinto vegetal, até encontrar a rata morta ao pé de uma figueira-branca.

O comício final da campanha do metalúrgico seria naquela mesma noite, eram aguardadas milhares de pessoas. Horas antes, o CCC o buscou na pensão do Méier e rumaram à Candelária para instalar os explosivos de acordo com o plano. Não se importavam com vítimas inocentes, não haveria inocentes entre os espectadores, nem mesmo crianças. O homem de chapéu comandava a segurança do comício composta por policiais à paisana, e sua entrada debaixo do palco foi facilitada por um bigodudo de submetralhadora em punho e jaqueta de couro que exalava cigarro e curtume. Parecia que a cerração da manhã anterior na Ilha do Fundão tinha sido arrastada pelo vento até o centro do Rio de Janeiro. Ao entrar, você vestiu sua máscara de couro com pregos de aço. Sentiu-se confortável, como se fosse uma segunda pele.

Sob a penumbra do palco, engatinhando nas pedras portuguesas da calçada debaixo da estrutura armada, intuiu a sombra de Hassan Sader Gamarra em um canto a observá-lo, mas algo lhe dizia que ele não desejava ser visto e que você não deveria olhar para ele. No entanto, como se fosse um fantasma, alguém que exigisse ser esquecido no passado, aquela presença se tornou mais pesada a cada minuto e, concentrado nas fiações e pavios que ocultava nas ramificações das vigas de sustentação, instalando as cargas de trinitrotolueno, os músculos de seu pescoço repuxaram com violência, antigos tiques nervosos afloraram descontrolados, tornando suas mãos instáveis e, em consequência, expondo o trabalho ao risco de fracasso. Você sentiu a aura de uma convulsão, os instantes que antecediam o ataque.

Calma, El Diablo, disse a sombra no canto escuro, e você viu as pernas que começavam a se multiplicar em frente ao palco, tenga calma, a luz diurna sumindo, e ouviu gritos dos técnicos de som e os testes ruidosos dos alto-falantes com o jingle da campanha abafando a multidão que se aproximava. Mucha calma, repetiu a sombra, e, sem olhar para ela, você passou a considerar que era El Cazador Blanco quem estava ali, não Hassan Sader Gamarra, El Cazador Blanco em sua armadura de couro cheia de pregos, usando máscara igual à sua, a mesma máscara, e sentiu seu hálito sanguinário de esquartejador, o perfume de cordeiro assado com alecrim. Observou pernas sem tronco lá fora, lembravam as pernas de uma enorme aranha, apenas partes de corpos em movimento para todos os lados, e pensou que o desmembramento antecipava a detonação do trinitrotolueno. Àquela altura a rata só podia estar morta, você pensou, o CCC devia tê-la matado. O volume dos alto-falantes subiu. Após intensa ovação da multidão-aranha, ouviu-se o timbre tão característico da voz do candidato, olá, companheiros. Era hora de acionar o pavio elétrico que detonaria os explosivos, e você vacilou. Erguendo-se, tentou escapar de debaixo do palco do comício, mas foi empurrado de volta pela coronha da submetralhadora do policial bigodudo. Ao cair para trás, viu que a mão de madeira do paraguaio saía sorrateiramente da escuridão e acionava o detonador. Levaria menos de um minuto para a explosão. Com a mão de carne que parecia de aço, Hassan Sader Gamarra agarrou seu pescoço. Mucha calma ahora, El Diablito, ele disse, jukahare ñe'ngu del carajo, ele disse, mudinho do caralho. À beira da inconsciência, com estrelas implodindo no escuro sob o palco, você olhou a praça lá fora e viu uma multidão de pernas de estátuas de gelo, e entre elas os úteros caídos das vaginas como longos sacos escrotais, úteros inférteis de gelo, e sentiu o hálito de musgo e líquen de Hassan Sader Gamarra, aspirando o odor de pântano do interior de seu corpo ocupado por pyhareryepypepyhare. Estava morrendo, mas antes disso, antes de tudo explodir, enquanto vocês dois rolavam sobre as pedras da calçada, conseguiu acertar a cara do paraguaio com uma cabeçada. Os pregos de sua máscara de couro o atingiram em cheio. Ele caiu para trás, deixando um rastro sanguinolento, e foi engolfado pelas sombras, dando tempo suficiente para você escapar das entranhas do palco e, cego diante dos flashes das câmeras fotográficas e das luzes da Candelária, seguir entre troncos e cabeças, pois aquela aranha gigantesca que vira passou a ter rostos com sorrisos esperançosos, e passando entre as pessoas com toda força, sem olhar para trás para ver o candidato ao microfone, a estrela solitária da bandeira tremulando no palco lotado, ouviu somente o volume fortíssimo da voz do metalúrgico eletrificada nas caixas de som até se proteger detrás da estrutura de ferro de uma banca de jornal, e então seu corpo vibrou inteiro com a sequência de explosões de TNT que ribombaram com estrondo. Você sentiu a fumaça preta subir e se espalhar no céu da Candelária, muito acima da cúpula, e ouviu gritos de dor e viu expressões lancinantes, o asfalto se cobriu de sangue e neve, sangue e lama, e foi então que um pedaço da torre da catedral desabou sobre o buquê de chamas vermelhas que tomou o palco, arrasando a estrutura metálica e o teto de zinco em brasa, e você escapou entre labaredas que tomaram o sistema de som, escapou sem olhar para trás pois se olhasse, tinha certeza que veria a armadura negra de El Cazador Blanco rompendo a separação entre vida e morte, varando o denso fumaceiro das explosões, caminhando em sua direção para recuperar a máscara que você usava enquanto corria.

Então pensou na rata e decidiu que ela estava morta e não sentiu mais nada, disse Curt Meyer-Clason, apenas se misturou à multidão em pânico que se dispersava velozmente pela cidade.

11. Verdadeira história de Curt Meyer-Clason

(*Espectros de calor*)
(*1940, 1946*)
(As vozes)
(Systana Carvokka)

1.

A viagem de Medianeira a Curva de Rio Sujo em 1975 só deu sinais de término quando a rata chegou ao início de minha verdadeira história, disse Curt Meyer-Clason. Enquanto corria em fuga já pela rua do Ouvidor, ainda surdo por causa do estrondo da explosão na Candelária, você se lembrou.

Na Ilha Grande, sob o calor e os ferrões de mutucas, acocorado na choupana de pescadores da praia da Ossuda, Curt Meyer-Clason relatou, para distrair o marinheiro Kurt Meier das dores que o afligiam ao se deitar, passagens de sua existência pregressa. A condenação não passava de equívoco, disse Curt Meyer-Clason ao ferido, pois ele era apenas um comerciante sem qualquer ligação com o Terceiro Reich. Detinha cargo de executivo na filial de uma empresa norte-americana de importação e exportação em Porto Alegre cuja matriz ficava em Boston, o que levantou suspeitas. As diversões que o dinheiro podia comprar eram seu único objetivo, jamais a política, muito menos a guerra. Sou um bom homem, disse Curt Meyer-Clason, além de bon-vivant. Enquanto o escutava, deitado no piso da choupana oculta pelas palmeiras, o febril Kurt Meier via surgirem nas areias às costas de seu interlocutor homens, mulheres e crianças que emergiam de dentro d'água com ar impávido, rostos inexpressivos de gente morta. Eram dezenas, centenas, seus corpos cobertos de algas e restos de peixes, e se arrastaram ao longo da choupana sem vê-los, com olhares à procura de algo que não sabiam bem o quê, até sumirem de vista. Fui acusado de transmitir a localização de navios civis a um submarino da Kriegsmarine, disse Curt Meyer-Clason, os navios foram torpedeados e todos os passageiros morreram. Confessei o crime sob tortura, me condenaram a vinte anos, mas sou inocente.

Com a percepção entorpecida pelo sofrimento, vendo espectros de calor que oscilavam acima do mangue na direção tomada pelos náufragos, o marinheiro Kurt Meier pensava no folclore sobre Curt Meyer-Clason que corria pelo presídio da Ilha Grande, e como aquele depoimento não se encaixava nele. No entanto, as feridas causadas pelos pregos de aço da armadura de couro de El Cazador Blanco nublavam sua razão, enquanto a areia ao redor se empapava de sangue, atraindo mosquitos. Parecia bastante próximo o instante em que o suor e a hemorragia o fariam esvanecer no ar.

Dizia-se que Curt Meyer-Clason recebera treinamento em criptografia e era exímio operador da máquina Enigma. Que conhecia ao menos vinte línguas, entre elas algumas mortas. Que era heterossexual, homossexual e bissexual, conforme quem contava o episódio. Que fizera voto de castidade. Que era promíscuo. Que falava sempre a verdade. Que mentia o tempo todo. Que havia sido torturado com especial dedicação por El Cazador Blanco, utilizando-se de uma tira de borracha de câmara de pneu envolvendo sua cabeça até sufocá-lo, e que confessou seu suposto crime de guerra somente depois de lhe arrancarem sangue em profusão das narinas e dos tímpanos. Que o barão Von Rhein era seu amante. Que o tenente Fritz Zander o amava. Que Zander o odiava. Que o barão Von Rhein era seu inimigo mais cruento. Que Hans Werner Curt Meyer-Clason era Hans Werner em certas ocasiões e nenhum dos dois em outras. E que ao pisarem a ilha, ambos, Curt Meyer-Clason e Hans Werner, passaram a enlouquecer lentamente, de hora em hora, dia a dia, semana após semana, mas talvez a insanidade tivesse eclodido antes, com o afundamento dos seis navios em agosto de 1942, e apenas se agravou na prisão. Também havia quem considerasse a possibilidade de ele simplesmente ter nascido insano.

2.

Dentre as lendas relacionadas a Curt Meyer-Clason, uma impressionou o marinheiro Kurt Meier por parecer extraída das páginas de um livro de aventuras. Ao trabalhar em Porto Alegre, Meyer-Clason servira de intermediário a impensáveis negócios envolvendo diamantes carbonados, firmados entre o Terceiro Reich e o delegado Filinto Muller na viagem deste à Alemanha às vésperas da Segunda Guerra. O episódio da visita de Muller à Alemanha coincidia com sua ida ao Centro de Eutanásia em 1937, quando o jovem bioquímico também estava lá. Soube da conexão entre Curt Meyer-Clason e Filinto Muller em uma noite de verão sob a janela da cozinha, usada por Kurt Meier e pelo tenente Zander como luminária natural — era lua cheia — para ler os relatos da viagem ao Novo Mundo de Ulrich Schmidl von Straubingen.

Em 1940, Hitler necessitava de grande quantidade de diamante negro para a manutenção de seus planos bélicos, disse Zander pondo o livro de lado. Esse tipo de minério carbonado usado na fabricação de armamento passou a ser alvo de disputa entre os Aliados e o Reich. A produção do cristal se concentrava na Bélgica e na Holanda, contudo os comerciantes e técnicos desses países, sob orientação de Londres, boicotavam arremetidas comerciais de Berlim. Com a idêntica recusa de produtores na África do Sul e Austrália, dessa vez influenciados pelos Estados Unidos, a alternativa que se ofereceu foi o Brasil. As portas da Europa se fecharam, e Himmler se encarregou de montar uma quadrilha internacional para obtenção do produto, enviando-a ao Brasil, que ainda se mantinha neutro no conflito. Graças ao envolvimento do delegado Müller, o plano funcionou até o afundamento de navios civis brasileiros na costa e a consequente declaração de guerra contra a Alemanha em agosto de 1942, o que terminou por afastar Muller do comando da polícia política. Talvez a inocência alegada por Curt Meyer-Clason realmente proceda, disse Zander, pois estou certo de que os ianques foram responsáveis pelos torpedeamentos, forçando a tomada de posição contrária ao Eixo por parte de Vargas. A causa dessa decisão foi apagada em definitivo da história, porém, assunto de gângsteres, continuou Zander, um simples desentendimento acerca da propina a ser paga a políticos pelo direito de explorar a mineração na bacia do Pantanal mato-grossense atingida por gigantesco meteoro há milhões de anos. Nessa cratera pode ser encontrado o diamante negro mais duro do planeta, um arsenal subterrâneo descoberto pela quadrilha de Himmler aplicado na construção de tanques de guerra e submarinos, mas também o ingrediente secreto da fórmula do fenobarbital experimentado em Bernburg. As gemas de Pedra Negra, segundo Hörbiger, disse Zander, são estilhaços das três luas que orbitavam a Terra antes da Era Glacial.

Diante da reação do marinheiro Kurt Meier ao ouvir a menção ao fenobarbital e a Bernburg, o tenente lhe perguntou se tinha conhecimento do que houvera por lá, se ouvira falar dos mistérios de Bernburg. Não, disse o marinheiro Kurt Meier difarçando seu passado nos laboratórios da Aktion-T4, pois passei a guerra em alto-mar. O Centro de Eutanásia de Bernburg foi uma experiência formidável, disse Zander, e nosso amigo Curt Meyer-Clason teve responsabilidade direta sobre o que aconteceu por lá, é o que dizem, assim como pelo fornecimento de Pedra Negra à Gestapo. O que tem o diamante negro, disse Kurt Meier, não passa de um carbono típico. Não o encontrado nessa cratera dos pântanos, pois apresenta gravidade específica e densidade distinta de outros diamantes carbonados, além da alta presença de radioatividade, disse Zander. Tem em sua composição certa substância escura inexistente na tabela periódica, daí ser tão valioso. E o que isso quer dizer, disse Kurt Meier sem ênfase, observando a lua tão cheia a ponto de ocupar por completo a área da janela, deixando o espaço da cozinha claro como se o dia tivesse avançado sua hora ou se de repente a noite voltasse a ser iluminada por três luas, não sei se compreendo, desculpe. Quer dizer que a Pedra Negra não é daqui, disse Zander, mas extraterrestre. Os ocultistas da Sociedade Thule atribuíram poderes sobrenaturais ao cristal. Curt Meyer-Clason foi enviado ao Brasil para liderar uma quadrilha que o adquiriria no mercado negro, ou então o roubaria cometendo atrocidades para cumprir seu intento. A quadrilha procurava a entrada da Terra Oca, que deveria ficar em algum lugar em meio à selva que encobre a cratera causada pelo impacto do meteoro, ou talvez no fundo da Bacia do Prata, quem sabe, em profundidades alcançadas somente por submarinos como os nossos U-Boat. Ao ouvir a referência a submarinos, o marinheiro Kurt Meier pensou no U-564 — e percebeu que seu limite para a aceitação de coincidências começava a se exceder. A substância escura era separada do carbono e misturada à fórmula do fenobarbital aplicada aos internos de Bernburg, disse Zander, embora não se saiba que efeito era esperado. Na superfície da lua cada vez mais nítida, o assim conhecido marinheiro Kurt Meier localizou a mancha sinuosa correspondente ao Mar da Tranquilidade, enquanto lembrava sua encarnação anterior como bioquímico em Bernburg. Aconteceu em outra vida, pensou Kurt Meier, uma vida da qual gostaria de não lembrar, caso fosse possível. Do lado de fora do presídio, o luar se esparramava acima das copas das árvores, atribuindo ao movimento causado pela ventania nos ramos certa semelhança com as ondas do oceano. Recordava-se da presença do elemento químico desconhecido na composição do fenobarbital, algo sobre o que sabia somente o que fora declarado. Mas, como sabemos desde os primórdios, a solidão das ilhas tende a estimular a imaginação dos homens, pensou, servindo às fabulações e aos relatos mitológicos; não podia ser diferente com a Ilha Grande. A ausência de antecedentes confiáveis da maioria dos detentos servia de combustível para a desconfiança dos demais, que tendiam a preencher lacunas com mentiras e verdades ocasionais além de qualquer comprovação. Você ao menos deve ter ouvido falar das brochuras populares do dr. Hans Horbiger, disse Zander, sua Doutrina do Gelo Eterno é fascinante, assim como toda a Cosmogonia Glacial. Assentindo em silêncio, Kurt Meier considerou que a morte nunca exigiu tantas contorções retóricas e ornamentação quanto naqueles tempos, e continuou observando a lua.

3.

De fato, cada prisioneiro alemão na Ilha Grande no período posterior ao fim da Segunda Guerra tinha duas ou três identidades: a falsa, criada a fim de servir nas missões militares ou decorrente do instinto de sobrevivência; a fantástica, desenvolvida pelos demais prisioneiros e decorrente da política de boa ou má vizinhança, conforme a habilidade social manifestada nas rodas de conversa e ginástica do pátio da prisão, em fogueiras noturnas na praia, nas quais se ouviam lieder ao violão e lorotas heroicas, nos intercursos sexuais ao abrigo natural de cachoeiras na selva ou na penumbra das celas; e a verdadeira, quase sempre inacessível. O inábil Curt Meyer-Clason, simpático apenas aos meneios literários do barão Von Rhein, era o único a alimentar sua própria lenda, não se sabe se voluntariamente, por apego ao mito poético, ou pelo fato de ter escolhido o exílio para se reinventar. Sob as asas do barão, um homem que, mesmo em uma prisão infestada por doenças da América do Sul, continuava a se comportar como se flanasse nos arredores do Reno, negociando badejos e namorados com pescadores de Mangaratiba com a mesma retórica que usava com seus súditos, Meyer-Clason estudou literatura com afinco, lendo o sadomasoquista austríaco Heimito von Doderer, o vienense Robert Musil e o suíço Robert Walser. Graças à influência do barão na embaixada espanhola, conseguir livros não era um problema, e a internação de cinco anos na Ilha Grande passou a ser uma escola para o espião Curt Meyer-Clason.

Entre seus objetos de estudo, os brasileiros que descendiam de alemães eram os mais estranhos. No presídio não havia somente prisioneiros de guerra, mas também descendentes que escaparam a linchamentos após o Brasil declarar guerra à Alemanha. Um deles, agricultor em Santa Catarina, viera ainda criança para o país, e nunca aprendeu a falar português. Perseguido pela polícia de sua cidade e por seus vizinhos pela acusação de falar alemão em público, foi aprisionado. Na praça da cidadezinha onde vivia, pessoas que conhecia desde sua chegada o obrigaram a beber óleo de rícino misturado a diesel. A disenteria que o acometeu a seguir divertiu a plateia. Enviado à Ilha Grande, sucumbiu à depressão. Depois de meses, cansado de negar qualquer vínculo com seu país natal e não tendo a quem recorrer, começou a enviar cartas aos filhos e à esposa analfabeta em Santa Catarina. Os filhos, porém, não falavam nem liam alemão, assim como o missivista não lia português. Em um domingo, após a visita do representante da embaixada espanhola que se encarregava da correspondência e de outros detalhes, como as encomendas de livros do barão Von Rhein, o agricultor recebeu uma carta de sua filha. Estava escrita em português, e entre os prisioneiros não havia quem pudesse traduzi-la. Mesmo assim, Curt Meyer-Clason via o homem sentado em uma rocha na praia da Ossuda, num banco de granito no pátio da prisão, na cela de noite, deitado próximo à chama de uma vela, Curt Meyer-Clason sempre o via com a reconhecível postura de alguém que lê, carta aberta diante de seus olhos e expressão de quem não entende nada. Depois de algum tempo, o agricultor resolveu mudar de destinatários, escrevendo a endereços de jornais e órgãos públicos na Alemanha, endereços que obtinha com o representante da embaixada espanhola, na tentativa de fazer revelar seu paradeiro, pois temia morrer naquela ilha sem que o mundo soubesse de que se tratava apenas de um agricultor, um homem do campo que nunca teve oportunidade de estudar, e não um espião ou criminoso de guerra. Desses destinatários nunca obteve resposta. Um dia, enquanto o homem escrevia mais uma carta, Curt Meyer-Clason se aproximou por trás sem que ele notasse sua presença. Descobriu que o agricultor, de modo semelhante à sua mulher, também era analfabeto: a carta se compunha de palavras ilegíveis em algum dialeto esquecido que nem mesmo alguém com conhecimentos linguísticos como Meyer-Clason pôde decifrar. Não significava nada, e não poderia ser lida por ninguém.

Por si, a condição de ilhéu não diferia muito da situação daqueles expatriados, pensou então Curt Meyer-Clason, e da sua própria condição na Ilha Grande. Eram homens premidos por encarnações vividas na Europa, relegadas ao passado e às quais não podiam mais aceder, e seus descendentes, por conta do distanciamento da língua materna e do afeto decorrente dela, perderam a noção de pátria, a identidade fictícia porém estabilizadora, e mais, esqueceram a felicidade ligada ao seu lugar de origem, agora distante demais para que ainda pudessem ter qualquer entendimento dele. Eram hóspedes de uma ilha, cujas terras estavam limitadas por todos os lados pelo oceano que os levou até ali mas ao mesmo tempo os prendia a um ponto inexpugnável, tornando-os prisioneiros do idioma, ou da distância. No tocante a Curt Meyer-Clason, o aprisionamento contraditoriamente o libertara de si, dos preconceitos de classe, filho de militar que era, sem acesso aos livros e à literatura. De fato, aquilo mesmo que explicava a libertação de Curt Meyer-Clason era o que impedia aqueles descendentes de compreender a língua dos pais, que a conheciam apenas distorcida por algum idioleto tão íntimo e intransferível que não era compreendido por ninguém, exceto por eles, falantes.

Em uma visita do delegado Filinto Muller à Ilha Grande, Curt Meyer-Clason teve oportunidade de observá-lo e aos dois oficiais que o acompanhavam, majores Ernesto Beckmann Geisel e Augusto Hamann Rademaker Grunewald, assim foram apresentados ao diretor do presídio. Pareciam alemães, tinham nomes alemães, comportavam-se como alemães (pois eram militares), e a coordenada movimentação de seus membros superiores e inferiores correspondia à índole marcial teutônica, sua pele era branca como eram brancas as peles dos meninos de Herborn e Osnabruck de onde os pais de Geisel vieram, porém não atendiam aos pedidos feitos em alemão pelos prisioneiros, a quem olhavam como estranhos, com uns olhares de inquietude que viam surgir figuras do passado nos traços daqueles homens detrás das grades, homens de colônias no Mato Grosso, no Rio Grande do Sul e Santa Catarina, semelhanças físicas que reconheciam conforme a região de origem de cada um deles, bávaros, renanos e boêmios, e a música severa de sua fala ao ouvirem uma língua entreouvida na infância, o hunsruckisch na cozinha de casa e no campo, o pomerano dos parentes falecidos, e no entanto os estranhos eram eles, elos perdidos de uma cadeia genética, europeus esquecidos na selva sul-americana, que ao serem transferidos de um lugar a outro permaneceram atravancados no meio do caminho.

4.

Esse lugar foi algo que a culpa o obrigou a entender, a decifrar. Desde a manhã em que passou a mensagem cifrada em um poema ao Alto-Comando de Submarinos que ordenaria o torpedeamento de seis navios brasileiros, Curt Meyer-Clason não deixou de pensar no meio do caminho qual teria sido o rumo tomado pelas almas surpreendidas a bordo pelas explosões na alta madrugada, o que sentiu a moça que viajava ao encontro do noivo e resolveu não jantar aquela noite, matando sua angústia na cabine em companhia de um livro e o garoto que brigou com a irmã durante uma malsucedida brincadeira de esconde-esconde em que a ludibriou no instante da contagem, acompanhando-a de soslaio enquanto ela se escondia. O menino pretendia se desculpar pela manhã, mas a eficiência do oficial alemão responsável pelo disparo do torpedo adiou essa intenção, deixando-a para sempre em suspenso.

Assombrado pela culpa, o assim conhecido espião Curt Meyer-Clason visitou um centro espírita na vila de pescadores de Dois Rios, ao norte da ilha, no endereço da encosta do morro recomendado por um nativo. Caminhou por vielas sem qualquer lógica em meio a barracos como se penetrasse um dédalo de onde sabia que nunca emergiria, ramificações de becos que geravam sombras vindas em sua direção com olhos e dentes acesos, o reflexo de uma lâmpada na aba do chapéu tocada pela mão em sinal de cumprimento, a negrura daquela mão destacada contra a palha branca do chapéu, a lama escura que escalava o tecido claro da barra das calças do homem que passou, vultos e bifurcações e o mergulho na escuridão até dar na encruzilhada. Diante do casebre lúgubre encontrado após se perder diversas vezes, homens e mulheres vestidos de branco se organizavam em uma longa fila, talvez os únicos elementos a sugerirem ordem em todo o vilarejo, o branco e a fila indiana, e a descrição feita por Curt Meyer-Clason da geometria dos barracos construídos de tábuas que passava ao largo de qualquer razão remeteu o marinheiro Kurt Meier ao labirinto feito com restos de beliches pelos meninos de Bernburg no início da Segunda Guerra, quando ainda era bioquímico. Nunca chegou a compreender por que fizeram aquilo.

Na choupana da praia da Ossuda, Curt Meyer-Clason aplicou compressas no rosto do homem pensativo aos seus cuidados para amenizar-lhe a febre, procurou conter o sangramento das feridas e afugentou moscas. Diante do centro espírita, as roupas brancas de homens e mulheres de pele escura que se confundiam com a noite faziam pensar em fantasmas à espera do juízo final. Ao vê-los, foi inevitável o arrependimento de não ter permanecido sob a proteção da cela. O espião se juntou às pessoas que aguardavam na fila, e esperou sua vez. De tempos em tempos, um gemido de dobradiças anunciava a hora de alguém ser atendido, mas ninguém saía do casebre. Provavelmente existia uma saída pelos fundos, pensou Curt Meyer-Clason enquanto observava suas feições esperançosas curtidas pelo sol e pela miséria. Negros, em sua maioria, com aparência inumana como a dos judeus. À frente, uma mulher carregava um painel emoldurado com desenhos toscos representando cenas nunca vividas pelo filho morto ainda na infância. Nos retratos imaginários, o menino fazia a primeira comunhão, se formava no primário — neste aparecia de diploma na mão sentado em uma carteira escolar ao lado de miniatura do globo terrestre; logo atrás, o mapa do Brasil —, prestava o serviço militar, casava-se com a morena da rua de baixo, tinha filhos (três), subia de vida, posando em frente à nova casa de alvenaria. A sequência era suspensa nesse momento, como se, por ter morrido tão precocemente, o retratista o desobrigasse da decadência da velhice, da doença e do previsível final. Assim, os desenhos compunham uma via-crúcis sem crucificação, a reencenação de uma vida ideal. Apesar de primitivo, o traço do pintor atribuía vivacidade ao personagem morto, com cores extraídas de um delírio e ambientações que contrastavam com a fotografia preto e branco colada no canto superior direito da moldura. Com um pouco de atenção, seria possível ouvir a mulher sussurrar ao painel palavras que Curt Meyer-Clason não escutou, mas que entendeu como parte da interminável conversa da mãe com o filho cujo ápice seria atingido no interior daquele centro espírita onde todos da fila também esperavam ser reconfortados por alguém que perderam.

5.

Aqui cabe um parêntese em direção ao futuro, rumo a 1976, pois você se lembrou, enquanto corria pelo centro do Rio de Janeiro em 1989 após a explosão na Candelária, de ouvir a rata manter uma conversa semelhante à dessa mãe em mais de uma ocasião na cozinha de Curva de Rio Sujo, disse Curt Meyer-Clason puxando a cadeira e sentando-se a seu lado enquanto se distraía auxiliando convidados a se instalar na sala da Casa do Sol onde em minutos ocorreria a conferência dele. Os monólogos da rata aconteciam quando ela pensava estar sozinha, prosseguiu Curt Meyer-Clason, e também no laboratório de química improvisado nos fundos da casa, com sua voz quase encoberta pelos trinados do piano de Heidi Rosenberg com seus sons de gralha e de tuiuiú no toca-fitas, e à noite no corredor de casa, enquanto você se aventurava a caminhar na escuridão a fim de perder o medo, a cabeça zonza de fenobarbital, e ouvia a voz dela saindo do basculante do banheiro onde a rata se trancava por horas, ela parecia conversar com alguém usando sua voz mais doce, a mesma que adotava ao tentar te enganar, não é, a te induzir a pensar que você era filho verdadeiro dela e não um adotado, não um alienígena encontrado no quintal após sua nave ter sido atingida por meteoritos e cair nos fundos da casa.

Uma vez, depois de fingir que tinha adormecido, você escapou de debaixo do lençol e seguiu até o basculante do banheiro que dava nos fundos da casa. Ao lado da janelinha havia um mamoeiro que logo escalou, pois precisava verificar com quem a rata conversava, quem afinal era merecedor de um tom tão suave de voz, quase um cantarolar, e você trepou na árvore e apoiou o pé no muro e a observou enquanto a ouvia, entre o vapor do chuveiro elétrico ligado, em meio ao ruído intermitente emitido pela resistência elétrica do chuveiro, e via a cara dela ser apagada pelo vapor no reflexo do espelho, restando apenas seu focinho avermelhado de roedora ainda visível que dizia algo como (você nunca teve certeza, pois não passava de um murmúrio misturado à água que escorria em sua débil lembrança):

    tem um menino
    no fundo do poço
    ele toca uma flauta
    feita de osso

    tem um menino
    enterrado na neve
    ninguém o ouve
    ninguém se atreve

    tem um menino
    que bateu a cabeça
    o que ele esqueceu
    jamais esqueça

    tem um menino
    que perdeu a voz
    por favor por favor
    não esqueça de nós

    tem um menino
    que brinca de esconde
    um dia se perdeu
    ninguém sabe onde

    tem um menino
    que a lontra comeu
    a lontra a lontra
    essa lontra sou eu

A mulher das lontras. Em sua cabeça avariada, a voz da rata se misturava com a voz da mulher das lontras. Ambas diziam as mesmas palavras.

6.

Na Ilha Grande, em 1946, a penumbra escorria do interior do casebre, o que podia ser atribuido à fraca iluminação que se infiltrava pela fresta, vinda do poste do lado de fora, guiando Curt Meyer-Clason no escuro, evitando que ele tropeçasse nas saliências do piso de terra batida. Ao sentar em um banco, percebeu a quantidade de falhas no teto e nas paredes, e isso acalmou a angústia de observar a mãe na fila de espera e testemunhar sua conversa com os retratos imaginários do filho morto. A mulher foi atendida antes, disse Curt Meyer-Clason ao marinheiro Kurt Meier prostrado no chão da choupana na praia da Ossuda, e não ouvi nada além de cochichos através da portinhola enquanto aguardava minha vez. Depois ela saiu pela porta dos fundos, e nunca mais a vi.

À medida que suas vistas se acostumaram à escuridão, o espião passou a inventariar a pouca mobília do casebre, a cômoda de madeira decorada com toalhinhas de renda e o velho rádio, o tapete trançado de palha e a cadeira de balanço de bambu no centro da sala. Na parede, Cristo e seu coração em chamas não deixavam o lugar mais claro. Ao lado da cadeira de balanço, um vulto negro cuja silhueta imóvel sugeria ser a estátua em tamanho natural de um cão de orelhas pontudas com a cabeça ereta, sentado sobre a cauda. A cadeira se moveu levemente para a frente e para trás, e só então Curt Meyer-Clason notou nela a presença minúscula da menina. Não devia ter mais de oito anos. Mantinha os olhos fechados, vestia saia e camisa muito alvas e engomadas. As mãos cruzadas descansavam em cima da bíblia fechada no colo, seus sapatos esticados não alcançavam o chão, meias de colegial subiam até os joelhos tortos. Provocado pela aproximação de uma mosca, o movimento quase imperceptível da orelha do cão mostrou que não havia estátua nenhuma ali, mas um doberman de prontidão, cuja mirada se fixou nos olhos do recém-chegado. Outro alemão perdido no fim do mundo, pensou Curt Meyer-Clason, porém este também não dá mostras de falar minha língua. Permaneceu quieto como o cão, pois entendeu que o animal se moveria somente se ele próprio ou a mosca o incomodassem. Desejou que a mosca sumisse por alguma brecha invisível da parede. Os minutos se arrastaram, a fraca lâmpada pendurada diretamente no bulbo foi acesa por alguém no outro cômodo, e nada de a menina erguer as pálpebras. Tinha a cabeça enorme, muito desproporcional ao seu corpo mirrado, o que lhe dava a aparência de inseto. O silêncio se propagou, nem mesmo o zumbido da mosca era ouvido, e então pingos de chuva começaram a ressoar placidamente no teto do casebre, depois a se espatifar contra as janelas e no barranco lá fora. Na medida em que a intensidade dos pingos aumentou, a fila de espera se desmantelou, resmungos chegaram aos ouvidos de Curt Meyer-Clason e a água escorreu por debaixo da portinhola. A menina continuou imóvel. O doberman ganiu baixo, a lâmpada apagou, soltando fedor de queimado. As válvulas do rádio em cima da cômoda zuniram, luzinhas em seu painel acenderam e cantos de pássaros se fizeram ouvir, risos de crianças e folguedos de velhos, sons de passos que se arrastavam no chão de folhas secas ao ritmo de uma dança, palavras sussurradas em ishir-chamacoco. Curt Meyer--Clason pensou se por acaso a Rádio Nacional não estaria transmitindo registros etnográficos de algum ritual indígena gravado por antropólogos nas selvas paraguaias. Porém não havia nenhuma sintonia, e a agulha do dial bailava em meio à tempestade estática. Em meio ao ruído, Curt Meyer-Clason ouviu choro de criança, eram centenas de vozes de crianças que desapareciam, misturadas ao crescente barulho de água sendo despejada, de gorgulhos de gente se afogando. A cantilena do naufrágio, a morte e seus engasgos. A menina enfim abriu os olhos, balançando a cabeçorra, e o cão rosnou para o visitante. O som do rádio foi cortado. Os olhos dela estavam brancos, era completamente cega. Nisso, a ventania escancarou a portinhola e Curt Meyer-Clason escapou sob o temporal, deslizando barranco abaixo entre casebres na enxurrada enquanto relâmpagos cindiam o céu, as vozes em seus ouvidos.

7.

Não se podia afirmar de Curt Meyer-Clason que fosse um crédulo antes de viver essa experiência, mas o episódio o transformou.

Dias depois, ao refletir em sua cela sobre o que ouviu, considerou se fantasmas sobreviveriam à completa desaparição de entes próximos como amigos, pais, irmãos, mulheres e filhos, companheiros de escola, de crimes e de trincheiras que choraram sua falta ou, de outro modo, desapareceriam na companhia de sua lembrança. Talvez os fantasmas fossem feitos de pura recordação que sumiria com o esquecimento. Se assim fosse, como poderiam continuar de portas abertas tantos negócios deste mundo, especialistas em prolongar a existência de mortos anônimos, e nesse rol poderiam ser incluídas igrejas e clínicas de psicanálise, mas também centros espíritas como o que recém visitara e rituais primitivos de tribos africanas e sul-americanas que ainda persistiam diante do avançar do racional século XX, era essa a questão a ser feita ou se não era, a verdadeira questão filosófica, a persistência do mundo anímico diante da tecnologia. Se os mortos morriam de verdade somente quando seus vivos também morriam. Porém estes deixavam rastros nos vivos, e mesmo que fossem apenas fiapos esgarçados pela memória cada dia mais distante, mesmo assim talvez restasse nessa frágil ligação um elo com aqueles outros mortos, e outros, e outros, numa cadeia até o início ou o final dos tempos. Estaríamos todos interligados por um fio, porém pela fibra mais forte desse fio que une a vida à morte.

Um dia o preso da cela ao lado da de Curt Meyer-Clason morreu. Era o agricultor que enviava cartas a todos os lados sem obter resposta. Encontraram-no pendurado a uma teresa nas grades da janela. Esse mesmo lençol, após ser desamarrado, envolveu seu corpo não reclamado por ninguém. Ficou deitado no catre até seus vizinhos de corredor protestarem. O cadáver foi levado no mesmo lençol, e ao chegar ao pátio deu para ver as manchas de fezes e tinta de caneta no tecido encardido. Curt Meyer-Clason se ofereceu para carregá-lo ao terreno úmido detrás da capela, onde o enterraram. Depois da última pá, não restou muito, a não ser a terra revolvida que lembrava a caligrafia de alguém, alguma mensagem ditada pelo acaso. Mas era impossível ler o que ficou escrito ali em língua desconhecida, e naquela mesma tarde caiu uma senhora chuva, limpando tudo. Era como se o homem nunca tivesse existido. Por uns dias a cela ao lado fez Curt Meyer-Clason se lembrar do defunto, sua ausência vibrando na noite em que não se escutou mais o seu nervoso rabiscar de papéis de carta.

Passados alguns dias, o vazio foi ocupado por outro.

8.

Foi pelas mãos do barão Von Rhein que o espião tomou conhecimento das pesquisas de Attila von Szalay com gravações eletrônicas de frases encontradas ao acaso no ruído branco das transmissões radiofônicas. Von Szalay era um fotógrafo interessado em registrar manifestações paranormais. Nos anos 20 passou a captar sons em ondas curtas que transferia para discos de 78 rotações. Para isso, equipou um estúdio sem muitos recursos, aquilo que a tecnologia da época permitia. Logo na primeira gravação, uma voz sobressaiu da amorfa estática de bipes e irradiações indecifráveis enviada por antenas esquecidas em estações polares e faróis em alto-mar. Quase inaudível, a voz disse: apague a luz antes de dormir. Pois essa era a frase dita pelo pai de Von Szalay, então recém-falecido, ao cair das noites da infância de seu filho. O episódio chamou a atenção de Curt Meyer-Clason, pois, embora apoiadas em bases científicas, as investigações de Von Szalay do Fenômeno da Voz Eletrônica, assim como através de experiências mediúnicas, inclusive a Doutrina do Gelo Eterno de Horbiger que seduziu Himmler e o tenente Zander, provinham de interesses bastante subjetivos, não se diferenciando dos motivos do próprio espião. Logo após sua condenação, Curt Meyer-Clason começou a ter pesadelos com as vítimas dos navios brasileiros de cujas mortes era acusado. Creditava-os à imensa culpa que sentia.

Em momentos de maior fragilidade confessava ao barão Gerd von Rhein o quanto apreciava as aulas de literatura que vinha recebendo e como a leitura de Montaigne, Pascal e Martin Buber vinha acarretando uma imprevista mudança íntima em si. Sentia que perdera anos irrecuperáveis da juventude sem se ocupar da leitura, mas o que o preocupava agora era o uso que fizera da poesia para o mal, equívoco que jamais poderia corrigir. Em agosto de 1942, ele foi responsável pelo afundamento de seis navios mercantes na costa brasileira, revelou ao barão, e usou para isso um método baseado na transmissão de fragmentos cifrados do *Livro de imagens*, de Rilke, indicando a localização dos alvos. Vinte e quatro horas depois, a execução de certas passagens da sonata *Fridericus*, de Loewe, em rádios do governo alemão confirmava ao espião o recebimento dos dados pelo Alto-Comando de Submarinos, que se encarregara de retransmiti-los aos capitães no Atlântico sul. O poema de Rilke — A *Morte é grande./ Nós, sua presa,/ vamos sem receio./ Quando rimos, indo, em meio à correnteza,/ chora de surpresa/ em nosso meio* — tornou-se a foice pela qual seiscentas e sete vidas, em diferentes estágios de desenvolvimento, foram ceifadas — bebês, mulheres e idosos —, incluindo tripulantes e passageiros civis dos seis barcos torpedeados pelo submarino U-507 em apenas quatro dias de operação. Sabia que tinha sido usado, ao ser convencido a contribuir para a vitória de sua pátria repassando dados obtidos na Capitania dos Portos que deveriam ter somente utilidade comercial, não bélica, mas então era inimaginável que ocorreriam ataques contra civis, afinal o Brasil se mantinha neutro diante do conflito. A Curt Meyer-Clason era impensável que o poema transmitido resultasse em tragédia, porém os meses na Ilha Grande o levaram a enxergar o contrário, disse ao barão Von Rhein, se não poderia recuperar corpo e alma de suas vítimas, ao menos era seu dever limpar a poesia que maculou, somente assim ouviria de novo as vozes dos afogados. O barão iniciou-o no trabalho de Von Szalay, mas antes o advertiu de sua ingenuidade.

  Rimbaud era um filho da puta, disse o barão Von Rhein, e Verlaine era outro filho da puta. Comiam o cu um do outro, mas não eram filhos da puta por causa disso. O filho da puta do Rimbaud abandonou Verlaine, que já tinha abandonado a mulher, disse o barão. Villon foi um ladrão filho da puta, e nesse caso não se trata de figura de linguagem, era o próprio filho da puta em pessoa, tanto que acabou enforcado. Laforgue foi um filho da puta preceptor, que tomava conta de filhinhos da puta da mesma laia que ele, disse Von Rhein. Corbiére coachava de tão feio, o filho da puta, e era disso que os moleques de rua o chamavam quando o viam na rua, de feio e de filho da puta. Chegavam a atirar pedras no filho da puta. Baudelaire era um grandessíssimo filho da puta e filhinho da mamãe ao mesmo tempo, um putanheiro amante de crioulas, e só lhe restou a cafetinagem. E a filha da putagem não se restringe aos franceses, uns filhos da puta por natureza. Poetas alemães e austríacos são ainda mais filhos da puta, que enorme filho da puta foi Trakl, que tive a infelicidade de conhecer na Grande Guerra, disse o barão Von Rhein. Enchia o rabo de cocaína e comia a puta da irmã, o filho da puta, que era tão filho da puta que não se aguentou a si próprio, e se matou. O que amenizou um pouco sua filha da putice, tenho de convir, disse o barão. Benn se especializou em putaria, pois além de poeta filho da puta também era médico de doenças venéreas. De tão filho da puta, as enfermeiras o chamavam de Cancro Mole. Stramm era tão desgraçadamente filho da puta que lhe arranjaram uma patente e o enviaram ao front para morrer, disse Von Rhein, embora não passasse de um puto de um civil. Poetas, todos uma cambada de filhos da puta, como Kraus, que nem era poeta mas era austríaco e não existe filho da puta maior do que um austríaco, e Walser, que além de filho da puta era suíço, o que o tornava ainda mais filho da puta, e Brod, que era judeu, e se começarmos a falar de filhos da puta chupadores de paus kosher aí que não paramos com a putaria, e teu amiguinho Rilke, que filho da puta incomensurável, fora a filha da putagem que fez com Lou, ainda por cima era um filho da puta religioso, além de acabar sendo o responsável por seiscentas e tantas mortes de anônimos filhos da puta, isso graças a você, que está bem no caminho de ser outro imenso filho da puta se não abrir muito bem esses seus olhinhos de filhinho da putinha, disse o barão.

Gerd von Rhein, barão e poeta, não passava de um filho da puta, pensou Curt Meyer-Clason, mas mesmo assim gostava dele.

9.

Madrugada após madrugada surgiam nos pesadelos do espião corpos de náufragos envolvidos por sargaços desfilando pelos corredores do presídio, suas faces carcomidas por enguias, seus fêmures esfacelados deixando pedacinhos de osso pelo caminho. Também apareciam na escuridão da selva e na claridade da praia da Ossuda de seus pesadelos, e pela janela da cozinha da Colônia Penal ao descascar batatas em pesadelos: caminhavam no pátio lá fora como se tivessem esquecido o endereço de casa, o infinito *tec tec tec* de seus dentes batendo de frio.

Em dezembro de 1946, Curt Meyer-Clason disse ao tenente Zander que somente o fundo do mar poderia ser mais horrível do que um campo de concentração. Falou isso sem convicção nenhuma, porém, meio melancólico e desconfiado, dando como justificativa que a possibilidade de um campo de concentração no fundo do mar acabara de lhe passar pela cabeça. Zander desconfiou que Curt Meyer-Clason estava enlouquecendo. Ou então sempre fora desequilibrado, e a culpa só agravou seu estado. Talvez fossem os primeiros sintomas da praga vegetal, pensou o tenente. Falava-se então que a exposição direta à Pedra Negra causava delírios, o que talvez explicasse a devoção suicida do alto-comando do Terceiro Reich ao final da guerra. O abismo estava próximo, ainda assim dançavam na beirada do precipício sem se preocupar com o destino do povo alemão. Não faltavam boatos, afirmando que o consumo de fenobarbital composto com fragmentos do cristal do pântano, a Pedra Negra, conduzia a nação à derrota. Hitler e seus capangas eram uns viciados, pensavam, uns drogados radioativos. Como homens pragmáticos, o barão, Zander e os demais prisioneiros planejavam a criação de uma terra livre no Paraguai, a recuperação de uma antiga colônia antissemita semelhante àquela criada por Bernhard Förster e Elisabeth Förster-Nietzsche e a construção de um castelo germânico na região pantanosa do Chaco Boreal que seria protegido pelos três mil cavaleiros alemães esquecidos no fim do mundo, presos em campos pelo Brasil, mas a vida lá seria reinventada, e poetas seriam legisladores, disse o barão Von Rhein, não meros filhos da puta.

Ao passar por Zander, Curt Meyer-Clason tocava seu rosto para verificar se estava vivo ou morto. Soltava sua risada idiota ao perceber que sim, o tenente estava realmente vivo, e pensou que de perto o rosto dele lembrava o de um ator de filme mudo prestes a entrar em combustão espontânea, coisa que aconteceria se o encarasse bem nos olhos. As excentricidades do espião apenas estimulavam a lenda em torno de seu nome, e alguém relatou a Von Rhein que certo diplomata graúdo da embaixada espanhola lhe confirmara as incursões secretas da quadrilha comandada por Curt Meyer-Clason aos pântanos do Mato Grosso e ao Paraguai à procura da jazida de Pedra Negra. Trinta cavaleiros em seus mustangues enveredando por zonas desérticas sobre a gigantesca cratera deixada pelo meteoro caído na Terra havia milhões de anos, perseguições promovidas por tribos desconhecidas do homem branco que habitavam regiões selvagens ausentes de todos os mapas, a radioatividade causando queimaduras do tamanho de um punho cerrado na pele exposta do pescoço e da face dos homens da Quadrilha da Pedra Negra, a fuga através da fronteira por Curva del Río

Sucio Norte, a galope pelo Paraguai, a luta contra a natureza opressiva do Chaco Boreal, a fome, a doença, a morte e o canibalismo redentor. Segundo essas lendas, Curt Meyer-Clason, encarnado em explorador perdido, testemunhou a conversão de europeus sob o seu comando em antropófagos, após conduzi-los pela selva cerrada do Chaco até a colônia de Nueva Germania, lendária cidade fantasma criada por antissemitas no século XIX, onde protagonizou um misterioso encontro com El Cazador Blanco. De acordo com o relatado ao barão Von Rhein pelo diplomata espanhol, e pelo barão aos outros prisioneiros, e pelos prisioneiros aos contrabandistas, e pelos contrabandistas aos pescadores da vila de Dois Rios, o lugar-tenente do delegado Filinto Strubing Muller nascera em Nueva Germania, ou quem sabe tivesse sido levado para lá pelos fundadores da colônia, porém era certo que a chave da enigmática existência de El Cazador Blanco estava ligada ao local. Superadas as agruras da longa viagem sob céus carregados de tempestade, ao saírem da mata sombria surgiram ravinas íngremes e dutos cobertos de musgo construídos no pântano por alguma civilização muito antiga. Entrevista por binóculos do alto de uma colina, a planta da cidade se desdobrou aos olhos de Curt Meyer-Clason e seus cavaleiros na forma de um labirinto quase inteiramente coberto pela vegetação. Quando os cascos dos cavalos da Quadrilha da Pedra Negra se chocaram contra pedregulhos das vielas estreitas da cidade em ruínas, Curt Meyer-Clason foi tomado por intuições sinistras. Avançaram, entretanto, até se depararem com a construção cujas torres perfuravam a bruma como duas agulhas cravadas em um chumaço de algodão. Em seu interior, ao admirar a lareira acesa na sala decorada com motivos medievais, o espião percebeu como o inverno lhe fazia falta, como a visão da brancura podia ser o regresso ao lar. Labaredas eram refletidas pelo couro luzidio da máscara de El Cazador Blanco que, enfiado em sua couraça negra de caçar ursos armada com pregos de aço, se debruçava sobre a lareira, atiçando as chamas. Curt Meyer-Clason nunca ouvira a voz dele, e não seria nessa ocasião que aconteceria. Encontrou-o três vezes, e em todas considerou que talvez fosse um espantalho preenchido por material desconhecido, tranças de mato e cipó seco, aquela armadura fora estofada com pyhareryepypepyhare pelas mãos do grande taxidermista, pensou Curt Meyer-Clason. Movia-se com lentidão exasperadora, e a cabeça pendia para o lado. Estava em outro plano da existência, um passo além de onde assistia tudo, em uma dimensão impossível de ser alcançada sem o conhecimento do segredo. El Cazador Blanco mirou seus olhos e o espião estacou. Com um gesto, ordenou que os demais cavaleiros voltassem às montarias, e caminhou em direção aos fundos da construção arruinada, arrastando Curt Meyer-Clason em sua companhia. Nos fundos encontraram um pavilhão imerso em trevas cujo teto despencara. Entre as heras era possível ver as estrelas. A lentidão dos passos de El Cazador Blanco enredou Curt Meyer-Clason, e ele sentiu que caminhava em falso, mas prosseguiu mesmo assim, acompanhando movimentos da couraça negra do homem à frente e irradiações estelares refletidas na parte traseira de sua máscara de couro. Em uma estrada muito comprida que apesar de reta tinha curvas, Curt Meyer-Clason passou a observar as galerias laterais do pavilhão e, nelas, encobertos por cipós e troncos carcomidos de árvores, pensou ver meninos que acompanhavam El Cazador Blanco com a atenção desmesurada que se dedica a um deus ou a um ídolo religioso, e eles também pareciam imóveis, como o espião, patinando em outro plano do mundo como se uma densa camada de gosma transparente os aprisionasse ao espaço das galerias soterradas por bromélias e samambaias, porém assim mesmo se moviam, sem sair do lugar, lentamente, como no éter. Um deles perdera o braço esquerdo e o carregava na mão oposta como um tacape usado para atacar alguém violentamente, e os outros também pareciam arregaçados, a um faltava o olho, a outro, metade da perna, expunham suas cabeças dilaceradas e lembraram a Curt Meyer-Clason o soldado ferido por estilhaços que um dia ele vira caído em Potsdamer Platz após o atentado à bomba. Não conhecia os meninos, mas isso pouco importava, pois o grupo logo desapareceu na mata ao redor do pavilhão, assim que as colunas da galeria que ainda resistiam em pé culminaram no pátio circular onde havia um poço. El Cazador Blanco parou de caminhar e mirava atentamente as profundezas do poço muito antigo, cujas paredes esverdeadas se erguiam cobertas de inscrições e desenhos informes. Apesar de seu conhecimento de línguas mortas, o espião não identificou a origem do que estava inscrito na pedra, provavelmente erosões causadas pela passagem do tempo. Ele se aproximou da borda do poço e reconheceu o brilho inconfundível de uma jazida de diamante carbonado — tratava-se de um veio de proporção nunca vista, e o mero reflexo das estrelas incidindo sobre a superfície do cristal lá embaixo era suficiente para cegar. Com ferramentas trazidas por seus homens, Curt Meyer-Clason foi içado ao fundo do poço. As paredes eram cobertas por um líquen que ele tocou com as pontas dos dedos ao descer, levando-o à boca. Tinha gosto de orvalho, tão suave quanto a noite mais antiga. Pyhareryepypepyhare é feita de visgo, ele murmurou, de breu, de limo, de musgo, de líquen, é o céu um segundo antes do trovão, é ar espesso, água de poça que restou da chuva, fuligem dissipando na noite, é cinza voando na escuridão. Ao pousar os pés na dura superfície do cristal, assim que seus olhos se acostumaram ao breu fosco que coabitava o subterrâneo com o refulgir intermitente da imensa pedra onde se podia localizar com facilidade o reflexo de constelações, o Cruzeiro do Sul e o cluster de Kappa, ele percebeu que a mina se ramificava por túneis que não pareciam ter fim, e pensou que aquele lugar só poderia ser o inferno ou quem sabe o Hades, ou então a terra dos mortos de povos mais velhos que a própria história.

A cinquenta metros da fogueira, sentado na rocha, o espião ouvia seu nome ser mencionado por Von Rhein sem prestar atenção ao que era relatado a Zander e aos outros prisioneiros, como se ouvisse uma radionovela em que por acaso o herói tinha nome igual ao seu. Não podia censurá-los, nem todos tinham a influência do barão para obter livros, e precisavam de distração. Não significava que aqueles boatos a seu respeito fossem mentiras fantasiosas ou aventuras em série. Alguns roçavam a verdade, sem nunca tocá-la. Era verdade, sem que quase ninguém soubesse, que guardava em um esconderijo restos de filamentos de diamante carbonado dos contrabandos feitos para Himmler. E agora, após a experiência no centro espírita e de se informar acerca de Von Szalay e as teorias parapsicológicas de Konstantins Raudive e Hans Bender, tinha desistido de vendê-los — por isso os guardara, como reserva financeira para garantir o sustento dos primeiros meses de retorno à liberdade —, e sabia qual seria a sua melhor utilização. Para tal, comprou o velho aparelho de radioamador do faroleiro aposentado que vivia em Dois Rios e subtraiu o número necessário de transístores da sala de rádio do presídio de cuja manutenção fora encarregado. Conseguiu manter o equipamento às escondidas, sob o alçapão da cozinha, e tratou de montá-lo quando era possível, em noites nas quais recebia cobertura do barão Von Rhein. Em sua cela, ao vê-lo mergulhado no trabalho incessante, o tenente Zander considerou que provavelmente seria a etapa seguinte da evolução de sua loucura, aquela que não o traria mais de volta ao plano da realidade, já que mal tinham acesso à eletricidade nas dependências do presídio, e seria fundamental alguma energia para testar o aparelho de rádio com filtros intermediários de frequência substituídos por novos circuitos que atingiam escalas exteriores ao espectro das ondas curtas, segundo o espião, forjados dos filamentos da pedra negra.

Mas as intenções de Curt Meyer-Clason eram insondáveis. Ele trabalhava às escuras, não em plena escuridão mas na claridade embaciada da inconsciência, à procura do desconhecido.

10.

Talvez caiba aqui, depois de tanto ouvir a respeito do passado longínquo de Curt Meyer-Clason, uma pausa para falar da vida que lhe coube ao ser libertado. Anos depois de sua passagem pela Ilha Grande, quando já regressara à Alemanha, tornou-se tradutor literário, o mais expressivo a verter obras da língua portuguesa ao alemão, responsável por traduções que serviriam de referência a versões para outras línguas. Consolidou sua amizade com Hugo Reiners em uma viagem ao Mato Grosso em 1977, uma amizade não de todo desinteressada, afinal só ele conhecia o principal segredo dos Reiners, tornando-se um confidente, segundo Hugo, um irmão adotivo e pesquisador privilegiado das origens alemãs da família. E o principal: compartilhou das mesmas crenças que Hugo e Karl de que a morte é um território geográfico a ser explorado, e foi isso o que o levou a se aproximar dos dois irmãos.

Com seus conhecimentos sobre receptores de rádio de ondas curtas, Curt Meyer-Clason se tornou uma eminência internacional na pesquisa do Fenômeno da Voz Eletrônica. Afora isso, foi sem dúvida um espião no Brasil e ladrão de diamantes, entre outras atividades mantidas durante a Segunda Guerra que nunca assumiu em público.

11.

Os primeiros testes com Fenômeno da Voz Eletrônica ocorreram assim que Curt Meyer-Clason foi libertado da Ilha Grande e se instalou em São Paulo. Desde o início, o filamento se mostrou promissor. Acrescentou-se à estrutura de circuitos e filtros intermediários de frequências um gravador de rolos rebobináveis para registrar vozes descarnadas. O princípio das vozes descarnadas permitiu que Curt Meyer-Clason refletisse; não havia voz, viva ou morta, que não fosse descarnada, a voz era um signo do tempo mais preciso do que as águas do rio heraclitiano ou os ponteiros do relógio e comprovava a imaterialidade da natureza humana. Como ex-espião, Curt Meyer-Clason sentia-se promovido a patrulhador de fronteiras metafísicas, concluindo que a morte não era a mudança de planos defendida pelas religiões, já que não existia nenhum elevador pronto a nos transportar acima ou abaixo assim que o inevitável ocorresse. O que prevalecia era a horizontalidade da morte, não sua hipotética verticalidade dividida entre céu, terra e inferno. Todo homem habita sua própria morte.

Eventualmente, mensagens poderiam trespassar os limites dessa instável geografia, e o gravador do Fenômeno da Voz Eletrônica serviria para mapeá-las, como se fossem os registros de bordo de uma viagem a rumos desconhecidos. Assim que o aparelho reagiu aos novos circuitos forjados de filamentos do cristal negro, Curt Meyer-Clason passou a virar noites ao pé do receptor de ondas curtas, no escritório adotado para retomar suas atividades de importação e exportação no topo do Edifício Martinelli.

Seria lícito afirmar que o espaço no centro da metrópole também lhe serviria de quarto de dormir se ele conseguisse dormir, o que não era o caso: quando se entregava à exaustão, embalado pelo zumbido do aparelho, logo despertava com a sensação de estar sendo observado. Mas ao verificar as nuvens pousadas nos cantos do quarto, não encontrava ninguém. Desperdiçava suas horas naquele rito cotidiano de mapear o ruído branco do dial com a esperança secreta de ouvir, quem sabe em alguma encruzilhada das transmissões da madrugada, impensáveis interseções de opostos vindas de um nó esquecido de cabeamentos no piso dos estúdios das estações de rádio, a voz de Deus. Temia, por outro lado, que Ele andasse quieto há tanto tempo que, ao falar, não Lhe reconhecesse a voz enferrujada de dobradiça, ou pior, que não compreendesse Sua língua esquecida. Não podia também desprezar a hipótese de que Deus fosse mudo, ou de que não tivesse nada a dizer. Os dias se sucediam, e não se deparava no mar de estática com voz nenhuma, divina ou terrena, muito menos com as vozes dos náufragos dos navios torpedeados em agosto de 1942.

Do alto do Martinelli, Curt Meyer-Clason observava a previsível geometria das luzes artificiais das janelas dos edifícios e sentia falta do caos das constelações vistas da praia da Ossuda, onde o jogo de ligar pontos entre as estrelas era incomparavelmente mais estimulante.

12.

Por aqueles inícios de 1948, Curt Meyer-Clason distraía-se na companhia de uma jovem estudante de direito chamada Hilda Hilst. Ela acabara de completar dezoito anos. Encontravam-se no balcão de um bar próximo à faculdade no largo São

Francisco. Discutiam poesia, bebiam brandy, se amavam de modo confuso e com ligeira fúria. Brigavam com doçura. Ela desperdiçava palavras como tostões furados, os longos cabelos louros praticamente lhe impunham a loquacidade. Era filha de um alemão da Alsácia que enlouqueceu em uma fazenda de café paulista, o que a deixou meio louca também, ou talvez fosse só abuso de café com brandy. Cafeína estimula a paixão, ela dizia, vamos para o seu escritório. As lâmpadas amareladas dos postes da Sé começavam a ser acesas. Quero ouvir um pouco de estática daquele seu rádio místico para dormir como se ouvisse a chuva, ela dizia, odeio essa estiagem de outono. Hilda H. era seca e um pouco fria como o outono da metrópole.

Curt Meyer-Clason lhe obedecia sem questionar. Entre as raras satisfações do espião, Hilda H. era a única que o conduzia ao sono sem demasiados solavancos apenas pelo prazer de acordar e vê-la envolta pelo lençol, debruçada no sofá enquanto fumava um cigarro e girava o dial do gravador a esmo, à procura de notícias do mundo metafísico. A beleza dessa visão e as chances improváveis de que houvesse vida após a morte, nem que fosse em forma de som — o som é a fotografia de um fantasma, Hilda H. costumava dizer —, eram os motivos que o levavam a seguir a pista noite após noite.

Na manhã seguinte a cerração encobria a cidade, deixando entrever apenas silhuetas de arranha-céus, sombras de grandes animais adormecidos à espera de serem invadidos pelo formigueiro humano de mais um expediente. Hilda H. girou o dial, e uma sequência dissonante de sílabas e ruídos interrompidos ocupou o silêncio, seguida de um chuvisco dessintonizado e notas musicais. O último reclame da nova loja de departamentos a ser inaugurada na Xavier de Toledo. Oscilante, a agulha do dial se imobilizou por um segundo, zumbindo, e Hilda H. olhou para Curt Meyer-Clason imitando a expressão de uma criança flagrada no ato de fazer algo que não devia. Ela apontou o botão, que não girava. Perguntando-se se o aparelho teria quebrado, ele apagou o cigarro e recém pisava os tacos da sala com seus pés descalços em direção a Hilda H. quando o grande vazio se instalou no ambiente, um vazio denso que os afetou de imediato, e o ar frio da manhã lhes pareceu ainda mais frio, e a neblina do lado de fora tocou os vidros da janela, ameaçando invadir o apartamento, tirando lágrimas dos olhos de Hilda H. que brilhavam como se de súbito fizesse muito sol, uma claridade insuportável. Do fundo do vazio se fez ouvir uma voz, depois um vibrato lento e então uma melodia vítrea, um trinado feminino que evocava o canto das sereias, pois havia algo de animalidade nele, um anúncio de violência em vias de irromper na sala do escritório atapetado no topo do Martinelli, então Hilda H. soluçou alto, aos prantos. Erguendo-se do sofá, ela aproximou o ouvido do alto-falante para escutar melhor o lied entoado pela voz mais inumana que jamais ouvira, uma repetição de consoantes que iam e voltavam, subindo e descendo em sentido ao abismo mais profundo. Parecia o ruído das engrenagens de uma máquina que sentia, ela pensou, era a própria voz do gelo. Parecia o estalar súbito das águas de uma gigantesca catarata ao congelarem. É a voz de Madelena Delani, disse Curt Meyer-Clason, uma cantora antes conhecida como Systana Carvokka. Certamente não é conhecida minha, disse Hilda H., e se calou, aterrorizada com o som daquela voz ou quem sabe da sua própria, impossível ter certeza agora.

Quando já havia regressado à Alemanha, em 1954, passada quase uma década depois de ser libertado da Ilha Grande, Curt Meyer-Clason refletiu por semanas sobre seu fracasso em obter registros gravados no Brasil. Nas mais distantes regiões do país que atravessou com esse fim, o resultado de suas experiências com Fenômeno da Voz Eletrônica fora quase sempre o mesmo:

em vez de captar alguma voz audível, que concatenasse frases inteligíveis, o que surgia era uma massa sonora crescente, algaravia parecida a um canto soprado em um vale abissal que subia em ondas como a ventania que antecede a tempestade e se perdia em meio à estática nos céus. Todos os seus conhecimentos linguísticos se mostraram suficientes apenas para recortar das centenas de gravações umas poucas palavras em guarani. Era possível, porém, discernir ali outras línguas indígenas que não conhecia ou estavam mortas, assim como as populações que as falaram um dia. Terminou por concluir que não havia outro fenômeno de voz eletrônica no Brasil a não ser o som do genocídio. Seus náufragos jaziam encobertos por aquele oceano de martírio. Nos últimos anos em que se dedicou às importações e exportações em São Paulo, concentrou-se em amar Hilda H. até que ela o abandonasse. Depois que Hilda se foi, preferiu utilizar o rádio apenas para ouvir música.

Assim, por uns tempos desistiu de tentar compreender a fala dos mortos, preferindo ouvir os vivos. Foi o que fez: traduziu poetas brasileiros e portugueses, entre eles alguns poemas de seus amigos Hilda Hilst e Hugo Reiners, publicados em obscuras revistas alemãs. Correspondeu-se com os autores pela via mais tradicional: cartas. Mal sabia que sobreviveria a quase todos e que, quando você o encontrou em 1989, ele estaria limitado a se comunicar com parte de seus antigos correspondentes apenas por meio do Fenômeno da Voz Eletrônica. Não guardava mais nenhum interesse pela literatura daqueles autores, porém, e seria improvável que os tornasse a procurar nas ondas do éter nem mesmo para emendar antigos assuntos deixados em suspenso: o interesse de Curt Meyer-Clason agora se restringia à tradução metapsíquica, que consistia em traduzir a fala dos mortos, e agora você começava a suspeitar que talvez aquela história interminável contada pela rata na viagem de Variant de Medianeira a Curva de Rio Sujo não passasse disto: uma gravação ouvida em seu walkman, uma história fora do tempo que ele podia ouvir do começo quando quisesse.

No início dos anos 60, já em Munique, Curt Meyer-Clason voltou a pesquisar F. V. E. ao se inteirar das investigações feitas por Friedrich Jurgenson, um cineasta sueco que, certa tarde de verão em que decidira caminhar pelos campos ao redor da universidade de Uppsala, ao enveredar pelo jardim botânico com seu equipamento de gravação e decidido a gravar sons de pássaros a fim de usá-los na trilha sonora do filme que produzia, obteve algo que vinha procurando sem qualquer resultado anterior. Jurgenson estendia seu microfone em direção aos galhos, acompanhando o resultado da gravação pelos fones de ouvido, escutando o piar de tordos, gralhas e corvos, sem deixar de pensar que preferiria ouvir canários, pintassilgos e rouxinóis, cujos cantos convinham mais à luminosidade daquela tarde, quando pensou captar vozes muito nítidas que considerou serem de um jardineiro ou de alguém fora de vista, mergulhado em meio à vegetação. De volta ao estúdio, reconheceu na gravação as vozes de seu pai morto havia anos e a de sua mulher recém-falecida dizendo o seu nome.

Ao conhecer esses fatos, Curt Meyer-Clason percebeu que carregamos nossos mortos nos ombros, no espírito, também somos feitos de outros que já se foram e que mesmo assim permanecem colados à nossa experiência. Não precisa ser de noite, não é necessária uma casa no breu, podemos estar numa resplandecente tarde de sol, em um dia alegre e insuspeito, e ali estarão conosco nossos fantasmas, nos chamando pelo nome para que não os esqueçamos, lembrando-nos de que se foram antes da hora e por isso continuam aqui. O som é uma cortina que os separa de nós, e muito raramente podemos entrevê-los através da morte, mas não os reconheceríamos, disse Curt Meyer-Clason enquanto se erguia e esticava as pernas para melhorar a circulação após tantas horas sentado, não os reconheceríamos se os víssemos pois já são outra matéria, algo escuro e informe exceto pela voz.

13.

E tudo isso foi dito pela rata na viagem de Medianeira a Curva de Rio Sujo, uma voz que ainda ecoava em sua cabeça enquanto você fugia pela avenida Rio Branco em meio à balbúrdia e aos rastros da explosão no comício deixado para trás, tomava um táxi em direção à rodoviária vendo a multidão debandar em pânico, e recordava a voz da rata falar que esta história é sobre você, mas deve contá-la como se fosse sobre outro. No posto telefônico da rodoviária, fez DDD a cobrar para o número da Casa do Sol que eu lhe enviei por telegrama. Depois de ouvir entre silêncios interrompidos aqui e ali por suspiros e pigarros o seu relato sobre o incidente da Candelária, eu o orientei a tomar o primeiro ônibus para Campinas — e você, sem questionamentos, me obedeceu. E agora está aqui, disse Curt Meyer-Clason, diante de mim e de sua própria história.

Não fazia duas horas que você tinha descido do Cometa na rodoviária de Campinas, suas roupas ainda cheiravam a trinitrotolueno, e as unhas permaneciam sujas de fuligem. Poderia ser preso e condenado, pois ainda carregava no corpo as provas de seu delito. Não houve tempo pro banho. No terminal, os televisores não falavam de outro assunto, a não ser do atentado da Candelária. Observou as manchas senis esparramadas pelo dorso da mão direita de Curt Meyer-Clason enquanto ele alcançava o copo de água deixado por Hilda H. na mesa onde se reuniam, e o seu gole ávido concluído com um estalo da língua, *tlac*. Insisti por um bom tempo com as gravações de F. V. E., disse Curt Meyer-Clason, até descobrir que minha voz permaneceria afogada em alto-mar, com a boca cheia de terra e algas, presa a uma cabine cuja porta não abriu por causa de um pesado móvel arrastado pelo súbito desnivelamento causado pelo impacto do torpedo ao atingir o casco do navio, naufragada com outras seiscentas vozes de minhas vítimas. Fui mudo naqueles anos todos na prisão da Ilha Grande, e durante o tempo em que gravei ruído branco e estática de centenas de estações de rádio, até descobrir a experiência de Jurgenson, e com sua descoberta minha voz seria tecida não somente pelo coro de meus mortos particulares, de meus familiares e amigos pessoais mas também daquelas seiscentas vozes que se encontravam afogadas no Atlântico. Levei a sério demais essa questão das vozes e também o meu fracasso para distinguir os vivos dos mortos. Daí aconteceu o episódio do anão.

 Havia um anão que trabalhava de engraxate no pátio da faculdade de letras da Universidade de Munique, onde comecei a dar aulas de literatura portuguesa e espanhola. De início, supus não existir profissão no mundo mais adequada a alguém de altura tão diminuta — o anão não tinha mais que um metro, talvez um metro e dez se ficasse na ponta dos pés, não mais que isso, e usava um smoking encardido —, porém, apesar desses detalhes tão concretos, logo suspeitei que ele não estava mais vivo. Falava de modo meio antiquado, o anão, disse Curt Meyer-Clason, abusando de palavras caídas em desuso, e os traços de seu rosto tendiam a permanecer borrados em certo ponto do maxilar próximo às orelhas, e seus olhinhos de anão se entregavam facilmente à inquietude, perdendo-se no vazio ao escovar meus sapatos. Em uma tarde em que repousava em minha sala após engraxar os sapatos, observei que o bico de ambos os calçados continuava desgastado como antes, e me perguntei se realmente os engraxara. Depois, ao relembrar os traços obscuros do rosto do anão, suas feições que já sumiam de minha lembrança, tive a impressão que o conhecia de outros tempos, disse Curt Meyer-Clason, de um filme mudo dos anos 20, quem sabe de Murnau ou Wiene, pensei, ou de alguma produção soviética escrita por Friedrich Wolf, mas nunca saberei, pois não consegui localizar o tal filme e muito menos o anão. A suspeita aumentou quando no dia seguinte descobri que o empregado do quiosque de engraxates do pátio da universidade era um rapaz alto e ruivo que, consultado, afirmou não guardar nenhuma lembrança de um anão que o antecedera no atendimento aos clientes, e alegou ser o único engraxate dali.

Esse tipo de suspeita se tornou tão frequente que me trouxe para cá, disse Curt Meyer-Clason, ao tema deste encontro. Enquanto dizia isso, ele correspondeu ao aceno de Hilda H., indicando-lhe que em instantes se encaminharia à sala onde o público da conferência que chegava aos poucos à Casa do Sol se reunia, estacando no lado oposto da varanda em silêncio como à espera de um convite para entrar. Sem se despedir, o conferencista caminhou em direção às pessoas, deixando em cima da mesa circular de vidro uma caixa de papelão do tamanho de uma caixa de sapatos. Afastou-se sem ao menos estender-lhe a mão. Apesar de saber qual era o seu conteúdo, as fotos que ele mencionara, você não pôde deixar de pensar que encontraria dentro da caixa reluzente o par de sapatos engraxado pelo anão. Acompanhou Curt Meyer-Clason se dirigir à sala de conferências, enquanto ele era festejado pelos recém-chegados. Nesse instante, percebeu que também era observado: enrubescida sob o flamboyant florido do jardim, cercada pelos cães tão imóveis e quietos que lembravam estatuetas de louça, Hilda H. olhava fixamente em sua direção, bem nos seus olhos. Sorriu para ela, despertando a inquietude dos dobermans, que começaram a latir com violência. Ela os apaziguou, exigindo silêncio, e seguiu em direção à mesma porta por onde Curt Meyer-Clason tinha entrado. Ao chegar diante da porta, em vez de entrar, Hilda deu meia-volta e sumiu por trás da varanda, seguida por sua matilha. Estático, você percebeu uma transmissão de rádio vinda de algum ponto do interior da casa, talvez da cozinha. Era muito baixa, mas colando o ouvido à persiana de madeira da janela se tornava possível captar comentários entrecortados de um programa jornalístico repercutindo o atentado à bomba no comício da Candelária. Ninguém assumira a responsabilidade, mas suspeitava-se da organização paramilitar de extrema direita Comando de Caça aos Comunistas. O chiado do rádio se tornou mais alto. Premeditação, dezenas de vítimas. Comentaristas espantados com o regresso de organizações que pensavam estar extintas. Suspeitos do ataque seriam investigados. Candidato morto. O rádio foi desligado. Nenhuma palavra a respeito de Hassan Sader Gamarra, no entanto você continuaria a despachá-lo para sempre, se pudesse.

14.

Na sala, a plateia já estava organizada em semicírculo diante da mesa onde Curt Meyer-Clason procurava se acomodar, retirando equipamentos e livros da bolsa a tiracolo. Os espectadores tinham, em sua maioria, a mesma idade avançada que ele, e pareciam estar à espera de um espetáculo barato de mágica. Além das luzinhas do velho rádio-gravador valvulado, a decoração da sala contribuía para que algo realmente espetacular acontecesse, com badulaques hippies como narguilés e defumadores, e a estampa com motivos hindus da cortina que se estendia logo atrás da mesa onde Curt Meyer-Clason se instalou. Através das persianas os últimos fachos de sol da tarde cortavam a sombra, deixando em seu rastro a poeira reluzente que subia dos almofadões de veludo, quando Hilda H. entrou, olhando para você como se o reconhecesse de antigos crimes, acendeu o cigarro e se juntou à plateia. Você permaneceu em pé, apoiado no batente da porta, de onde podia observar o cenário. Além dela, ninguém mais notou sua presença. Atrapalhado com o projetor de slides, Curt Meyer-Clason não percebeu a entrada do último retardatário, um senhor empertigado de aspecto sibilino que, após retirar o chapéu de feltro que usava, sentou-se na fileira mais distante do palco improvisado, depositou o chapéu no colo, encurvando-se em direção ao conferencista e fixando-o com incredulidade. Lufadas de vento que entravam pela janela entreaberta traziam um forte odor de urina canina do exterior. Alheio a tudo, Curt Meyer-Clason acionou o projetor de slides, ajustando o foco no lençol estendido na parede para esse fim. Depois de agradecer à anfitriã pela hospitalidade, Curt Meyer-Clason elogiou a dedicação da poeta à pesquisa do Fenômeno da Voz Eletrônica: ela poderia estar aqui na frente em meu lugar, disse Curt Meyer-Clason. Hilda também é uma amiga, e amigos verdadeiros são a prova de que o tempo não é linear. Passamos anos sem vê-los e, quando os reencontramos, percebemos que o tempo volta a rolar a partir da última vez em que os vimos, restabelecendo-se a sequência cronológica.

No lençol estendido surgiu a imagem de uma mulher de costas, certamente jovem, percebia-se pela saia acima dos joelhos, caminhando no gramado do que talvez fosse um quintal, pois os fundos da casa eram visíveis. Seu tronco estava encoberto por folhas da árvore em primeiro plano, e apenas o topo de sua cabeça era aparente. Seu rosto não podia ser visto, pois ela se afastava em sentido oposto à objetiva da câmera. Para ilustrar esta fala, exibirei treze fotografias de uma família que conheci, disse

Curt Meyer-Clason, fotos de pessoas de quem privei da intimidade e cuja lembrança atual se resume a estas imagens recebidas pelo correio em uma caixa de sapatos. Tudo o que restou de uma família: uma caixa com treze fotografias rabiscadas, arqueologia familiar resumida a poucos passos. É fundamental saber qual o destino dos sapatos que deveriam estar na caixa agora ocupada pelas fotografias. Por onde passeiam os sapatos da família. Imaginação convulsiva ocupando o vazio, uma fábula que acaba de nascer sobre sapatos que caminham sozinhos.

Nesse instante, Curt Meyer-Clason, aparentando estar meio aéreo, projetou a imagem de uma mulher na piscina exibindo sua estranha máscara de mergulho, que a deixava com o focinho de rata, ou talvez de lontra. Breve murmúrio percorreu a plateia, e o velho com o chapéu de feltro no colo empinou a coluna para vê-la melhor, soltando um resmungo.

Afinal uma criança se lembra apenas da vertigem do escorregador, disse Curt Meyer-Clason, do gafanhoto que se equilibra em um talo de grama, da coceira causada pela grama na pele, do vento no rosto ao deslizar velozmente pelo tobogã que termina na água, da crista que se eleva no oceano deixando seu rastro de sal, da franja branca de areia vista através da água do mar. Lembra daquilo que lhe esteve próximo dos sentidos. Das ondas, da espessura do grão de areia, do gosto de sal na boca, da água atravessada pela luz do sol. De objetos com rodas: do torrão de barro endurecido no pneu da bicicleta, do automóvel da família. Da vw Variant. Do movimento. De suor entrando nos olhos, salgando a boca. Lembra de coisas ínfimas vistas de perto. É um ser desprovido de causalidade. A memória infantil opera em extremo close-up, enquanto a história familiar é vista em panorâmica através de lente grande angular. A família se presta a epopeias. E qual outro papel caberia a um homem, nosso ancestral, que abandona propriedades, objetos, sua terra, seu continente, com seus parentes a tiracolo, partindo pra lugares desconhecidos, senão o de herói, disse Curt Meyer-Clason, distraindo-se um instante ao olhar as brechas da persiana como se aguardasse a chegada de mais alguém, uma visita inesperada. Com a cara e a coragem. Esse dito popular é muito acertado. A narração tem início nessa jornada, em alguém que parte de algum lugar. Pressinto-a na mesa do café da manhã quando familiares compartilham seus sonhos da noite passada.

Ao dizer isso, Curt Meyer-Clason clicou o controle do projetor e nova imagem surgiu, estigmas nas palmas das mãos balançadas pelo vento vindo do quintal que soprou no lençol estendido trazendo um fedor horrível.

Um menino contou uma história a outro no pátio da escola e o comentário do ouvinte é uma nova história. Inventamos histórias, pois a manhã da família não pode ser vazia. Se não lembramos de algo relevante, se a noite foi insone, inventa-se, preenche-se o silêncio com palavras, com notícias de longe ou reportagens daquilo que vai pelo inconsciente e que irrompe com o despertar, com o abrir dos olhos. É o espreguiçar da expressão, o retorno ao estado de linguagem, sujeitos e predicados escapando da escuridão da inexistência, conquistando uma voz, disse Curt Meyer-Clason. O que é contado por essa voz, seja vinda de lugares distantes ou das profundezas do oceano, é sempre ditado pelo eu, pela ânsia por expressar aquilo que nos rói os intestinos, que nos dá mordidas no fígado, reminiscências intransferíveis, resoluções da personalidade, incongruências do espírito. É, em suma, repetição. Assim não se pode atingir a distância, é improvável que o escafandrista chegue ao fundo. O nômade não traz novidades de longe, só velharias do eu. O sedentário roubou o palco ideal para sua encenação criminosa: a mesa de casa. Criminosos sempre retornam ao local do crime, à mesa da família em todo café da manhã.

A frase arrancou risadas de Hilda H., atraindo a atenção dos espectadores, em especial do senhor com chapéu de feltro nas mãos. Você então se perguntou por que aquele homem não largava o chapéu, a causa de não tê-lo deixado no porta-chapéus da entrada. Você passou a observar a poeta. Cigarros demais desde a juventude deixaram nela uma nódoa amarelada que lhe subia dos dedos enrugados até a pele do pulso, lembrando uma tatuagem de nuvem abandonada a meio caminho pelo tatuador, uma nuvem solitária que se perdia pelos braços acima e sumia em sua expressão turva, e isso também atraiu o olhar zombeteiro do homem de chapéu de feltro, um olhar de hiena em jejum de meses, talvez anos, quem sabe séculos.

O polegar de Curt Meyer-Clason clicou o controle do projetor e apareceu a imagem de um homem com o rosto envolvido por ataduras saindo da selva escura. Novo murmúrio percorreu a sala. Hilda H. tragou com força seu cigarro e o velho de chapéu de feltro nas mãos soltou seu pigarro de reprovação. Só então Curt Meyer-Clason pareceu notar sua presença. Com nítida expressão de ter sido pego, ele observou a cara de lagarto do velho como se o reconhecesse após décadas, talvez inseguro de quem pudesse ser, quem sabe um companheiro da prisão na Ilha Grande ou da Quadrilha da Pedra Negra, você se perguntou, e ensaiou um aceno, interrompido pela pergunta feita por outro espectador que procurava relacionar a tarefa do tradutor com o Fenômeno da Voz Eletrônica. Respondendo ao curioso que haveria tempo para tirar dúvidas no final, Curt Meyer-Clason levou as mãos à cabeça como se recebesse uma agulhada de enxaqueca. Depois olhou fixamente para você, um olhar de serpente velha que trocou de pele e reconheceu o seu antigo casaco de couro abrigando um desconhecido na rua. Quem não gostaria de ser o único a não ser encontrado em um jogo de esconde-esconde, hein, disse Curt Meyer-Clason, me diga, ele disse: me diga você.

O foco do projetor despejou sua luz branca sobre o lençol e apagou. Na escuridão da sala, sinais de desconforto se fizeram notar por meio de tossidos e pigarros. Trazido pelo vento, o cheiro de carniça de alguma coisa podre no quintal da Casa do Sol empesteou o ar da sala, estacionando no ambiente. Você suspeitou que o animal em decomposição estivesse ali dentro, e não no exterior. Curt Meyer-Clason inseriu outro slide na carretilha e surgiu a silhueta sombria de um homem cujo rosto oculto se anunciava ao final de um corredor mal iluminado como uma ameaça prestes a ser proferida. Era o pegador de um jogo de esconder, o açougueiro que escolhia o cordeiro que iria esquartejar. Na plateia, os espectadores se mexeram nas cadeiras. O irrequieto senhor de chapéu de feltro no colo passou da impaciência à raiva indisfarçável. Era evidente que não podia mais permanecer parado em seu canto. Em um salto, pôs-se de pé junto à parede dos fundos da sala. Assim, você pôde vislumbrar melhor sua cara esmaecida e fina, marcada por cicatrizes de acne. Eram profundas, e lembravam escamas de um peixe podre. Quem poderia ser, e que negócio aquele ex-prisioneiro da Ilha Grande teria vindo encerrar.

Curt Meyer-Clason retomou a fala, demonstrando cansaço. Conversava havia horas, desde que você chegara à Casa do Sol, e a voz cada vez mais quebradiça dele disse que devemos ouvir os mortos, e escrever é o mais próximo que podemos nos aproximar da morte, na verdade é a única maneira de nos colocarmos à parte da vida para analisá-la friamente à distância, como de um posto de observação avançado no front adversário, e a partir da fronteira metafísica convocar nossos fantasmas e lembranças, e então os olhos dos presentes também se voltaram em sua direção, exceto pelos olhos do velho de chapéu de feltro nas mãos encoberto pela penumbra dos fundos da sala, cuja atenção não se desligou um só instante do conferencista, que àquela altura se comportava como o próprio líder da Doutrina do Gelo Eterno, e a poeta Hilda H. se voltou para você, com seu cigarro entre os dedos, e então o velho com cara de lagarto e chapéu de feltro descolou as costas da parede e caminhou com ímpeto, tirando para fora algo que ocultara o tempo todo sob o chapéu de feltro, e avançou na direção do projetor de slides. Tinha uma pistola Mauser na mão e a apontava para a cabeça de Curt Meyer-Clason.

Mentiroso, disse o velho cara-de-lagarto, você não passa de um impostor. Não é o verdadeiro Curt Meyer-Clason.

Zander, disse Curt Meyer-Clason, você é o tenente Fritz Zander não é, e ao ouvi-lo repetir seu nome duas ou três vezes, Zander, ou seja lá quem fosse o sujeito de chapéu de feltro, disparou dois tiros da Mauser, atingindo o pescoço e o peito de Curt Meyer-Clason ou de outro homem qualquer, não identificado, um impostor que sabia verdades demais, o espião Hans Werner, Curt Meyer-Clason ou Kurt Meier, impossível ter certeza. O que importa é que o atingido caiu ao chão, e você se agachou para socorrê-lo, tapando com o dedo o furo de bala em sua jugular, mas era o mesmo que tentar conter o esvaziamento de um dique e, alguns segundos antes de desfalecer com a perda de sangue, ele o agarrou pelo braço e lhe disse, vá ao encontro de Hugo Reiners em Sumidouro, mas vá agora. A gravação feita pela rata que você tem de ouvir está com ele, disse Curt Meyer-Clason. *Da capo al fine*, volte ao princípio de tudo, aos pântanos, volte à cratera da Pedra Negra, somente assim os segredos do Ano do Grande Branco lhe serão revelados. *Esta história é sobre você*, disse Curt Meyer-Clason, *e sobre mais ninguém*.

Em pé no centro da sala, hesitante em meio às cadeiras tombadas dos espectadores que fugiam, o tenente Zander disse: vida infinita ao Insepulto. Então, recobrando a coragem, disse mais alto, quase gritando: morte infinita a El Cazador Blanco — e disparou a pistola contra a própria cabeça.

Curt Meyer-Clason cuspiu uma golfada de sangue escuro e afinal, depois de tanto testar a resistência da delgada membrana que separa a vida da morte, obteve o impulso necessário para rompê-la.

12. A rata no labirinto

(*Nueva Germania, 1887*)
(*3354 dias*)
(*Esconde-esconde*)
(*O pegador*)

1.

Com a morte de Curt Meyer-Clason, você foi ao encontro de seus próprios mortos. Após dois dias de ônibus, ao desembarcar na rodoviária de Cuiabá, havia um peão enviado por Hugo Reiners para buscá-lo. O homem com cara de cavalo não falou uma palavra enquanto conduzia a Ford Willys por valas e caminhos circulares de um labirinto concêntrico, o mesmo trafegado pelo desfigurado Kurt Meier e por Karl Reiners em outros tempos, cuja saída se encontrava em Sumidouro, nas revelações que Hugo tinha a lhe fazer.

Curt Meyer-Clason ouvira a gravação feita pela rata, e você precisava ouvi-la, deveria ouvi-la, você a ouviria a qualquer custo.

Depois de duzentos quilômetros, a picape atravessou uma aldeia onde era celebrado o funeral de uma criança. Você pensou no Ano do Grande Branco, ao ver os corpos lanhados de sangue das feridas autoinfligidas pelos bororos, e da janela da picape acompanhou o pequeno cadáver ser conduzido ao local da cerimônia no centro da aldeia. O gosto amargo na boca fez você perceber que havia muito não era mais um menino, e que a vida de um homem não cabe num só dia. Mesmo o dia para chegar à noite é obrigado a morrer, como acontece a qualquer um no fim da vida. A data de nossa morte não está no calendário, por isso você esperava obter de Hugo alguma notícia de seu irmão desaparecido. Sabia, porém, que a verdade estava imbricada à história dos Reiners, uma história que não era a sua, mas que passara a ser depois do sequestro realizado por Karl em 1968.

O lugar onde se encontrava era um cemitério, da mesma forma que o país e o continente inteiros não passavam de um imenso cemitério indígena.

Enquanto a Ford Willys se deslocava com vagareza ao lado da procissão, a palma da mão ensanguentada de um índio se esfregou no vidro da janela, deixando o rastro de um adeus. A danação era inevitável. Logo a aldeia bororo com seu fedor de morte e fezes se resumiria apenas à varejeira zumbindo com insistência no painel do carro.

Você tinha sido arrancado de sua família. Testemunhou o assassinato de um homem, de seu próprio pai, e viajou ao longo do dia e da noite na companhia daquele desconhecido, de Karl Reiners, cúmplice dos assassinos do embaixador alemão, sentindo que algo também morreu em suas entranhas.

O futuro, assim como o passado, era um matadouro de luzes tão ofuscantes que seria melhor usar óculos escuros.

Esta história é sobre você, dissera Curt Meyer-Clason, e sobre mais ninguém.

2.

Os habitantes do Pantanal têm um jeito de falar quase não falando, sua economia de frases se iguala à dos gestos, sempre contidos e lentos, um exercício de sincronia entre fala e aceno. Hugo Reiners exagerava esse teatro ao máximo, resumindo seus movimentos ao mínimo e ao vagaroso, mas com a precisão de um predador.

Hugo foi a representação superior do desenraizamento da família Reiners. Era casado com a bororo Hermínia, uma prima distante do marechal Rondon, também ele dono de sangue índio, e pai adotivo de Alberto, um garoto negro. Viviam os três em companhia de empregados na fazenda Sumidouro, a Terra Prometida dos planos de Hugo que, sendo no centro do Pantanal, não poderia também deixar de ser sua *Água* Prometida. Seis meses por ano as cheias do rio Paraguai transformavam a fazenda em terreno submerso. Nos planos desmantelados de Hugo a Terra Prometida e Atlântida tinham idêntico endereço. Foi assim até a mulher e o filho morrerem em um incidente na beira do rio.

Depois da tragédia, o temperamento de Hugo se tornou arredio. Parecia quase transparente. No auge do luto, apelou ao rádio-gravador deixado por Curt Meyer-Clason em Sumidouro. Procurava ouvir as vozes de seus mortos no canto das garças no crepúsculo, na chuva tinindo o arame das cercas. Observava as marés internas do Pantanal, águas que subiam e baixavam, enxergando na vazão e na estiagem o próprio movimento da vida, seu enigma. Ouvia vozes na correnteza, mas nunca as que gostaria de ouvir. Passou a amar o silêncio como uma pedra ama o ar que a envolve. Sabia que em breve desapareceria, pois sua pele nunca tinha sido tão pálida.

A sede de Sumidouro era um casarão encoberto por mangueirais às margens do São Lourenço. Minava água da cal branca. Nos cantos da sala havia enormes potes de cerâmica de onde não era incomum se pescar escorpiões. Artrópodes suicidas despencavam em quedas mirabolantes das vigas. Sucumbiam ao impacto contra os potes, indo mergulhar nas tampas mal colocadas, liberando veneno na água que beberia algum inadvertido. A chuva tóxica que caía somente de noite. A seiva familiar.

Nos dias posteriores à morte de Curt Meyer-Clason, logo que você chegou ao Pantanal, Hugo arrastava do curral ao matadouro um grande caderno de capa preta. Era o registro contábil que relacionava o gado abatido desde a fundação. Debruçava-se por horas sobre as páginas quadriculadas, verificando cifras, datas, lotes, períodos de vacinação e marcação a ferro. Não o abandonava nem nos momentos de repouso. Contabilizava o número de cabeças em busca do primeiro animal contaminado, do primeiro lote a morrer de forma inexplicada, da origem da doença. Estava obcecado pela contagem, e a subtração lhe dava pesadelos. O velho caderno de capa preta tinha aparência triste, com bordas desbeiçadas pelo manuseio.

Hugo dizia que nas páginas daquele caderno estava guardada sua obra-prima.

3.

A enfermidade atingiu Sumidouro alguns anos antes. Depois de abrigar por décadas a maior manada da província, o gado não mais se reproduzia naquelas terras. A fim de combatê-la, os melhores reprodutores foram transportados a fazendas vizinhas. No entanto, mesmo assistidos por especialistas em embriologia animal, a epidemia não regrediu. Após surtos de violência, touros foram sacrificados. Em pouco tempo a criação definhou e esqueceram o diagnóstico, pois os animais pareciam predispostos à extinção. Os índios a chamam de pyhareryepype-pyhare, disse Hugo em sua chegada, mas eu a chamo de morte de tudo o que está vivo. E assim, com a disposição de ninar uma criança crescida demais para ter um sono tranquilo, ele começou a falar de tempos e espaços distantes, de quando ainda não existia nenhum Reiners em Mato Grosso.

Ainda hoje o Chaco Boreal paraguaio permanece inexplorado como sempre foi, um dos últimos espaços selvagens da Terra, disse Hugo. O Chaco é um desterro em pleno mundo, o nada alicerçado em aguaçal e lodo, e nisso se parece com estes pântanos. É como se a morte tivesse perdido de vista o morto, não faz sentido. Elisabeth Förster-Nietzsche lá chegou em 15 de fevereiro de 1887, após dezenas de tentativas fracassadas de convencer o irmão Friedrich a acompanhá-la e ao marido Bernhard Förster, rumo ao centro daquela lacuna instalada em plena paisagem. Filha de um pastor luterano e nascida na vila alemã de Röcken bei Lusten, assim como o irmão e filósofo célebre, Elisabeth se casou em 1885 com Bernhard, antissemita irredutível cuja insatisfação com os rumos políticos da Alemanha o levou a idealizar uma colônia ariana em pleno Novo Mundo. Com o poder insinuante de Elisabeth a seu favor, Bernhard não teve dificuldades para, em pouco tempo, convencer catorze famílias alemãs a acompanhá-los em sua viagem mítica de retorno às próprias raízes. Eles queriam mais, e a sua intenção, em acordo firmado com o governo do Paraguai, era a de reunir cento e quarenta famílias no povoado da região do Chaco batizado de Nueva Germania, e tal ocupação se daria no tempo recorde de apenas dois anos. Lá, a raça alemã renasceria, de acordo com Bernhard Förster, agitador que se considerava filho espiritual de Richard Wagner.

Quando citava os nomes de Förster ou de Elisabeth, Hugo Reiners não conseguia esconder a náusea, e ao repetir o nome de Wagner seu rosto se contorcia, parando um instante e respirando fundo, para então retomar o curso da narrativa, inicialmente com a bota direita apoiada numa banqueta feita de tronco de madeira ao lado da cômoda, cofiando os bigodes com lentidão enquanto prosseguia, mas não conseguiram, eles não conseguiram seu intento, continuou Hugo, pois as terras do Chaco se mostraram desfavoráveis às técnicas europeias de cultivo agrícola, além de a região ser inóspita. Havia dificuldade para transportar o pouco que produziam a outras colônias espalhadas pelo Paraguai, como a colônia suíça de San Bernardino, onde Bernhard viveu antes do matrimônio com Elisabeth. Porém nem com os suíços os negócios foram bem. No momento em que afirmou isso, Hugo ficou de pé e caminhou até a janela do quarto. Do lado de fora, à distância, o único foco de luz visível era o minúsculo ponto aceso emitido pelo lampião da choça onde os peões guardavam apetrechos de montaria e se reuniam para fumar. Mesmo de longe era possível ver o bico de querosene bruxuleando no ar noturno até se apagar aos poucos, até a luz desaparecer de vez. Depois disso sobraram apenas as nuances quase imperceptíveis da borda da mata recortada sobre o pano negro da noite, e Hugo se virou e disse que a história que contava estava tão envolta pela escuridão quanto a noite lá fora. É o último instante de escuridão antes da claridade da manhã, Hugo disse, a profundeza mais escura da noite, pyhareryepypepyhare, a noite dentro da noite.

Naquele momento ouviu-se um rugido na selva que despertou os cães espalhados pelo alpendre e também os deitados nas imediações da casa. Pense naqueles colonos alemães perdidos num continente selvagem a milhares de quilômetros de seus lares, disse Hugo, a solidão daquelas noites não é muito diferente desta que a gente sente e a eles só restavam histórias iguais às que também nos restam agora, ele falou, e a cada frase o seu aspecto se tornava mais taciturno, oculto pela aba do chapéu a separá-lo da luz oscilante da chama da vela acima da cômoda, e nas pausas entre suas falas se tornava possível apurar a audição e também ouvir o que o matagal dizia debaixo dos latidos, sob o murmúrio ininteligível daquele amontoado de pios e sussurros brotados do silêncio que prevalecia momentos antes. Em nenhum momento, nem na primeira vez que dormiu, muito criança ainda, no banco traseiro de um Corcel varando a noite por estradas a centenas de quilômetros de qualquer cidade, você atingiu tal consciência da natureza a nos rodear, a nos vigiar, de sua presença opressiva, e então um mocho com duas luas acesas no lugar dos olhos pousou num mourão enfiado na terra a poucos metros da janela. Há, entretanto, uma única diferença entre nós e aqueles alemães de Nueva Germania, pois neles a memória da Europa ainda fervilhava, disse Hugo, estava em ebulição e lhes servia como lastro de um passado recente que, de alguma forma, poderia resgatá-los, e a nós já não resta nada, prosseguiu, nem mesmo a língua. E se conto isso pra você é pra que, de alguma maneira, você também tenha a possibilidade de se salvar, ele disse. Os personagens que surgirão a partir de agora parecem ter sido mordidos por um inseto misterioso cujo veneno proporciona essa espécie de perfeição indolor que às vezes se confunde com o mais profundo esquecimento. Assim que perceberam a enrascada em que se enfiaram, atados às promessas de Förster e Elisabeth pelas quais trocaram seus pertences e suas terras, as suas lembranças e o seu passado, os colonos ficaram perplexos. O ambiente em que se encontravam, não muito diferente do existente nos miseráveis casarios indígenas em torno de Nueva Germania, não sugeria o renascimento ariano apregoado por Bernhard e ansiado por eles. Como sombras órfãs de seus corpos, os chamacocos da região espalhavam mau cheiro, invadindo vielas de Nueva Germania atrás de restos de comida e intrigados pela presença dos homens brancos: a companhia inumana e frágil daqueles seres primitivos ainda terminaria por despertar nos colonos algumas incertezas sobre a natureza de sua superioridade ariana. Primeiro foram as crianças que se aproximaram. Apesar das restrições disciplinares a que eram submetidos, meninos e meninas foram atraídos por aquelas criaturas que pertenciam a um mundo onde permanecer nu dia e noite com a pele do rosto coberta por arabescos até o urucum derreter sob o sol era absoluta e imperiosa condição de normalidade. Enquanto contava isso, Hugo manipulava com a mão direita um colar bororo feito de sementes da mesma planta, e aquele movimento simultâneo entre as histórias murmuradas pela boca dele e o roçar em círculos dos dedos no ornamento lembrou a você a manipulação de contas de um masbaha muçulmano. A superioridade racial em que acreditavam começou a ruir diante dos olhos dos colonos quando o menino chamacoco presenteou um menino alemão com seu sagui, disse Hugo com os olhos fixos no mocho pousado no mourão do lado de fora da janela, e seria esse mesmo macaco que transmitiria hidrofobia ao filho do colono. Uma simples mordida ruiu de vez com as barreiras apenas imaginárias entre chamacocos e europeus, entre o Chaco Boreal e a civilização ocidental. O vírus da raiva, invísivel a olho nu, daria aos colonos uma lição sobre a superioridade, a de que tudo que existe merece ser destruído.

 Ao ouvir a história que Hugo lhe contava, você se lembrou do som de um trovão distante que bem poderia ter sido o estrondo de seu primeiro passo no interior de um pesadelo habitado por bugios que arremessavam bosta fervente de cima das árvores, enquanto atravessava um desfiladeiro vegetal, uma bosta que o despertava, deixando-o mais lúcido. Surgiu então, mas disso você já não tem tanta certeza, o vulto de um índio emoldurado pela janela, talvez o kadiwéu albino visto pela rata naquela noite de muitos anos atrás no hospital de Medianeira em que você se encontrava inconsciente, ou quem sabe na viagem através dos pântanos ao lado de Karl Reiners logo depois do sequestro fracassado do embaixador alemão.

Os arames da cerca eram uma pauta musical que o vento regia na campina lá fora, uma música poderosa como um furacão entortando palmeiras e varrendo o que estivesse sob a tempestade.

4.

Ao despertar na manhã seguinte não chegou a recordar em qual das palavras tinha adormecido, se em "chamacoco" ou em "europeu". É provável que tivesse despencado de exaustão por causa da viagem bem diante do suspiro desanimado de Hugo Reiners pairando entre essas duas palavras, como um hífen. Ao lado de sua cama, em um móvel de madeira esculpida, sobressaindo de um envelope rasgado, havia uma fita cassete sem nenhuma inscrição na lateral a não ser a marca do fabricante, BASF. Era a gravação da rata mencionada por Curt Meyer-Clason.

Seus breves contatos anteriores com Hugo, na manhã em que despertou do coma em Medianeira, na varanda da casa cercada de neve, e depois em sua fuga de Curva de Rio Sujo após a explosão do Sete de Setembro, serviram para se aferrar à ideia de que ele não passava de um vaqueiro silencioso. Na sua primeira noite em Sumidouro, porém, durante um tempo ele apeou do cavalo que montava no retrato da parede da sala e conversou com você, o que era muito mais do que qualquer um já fizera. O que mais o intrigava era o que você, Hugo, Karl e a rata poderiam ter com aquele menino alemão contaminado pela raiva: podiam ser apenas peças do quebra-cabeça da vida descrito como o pesadelo total, mas quem é que primeiro constrói o quebra-cabeça e vislumbra a paisagem completa para só depois quebrá-la em centenas de pedaços, só pelo prazer de desafiar quem a reconstrua em sua aparência original. E quem é que reúne as peças do quebra-cabeça, quem é que preenche o espaço vazio da peça que se perdeu, quem é o pobre que tem a cabeça quebrada. E ao quebrar a cabeça, o que será que sai de dentro dela. Era o que você procuraria saber. Meio sonolento ainda, alcançou a fita cassete no criado e a colocou no walkman que carregava na mochila. Pretendia ouvi-la mais tarde.

Afinal, depois de vagar feito sonâmbulo pela varanda, você encontrou Hugo Reiners no curral próximo à casa. Caminhava sobre a fina areia branca do interior do cercado, e o único ruído audível era o leve roçar do avental de couro em suas pernas que se deslocavam. Peões debruçados sobre os mourões o observavam, calados, e você se reuniu a eles. Quis cumprimentá-los, mas suas caras se encontravam encobertas pelas abas dos chapéus. Teve impressão de que não tinham cara nenhuma, apenas um vazio no lugar da cara. Hugo se aproximou do maior porco que você já vira, um porco negro de aspecto deformado, e que se encontrava parcialmente oculto pela sombra do catavento girando ao sol do meio-dia. Dos galhos do mangueiral vinha a brisa gélida com cheiro de algo apodrecendo na mistura úmida de folhas do pântano. Ele desembainhou com lentidão o punhal de lâmina curva que lembrava uma pequena cimitarra e cobriu o porco por trás, agachando-se como se fosse acasalar com o animal ou apenas confortá-lo pelo que estava por vir, abraçando-o e parecendo cochichar em suas orelhas eriçadas de terror alguma fábula antiga e esquecida sobre o amor impossível entre humanos e porcos. A lâmina penetrou sob a paleta esquerda, direto no coração. Você já ouvira outros animais no instante da morte e todos, exceto bois e vacas que morrem em absoluta quietude, adquiriam timbre muito próximo ao som da voz humana. Hugo descolou seu corpo do costado já inerte e retirou as luvas de couro, batendo a poeira na anca para limpá-las. Ele observou o cadáver monstruoso do animal com curiosidade, enquanto o sangue engrossava a areia num caldo escuro, como se esperasse que o porco deixasse de brincadeira e voltasse a ficar sobre quatro patas, depois caminhou até onde você o aguardava enquanto os peões se dispersavam. Estava doente, disse Hugo. Venha comer, tão preparando uma rabada lá na cozinha.

Ambos percorreram quietos a distância entre o curral e a casa. A estripulia das garças inaugurou sua reunião de início de tarde na figueira-branca que se debruçava sobre o córrego através da clareira. Diante da matriz da fazenda, o crucitar das garças adquiriu a dureza de um massacre sonoro, e por isso o diálogo entre vocês se resumia a esparsos olhares trocados, e sobre a íris direita de Hugo projetou-se o esqueleto da figueira mais adiante, e logo acima dela as rajadas sanguíneas de céu adquiriam a estrutura capilar dos vasos de um pulmão, pontuadas pelos tuiuiús nos galhos que, enquanto vocês pisoteavam o pasto encharcado em direção à casa, lembravam costelas de uma enorme carcaça animal observada da cabine de um bimotor cuja fuselagem em brasa se distanciava velozmente na vastidão do céu, até se desintegrar nas pupilas de Hugo, explodindo em direção às remotas nuvens de bronze no limite do final da manhã e à outra extremidade do mundo, no reflexo detrás do fogão à lenha cujas chamas incendiavam a cal branca da parede, ao limparem as botas e entrarem na cozinha. O cheiro rançoso da rabada revirou seu estômago.

Quando você sentou na mesa de madeira vincada por veios escuros e cicatrizes de faca, continuava a não compreender como a história contada por Hugo na noite anterior se relacionaria ao relato de Curt Meyer-Clason ou à gravação que você ainda não tivera coragem de ouvir. Hugo movia a colher de pau em círculos dentro da panela de ferro que soltava vapores sugados pelo retângulo aceso da porta aberta da cozinha, dando no terreiro onde galinhas ciscavam, alucinadas pela luz do dia. Ele olhou para você e disse aposto uma rês doente que não sabe sequer uma vírgula a respeito de seu avô alemão. Você apenas balançou a cabeça para os lados em sinal negativo. A rata nunca lhe falou a respeito dele, parece que ninguém o conheceu, Hugo disse, mas é bem possível ela ter lhe contado e você não se lembrar, não é mesmo, é mais ou menos isso, continuou Hugo, seu avô Georg Reiners já era um velho quando eu e meus irmãos nascemos e praticamente não falava mais, resumindo sua comunicação aos olhares vazios que distribuía e aos murmúrios necessários pra se fazer entender e exigir que o alimentassem. Mas no final de uma tarde de 1945 ele falou comigo. E contou a história que comecei a contar ontem. Georg Reiners era muito quieto, mas isso não se devia a idade, doença ou coisa assim. Era calado porque tinha segredos demais. Era um homem alto, porém quebradiço, sempre trajando seu terno branco de linho, como se estivesse prestes a cair. Caminhava por aí em silêncio observando o mundo e permitindo que o mundo o invadisse pelo olhos. Seu lugar predileto era aquele banco de madeira em frente à capela onde agora está enterrado ao lado de Antonieta. Nós brincávamos, dizendo que ele fazia serão na tentativa de afugentar um príncipe encantado que porventura aparecesse para acordar sua bela adormecida. Ainda não compreendíamos que "A Bela Adormecida na floresta" é uma história de terror. Depois da conversa que tivemos naquela ocasião, passei a considerar que ele apenas aguardava sua hora de também adormecer ao lado dela, talvez fosse isso que o mantivesse ali. Ele e Antonieta formaram um estranho casal. Sua avó era dessas pessoas cuja presença não se nota, aquele tipo que ainda em vida parece começar a desaparecer da vista dos outros, disse Hugo parecendo falar de si mesmo, até se apagar de vez. Às vezes aprontávamos alguma na garagem cheia de quinquilharias pretas de graxa que existia nos fundos da casa quando, surgida do nada, víamos Antonieta quieta num canto. Como de costume ela apenas nos reprovava com o cenho, para logo desaparecer pela porta entreaberta. Anos depois de sua morte, entretanto, naquele final de tarde em que conversamos, Georg se mostrou absoluta e inesperadamente sagaz e hoje cedo dei risadas sozinho, imaginando que depois de ontem você devia estar com impressão parecida a meu respeito. Acariciando o walkman preso ao seu cinto, você sorriu em silêncio para ele e pensou o que afinal teria acontecido ao garoto alemão que contraiu raiva na história da noite passada.

 Em 1887 não havia vacina antirrábica, disse Hugo, e aos habitantes de Nueva Germania nada restava senão se conformar com o pior. Tomado pela febre, o menino não duraria muito. O clima da região, úmido e quente, tornava as condições ainda mais adversas. As mulheres amaldiçoavam o lugar e lamentavam sua submissão àquela infeliz ideia de superioridade racial. Elisabeth e Bernhard se isolaram dos outros no casarão. Desde o início, quando os colonos chegaram a Nueva Germania, a diferença das instalações despertou discórdia. Por que vivemos em casebres tão precários e eles naquela mansarda com varanda e jardim, perguntavam-se. Elisabeth, atenta ao falatório, organizou festas nos fins de semana, além de promover reuniões noturnas para todos jogarem cartas e se distraírem um pouco. Mas seu estratagema funcionou por pouco tempo. Alguns dias depois de ser mordido pelo animal infectado, o garoto deu sinais de destempero. Era raro que portadores do vírus sobrevivessem mais de quatro dias, disse Hugo, sem a vacina o óbito era inevitável. Durante as noites que se sucederam à contaminação do menino, Bernhard se descontrolou, inquietando colonos e apavorando índios. Quando relacionou a doença à ferida com marcas de dentes na mão do menino, Bernhard sacrificou o sagui com crueldade às vistas de todos. Na praça diante de sua casa ele destripou o animal, arrancando-lhe vísceras, cabeça e membros. Sua expressão levou pessoas a considerarem se também ele não teria sido mordido. Bernhard tencionava demonstrar sua insatisfação diante da cordialidade entre arianos e índigenas simbolizada por aquele macaco. Para ele a doença do menino também representava a decadência de seus ideais e passava por sua cabeça, aos turbilhões e desordenadamente como convém às pessoas em vias de enlouquecer, a impressão de que os colonos reunidos em Nueva Germania não fossem puros o bastante para fundar a nova Alemanha alardeada por ele, deviam ter sangue semita, pensava Bernhard. São esses bugres, balbuciava furioso, encarando os indiozinhos encolhidos nas sombras úmidas das palhoças esparramadas pela terra batida do chão da praça, brandindo ao alto suas mãos ensanguentadas, são os bugres, esses animais fedorentos, precisamos nos livrar deles, matá-los como matei este bicho doente, matá-los antes que nos matem como mataram o pequeno Georg, pobre garoto, pobre e inocente garoto. As mulheres, apesar da dor que sentiam, não aprovavam o descontrole de Bernhard, e se recolheram à enfermaria onde o menino chamado Georg se encontrava numa camisa de força e em estado terminal. Você não pôde deixar de notar a eloquência de Hugo, que àquela altura descascava mandiocas com uma faca de lâmina estreita e longa onde você via refletidas as chamas avermelhadas cuspidas pela boca do fogão a lenha. A aparente coincidência do nome Georg igualmente não lhe passou despercebida. Hugo prosseguiu, dizendo que algumas mulheres de Nueva Germania tinham se preparado, aprendendo rudimentos de guarani para se comunicar com nativos. Ao contrário dos homens que previamente descartaram tal ideia, temendo inclusive a miscigenação com paraguaios de origem europeia, alguns poucos descendentes de espanhóis que ali viviam (afinal existiam rapazes e moças solteiras na colônia e uma hora ou outra isso poderia acontecer), as mulheres anteviam o quão inevitável seria a necessidade de se comunicarem, disse Hugo, e essa preocupação mostrou-se acertada naquela tarde, quando uma jovem chamacoco dirigiu-se em espanhol a Elisabeth. O que ela disse não foi compreendido de imediato pelos alemães, pois os chamacocos misturavam suas expressões ao castelhano de um jeito confuso, e então Elisabeth convocou à enfermaria uma garota da colônia que já aprendera algo do dialeto chamacoco-bravo por conta própria, uma menina chamada Antonieta. Hugo suspirou alto ao pronunciar esse nome e estacou por um instante, perfurando com seu garfo os pedaços de mandioca imersos na fervura. As duas jovens não podiam ser mais diferentes, mas se entenderam à perfeição diante dos olhos das senhoras alemãs, estupefatas por assistirem a uma ariana se expressar de maneira tão fluente naquela língua rudimentar. O que viam só podia ser sinal da ascensão de um espírito superior frente a outro selvagem. Mas a Antonieta e Lora-y, assim se chamava a índia, o que importava era a salvação de Georg. Então Lora-y contou a Antonieta sobre El Diablo, o índio que poderia ajudar o menino. El Diablo es un anciano kadiwéu que vive en medio a nosotros desde la Gran Guerra, dizia Lora-y. Pero la señora no se alarme, porque El Diablo tiene una forma extraña. Su piel es de color blanco, brilla en la oscuridad. Hay poca oportunidad de verlo, ela dizia, ya que es raro que aparezca. Llegó al Paraguai con las tropas de Cuiabá hace veinte veranos y ha combatido en la reconquista de Corumbá, es un valiente. El Diablo tem dons que não compreendemos, são poderes que alguns kadiwéus têm. Ayudará el niño, disse Lora-y, él tiene pyhareryepypepyhare. E então Antonieta traduziu às senhoras as palavras da índia. Elisabeth grunhiu negativas, negando o que a moça propunha e proibindo qualquer contato com indígenas. A mãe do menino, no entanto, e agora me lembro de meu pai dizer que não se recordava do nome dela, não permitiu qualquer restrição às tentativas de salvar a criança. A vida de meu filho não está sob jurisdição de ninguém a não ser de Deus, meu pai repetiu o que a mulher falou na ocasião, disse Hugo. E continuou, dizendo que a mulher arriscou a própria vida ao libertar o enfermo raivoso da camisa de força e se expor aos ataques. Na companhia de Antonieta e Lora-y, ela atravessou o portão de madeira da paliçada que separava Nueva Germania das primeiras taperas dos chamacocos e saíram em busca de El Diablo.

5.

O prato à sua frente nublou a atenção que você dedicava ao relato de Hugo, mas assim que ele se sentou para vê-lo comer — a palidez de Hugo refletia a do pequeno alemão do Chaco Boreal —, não hesitou em deixar sua comida esfriar. Você teve dúvidas se o garoto doente e Georg Reiners eram a mesma pessoa. Sim e não, Hugo disse, enquanto misturava mandioca e carne na fervura da panela sobre a mesa com semelhante energia à dedicada a introduzir areia na sua compreensão das coisas. E é disto que esta história trata, acrescentou, de coisas que são e ao mesmo tempo não são, de pessoas que aparecem e desaparecem. De gente que não devia ter nascido. De gente que não quer morrer. De gente morta que parece viva.

Ainda mais enigmática do que sua resposta foi a informação de que dom Georg não se recordava do nome da mãe do garoto, quer dizer, do nome da própria mãe. Que tipo de cilada poderia guardar uma história tão antiga. Nos anos que precederam aquele dia lhe foram negadas quaisquer referências à vida pregressa de seu avô postiço, um homem que não conheceu, que desaparecera antes de você ser enxertado por Karl Reiners naquela família, e agora o passado começava a se delinear com contornos absurdos. Herdava algo que não pediu, o que significava dizer que enfim pertencia a uma família.

Bernhard Förster enlouquecia por aqueles dias, mas ninguém podia ter certeza disso ainda, prosseguiu Hugo, embora alguns colonos suspeitassem do reprovável comportamento de seu líder. Apenas Elisabeth conhecia as causas da aflição do marido. Para colocar em marcha seus planos de renascimento da Alemanha na América do Sul, Bernhard foi obrigado a contrair dívidas, emprestando dinheiro de agiotas e bancos. O fracasso da empreitada o levava à insanidade, e ela temia pelo pior.

Bernhard Förster era um fanático e os sentimentos nacionalistas a sobrevoarem a Alemanha no período posterior à derrocada dos Habsburgo encontraram nele sua síntese. Antissemita radical e grande orador, com seu fervor incendiava multidões sequiosas por algumas certezas, mesmo que duvidosas. Um místico assim como Hitler, Förster forjou suas convicções raciais e políticas nas crenças ocultistas de que um homem superior estava surgindo. Para ele, porém, o solo alemão já havia sido regado em excesso pelo sangue de raças inferiores, e não era mais propício à ideia. A Förster, apenas a fundação de um espaço virgem ancestralmente designado para tal incumbência poderia servir. Para ele, o super-homem ariano renasceria no Chaco paraguaio e a ele, Bernhard Förster, estava reservado o papel de Messias. Talvez sempre tivesse sido um louco feroz. Após dizer isso, Hugo passou a língua na fina extremidade que restava da palha, fechou o cigarro com cuidado e continuou a relatar o que seu pai Georg Reiners lhe contara: o humor de Bernhard se parecia com o clima da região pantanosa, disse dom Georg. Pela manhã demonstrava um ânimo próximo da normalidade, conversando e instruindo, enquanto percorria Nueva Germania à procura de saber quais preocupações afligiam seus comandados. Era justo quando o sol se firmava no céu, em torno das oito horas, que sua vontade se tornava mais enérgica e não raro a demonstrava pondo-se a trabalhar na elevação dos troncos que seriam destinados a compor a ala norte da paliçada do povoado, atividade braçal que homens na sua posição nem sempre se dispõem a realizar. Nessas jornadas ele usava seu poder de sugestão, apregoando virtudes da raça ariana por meio de exemplos colhidos ao longo do trabalho. Num momento enaltecia o vigor de um rapaz e sua agilidade para se mover entre obstáculos do terreno em obras. Noutro, elogiava os conhecimentos e a perseverança do marceneiro-chefe, experimentado conhecedor das propriedades das madeiras da região. É da fibra indestrutível dessa matéria-prima que se forjarão futuros super-homens, bradava Bernhard Förster, referindo-se à sólida cepa de que era feito o velho colono, e esses seres inaugurais de uma nova raça ariana mais forte do que nunca nascerão aqui nesta terra intacta. Não é de todo impossível que aos homens de Nueva Germania a conversa de homens surgirem da lama do pântano ao sul do mundo lembrasse a lenda judia do Golem, provocando em suas mentes sinapses mais chucras do que cavalos selvagens, disse Hugo, talvez repetindo um comentário feito por dom Georg quando lhe contou a mesma história. Depois de atingir o zênite de seu humor perto da hora do almoço e na companhia do sol, o ânimo dele se alterava, prosseguiu Hugo, dizendo a você o mesmo que o pai dissera a ele, e um pouco antes da sesta Förster já acumulava brumas em torno do olhar, falou dom Georg, e certo ricto na boca torta, repetindo no mesmo tom soturno o que Bernhard sussurrava à mulher: vou pra cama, Elisabeth, vou me deitar, pois um grande cansaço se abateu sobre minha carcaça, e Hugo então arremedava com perfeição a corcunda que seu pai roubara de Bernhard Förster, imitando seus ombros curvados e a postura cabisbaixa de um homem exausto ao caminhar, e a partir daquele momento Förster se tornava outra pessoa, dissera dom Georg, e o mesmo disse Hugo, trazendo ainda nas vistas o horizonte fuliginoso e a escuridão iguais aos trazidos por dom Georg e Bernhard Förster em suas órbitas. Você percebeu então que se encontravam em uma pequena multidão naquela cozinha, e que a rotina feita pelo sol em seu arco sobre o Chaco Boreal, semelhante àquele que acompanhava os humores de Bernhard, era simultânea à sua daquele idêntico dia, pois a tarde seguia pela metade e a luz que recortava a porta e as janelas mudava sua angulação com suavidade, ressaltando quinas de tijolos mal assentados nas paredes, girando como ponteiros de um relógio de sombras.

Quando Förster despertava era noite, disse Hugo, e ele se arrastava ao sair de debaixo do mosquiteiro coberto de insetos mortos estendido no dossel acima de seu leito, se arrastava como se fosse a própria penumbra, completamente transformado como se fosse outra pessoa. Elisabeth Förster-Nietzsche, com sua mentalidade esnobe, aos poucos buscou se habituar à ideia de conviver com o vulto esquálido do que costumava ser o marido pelas manhãs, tudo para não enfraquecer sua ascendência diante dos colonos. A economia de Nueva Germania de tão frágil já beirava o abismo, e não seria nada conveniente perder o controle político da situação, falava dom Georg, de certa forma ecoando as preocupações de Elisabeth. Mas em grande parte das vezes os cuidados demandavam muito de Elisabeth, e os acessos de Bernhard Förster passaram a escapar ao controle devotado da mulher. Certa noite ocorreu algo inexplicável e, depois de ouvir gritos animalescos vindos do quarto do marido, Elisabeth seguiu até lá, acompanhada de sua governanta. Förster arrancara as cortinas e permanecia nu, estacado em frente à janela, falou Hugo, e ao se voltar para as mulheres seus olhos esbugalhados ainda rastreavam de soslaio o exterior da casa e dizia é ela, é ela, vocês a viram, não me deixa em paz, veja, Elisabeth, é o vulto dela atravessando os troncos da paliçada pra escapar do povoado, peguem ela, peguem — assim gritava Bernhard Förster, e não fosse o esforço da mulher e da criada teria se lançado janela afora na tentativa de conter a suposta fugitiva, dizia dom Georg, com a mesma expressão crispada de Hugo ao narrar o ocorrido, ambas as fisionomias em relação especular com a de Bernhard no auge da crise de nervos, insistindo que existia uma duende do pântano a persegui-lo sem descanso, uma duende feita de som e orvalho cujo canto tentava atraí-lo. A flor-vampiro. Elisabeth, no entanto, nada conseguiu enxergar na noite sem luar, e duvidou que os surtos do marido guardassem qualquer contato com a realidade. E assim os furores prosseguiriam pelas madrugadas, perturbando a todos, seu comportamento como que atravessado pelos modos de outra vida, pela presença intrusa de uma consciência que se apropriava da dele. O corpo de Bernhard Förster servia de hospedeiro a algum mal, era o que pensava Elisabeth, lamentando o fato de seu irmão não ter se convencido a segui-la ao Paraguai, Friedrich bem que poderia me auxiliar a compreender esse estranho caso de possessão, ela pensava, sem saber que no futuro o próprio irmão sofreria de desequilíbrio semelhante, disse Hugo Reiners. Nenhum deles, arianos antissemitas, filósofos niilistas, fascistas e racistas, poderia supor que a verdadeira superioridade do universo pertence aos microrganismos como a pyhareryepypepyhare. Corpúsculos ainda menores que uma célula não sofrem com dilemas morais.

6.

Na sesta daquela tarde você teve um pesadelo denso como uma pedra arremessada na superfície de um lago, por causa do relato de Hugo ou pela carne estragada do almoço, quem sabe as duas coisas, o fato é que a pedra ricocheteou diversas vezes na superfície do lago, abrindo novas janelas que se interligavam a imagens pavorosas. Na última delas, você era um animal peludo que se metamorfoseava em homem após se apaixonar por uma mulher, uma espécie de lobisomem às avessas que depois de metamorfoseado esquecia por completo ter sido um monstro, para então se tornar apenas um homem desmemoriado, o lobisomem das cidades, um lobisomem amnésico de seu passado selvagem.

À noite, ao vomitar no banheiro, intuiu que o pesadelo continuava, mesmo estando desperto. Sentado no canto pouco iluminado da sala, com seu caderno contábil de capa preta no colo, Hugo Reiners mantinha o rosto debaixo da sombra projetada pelo troféu da cabeça de onça na parede logo acima da poltrona onde descansava. A voz que emergia dessa sombra atingiu você em pleno passo, ao sair do banheiro rumo ao quarto. Às vezes não parece que a noite não nos pertence, ele sussurrou, mas num primeiro momento você não reconheceu a voz de Hugo, aturdido pela projeção da silhueta distorcida da cabeça do animal na parede que coincidia com a dele, e ao mesmo tempo a guilhotinava e substituía. Comigo sempre acontece, essa sensação de que outras vidas ocupam meu sono, Hugo Reiners prosseguiu, a sua fala de felino mascarando ainda mais o seu rosto humano. A vida é uma espécie de vírus, não seria nada estranho se também inoculasse nosso sono, uma maneira de vidas interrompidas ganharem tempo extra, ou uma via de comunicação entre vivos e mortos, quem sabe. Mas nessas noites nunca ouço as vozes que gostaria de ouvir, as de Hermínia e Alberto, disse Hugo. Daí eu insistir com esse aparelho, Hugo apontou um receptor de radioamador de fios soltos e repleto de gambiarras, este é o gravador que captura vozes no vazio entre as estações, um rádio que opera com mecanismos do inconsciente. Foi um presente de Curt Meyer-Clason. Em breve reunirei na mesa do café as vozes que povoavam esta cozinha, as vozes de Hermínia e Alberto, pois o momento em que mais sinto falta deles é o café da manhã, era nessa hora que contávamos uns aos outros as miragens que víamos durante o sono. Eram boas miragens, disse Hugo, que me acompanhavam ao longo do dia e me traziam de volta todas as noites.

Em seus últimos momentos o menino Georg tomou o caminho contrário, prosseguiu Hugo, sentindo que sua esperança se esvaía, agarrado aos braços da mãe ao chegarem com Antonieta e Lora-y à oca onde vivia El Diablo. Georg podia sentir a morte ao lado. Caminharam quilômetros dentro do pântano até atingirem aquele ermo, atravessando ravinas e alagados, revezando-se com o menino no colo, disse Hugo ecoando lembranças de seu pai Georg, e os lagos concêntricos do banhado aos poucos adquiriram a estrutura de uma mandala cuja vegetação cerrada os desorientava à medida que avançavam. Então você percebeu que as vozes de Hugo e Georg preenchiam o silêncio da noite por meio de uma traqueia única de onça, não sendo mais possível reconhecer a fala de seu tio, um vozerio que correspondia à lembrança do garoto que um dia dom Georg fora, num passado tão distante quanto outra vida, oprimido pelos estertores, deitado no colo da mulher que tinha sido sua mãe e cujo nome não se lembrava mais.

Não sei como ele podia ter lembranças de um episódio em que esteve inconsciente, disse Hugo. Da tapera de El Diablo não se podia identificar em que ponto começavam as paredes e terminava a selva. Quando minha mãe abriu a portinhola com um toque dos dedos, dissera Georg, pássaros ou morcegos saíram do interior, mas não havia nenhuma presença humana lá, apenas víboras se contorcendo nos emaranhados de raízes e parasitas, e bromélias gigantescas que floresciam como serpentes enoveladas umas nas outras, se movendo lentamente quando passávamos debaixo delas, interrompendo a penetração dos poucos raios de sol. A vegetação que se decompunha na água estagnada empesteava o lugar, mais parecido com uma gruta, tal a ausência de claridade naquela altura do pântano onde as copas das árvores formavam espessa abóbada. Era uma estufa natural. À minha mãe não pareceu possível que um ser humano pudesse viver em ambiente tão inóspito e ela se desesperou, dissera Georg, pois El Diablo não estava lá pra me socorrer. Tinha a sensação de que pisávamos em solo proibido, de onde deveríamos ter mantido distância, mesmo que para isso o preço a ser pago fosse minha vida.

Vamos dejarlo aquí y nos marchamos, falou Lora-y, para El Diablo curar al niño. Coraje, ela disse. Antonieta abraçou minha mãe, que afinal assentiu, com lágrimas no rosto, depondo meu corpo inerte sobre um tronco coberto de flores e caramujos que lembrava o trono de um reino dizimado. Então as três mulheres saíram, me deixando na cova de plantas apodrecidas para morrer. Como eu gostaria de lembrar o seu nome agora, dissera dom Georg para Hugo naquela ocasião quase trinta anos atrás, como eu gostaria disso, prosseguiu, e Hugo contou que dom Georg lhe dissera que, mesmo depois de tanto tempo, ainda ouvia os passos de Antonieta, de Lora-y e de sua mãe se afastando em direção ao povoado enquanto raízes, cipós e galhos começavam a deslizar e a se mover, contorcendo-se em todos os sentidos e direções, ocupando-a, até taparem réstias da luz sorrateira que penetrava, ervas daninhas sufocando sua infância, tornando tudo escuro e enregelante, até ele desfalecer.

Foi nesse momento, quando Georg Reiners perdeu a consciência no relato, que, emergindo das sombras, a cabeça humana de Hugo afinal se sobrepôs ao perfil negro de onça projetado na parede e, pondo-se de pé, abriu a janela, permitindo à sala submergir inteira debaixo da escura asa de corvo estendida pela meia-noite ao interior da casa.

7.

Você pediu ao peão com cara de cavalo que encilhasse a montaria e passou a manhã embrenhado em Sumidouro. Era difícil relacionar aqueles brejos mal saneados com a paisagem de sua lembrança pouco confiável do período que ali viveu, depois de explodir o banheiro da escola e fugir de Curva de Rio Sujo. O sol evitava certos barrancos e descampados e a água feria a terra com grandes erosões. O gado contaminado — antes a manada estremecia o pasto por quilômetros — roía cipós secos nos baixios à espera da morte. Hugo Reiners disse em sua chegada que, no ponto em que estavam, era preciso manter ao menos os porcos para alimentar os funcionários, pois os homens não suportavam viver só de vegetais. Hugo não comia mais carne, aprendera a sobreviver quase sem alimento. Disse que seu metabolismo também rejeitava qualquer vegetação nascida em Sumidouro, pois seu corpo não suportava se alimentar da terra onde nasceu. Ele não parecia nada bem.

Meia hora depois de partir você percebeu que o walkman permanecia preso à cintura de suas calças desde o dia anterior, com a fita cassete rodando em seu estojo. Devia tê-lo acionado sem querer. As pilhas não davam sinais de desgaste. Desligou o walkman e apertou de novo a tecla de ligar. Ouviu o chiado que se estendeu por uns segundos, sem qualquer sinal da gravação. Rebobinou o lado A da fita até o início e voltou a acioná-la. Estaria virgem, talvez, não fosse pelo ruído de correnteza de rio bem ao fundo que também podia ser som de vento nos ramos de um arvoredo. Estendeu o olhar à borda da mata que o cavalo margeava ao trotar, e percebeu que a gravação se relacionava com o panorama diante de seus olhos, com a densa vegetação que ondulava sob o impacto da ventania. A fita podia estar sob caprichos do seu inconsciente, que não eram poucos. O vazio se alterava e era corrigido conforme a necessidade do ouvinte, o que era narrado ali se movia sob a imperiosa vontade da memória como único reino possível do real. A única realidade fiável era a de sua cabeça, enquanto o que havia lá fora era algo, sua antiga noção de realidade, que adquiriu a capacidade de imaginar.

Enquanto circulava pelos currais desocupados, verificou que as poucas cercas não apodrecidas tinham sido retiradas para alimentar o fogão à lenha. Você acompanhou a circulação de caminhões na trilha que levava ao antigo campo de pouso aberto por dom Georg havia décadas em uma região alta que servia de acesso à fazenda nos períodos de cheia do rio Paraguai. Eram em sua maioria caminhões fechados, e apenas um deles transportava na caçamba descoberta meia dúzia de homens armados com fuzis. Ao passarem, olharam sem expressão para o seu lado. Logo um bimotor surgiu baixo no céu, o mesmo que você vira antes, recém-decolado da pista ao sul. Não exibia identificação nas laterais. Deduziu que o avião — bastava observar o sentido comum trilhado pelos caminhões — tinha algo a ver com aquela milícia.

No regresso, a figueira-branca na campina em frente à matriz de Sumidouro se afogava na luz amortecida, contrastando com sua compreensão imersa em trevas. Sob os galhos da árvore, protegidas pela sombra, reconheceu as silhuetas de Hermínia e Alberto. Não sorriram nem acenaram, e ela parecia concentrada em contar uma história que ele acompanhava com atenção. Você teve curiosidade em saber qual era. Alberto tinha a face esquerda dilacerada por mordidas, e sua arcada dentária à mostra mal se assemelhava a um sorriso.

A aura que precedia suas convulsões fazia você ver tantas coisas.

8.

Você esqueceu os problemas deixados na cidade onde uma vez viveu e passou a se estarrecer diante das revelações sobre as origens familiares feitas por Hugo Reiners. Embora àquela altura já soubesse algo sobre o assunto, perguntas ainda tumultuavam sua cabeça, ansiosas por respostas. Esta história é sobre você e mais ninguém. Mas quem é você, e o que aconteceu no Ano do Grande Branco. Se a história é sobre você, e se existia um irmão, mesmo que secreto, a história também é sobre ele. Foi quando a velha picape Ford Willys despontou por detrás das árvores, vinda dos lados de Leverger, atravessando o mata-burro da cancela e se misturando à penumbra da franja da mata.

Encontrou Hugo sentado diante da laje branca do túmulo de Antonieta e Georg Reiners. Tinha o rosto empoeirado da estrada e fumava à meia-sombra, o caderno contábil preto jogado ao lado. A capela era tão pequena que não poderia abrigar mais do que uma coroa de flores. Ele mantinha olhos fixos adiante como se observasse o próprio túmulo a partir do futuro, uma mirada patibular à espera do inevitável. Tem gente que anseia tanto pelo céu, e quando consegue ao menos estar de frente pra ele a única coisa a se ver é a tampa de um caixão de madeira, disse Hugo com humor à altura do condenado que assoma ao cadafalso. Às vezes tem uma janelinha pra se bisbilhotar o que acontece do lado de cá.

Hugo acendeu o segundo cigarro na brasa do primeiro, permanecendo com a boca ocupada pelo tabaco. Se o silêncio pudesse ser ouvido teria aquele som, e se pudesse ser engolido teria aquele gosto acre no fundo da boca deixado pelo alcatrão. Você se lembrou do suicídio do homem que se dizia seu pai e percebeu a anomalia representada pelo túmulo cravado na areia, ao centro da clareira que se estendia a partir da base de cimento, extirpando a vegetação em um raio de cem metros, e nesse momento sentiu falta de uma coroa de flores no interior da capela, de qualquer coroa, nem que fosse de latão. Pensou em perguntar mais isto a Hugo, se o lugar sofrera algum tipo de contaminação por pesticidas que eliminou por completo as plantas nativas do entorno. Se a aridez evoluísse com aquela voracidade não seria improvável que a capela fosse tragada com o túmulo e tudo mais por uma erosão repentina, deixando apenas a cratera no lugar.

Hugo interrompeu seu fluxo de pensamento dizendo que ninguém da família tinha assistido ao enterro de Georg Reiners. Foi difícil acreditar, ele disse, quando soubemos que ele tinha morrido. A rata ainda era recém-nascida, Karl entrou na escola interna no Rio de Janeiro e iniciava sua militância política no Partido Comunista. Nosso pai, cavaleiro exímio, sofreu uma queda fatal de seu alazão predileto. Como podia ser possível, Hugo se perguntou. Vim pra Sumidouro tão logo fomos informados, então a comunicação com a fazenda não era algo simples. Karl veio do Rio ao meu encontro. Quando chegamos, ele já estava enterrado aqui ao lado de minha mãe, que havia morrido meses antes, o cimento da laje ainda parecia úmido. O capataz, muito cioso de suas responsabilidades, apenas afirmou que atendera ao seu último pedido, feito ainda no local da queda, numa ribanceira a caminho da Pedra Negra, para ser enterrado imediatamente após sua morte. O capataz deveria informar familiares depois de realizado o sepultamento. Um pedido de seu pai, mesmo que fosse o último, me disse o capataz então, era uma ordem. Quebrou o pescoço, parece. Eu não passava de um garoto, disse Hugo, todos éramos. De repente, nos tornamos herdeiros de dois túmulos cavados na erosão de um pântano.

Após longa tragada, Hugo silenciou de novo. Retirando a fita cassete gravada pela rata do walkman, você a exibiu a ele. Depois de observá-la por uns instantes, como se fizesse grande esforço para se lembrar do que se tratava, ele afirmou que o endereço do remetente no envelope era Lucile-Grahn-Strasse, 48, Munique. O endereço de Curt Meyer-Clason. Desculpe por abrir sua correspondência, disse Hugo, minha curiosidade venceu. Mas não tinha nada gravado na fita cassete, eu a ouvi diversas vezes e só havia chiado, nada mais. O velho tradutor andava meio caduco mesmo, deve ter se enganado e enviado a fita cassete errada. Ou então o que está gravado aí só pode ser ouvido pelo destinatário. Por você, disse. Hugo deu um peteleco na bituca do cigarro e se ergueu, espreguiçando a coluna com as mãos apoiadas na cintura. Pelo visto a amnésia vinha comendo a memória do mundo inteiro.

Pouco depois, em frente ao alpendre, ao desejar boa noite a Hugo e se deitar na rede para ouvir a fita em seu walkman, você não tinha mais esperanças de receber boas notícias através da voz da rata, pois começava a adquirir consciência de que aquilo que se encontrava na gravação não passava da imitação da voz dela, não era a voz verdadeira mas a fotografia de um som, a repetição magnética de um eco, e que a melodia da fala original não ressoava mais em nenhum lugar àquela altura, a não ser dentro de sua cabeça.

A rata, e você já se decidira quanto a isso, já se encontrava em um ponto onde não podia mais ser alcançada a não ser por aquela gravação.

9.

Hoje é o dia 15 de novembro de 1989, dizia a voz da rata no lado A da fita, foram 3354 dias desde nossa última conversa. Preciso falar com você. Que dias mais esquisitos, estes em que vivemos. Cada dia é um novo fim do mundo, cada mundo que acaba é diferente do que acabou antes. Não acredito que este que chega seja melhor que o anterior, e o próximo será ainda pior. Não sinto falta de meus lençóis, o que eu sentia quando deitava debaixo deles era um terrível medo do futuro. Andei pensando. Gravo isto em um hotel de Los Angeles. São minhas vantagens. Certa mobilidade, certo desprendimento. Taxas de embarque nunca foram meu forte. Andamos tão distantes nos últimos anos. Não é difícil prever quantas dúvidas devem chatear você agora. Fui obrigada a vir a este país que detesto. Recebi ameaças e precisei fugir. Os companheiros de Karl me alertaram que o homem conhecido apenas por paraguaio estava em meu encalço. E que ele apareceria em algum momento, pois o tal paraguaio sempre aparece. De todo modo, espero que Hugo esteja cumprindo a palavra e fazendo o que combinamos, lhe passando as informações que obtive. E se você está ouvindo isto agora, também significa que Curt cumpriu a dele.

Existe aqui em Culver City um obscuro Museu da Tecnologia Jurássica, cuja seriedade científica é permanentemente posta em dúvida. A causa, além dessa primeira sugerida pelo nome, são os objetos de estudo e preservação do museu, totalmente excêntricos, assim como seu fundador, David Wilson, um curioso homenzinho que recebe os visitantes tocando seu acordeão. Isso, claro, quando as portas do predinho vitoriano estão abertas ao público, o que nem sempre acontece. Todas as exibições, entretanto, são realizadas com tal esmero e cercadas de informações de maneira tão elaborada que o espectador nunca consegue precisar com exatidão onde se encontram os limites entre realidade e ficção, entre verdade e mentira (se é que tais limites existem). De fato, uma ala do museu é dedicada aos estudos do processo de esquecimento realizados pelo neurofisiologista argentino-americano Geoffrey Sonnabend, experiência que guarda mais de uma relação com nossa própria história familiar. Nos anos 40, inspirado pela vida da cantora de ópera de origem romena nascida com o nome de Systana Carvokka em 1897 em Nova York, Sonnabend compreendeu, por meio de estudos de geometria, a forma como a imaginação ocupa os lapsos deixados pelo progressivo enfraquecimento da memória. Ele desenvolveu sua teoria baseando-se nas três diferentes encarnações vividas por Systana Carvokka dentro de sua única vida.

  Portadora de enfermidade obscura que a fazia esquecer de eventos anteriores, Systana, contra a vontade dos pais, abandonou-os para se casar com Rudolf Delani, acusado de concentrar seus interesses nos dividendos que o talento vocal da moça lhe renderiam. Renomeada Madelena Delani, nome pelo qual é mais conhecida graças ao tino do marido para promovê-la, ela subiu na carreira, aproveitando-se do interesse das plateias de ópera pela canção popular alemã. Assim, com as turnês pelas Américas e pela Europa e o consequente afastamento dos familiares (que nunca mais tornaram a vê-la), Madelena Delani esqueceu quem havia sido Systana Carvokka, tornando-se outra pessoa, ou seja, tornando-se apenas Madelena Delani. Naquela altura dos anos 20 ainda era impossível determinar com precisão a condição patológica de Systana, mas hoje especula-se que sofresse de variação incomum da Síndrome de Korsakoff. Na forma mais conhecida da doença, o paciente desenvolve amnésia que o impede de assimilar novos eventos, enquanto as memórias antigas permanecem intactas. Com Systana acontecia o contrário, e ela passou a perder recordações de sua família romena. A memória afetada de Madelena atribuía ao seu canto certa qualidade etérea, e pessoas que a ouviam eram tomadas pela arrebatadora sensação de naufrágios, perdições de toda a sorte. Madelena parecia destinada à ruína, pois em 1931, após crescente desinteresse do público, Rudolf Delani a abandonou na miséria. Esgotado pela convivência com uma mulher cuja doença forçava-o noite após noite a esclarecer quem ele era e a reencenar a paixão, Rudolf não hesitou e desapareceu, levando consigo as economias do casal.

Espero que você esteja acompanhando.

Deixada para trás pelo marido e também por suas próprias lembranças, Madelena passou algum tempo à deriva, até surgir o empresário argentino Alonso Catrill, que a convidou para apresentações em teatros sul-americanos. A turnê se iniciou em 1936 no Teatro Municipal de São Paulo. Mário de Andrade estava na plateia então, e publicou uma crônica no *Correio da Manhã* onde descrevia a maneira furiosa de Madelena cantar. Assim eu soube de sua existência. Madelena depois seguiu para Foz do Iguaçu a fim de cantar num palco montado nas Cataratas, diante da Garganta do Diabo. Foi lá que um Sonnabend ainda garoto pôde testemunhar Madelena Delani apresentando-se num espetáculo que resumia à perfeição sua forma de cantar, pois a voz dela era encoberta pelo som do turbilhão despejado no rio Paraná. Ao apreciar os gestos da cantora à distância, o menino Geoffrey Sonnabend só podia pensar em tormentas e maëlstroms engolindo fragatas, o estrondo das águas nos rochedos assomando de tal maneira que se tornava impossível ouvir qualquer nota dos lieder de Schumann e Brahms, e apenas os gestos suaves de Madelena, transformados numa hipnotizante mímica silenciosa, chegavam à plateia, que aos poucos se impacientou.

Madelena, entretanto, protegida pela massa sonora vinda das cataratas, não conseguia ouvir os palavrões gritados pela multidão e prosseguia com seus trinados de puro desolamento e dissolução. Conforme a neblina ocultava o cenário, seus gestos lembravam os de uma pessoa se afogando em desespero, até seu corpo ser engolido pela Garganta do Diabo. Testemunhas afirmaram que o manancial teria congelado com um ensurdecedor som de vidro se partindo cerca de um segundo antes do sumiço da cantora.

Somente aos trinta anos de idade Geoffrey Sonnabend soube que Madelena viajara de Foz do Iguaçu diretamente a Buenos Aires, a cidade natal do próprio Geoffrey, onde se apresentou dias depois e, logo após o espetáculo, ao tentar alcançar a tempo uma embarcação que a levaria até Montevidéu, morrera num acidente de trânsito. Poucos dias antes Alonso Catrill partira de volta a Nova York, deixando Madelena aos cuidados da pianista Heidi Rosenberg.

A imagem de Madelena sendo encoberta pelas cataratas obcecou Sonnabend e, quando afinal ele começou a desenvolver suas teorias científicas a respeito das misteriosas interseções entre memória e imaginação, decidiu procurar Heidi Rosenberg a fim de obter pormenores sobre os últimos dias da infeliz Systana Carvokka.

Para surpresa de Sonnabend, Heidi era dona de estranha beleza, com seu anguloso nariz adunco que lhe atribuía o aspecto vigilante de um falcão-peregrino. Não aparentava a idade que afirmava ter e o inexperiente Geoffrey, após alguns encontros, caiu enamorado por ela. Foi então que Heidi lhe relatou que Madelena vivera três existências dentro de uma só. Primeiro, tinha experimentado a vida de Systana Carvokka no gueto romeno de Nova York. Depois, a de grande diva do canto lírico em turnê permanente pelo mundo ao lado de Rudolf Delani. E então, em seus últimos dias, auxiliada pelo amigo Alonso Catrill, suas últimas porém felizes horas ao lado de Catrill e principalmente ao lado dela, Heidi Rosenberg, derradeiro e mais profundo amor de Madelena Delani, sua amante in extremis.

Os sobressaltos de Sonnabend não tinham fim, e ele pressentiu que a importância de Systana Carvokka ou Madelena Delani, ou seja lá qual nome a desmemoriada teve em sua encarnação final ao lado de Heidi Rosenberg, era apenas a de iniciar sua pesquisa, de abrir seus olhos para a maneira com que memória e imaginação se misturavam. Após ele tomar conhecimento do passado de Heidi, Madelena perdera relevância, deixando de ser o mais realizado exemplo prático para a aplicação de suas teorias científicas e saltando a um segundo plano na ordem das preocupações: Heidi Rosenberg, com o avançar dos meses, passou da quieta e insinuante presença que se introduziu na vida do próprio Sonnabend feito um espectro que penetra um ambiente iluminado sem convite, deixando-o aturdido como nunca antes estivera.

Em um alvorecer, após terem feito sexo, Heidi revelou a Geoffrey o seu verdadeiro nome e contou-lhe um episódio de sua juventude em uma colônia antissemita no Paraguai no qual um menino ressuscitara. Depois de ouvi-la, Sonnabend identificou a grande falha em sua teoria. Graças às violentas intuições causadas pelo relato de Heidi, percebeu que não apenas a memória e a imaginação compartilham fronteiras, mas também a vida e a morte. No limiar entre a noite e o dia que surgia na janela, observando o sol apagar as sombras dos cascalhos da calle Bacacay enquanto ouvia a história de Georg Reiners em Nueva Germania, ele concebeu a teoria de que as pessoas se iludem quando pensam terem vivido vidas passadas. Na realidade elas vivem outras vidas no presente, como Madelena, Heidi, Georg e, agora podia enxergar, ele próprio. Como todos nós, aqueles que não podemos lembrar.

É claro que essa também é a sua condição, meu querido, mas vamos ver o que a gente pode fazer para dar um fim ao Ano do Grande Branco. Já passou da hora desse ano sem dezembro terminar. Você não pode me culpar por tentar algo diferente, dizia a voz da rata na gravação.

Espero que continue aí ouvindo.

E o walkman deu um estalo, indicando que o lado A da fita tinha chegado ao final.

10.

Próxima ao curral, com pernas encobertas pela poeira que subia do chão, a silhueta de Hugo reunida aos vultos indistintos trepidava, abalada pela marcha de dezenas de patas em progressão a poucos metros diante dele, a caminho do matadouro. A manada cadavérica que restava em Sumidouro era reunida desde a sua chegada. Porém não existiam sinais de que o gado estivesse sendo medicado, e no estado em que se encontravam não pareciam adequados para o abate. O fedor de carniça era levado pelo vento.

Vendi Sumidouro com tudo dentro, disse Hugo, até os túmulos. Ao ouvi-lo, você considerou se o pacote incluiria a alma dele. Estou velho, cheguei à idade em que se descobre que alma é um troço que não tem nenhum valor de barganha, Hugo prosseguiu, acompanhando o desfile de chifres alçados acima em flagrante conflito com o céu cada vez mais rente, como se furassem as nuvens. Você observou os visitantes debruçados no cercado que os vigiavam à distância. Um brilho acobreado assomava dos reflexos de seus dentes, projetando de maneira anormal as sombras dos caninos no solo. Cento e dois mil, disse Hugo Reiners, trezentos e vinte e seis. É a soma que obtive no caderno contábil que registra nascimentos e abates desde a fundação de Sumidouro. Cento e dois mil, trezentos e vinte e seis animais nasceram e foram abatidos na areia deste curral, que cifra espantosa.

Depois, quando os compradores já tinham partido ou apenas saído de vista, você calculou quem eles poderiam ser. Em um murmúrio quase inaudível, como se falasse para dentro de si mesmo, Hugo disse que não valia a pena saber quem eram. Após a morte de Hermínia e Alberto a epidemia de pyhareryepypepyhare dizimou a boiada. Sem recursos, a fim de salvar o que restou do gado, ele se viu obrigado a arrendar a pista de pouso no extremo sul das terras. E o inevitável — devido à estratégica posição fronteiriça da pista — ocorreu. A pista passou a ser usada para o descarregamento de drogas trazidas do Paraguai e da Bolívia. Agora, por seu fracasso em sanear a manada, disse Hugo, via-se forçado a vender as poucas cabeças que restaram. Os homens que ali estavam não se limitaram a fazer uso da pista de pouso, e se espalharam pelas terras. Abatiam o gado empesteado por diversão. De noite, enquanto Hugo procurava ouvir a voz de Hermínia através do rádio, ele via pela janela aqueles vultos próximos às cercas, disparando contra as estrebarias, acavalados no curral. Sentia que se aproximavam, que o cercavam. Os peões estavam aterrorizados. Carcaças se esparramaram por Sumidouro. O que ele podia fazer. Logo encontrou o cadáver de um peão na margem do rio. Degolado. Não passava de um garoto. Assim como no passado dom Georg se questionou se teria valido a pena sobreviver ao vírus da raiva, tamanho foi o preço pago por sua salvação, naquele momento o próprio Hugo se perguntava por que foi deixado para trás.

Seis meses após ter sido abandonado na choupana de El Diablo por sua mãe, Georg retornou a Nueva Germania numa noite para descobrir que sua mãe morrera — aparentemente de tristeza — poucos dias depois de tê-lo abandonado à própria sorte. Mas ele não parecia ser o mesmo garoto de antes. No tempo em que esteve desaparecido, Georg envelheceu, perdendo a aparência de menino e se tornando um rapaz de idade similar à das duas moças que o ajudaram, disse Hugo. E ainda na maturidade parecia não ter se recuperado da revogação de sua infância. Olhares lançados por ele às brincadeiras pela casa evidenciavam sua absoluta incompreensão dos jogos e enigmas das crianças.

Mas qual seria a idade de Heidi Rosenberg quando conheceu Geoffrey Sonnabend, e por que o fato de não aparentar a idade que tinha o surpreendeu tanto, era o que você se perguntava. Sessenta e cinco, disse Hugo, sessenta e cinco anos, ele repetiu, mas de acordo com os diários de Geoffrey ela aparentava ter quarenta, não mais que isso, e tinha uma beleza incomum. Ao contrário da descrição de Heidi, Hugo parecia exausto e envelhecido, assim como o pequeno Georg Reiners em seu regresso a Nueva Germania naquela ocasião do passado, um rapaz cuja idade não mais correspondia à de seis meses antes de ele adoecer.

Era impossível reconhecer em Hugo o homem atracado ao porco negro do dia anterior. Parecia outro, a cópia esmaecida de outra cópia que se apagava conforme a passagem dos dias o afastava de seu nascimento. Talvez já estivesse morto e apenas não soubesse, assim como a rata no labirinto do museu de pequenos horrores da América do Norte, refletida milhares de vezes em centenas de espelhos, a imagem original dela perdida para sempre em meio aos reflexos. Talvez fosse você quem não tivesse nascido e todos estivéssemos mortos e essa história não tenha acontecido.

Teria sido melhor.

11.

A luz do dia fraquejou mas a temperatura permanecia alta. Ao longe, diante da matriz, a figueira-branca vista através da planície tremulava em meio às ondas de calor, emitindo os últimos sinais de um incêndio.

Vou contar o que sei a respeito de Heidi, porém antes é preciso saber o que aconteceu a Antonieta e Georg. Os caminhos dos três estavam ligados como em uma encruzilhada em forma de tridente, disse Hugo, aproximando-se do cocho em frente à sede. Após despejar duas canecas d'água sobre o próprio rosto e devolver o chapéu à cabeça encharcada, Hugo afirmou que em algum momento, como é de lei nas encruzilhadas, eles estariam fadados à separação. Como adivinhar então que a crença de Bernhard Förster e de toda Nueva Germania orientaria Georg no futuro, prosseguiu, reanimado pelo frescor da água. Aquele destino ainda determina o nosso. Depois que retornou ao vilarejo, Georg passou a ser perseguido por Bernhard Förster, que o acusava de ser o vulto que o caçava de noite, invadindo o casarão e se misturando às trevas para minar seu trabalho, para impedir o renascimento ariano por ele arquitetado.

Em seu desvario, Bernhard intuía que a forma antinatural da recuperação de Georg detinha ligações com a consciência mais profunda do Chaco, com a pyhareryepypepyhare, a flor-vampiro, e que seus planos de ocupação do Paraguai estavam comprometidos. Georg começou então a despistá-lo com o auxílio dos colonos, alguns poucos que ousavam desconfiar da sanidade de Bernhard mas ainda não tinham coragem de abandoná-lo. Georg se transferia noite após noite de uma casa a outra, deixando Bernhard Förster enlouquecido no seu encalço, pois assim que o líder da comunidade pensava estar prestes a alcançá-lo, Georg já se escondia no sótão de outra família, em uma fuga que o exauria e aos colonos que o abrigavam, pois a sanha de Bernhard Förster era sem limites, revirando barracões, celeiros e estrebarias e tirando pessoas de suas camas antes do alvorecer apenas para inquiri-las.

A enfermidade não é apenas europeia, dizia Bernhard, já existia praga pior à nossa espera neste continente. Aquele rapaz não é o mesmo que saiu daqui, agora seu corpo está tomado por pyhareryepypepyhare, dizia Bernhard sem que ninguém o compreendesse, ao atear fogo nos celeiros onde Georg passara as noites. Igual ao cadáver de um animal empalhado, ele dizia. Nas conversas sussurradas em sótãos e porões à luz de velas, sob a espreita de ratazanas nas vigas carcomidas do teto, Antonieta procurava consolar Georg da morte de sua mãe, mas o garoto envelhecido que agora ele era não se permitia lamentações ou comentários sobre o que vira nos domínios de El Diablo. Não parecia se importar com mais nada. O homem do pântano tem a visão arraigada da planta, disse Hugo, ao contrário do homem do deserto, que tem o horizonte que se distende por todos os lados e exercita o medo como se cultiva um músculo. Aquela noite Lora-y perguntou ao rapaz, em cujo rosto a sombra de uma barba incipiente já se anunciava, como era El Diablo e o que poderia ter feito a ele para que se tornasse tão estranho. Em um rompante, Georg dissera que El Diablo era muito velho, tão velho que envelhecia tudo o que tocava. Ele fez comigo o mesmo que está fazendo com o sr. Förster, dissera Georg, varou meu corpo como se fosse a porta aberta de uma tapera apodrecida pela umidade, e o atravessou e saiu dele muitíssimas vezes, e a cada vez que o ocupava e abandonava trazia algo que o alimentava, e que me fazia reviver. Com Förster é o contrário, ele apenas retira e nada deixa. Logo o corpo do sr. Förster vai estar oco.

 Lora-y e Antonieta nunca tinham visto o ressuscitado falar daquela maneira. Em uma conversa sem a participação de Georg, que se retraiu após seu breve testemunho, até quem sabe aquele dia de muitos anos depois em que falou com Hugo, as duas concluíram que Bernhard Förster não veria o futuro que tanto anunciava. Os três fugiram de Nueva Germania naquela noite, aproveitando a lua nova que ameaçava iluminar os becos do vilarejo. Não estavam erradas, Lora-y e Antonieta, pois no instante em que escalavam os tapumes ao final da ruela lamacenta, Bernhard Förster sofria em sua casa o surto mais violento presenciado até então por sua mulher. Arranca isto de mim, Elisabeth, tira de dentro de mim, Förster dizia, empurrando a mulher contra a parede, prosseguiu Hugo, repetindo com gestos idênticos o drama ocorrido havia tantas décadas, sem dúvida encenando com as mesmas expressões e falas o que dom Georg lhe relatara. Hugo então pegou você pelos braços com força, e por um segundo você não reconheceu o olhar dele, eu não estou aguentando mais, Hugo disse, seus dedos de homem do campo estrangulando seus bíceps inúteis de sujeito da cidade, estamos perdendo a batalha, Elisabeth, não adianta mais nada, os selvagens venceram, Elisabeth, nós precisamos fugir enquanto é tempo, dissera Bernhard, pois ao nascer do dia eles perderão suas forças e é então que devemos fugir para longe, pra San Bernardino, lá não nos alcançarão, e o olhar vítreo de Hugo espelhava o de Bernhard Förster e seu pavor do desconhecido, as mãos dele agarradas a seus braços, repetia a irremediável derrota para a insanidade assinalada no olhar de Bernhard que lhe fora demonstrada um dia no passado pelo olhar de dom Georg.

Você ficou sem reação, mas nesse meio-tempo Hugo se acalmou, primeiro afrouxando os dedos de seus braços, depois dizendo que Elisabeth conseguira, afinal, dar um sedativo a Bernhard, auxiliada pelo criado e a governanta, e depois instalou-o em uma charrete, partindo antes do amanhecer para San Bernardino, a colônia suíça às margens do lago Ypacarai, um lugar onde ela pensou que poderia conseguir assistência médica para o marido, a trezentos quilômetros das especulações dos habitantes de Nueva Germania. A luz fraturando os últimos vestígios da noite trouxe esperança a Elisabeth, e ela observou Bernhard em seu sono agitado na carroceria ao atravessarem o portão da cidade, disse Hugo, e entre as trevas esvanecendo nas paredes dos celeiros ela pensou ter visto, apenas por um instante, o líquen gigantesco que se distendia como em um fotograma de filme mudo mofado, acompanhando-os em inquietante silêncio.

Após três dias de viagem, com Bernhard Förster aceso pela febre e praguejando sem cessar contra judeus, mulheres, negros, crianças, índios, macacos e doentes, a charrete entrou em San Bernardino. Pyhareryepypepyhare habita meu fígado, mulher, Bernhard dizia, ela mora em meu cérebro, Bernhard continuava, totalmente transtornado, ela vive em meus pulmões e em meus rins e de lá não sai até conseguir seu intento, que é vencer as hostes arianas por meio da derrota de seu líder, que sou eu, continuava Hugo, replicando a fala de dom Georg, que repetira a voz de Bernhard Förster, que prosseguia dizendo que seus órgãos não mais lhe pertenciam, que suas vísceras agora eram de outro e que esse outro era o indígena, o selvagem, o avesso de tudo o que ele, Bernhard, ansiou ser durante tanto tempo, e que agora suas vísceras eram feitas de visgo, de breu, de limo, de musgo, de líquen, eram o céu um segundo antes do trovão, eram ar espesso, água de poça que restou da chuva, fuligem dissipando na noite, eram cinzas voando na escuridão. O taxidermista está me recheando de palha enquanto ainda estou vivo, Bernhard disse. Logo ao chegar em San Bernardino, Bernhard foi atendido num quarto no Hotel del Lago. Os médicos aplicaram-lhe sedativos e passaram horas discutindo sua condição na busca de um diagnóstico, terminando por se entregar ao cansaço. Elisabeth foi acolhida na casa de correligionários em San Bernardino, onde adormeceu, exaurida pelas péssimas condições da jornada e deixando o marido a sós no quarto de hotel entregue aos próprios demônios.

Na manhã seguinte, ao retornar aos aposentos de Bernhard Förster a fim de vê-lo, ele estava morto. Havia tirado sua própria vida com agrotóxicos à base de trinitrotolueno que engoliu. Era o dia 3 de junho de 1889, disse Hugo Reiners, há cem anos. Depois de escaparem de Nueva Germania, os moços se enfurnaram no Chaco Boreal. Quase nada dos anos seguintes é conhecido, a não ser que, quando surgiram dez anos depois no Mato Grosso, Georg e Antonieta estavam casados, e também, de forma misteriosa, não eram mais os mesmos de antes de sua desaparição. Graças ao diário de Geoffrey Sonnabend, hoje sei que Lora-y não chegou na companhia deles a Cuiabá, portanto posso presumir que os três estiveram juntos por uma década em Buenos Aires, ou talvez em outras cidades do Paraguai ou da Argentina, onde Lora-y assumiu nova identidade, ao menos isso posso afirmar com relativa certeza. Há evidências de diversas passagens de Elisabeth Förster-Nietzsche pela Argentina, pelo Paraguai e por Cuiabá após a morte de Bernhard Förster, o que me leva a especular se ela não estaria atrás de Georg, de Antonieta e de Lora-y, buscando-os para se vingar do suicídio do marido e do fracasso de Nueva Germania.

Na biópsia procedida no hospital de San Bernardino, médicos encontraram traços abundantes de pyhareryepypepyhare nas entranhas de Bernhard Förster. Porém nada disso pode ser comprovado, Hugo disse, não passa de especulação.

12.

Somente a rata soube de minha única viagem ao exterior, disse Hugo. Você, porém, conhecia uma polaroide — do espelho da penteadeira da rata, ou descoberta ao revirar caixas fechadas — em que Hugo aparecia muito elegante na calçada de um café belle époque de Buenos Aires, provavelmente batida pelo garçom. Essa viagem foi em junho de 1976, Hugo continuou, mais de uma década após dom Georg me relatar sua história. Quem tirou o retrato é uma surpresa que lhe contarei depois. Você pode esperar, tem a vida pela frente, pode aguardar para descobrir um bom segredo, disse Hugo com seu sorriso mais parecido a um lamento. Eu tinha acabado de completar trinta e um anos e ainda era solteiro. Quando me revelou de onde viera, dom Georg fez menção ao fato de Lora-y ainda viver em Buenos Aires. Afirmou isso sem revelar detalhes. Mas, anos depois de sua morte e com seu relato ainda na memória, decidi viajar até a Argentina e descobrir o paradeiro dela. Não sabia se ela permanecia na cidade ou se ainda vivia. Ao vasculhar gavetas do quarto de meu pai, achei uma velha fotografia dele e de Antonieta bastante moços e acompanhados de uma jovem indígena. No verso estava escrito: Café 36 Billares, avenida de Mayo, Buenos Aires, 9 de fevereiro de 1890. Abaixo dessas informações havia uma palavra anotada em alemão com letra feminina: *sieg* (ou vitória). Decidi arriscar. Como não tinha qualquer informação sobre Lora-y, acabei por me aferrar à ideia de que a moça naquela foto só poderia ser ela. E então parti, com a fotografia na bagagem e minhas melhores expectativas. Ao chegar à cidade, busquei obter notícias de Lora-y, inicialmente nos guichês do escritório de imigração do governo. Mas como aqueles eram tempos difíceis para se obter informações sem torturar alguém, acabei desistindo ao dar de cara com o cinzento funcionarismo público argentino. Após esse fracasso inicial, recorri ao óbvio: consultei a lista telefônica. Ao constatar, porém, a absoluta predominância de nomes europeus naquele grosso livro amarelo (italianos, espanhóis e ingleses, além de muitos sobrenomes judeus asquenazes), suspeitei que Lora-y tivesse adotado outro nome, menos incomum, para despistar as constantes buscas de Elisabeth Förster-Nietzsche ou por ter se casado. De um jeito ou de outro, parecia evidente que Lora-y adotara outra vida. Talvez tivesse simplesmente desaparecido. Bem, o casamento não deixa de ser outra vida, equivale ao exílio num país estrangeiro, também é um modo de desaparecer. Eu não podia descartar a ideia de que Elisabeth a localizara e afinal colocou em prática sua vingança, mas evitava considerar essa possibilidade. Após alguns dias bolando estratagemas a fim de encontrá-la, selecionei na lista telefônica sobrenomes idênticos aos das famílias germânicas das catorze famílias que fundaram Nueva Germania pesquisadas em uma biografia de Bernhard Förster consultada na biblioteca municipal.

Não havia muitos sobrenomes que coincidiam, e a busca logo se provou infrutífera. Um dia, já sem esperanças, me deparei com a velha fotografia de Georg, Antonieta e Lora-y no fundo da mala deixada no hotel e resolvi conhecer o Café 36 Billares.

13.

Levantando-se do mourão em que esteve sentado, Hugo pareceu rejuvenescido. Seria a primeira vez desde sua chegada que falaria sobre experiências vividas por ele próprio, apenas por ele, dono de sua própria voz, não fosse obrigado a dividir o silêncio das primeiras horas da noite com os sussurros de animais vindos do pântano e também com os mugidos de um touro agonizante na estrebaria.

É tarde, vamos voltar para casa, Hugo disse, tomando o seu braço. Você percebeu sua mão febril e considerou se não estaria doente, tocando a testa dele. Estou só um pouco cansado, Hugo disse, agora vamos, e você sentiu o orvalho da vegetação umedecer as barras de suas calças, o ar pesado da noite nos ombros como o peso do mundo. O hálito de pyhareryepypepyhare se fazia mais presente à medida que seus pés afundavam nos charcos.

No caminho, ladearam a capela onde Georg estava enterrado e pararam um instante para acompanhar um fogo-fátuo ao longe. *Ignis fatuus*, disse Hugo, tem um animal em decomposição perto da sepultura. Era um fenômeno impressionante, e admiraram a chama azulada do metano em combustão bruxulear, tingindo a cal das paredes da capela, até ir se apagando. Do lugar onde estavam, parecia ter saído da sepultura de Antonieta e Georg Reiners.

Depois, retomando os passos, Hugo demonstrou que não estava cansado, não a ponto de abandonar o relato do acontecido no Café 36 Billares, e prosseguiu, quase murmurando, dizendo que aos trinta e um anos um homem está em seu auge, não sei se sabe, Hugo disse, eu recém completara essa idade, mas não me sentia exatamente assim. Àquela altura eu já podia intuir que passaria o resto de minha vida preso ao campo, trabalhando na fazenda. Ironia mais devastadora, essa, estar em contato direto com a selvageria do mundo natural e livre das quatro paredes, das rotinas de aprisionamento de escritórios e apartamentos, e ainda assim me sentir aprisionado. Hoje talvez não pareça, mas como qualquer rapaz eu também alimentei meus desejos com carne de primeira, meu caro, e quando disse isso Hugo Reiners sorria para você de um jeito tristonho. De alguma forma aquela viagem a Buenos Aires deveria servir, ele prosseguiu, para que eu avaliasse minha permanência em Sumidouro, sob a perspectiva da distância. Nas mesas de flanela verde do Café 36 Billares eu pretendia ver o baixo-relevo de uma cópia de mim mesmo, o decalque de um Hugo Reiners em miniatura caminhando por esta mesma campina onde caminhamos agora, e aguardava prever como o tempo semearia esta terra com melhorias, vendo cataventos e postes de luz elétrica despontando no pano da mesa de bilhar que reproduzia este lugar aqui, Sumidouro, e então trilhas surgindo nas áreas do tecido mais castigadas pelos tacos, e delas aparecia Hermínia vindo em minha direção, e Alberto saindo de outra e mais outro filho e outro, todos atrás dela, e depois, habitando casas construídas nas clareiras abertas diante das seis caçapas em que a flanela é tão fina a ponto de quase rasgar, mostrando o marrom cor de terra da madeira de que a mesa e este chão são feitos, e testemunharia então a cancela da porteira se erguendo dezenas, centenas, milhares de vezes, enquanto as bolas de bilhar arrebentavam umas contra as outras, dando passagem ao estouro das reses que entrariam para engrossar a manada que aos poucos adquiriria a densidade e os torvelinhos de um poderoso rio minando estas terras, e assim o tempo rolaria diante de meus olhos sem nunca desaparecer nas caçapas daquelas mesas de sinuca do Café 36 Billares que representavam minha Sumidouro futura, lá na avenida de Mayo, lá em Buenos Aires, na Argentina, e era assim que aquelas mesas acabaram por ter à época a mesma cor verdejante de minhas esperanças mais urgentes, de meus planos mais geométricos e exatos. Eu lia muita poesia nessa época, não sei se já lhe disse, e até mesmo pensei em estudar literatura, em me embrenhar nas vidas de segunda mão que os livros perpetuam e vendem baratinho nos sebos, mas depois de conhecer Sumidouro as perspectivas mudaram, disse Hugo e sua voz era tão baixa a ponto de lembrar um suspiro prestes a implodir no manto escuro do céu metralhado por estrelas cadentes. Esta zona pantanosa que hoje se confunde com minha vida: eu fui integrado a esta terra igual a uma árvore ou um bicho, eu pertenço a Sumidouro assim como Sumidouro pertence a mim.

Você estremeceu ao ouvir Hugo dizer aquilo. Não podia imaginá-lo condicionado ao mapa previsível de idas à padaria e ao bar da esquina de uma cidade, da banca de jornal à fila do banco, e o imaginou a galope desesperado pelas avenidas, depois aprisionado em um beco sem saída com seu cavalo de pelo brilhoso e músculos tensos como a corda de um arco prestes a disparar em direção ao vazio, a respiração do animal fulcrando o ar do beco estreito demais para conter duas criaturas alheias à prisão das cidades. Deixou-o prosseguir, pois não o vira tão entusiasmado com sua própria capacidade de falar como naqueles dias, e isso de alguma forma fazia o interesse dele pela poesia respirar de novo. O próprio Hugo Reiners também respirou um pouco quando chegaram à cozinha, acendendo um cigarro na brasa quase adormecida que crepitava no fogão à lenha.

Ou não me pertence mais, como posso ter esquecido, Hugo disse, quase com um sussurro, afinal olhando para você com seus olhos acesos pelo reflexo da chama, Sumidouro não me pertence mais, disse, como para convencer a si mesmo. Mas vamos esquecer esse assunto, vamos voltar aos meus trinta e um anos, a Buenos Aires, vamos voltar à avenida de Mayo, ao início do inverno de 1976.

Numa noite fria de junho cheguei ao Café 36 Billares para uns copos de vinho e conversas aquecidas ao redor da mesa verde com amigos que acabei fazendo por lá. Estava na cidade fazia dois meses e como a busca por Lora-y parecia cada dia mais infrutífera, já alimentava planos de regressar para o Brasil. Não havia decidido se viria pra cá ou pra cidade estudar literatura, mas fazia pouca diferença escolher entre um e outro, pois qualquer caminho daria em nada. Então eu pensava em publicar apenas dois livros, o primeiro ia se chamar *Fiat Lux*. O segundo, *Ignis Fatuus*. Assim, em apenas dois movimentos e uma única chispa, minha obra literária estaria pronta e consumida pelo fogo, disse Hugo, e ao dizer isso havia um rasgo de genuína melancolia em seu sorriso.

Aquela noite parecia mais animada do que de costume e as partidas de bilhar invadiram a madrugada, atropelando garrafas de vinho e taças de fernet que me permitiram esquecer um pouco das angústias. À certa altura, meio bêbado, encostei no balcão junto à caixa registradora para fumar e me distraí, observando cartazes que anunciavam leituras de poesia e peças teatrais. Embora aqueles fossem tempos nada propícios à expressão, Buenos Aires não se deixou paralisar de todo. Foi então que vi o anúncio do recital da pianista Heidi Rosenberg. Já ouvira falar dela, uma instrumentista clássica conhecida na Argentina e no Uruguai, mas nunca tinha visto sua fotografia. Era uma linda mulher, de perfil aquilino e cabelos negros arrepanhados num coque, sentada diante do piano de cauda. A foto mostrava Heidi Rosenberg com cerca de quarenta anos, mas eu não sabia sua idade na ocasião. Achei-a estranhamente familiar e permaneci esmiuçando sua imagem com a cara colada ao cartaz, até notar que meus companheiros de noitada se despediam aos brados na porta giratória do Café 36 Billares, sendo recortados contra as luzes da avenida de Mayo que se apagavam, dois deles a reboque, dependurados em ombros solidários.

Convidado a acertar a conta pela expressão pouco compreensiva do garçom, abri a carteira e dela caiu a fotografia de Georg, de Antonieta e de Lora-y. Ao bater os olhos em Lora-y, de imediato a reconheci como a Heidi Rosenberg do cartaz, muito mais jovem, quase irreconhecível mas com seu idêntico e magnético perfil repetido em ambas as imagens. Não tive dúvida, disse Hugo: as duas mulheres eram a mesma pessoa.

14.

A apresentação de Heidi Rosenberg seria na quinta-feira seguinte, num pequeno teatro da avenida Corrientes. Segundo informações obtidas por Hugo, a pianista tinha noventa e um anos de idade e não era natural da Argentina. Diversas fontes indicavam suas origens controversas sem, de fato, chegarem a uma conclusão. Seu auge de recitais lotados em grandes salas como as do Teatro Colón já passara, disse Hugo, e então Heidi Rosenberg se apresentava a uma diminuta plateia que cultuava suas enigmáticas interpretações de música popular alemã. Estava fora de moda como os ouvintes na plateia, tão idosos quanto a artista, todos testemunhas da passagem de um tempo já extinto.

Cheguei ao teatro uma hora antes do horário com a expectativa de ver Heidi a sós, pois desejava verificar pessoalmente sua semelhança com Lora-y, disse Hugo. De início não pensava em interpelá-la, mas poderia mudar de ideia caso a encontrasse sozinha antes do recital. Sentado em meu lugar e rodeado por poltronas vazias, eu vibrava como a corda de um arco após o disparo. A flecha voava em direção ao alvo naquele exato instante e não fazia ideia se atingiria a mosca.

De acordo com Hugo Reiners, a aparência de Heidi Rosenberg era a de uma mulher de não mais do que cinquenta anos de idade. Altiva, ela caminhou pelo palco em ruínas do Teatro di Napoli rumo ao piano, sentando-se de maneira incomum, com metade do tronco semicontorcido em direção à plateia, graças à estranha posição de sua perna direita, mantida em diagonal com relação ao instrumento. Eu não era um completo ignorante acerca de música, prosseguiu Hugo, e sabia que aquela maneira de sentar estava mais para Jerry Lee Lewis do que para Martha Argerich.

Passados poucos minutos do início da apresentação, o coque de Heidi se desmanchou, desnovelando sua densa cabeleira negra até o chão. A plateia, composta por tipos excêntricos do submundo artístico de Buenos Aires, emitia sinais de prazer a cada movimento de Heidi Rosenberg no palco. A música era ritmada com marcação do pé direito da pianista no assoalho coberto por um tapete turco. Mal lembrava os lieder de Schumann pelas quais ele se tornara célebre ao lado de Madelena Delani, adquirindo, conforme a interpretação evoluía, compassos mais típicos de uma marcha turca ou de hinos militares ou até mesmo, disse Hugo, remetendo à secreta origem indígena de Lora-y. Em consonância com os demais, entrei num estado de semicatatonia, e vi o corpo de Heidi Rosenberg se dividir em dois. De repente eram Heidi e Lora-y a atacar sem piedade as teclas a quatro mãos, numa ruidosa manifestação tribal que reunia a barbárie enterrada na lama do Chaco Boreal à civilização. Uivos irromperam da garganta de Lora-y, que se contorcia lascivamente, subindo a saia até a virilha enquanto acompanhava Heidi, marcando o ritmo acelerado com apenas uma das mãos ao piano. Olhei a plateia, e tive impressão que eles viam o que eu também via, aquele espetáculo bizarro não era privilégio meu. Talvez não me equivocasse, e estivesse testemunhando algum rito de iniciados. Minutos depois, a música cessou, após um progressivo diminuir dos compassos e a introdução de sucessões melódicas de algumas poucas notas rarefeitas, até culminar num silêncio plácido de lagoa ao final da tarde, interrompido somente pelo zumbido de mosquitos emitido pela porta que era aberta em duas e ruídos da plateia começando a se levantar e o farfalhar de paletós e sobretudos sendo entregues pelo camareiro na chapelaria, saltos arrastando no assoalho do corredor.

Heidi Rosenberg, erguendo-se da banqueta, se curvou aos aplausos, carregando os sapatos nas mãos. Não pude deixar de notar seus pés descalços, alvos e imponentes como dois cisnes, disse Hugo, pois não eram mais os pés de uma índia. Suspeitei que não conseguiria me aproximar da pianista, por causa da multidão de devotos que se reunira a seu redor após a apresentação. Na porta do camarim, aquelas figuras saídas de catacumbas dos bairros mais distantes, nos limites da avenida Rivadavia, cobriam Heidi Rosenberg de elogios e flores murchas. Logo as pessoas se afastaram em direção à saída com acenos e palavras de despedida. Só então observei a expressão cansada de Heidi Rosenberg. Seu corpo tinha perdido a animalidade da exibição e carregava cada um dos dias que somavam seus noventa e um anos sobre a Terra. Percebi isso no segundo em que nossos olhos se cruzaram. Um mínimo titubear de Heidi Rosenberg ao notar minha presença me fez pensar que ela reconhecera em mim os traços dos Reiners que tão bem conhecia por meio de Georg.

Caminhei em sua direção e, meio hesitante, ofereci meu cumprimento. Brasileño, Heidi Rosenberg murmurou com voz grave de fumante, mas ainda assim uma voz de fêmea, desculpe, mas o senhor é brasileiro, percebi pelo sotaque, ela disse, com sua mão delgada ocupando ainda o grosseiro abrigo de meus calos, mas dando os primeiros sinais de fuga, seus dedos se contorcendo na ânsia de evasão. Como a senhora sabe, nenhum brasileiro branco ou negro tem condições de responder essa pergunta, disse Hugo para Heidi Rosenberg e para mim simultaneamente, seus olhos perdidos entre o passado e o presente. Também não me sinto indiferente em relação ao dilema, Hugo prosseguiu, apesar de, sim, ter vivido no Brasil minha vida inteira, assim como meu pai viveu parte da vida dele. Os olhos de Heidi Rosenberg permaneceram fixos e ela então soltou sua mão do cumprimento de Hugo. Gostou do espetáculo, Heidi Rosenberg falou, sem inflexão, virando-se em direção ao espelho para ajustar a túnica oriental que vestia e lançando-lhe novo olhar a partir do reflexo. Foi uma interpretação formidável, disse Hugo, a senhora parecia não estar sozinha no palco. É lisonjeiro e agradeço por isso, disse Heidi Rosenberg, com o esboço de um sorriso vincando ainda mais seu rosto. Mas esta noite estou cansada até para lisonjas. Soy una vieja, señor Hugo Reiners, preciso descansar. Hugo se desconcertou com a menção a seu nome e assim, sem saber direito o que fazia, após cogitar que talvez o tivesse mencionado ao se apresentar, despediu-se de Heidi Rosenberg com uma discreta reverência. Antes de deixá-la a sós, porém, ele lançou uma última mirada ao reflexo da pianista no espelho e encontrou-a subitamente rejuvenescida. Quando o duplo refletido de Heidi Rosenberg levantou os olhos para ele, era Lora-y que o observava, ele tinha certeza, e foi de sua boca que teve a sensação de ouvi-la dizer, mañana nos veremos, Hugo, filho de Georg Reiners, amanhã nos veremos e a partir de amanhã você será outro, depois de saber sobre a metamorfose sofrida por seu pai no Chaco Boreal. Depois de conhecer o segredo que lhe revelarei amanhã, você também não será o mesmo.

Ao sair do camarim, a porta se fechou atrás de Hugo, entregando-o às sombras indistintas dos últimos convidados que partiam se afastando nas paredes do auditório, fazendo com que se lembrasse de bororos transidos numa dança iniciática vista por ele nos pântanos de Mato Grosso. Depois de alguns encontrões, perdeu-se no labirinto mal iluminado dos bastidores do teatro por um tempo que lhe pareceu longo demais.

Afinal, sob o luminoso que indicava a saída, Hugo foi alcançado por um anão de smoking que lhe entregou um bilhete. Antes que o anão desaparecesse tão rapidamente quanto surgiu, reparou que ele tinha as unhas sujas de graxa de sapato.

Prezado Hugo Reiners,

Perdoe-me a reação indelicada, mas não foi fácil para mim ver os traços de Georg Reiners reproduzidos no seu rosto. Vocês são muito parecidos. O rosto adulto de Georg sempre me deixou inquieta. Ele era uma afronta à natureza, algo que não merecia ter continuidade, mas você não tem culpa disto.

Gostaria de vê-lo novamente amanhã, com mais tempo e algum conforto, em minha residência. O endereço está logo abaixo, o esperarei às 11h para almoçarmos.

Creio que sua inesperada aparição é indicativa de que temos muito a conversar. Vou lhe contar tudo.

Heidi Rosenberg
3, Calle Bacacay, apartado C.

15.

A ventania daquelas noites arrastou muitas esperanças, disse Hugo Reiners, e o encontro com Heidi Rosenberg teve o peso de um ponto final. O mais humilhante do envelhecimento deve ser isso, a gente não se lembrar dos planos da mocidade. Como se as lembranças ficassem guardadas numa montanha muito alta cujo topo está sempre nevado e encoberto pelas nuvens. Ao envelhecermos nossos anseios são esquecidos, disse Hugo, porém nunca nos livramos dos fracassos em que terminam por se transformar. Dizia coisas assim e remexia gavetas atrás de lembranças. O quarto também parecia ter sido pisoteado pelo pé de vento.

Hermínia e Alberto tinham desaparecido. Agora faziam parte da miragem em que Sumidouro se transformou. A cabeça de Hugo, saída do interior de um velho guarda-roupa, olhou para você com estranheza e disse com voz amarfanhada, eles estão mortos, Hermínia e Alberto, morreram em um incidente na beira do rio. Alberto foi atacado pelas lontras. Com bravura, Hermínia procurou defendê-lo, mas não resistiu às mordidas que levou. Morreu a caminho do hospital. O corpo de Alberto desapareceu rio abaixo, arrastado pelos animais. Nunca foi encontrado. Hugo disse essas palavras mansamente, como se falasse com uma criança ou com um louco. Me deixaram para trás, prosseguiu, devem ter pensado que alguém precisava ficar e organizar essa bagunça.

Você não entendeu a quais fracassos Hugo se referia, já que não podia ver senão acertos em sua vida, ao contrário do que o discurso pleno em autocomiseração feito por ele sobre a mesa verde do Café 36 Billares poderia fazer pensar. Como Sumidouro poderia ser considerada um fracasso, você pensou ao ouvi-lo. Um êxito inesperado equivale a um fracasso, disse Hugo, pois acaba nos desviando do desenho de nosso mapa, nos distraindo do que realmente desejamos. Precisei envelhecer pra descobrir que não pertenço a lugar nenhum, muito menos a Sumidouro. Não chegamos a pertencer a este lugar, e esquecemos de onde viemos. Ficamos no meio do caminho. Tudo se foi, engolido pelas dívidas, disse, mastigado pela epidemia. Acabou assim minha chance de ser enterrado aqui, e Sumidouro e eu nos tornarmos uma coisa só, somando enfim meu corpo ao resultado de meu trabalho. Foi-se, como se vão todas as coisas que existem apenas na mente. Hermínia e Alberto foram os primeiros a partir.

Depois de desistir de encontrar o que procurava no guarda-roupa, estacionado sob a claraboia, Hugo mirou as tábuas largas do piso e, espreguiçando-se, cruzou os dedos das mãos na nuca. A um só tempo, a parte superior de seu corpo recebia alguma espécie de absolvição ordenada pela manhã nascente que suas partes baixas recusavam, ocultas na treva. Ele se ergueu na direção da luz, e os contornos de seu rosto desapareceram. Da boca ausente de sua cabeça sem nariz e sem olhos veio a voz ainda reconhecível de Hugo à míngua, e ela dizia, a voz, Heidi Rosenberg morreu naquela mesma noite, após o espetáculo no Teatro di Napoli, logo depois de nos falarmos. Ao chegar na pensão de Montserrat onde me hospedava eu não consegui dormir, ele prosseguiu, perturbado por pesadelos onde Heidi Rosenberg era uma medusa que incendiava seu piano à beira do abismo, enquanto Georg e Antonieta dançavam ao redor na companhia de selvagens. Heidi Rosenberg passava a ser também Lora-y, aumentando os compassos da música, até que os corpos de Georg e de Antonieta se misturassem num único corpo, da mesma forma que Heidi Rosenberg e Lora-y. Nesse momento apareciam El Diablo e Elisabeth Förster-Nietzsche montando alazões e então, atendendo às ordens de ambos, os índios lançavam ao despenhadeiro o duplo corpo de Antonieta e Georg Reiners.

Depois de ser torturado por imagens como essas durante um tempo que me pareceram horas, disse Hugo, pulei da cama. A dona da pensão estranhou ao me ver de pé tão cedo. Resolvi ir ao Café 36 Billares tomar um longo café da manhã até a hora do encontro marcado. E assim soube que Heidi Rosenberg morrera durante a madrugada. O rádio ouvido pelo garçom noticiou que a pianista havia sido encontrada morta em seu quarto no princípio daquela manhã. Estava sozinha em sua casa na Calle Bacacay. Fora encontrada por uma vizinha. Morte natural, a rádio dizia. Pouco depois, apareceram dois investigadores de polícia no café. Estavam à minha procura e fizeram as perguntas de praxe, disse Hugo. Um dos espectadores do recital do Teatro di Napoli me reconhecera, alegando que eu não saía de um café da avenida de Mayo que ele também frequentava. Segundo seu testemunho, eu tinha sido a última pessoa a ver Heidi Rosenberg. Me liberaram em seguida. Foi um dos policiais que bateu aquela polaroide diante do café. Ao partirem, sem querer o policial a deixou cair no chão e eu a guardei. É meu melhor retrato.

Erguendo os braços e abrindo a claraboia, o corpo de Hugo recebeu em cheio a luz do sol. Depois de cerrar as pálpebras a fim de se proteger da luminosidade repentina, você abriu os olhos devagar, acostumando-se à ducha de brancura quase sólida. Eram sete horas da manhã. Hugo acendeu um cigarro e com o rápido implodir da chama do fósforo você pôde ver que ele o observava. Eu não contava com aquilo, disse. Não podia esperar que Heidi Rosenberg desaparecesse de madrugada, que fosse engolida pela noite e sumisse para sempre, me relegando à ignorância dos fatos. A partir do dia seguinte, quando peguei o primeiro avião de volta, não pude senão conjecturar acerca dos anos de Georg em Buenos Aires, o que venho fazendo desde então. Todo o resto desapareceu junto com Heidi e Lora-y, numa cova simples do cemitério judaico da cidade. Anos atrás a rata descobriu a crônica de Mário de Andrade que menciona Madelena Delani e Heidi Rosenberg, reavivando o episódio. Com a morte precoce da cantora, porém, Heidi não passou de uma nota de rodapé em sua vida, permanecendo um enigma. Passado e futuro dos Reiners foram enterrados com o dela.

Isso até que, em abril de 1964, de maneira inesperada e por caminhos ainda mais pantanosos, Karl Reiners de novo se aproximasse do coração do segredo ao encontrar Kurt Meier e ouvir seu relato sobre El Cazador Blanco.

16.

Depois de penetrar a trilha em meio à densa mata de piúvas, você atingiu a clareira rodeada por árvores mais frondosas e altas, em cuja sombra nasciam minhocas como se fossem plantas cegas hipnotizadas pelo sol. Permaneceu sob as árvores, observando aquele jardim coleante que brotava da terra úmida. Vindo da mata, um bando de quatis irrompeu em disparada, atravessando o seu caminho. Grandes machos iam à frente e também se colocavam na retaguarda, protegendo fêmeas com filhotes nas costas que seguiam ao centro da multidão em movimento. No mesmo instante em que surgiram, os animais desapareceram pela mata adentro à procura de alimento ou, quem sabe, de alcançar a proteção do Salve-Todos.

Você pensou que conosco não é diferente, fugimos da cerrada escuridão do passado e mergulhamos no futuro indistinto, com nosso presente iluminado apenas pelo breve reluzir que vaza nas clareiras pelo caminho, sem saber com exatidão como é a face de nosso perseguidor, se usa o elmo de pregos de El Cazador Blanco ou brande o cutelo do açougueiro, se vai encontrar nosso esconderijo ou não, se vai nos escolher entre outros cordeiros que brincam de esconder no pasto. Não é preciso se esforçar para prever as desgraças que nos aguardam: doença, pobreza, mutilação, cegueira e morte.

Tratando de compreender uma família esfacelada que nem era a sua, você conseguia enxergar apenas o quebra-

-cabeça de um mapa com poucas ruas e avenidas delineadas, e quarteirões inteiros arruinados ou incompletos, loteados por construções cujas paredes existiam e logo em seguida deixavam de existir, surgindo e de novo desaparecendo, conforme Hugo Reiners enumerava episódios que de nada serviam para preencher as peças faltantes do mapa. Não compreendia onde se escondia seu irmão secreto naquele desenho, qual era seu endereço naquela cidade, e que galho ocupava na árvore. A partir de certo ponto do relato de Hugo e após ouvir o lado A da fita cassete, novos vazios foram acrescentados, e descobrir qual poderia ser a conformação dos galhos incompletos das árvores genealógicas dispostas nas alamedas da avenida principal daquele mapa de uma cidade varrida pelo esquecimento se tornou sua obsessão.

Você tinha lido sobre o episódio vivido pelo escritor alemão Friedrich Wolf durante a Segunda Guerra Mundial. Em 1941, Wolf, militante antifascista que atuava como correspondente de guerra de jornais russos no front, desgarrou-se do pelotão que acompanhava após uma batalha nas cercanias de Moscou. Preso em seguida pela patrulha de outro comando russo por seu forte sotaque alemão, foi confundido com um paraquedista espião do exército inimigo e, instado a se defender, assegurou ser o roteirista de *Professor Mamlock,* filme russo que obtivera grande êxito na URSS alguns anos antes. Então, diante da incredulidade do oficial russo que o capturou, Wolf foi obrigado a recontar a história do filme aos soldados. A descrição do enredo feita por Wolf, porém, não foi reconhecida pelos soldados. Estavam prestes a fuzilá-lo quando chegou ao acampamento outro oficial que o reconheceu como aliado, salvando-o a poucos instantes de ser assassinado.

Os fatos descritos por Hugo coincidiam com aquela parábola sobre os caminhos tortuosos que a memória tinha para se perpetuar. O que eram, afinal, as reminiscências que ouviu nos últimos dias sobre o passado de uma família à qual nunca pertenceu, cético como o grupo de soldados russos diante de Friedrich Wolf, a não ser o prólogo da catarse disparada pelo medo. E o que revelaria o episódio vivido pelo jornalista alemão, senão os limites da memória coletiva dos soldados que se deformou diante dos horrores da guerra, impedindo-os de reconhecer o enredo narrado por Wolf, ou a natureza de seu ódio pelo inimigo, do desejo de sangue irracional que os levou a assumir um pacto qualquer, promovendo a descrença e a consequente eliminação do suspeito. Ou teria sido a memória de Friedrich Wolf que, exposta à urgente necessidade de se presentificar sem falhas com vistas à própria salvação, desapareceu num impiedoso e suicida esquecimento fora de hora, o Instante do Grande Branco, versão mínima do Ano do Grande Branco, ainda mais letal em suas consequências. Não há resposta, ambas as possibilidades são exemplares das imperfeições humanas que terminam por permitir à história e às fábulas que se perpetuem, assim como provas de que o motor das narrativas é sempre uma intenção alheia à verdade e mais próxima ao crime. A parábola de Friedrich Wolf demonstrava o limite tênue mas bastante palpável entre imaginação e mentira. Hugo Reiners e Friedrich Wolf, diante de seus olhos de testemunha amnésica dos fatos, pareciam vítimas siamesas das lacunas de um passado demasiado distante, borrascoso em excesso para ser lembrado através do temporal dos dias. Duas personagens ideais que Geoffrey Sonnabend adoraria ter explorado em suas pesquisas sobre a intermitência entre memória e imaginação, entre vida e morte.

Em seu reencontro com Hassan Sader Gamarra, antes do atentado na Candelária, ele exibira uma fotografia da rata. Estava algemada com as mãos para trás, e o rosto dela parecia ferido. Na mesa diante da rata era possível ver o gravador e um microfone de pedestal. Condenados à morte sempre têm direito ao último pedido, como o próprio Wolf diante dos soldados. Talvez o paraguaio não fosse completamente desprovido de princípios, afinal, e permitira à rata que gravasse a fita cassete que agora se encontrava em seu walkman. Você evitou considerar o que deveria estar registrado no lado B da gravação à espera de ser escutado, preferindo imaginar o gordo na agência do correio despachando o envelope com a fita cassete para Curt Meyer-Clason na Alemanha, enquanto o homem de chapéu o aguardava ao volante do Opala estacionado na esquina. Não deixava de ser irônico: todas as experiências de Curt Meyer-Clason com Fenômeno da Voz Eletrônica não deram em nenhum registro de vozes das suas vítimas do naufrágio. Igualmente, Hugo Reiners não conseguira ouvir Hermínia e Alberto no ruído de estática entre estações de rádio. A única voz a surgir do mundo dos mortos era a da rata, e se dirigia a você.

17.

Despertou próximo ao meio-dia com a sensação de ter perdido um objeto importante, as chaves de casa ou a carteira de identidade. Apesar do sentimento de desorientação, a visão do alpendre era semelhante à do dia anterior, nela prosseguiam a figueira-branca, o rio, os lagartos e jacarés na margem ensolarada, os pássaros multicoloridos, frágeis cercas de arame e troncos, o sol. Algum detalhe, porém, estava diferente. Uma lacuna do quebra-cabeça havia sido preenchida. Eram seus olhos, ou a sua percepção das coisas. A figueira-branca, que antes lhe parecia um portento, estava tomada por parasitas, e seu tronco oco ameaçava tombar. O rio quase imóvel brilhava foscamente, a espuma branca de produtos químicos sendo levada pela correnteza.

Lagartos e jacarés estirados à margem do rio, como se tomassem sol, eram cadáveres trazidos pelas águas. Urubus esvaziavam carcaças, e cercas esburacadas não paravam em pé. Até o calor, menos implacável que em outros dias, dava sinais de falhar. Percebeu que fazia muito tempo que o hino nacional não ecoava em sua cabeça, quase tanto quanto não tomava barbitúricos. Ouviu o zumbido de um bimotor na distância. Passados alguns minutos, um caminhão passou na estrada. Na caçamba, os mesmos vultos da vez anterior. De metralhadora em punho, um deles disparou uma rajada em direção ao rio, afugentando urubus.

Depois que se foram, enquanto o eco dos disparos ainda soava, notou na beira do rio um grupo de homens agachados em torno do que devia ser a carcaça de um animal de grande porte. Você atravessou o pasto na direção deles. Mais cego pela luz difusa do mormaço à medida que se aproximava, reconheceu o que parecia ser o cadáver de uma lontra de tamanho anormal, provavelmente causado pelo inchaço da decomposição. Com um talho à faca de fora a fora, o peão rasgou o ventre do animal e expôs restos semidigeridos envoltos por uma membrana. A forma oblonga de coloração amarelada lembrava um ser humano, talvez um menino pequeno em posição fetal, e pelos contornos permanecia intacta. Você forçou a vista prejudicada pela luz leitosa do pântano, mas não reconheceu os traços do rosto através da gosma opaca. Não era Alberto, pensou, nem número 13. Tampouco era o seu irmão secreto. Não carregava uma rata nas mãos. Não estava vivo.

Um espasmo sacudiu com violência os restos retirados das entranhas do cadáver como se os quisesse devolver à vida, e você se afastou da margem com passos apressados de volta ao alpendre, arrastando nos ouvidos as gargalhadas dos peões.

Na lembrança, aguçados e brilhantes, os dentes do sorriso da lontra.

18.

Hugo Reiners o aguardava debruçado sobre a mureta da casa que não era mais dele. Suas calças de brim estavam sujas de barro e uma picareta repousava apoiada na mureta. O olhar de Hugo se perdia em algum ponto da borda da mata, acompanhando baixar a poeira erguida pelo caminhão que passara pela estrada. Com semelhante vagareza, ele observou a campina onde brilhavam a cal do alpendre da casa e seus arredores, relegando a capela branca que agora abrigava Georg e Antonieta, a estrebaria e os currais abandonados, ao vazio que se estendia, vindo da sombra opressiva dos mangueirais. Contra essa mancha escura, a presença vertical da figueira-branca queimava em pleno alvor do dia. Não havia mais ninguém ao lado de Hugo, apenas a rigorosa solidão que se instalou sobre seu ombro como um tuiuiú de asa partida que por ali resolveu permanecer, dragando detrás de si o mundo de Hugo Reiners em direção ao mais profundo dos abismos. O restante da mudança, uns cacarecos de Hermínia mal abrigados sob a lona gasta da caçamba da Ford Willys e geringonças desmontadas aguardava apenas que ele desse a partida no motor. Visíveis em meio às válvulas e aos fios, as peças do rádio-gravador avariado.

Pensei que não ia mais acordar, ele disse, batendo as mãos nas calças para tirar o barro endurecido. Uma nota de irritação podia ser percebida em sua voz. Preciso ir embora, já é meio-dia e o caminho é longo, disse Hugo, acalmando-se ou apenas se conformando ao atraso. Você ainda não sabia, mas aquela frase dita nos últimos instantes de Hugo em Sumidouro ressoaria em sua cabeça por dias e semanas, por anos a fio, quem sabe ecoe ainda hoje de maneira assombrosa. Preciso ir embora: isolada assim, a frase poderia ser inscrita como um lema no brasão familiar, caso houvesse brasão ou mesmo família nessa altura dos eventos. Naquela ocasião, porém, os Reiners ainda existiam, representados por Hugo e sua expressão abatida ao se arrastar até o volante da picape, sentar-se no banco e dar partida no motor. Ele parecia confuso, e começou a dizer coisas sem sentido.

Preciso que você devolva a picareta que esqueci ali na mureta ao lugar dela, disse Hugo Reiners apontando com a mão suja de terra a capela ao lado da sepultura. É absolutamente necessário que você vá ao encontro de Curt Meyer-Clason, ele prosseguiu, até um lugar chamado Casa do Sol onde nosso amigo o aguarda para lhe revelar os mistérios de nosso passado, a partir do ponto em que parei, ou a partir de outros pontos que não sei bem ao certo quais são e talvez nem mesmo ele saiba, o velho Curt Meyer-Clason, mas você sim, deve saber que ele está um bocado velho, porém sempre foi o melhor de todos nós, o mais inteligente e honesto de todos nós, o velho Curt, nosso irmão adotivo, por assim dizer, e não vai ser a idade a atrapalhar, mas não mesmo, ele contará a você e aos poucos de nós que restam e que lá estarão, em outra forma, personificados em éter, e até mesmo a rata falou que também vai comparecer de alguma forma, embora não sei bem por que eu não acredite que vá ver de novo sua mãe, sim, sua mãe, que agora pra mim parece existir apenas em forma de fita cassete, por meio de uma voz eletromagnética que vem do passado e que fala nessa gravação que ela enviou ao Curt, depois pra mim mas que se destina a você e a mais ninguém, pois esta história é sobre você e não sobre outro. Mas o seu nobre tio postiço Curt Meyer-Clason, que estará na Casa do Sol com sua amiga Hilda, pois veio participar de um congresso de tradutores na Unicamp, lá em Campinas, não é isso, ele nos contará nossa história, a história esburacada dos Reiners, a história de dom Georg e de Antonieta e — por que não — a história de Lora-y e de El

Diablo, que de alguma forma passaram a pertencer ao nosso sangue e agora são carne de nossa carne, porque alguém precisa contar essa história, e se não sou eu, que seja Curt Meyer-Clason, será dada a ele, que é nosso irmão mais velho, o irmão adotivo, que lhe seja dada a honra de finalizar essa saga pantanosa que, como tudo que se origina no pântano, não tem bons alicerces, não tem fundamentos que a sustentem, é feita de lama movediça que engole tudo e às vezes devolve, às vezes não, mais provável que não devolva e talvez fique como a rata, engolida pela distância e regurgitada aos poucos na forma de uma gravação, dessa voz no ruído branco, de cromos atravessados pelo projetor de slides, e se o pântano devolver a nossa história ela será transformada em outra coisa, *da capo al fine*, mas não se preocupe, não tenha pressa, não tenha pressa nenhuma, eu sei que você gostaria de ficar aqui na fazenda por mais uns dias e a nossa história pode esperar — você é quem sabe, não é —, e ainda por cima os novos proprietários só virão em definitivo pra cá daqui a alguns dias, só daqui a duas semanas eles tomarão posse definitiva de Sumidouro, malditos sejam, que façam bom proveito, mas agora preciso ir embora, já é mais de meio-dia e eu preciso ir embora, pois a estrada é longa, é longa demais, adeus, filho, nos veremos um dia, agora estou atrasado, Hermínia e Alberto me esperam, e assim, atropelando as palavras dessa maneira como se El Cazador Blanco, o homem insepulto com seu gibão e máscara de couro negro e pregos de aço, furasse seus calcanhares, Hugo acelerou o motor da Ford Willys e partiu, fazendo subir em seu rastro uma nuvem que borrou o horizonte em um evidente aceno de despedida do pó das terras de Sumidouro dirigido àquele homem que partia para não mais voltar.

Quanto a você, ao ouvi-lo se referir a Curt Meyer-Clason como se ele continuasse vivo e esta história unisse suas duas pontas, início e fim, começando ao mesmo tempo que se encerra, *da capo al fine*, certificou-se de que Hugo Reiners estava louco.

Curt Meyer-Clason estava morto. A rata também.

Você pegou a picareta e a carregou até a capela, atendendo ao pedido de Hugo. Havia pesados blocos de terra úmida ainda grudados no aço que se soltaram pelo caminho. No interior da capela, a luz filtrada pelo vitral do oratório oscilava na parede branca. Depositou a picareta no canto atrás da porta de madeira onde ficavam as ferramentas, porém nenhuma delas estava ali.

Ao dar meia-volta, localizou a pá com mostras de uso recente jogada com displicência no piso, então notou que a sepultura de Georg e Antonieta fora profanada. A laje de cimento fora destruída a picaretadas e a terra que antes cobria a cova estava revirada. Mas não havia sinal de esquifes ou ossadas.

A sepultura estava vazia.

19.

Georg Reiners foi velado apenas pelo capataz que morreu um tempo depois. O capataz foi o único a testemunhar um funeral que nunca aconteceu. Algo idêntico já ocorrera com Antonieta, pois Georg a enterrou desacompanhado. Anos atrás, Sumidouro não passava de um pântano de difícil acesso, era essa a história. Georg nunca esteve sepultado ali. Talvez nunca tivesse estado em lugar nenhum, e ainda continuasse a vagar pela Terra como um cadáver insepulto com as entranhas preenchidas por pyhareyepypepyhare, com erva daninha no lugar de vísceras, ignorando a película que separa a vida da morte, da espessura da parede do estômago que digere um cadáver, perseguindo a vida de outros em seu gibão de couro negro recheado de palha por Deus, esse irônico taxidermista, esse fabricante de espantalhos. Você se recordou da máscara com pregos de aço encontrada em um baú trancado no fundo do guarda-roupa da rata. Foi em Curva de Rio Sujo, anos atrás. Era Georg Reiners em Bernburg com o delegado Filinto Muller, era Georg no presídio da Ilha Grande, era Georg em perseguição a Kurt Meier e a Curt Meyer-Clason, era Georg o tempo todo.

Era o rosto de Georg Reiners sob a máscara de El Cazador Blanco.

Tudo lhe pareceu bastante lógico. Karl Reiners desapareceu em 1976, quando ainda se encontrava clandestino. Depois da abertura política, Hugo e a rata nunca chegaram a obter o paradeiro dele no Araguaia ou a descobrir onde seus restos estavam enterrados. Igual ao homem que se dizia seu pai, provavelmente assassinado pelos militares ou pelo fogo amigo dos camaradas de Karl em justiçamento por sua recusa em devolver você a seus sequestradores, ou pelos capangas de fazendeiros endividados com o Banco do Brasil. Eram tantos, os assassinos. Tantos, os desaparecidos em vida. Não deixava de ser curiosa essa improvável reunião de planos, o registro de uma contradição. É mais usual desaparecer na morte. A geografia da vida é bem conhecida e mapeada, com seus pontos iluminados. De repente, pareceu-lhe razoável que uma família sem nascedouro, enraizada no pântano, não tivesse sepultura.

O nome Sumidouro não passava da verdade ao alcance de todos dependurada na placa do portão principal.

Observou com atenção a lama revolvida. Havia um objeto entre as marcas de pá no chão. Apoiando-se nas beiradas da laje arrebentada pelas picaretadas, baixou ao fundo da cova. Quando seus pés pisaram a mistura de água enlameada com musgo e esterco, sentiu a temperatura cair. Estava muito frio dentro do buraco, embora fizesse sol. Sentiu por instantes uma sensação de deslocamento que lhe pareceu inapropriada, um desafio às leis naturais. Trêmulo, sem suportar os calafrios que insistiam em eriçar os pelos da base de sua espinha dorsal, agachou-se e segurou o que pareciam ser restos chamuscados de um livro. Tratava-se do grosso caderno contábil que vira nas mãos de Hugo Reiners, quase inteiramente carbonizado. Você abriu o caderno, e leu nas páginas finais um poema manuscrito com a mesma letra das demais anotações, a caligrafia de Hugo.

Eu devia ter sete ou oito anos
meu pai era dono de um matadouro às margens do São Lourenço
Passei a tarde toda assistindo aquilo
Um homem conduzia o animal através do curral estreito
até o extremo oposto, onde outro homem aguardava
com uma pesada marreta de ferro
Quando o boi lá chegava era atingido por uma marretada precisa
no meio da testa
Suas pernas dianteiras dobravam de imediato
e seu corpo tombava, levantando serragem do chão
Nenhum gemido
Nenhum pedido
Apenas o baque
E outro mais
E outro
E outro
E outro
E outro
E outro

E outro
A tarde inteira

Anos depois fui conhecer um matadouro
maior, com técnicas mais modernas
Lá havia setenta mil cabeças confinadas
em currais exíguos, com espaço suficiente
apenas para que o pescoço se movesse
e o animal pudesse se alimentar
O objetivo é a engorda, mas também
fazê-lo se mover
o mínimo possível
e que assim sua carne
permaneça macia
macia

Goethe ao morrer pediu por mais luz
Fernando Pessoa, seus óculos
Condenados sempre têm direito a um último pedido
Antonio Di Benedetto foi submetido a três falsos fuzilamentos
Após ser libertado pela ditadura argentina
militares o pegavam na rua, e simulavam a execução
Logo morreu, não suportou o peso da morte
três vezes anunciada, três desejos não cumpridos
talvez ele apenas quisesse morrer e pôr fim
ao suplício da tortura

Os olhos do homem
nos olhos do boi
Nos movemos o mínimo possível
A bota e a serragem cobertas de sangue
Engordamos, nossa carne é macia

macia
Nossa comida é boa
É gentil o carrasco que nos alimenta
Assim podemos ver nos olhos de quem nos assassina
o nosso próprio reflexo

Nas pontas dos pés no fundo da cova, quase resvalando e tombando de costas, conseguiu alcançar a pá que tinha esquecido na beirada do túmulo. Começou a cavar, de início devagarinho, com cuidado, e logo com todo o ímpeto de que dispunha, para combater a temperatura que só baixava, à espera de quem sabe encontrar os esquifes mais abaixo. O exercício febril não foi suficiente, e a temperatura despencou, devia estar abaixo de zero. Cavou ainda mais, distraindo-se com a sofreguidão das pazadas, com o ruído da pá metálica retalhando o pântano, a lama quase na cintura. Quando parou para respirar, soprou um ar denso pela boca, e esfregou as mãos enlameadas sentindo muito frio. Só então reparou: do barro escuro das paredes cada vez mais altas nasciam raízes cobertas de líquens e musgo. Um sopro gelado cheirando a água parada de poça que restou da chuva penetrou suas narinas. A parca iluminação sob a terra lhe causou dúvidas, mas se movimentavam em sua direção, as raízes envolvidas pelo visgo, crescendo a cada segundo, penetravam suas narinas e orelhas, em todos os seus orifícios, pyhareryepypepyhare substituindo outra vez as suas vísceras, prenchendo as lacunas de seu quebra-cabeça.

Havia atingido as profundezas de um poço sem encontrar o esquife de Georg Reiners. Olhou para cima e viu flocos que caíam das nuvens e aumentavam de tamanho à medida que se aproximavam da terra; um deles, muito brilhante, atravessou a frente de seus olhos e pousou bem na palma de sua mão. Era neve que caía, a mesma do Ano do Grande Branco, vinda de Medianeira e de Bernburg. Tampouco encontrou a si mesmo na cova, e continuou enterrado e vendo a neve cair. Estava no esconderijo onde se veria a salvo do perseguidor, onde não seria encontrado por El Cazador Blanco.

Sentiu a vertigem se aproximar, era a aura que antecipava uma convulsão.

Dali correria até o pique, e salvaria um a um, salvaria a todos. Não tinha outra saída.

Pois ao salvá-los você se salvaria.

13. História da lembrança

(*Dezembro do Ano do Grande Branco, 1989*)
(*O lado B da fita*)
(*História de fantasmas*)
(*O fim do mundo*)

1.

Foi isto o que aconteceu.
Você viu a neve.
Atravessou pântanos de noite no banco traseiro do carro dirigido por um desconhecido.
Você foi com os mortos, seguiu-os um a um no meio da noite, nem pensou em si mesmo.
Você sofreu um acidente.
Você perdeu a língua, e ainda assim falou, ou tentou falar.
Você não tem pai nem mãe.
Você atravessou o Ano do Grande Branco.
Você foi tolo mas permaneceu.
Você ouviu esta gravação.
Não o vejo há 3358 dias.
Quem é você agora.
Quem era você antes.
Quem será você depois de se lembrar.
Você pressionou a tecla Ligar do walkman.

2.

Vou tentar simplificar as coisas, dizia a voz da rata no lado B da fita.

Toda história de família é uma história de fantasmas. Quem escreve essa história sempre está morto nem que por um momento, um tempo de exílio para observar a vida de maneira isenta, à distância. Um passo atrás e se ultrapassa a fronteira. No terreno da morte o olhar se movimenta sem paixão sobre o que ocorre do lado de cá, um passo adiante, e registra as miudezas da vida em sua real insignificância. Desse ponto de vista, arrependimentos não parecem apavorantes, memórias já não nos assombram. Somos outros, desligados das armadilhas do eu. Que meio fantástico de conversar é esse, fala a verdade. Você aí, eu aqui. Tempos se misturam. É como uma janela para outra coisa, entende. Enquanto somos felizes e estúpidos, ou apenas estúpidos e precisamente felizes por conta disso, a vida pode até fazer algum sentido, mas a verdade é que isso pouco importa quando se é feliz ou estúpido. A felicidade é irracional, não admite explicações. A vida passa, e se não somos um caso perdido, se conseguimos de alguma forma, quem sabe por rebeldia e com paciência, reverter aos poucos nosso quadro de estupidez, de imediato a felicidade desaparece sem mais regressar. De um instante pro outro entendemos a vida, mas logo vem a morte, que não exige qualquer razão, assim como a felicidade. A morte não se explica. Está do lado de lá, é outra coisa. Do lado de fora da janela. A morte rodeia cada pessoa como o ar, como o formol dentro da garrafa: está aqui o tempo todo, e não a vemos. Por isso ninguém teme a morte.

O que temem é que suas vidas fiquem incompletas.

A vida de Hugo necessitava de um sentido que não é mais o que ele encontrava em Sumidouro, ele esqueceu a felicidade em alguma curva do tempo. Às vezes, jogamos a felicidade pela janela como se ela fosse um palito de fósforo queimado. Largamos de vez de ser estúpidos e felizes. E começamos a compreender a vida.

Hugo sempre me fez recordar daquele livro que eu lia pra você quando era criança. Na história, acontecia uma festa na cidade em louvor a um santo. A igreja estava cheia de flores. Havia barracas de doce, a roda-gigante e o carrossel. Durante toda a noite houve foguetório em honra do santo. Um índio chegou a um escritor de cartas no jardim da praça e disse: quero que o senhor escreva uma carta pro meu patrão. Eu vou lhe dizer o que deve escrever e o senhor vai colocar isso de maneira agradável e bem bonita, de modo que ele não fique me considerando descortês. Vai ser uma carta comprida, perguntou o homem. Não sei, respondeu o índio. Então custa um peso, disse o homem. O indiozinho pagou. Quero que o senhor diga ao meu patrão que não posso mais voltar pro campo, disse o indiozinho, porque vi uma grande beleza e preciso ficar aqui. Diga que sinto muito e que não quero que isso lhe cause desgosto ou aos meus amigos, mas eu não poderia voltar. Estou diferente e meus amigos não me reconheceriam. No campo eu ia me sentir infeliz e sem sossego. E, sendo diferente, seria desprezado pelos amigos. Vi as estrelas. Diga-lhe isso. Diga que dê minha cadeira ao meu irmão e a leitoa e os dois porquinhos pra velha que cuidou de mim quando tive febre. Meus potes vão pro meu cunhado e diga ao meu patrão que fique em paz e com Deus. Diga-lhe isso. Depois de contar tal episódio, eu fazia uma pausa. E nesse momento você sempre me fazia a mesma pergunta: o que aconteceu com ele. E eu lhe respondia: ele viu o carrossel, eu dizia a você, o indiozinho viu o carrossel.

E era impossível pra mim, quando eu lhe dizia de novo e novamente, ele viu o carrossel, e você, talvez sem entender mas com olhos brilhando com as luzes do carrossel, saía aos saltos pela sala gritando, ele viu o carrossel, o indiozinho viu o carrossel, gargalhando pro alto como um diabinho feliz, era impossível nessas ocasiões não pensar em Hugo, e eu pensava que ele tinha visto não só as estrelas na sua viagem a Buenos Aires, mas as luzes da grande cidade, dizia a rata na gravação, Hugo viu o carrossel e não podia mais voltar atrás.

    Ao contrário do indiozinho da fábula, contudo, ele retornou ao campo de onde saíra. Pra deixar de ser feliz e estúpido e afinal conduzir sua vida sem os enganos da felicidade inspirada pelo carrossel, quem sabe. Eu não saberia responder. E quem saberia. Todo o esforço que faço agora é o de atribuir sentido ao que não tem sentido e nem poderia ter. A morte não significa nada, meu filho. A morte apenas é. Como fugir do girar sem fim depois que a gente monta nos cavalinhos do carrossel.

    Hugo voltou à cidade em busca de outro Hugo, aquele que na juventude não se permitiu regressar ao campo pra ver o abate de milhares de animais, quando não executou pessoalmente centenas deles. Hugo procura aquele outro Hugo que não fraudou seu próprio gênio, que não ludibriou a si mesmo. Não sei se o encontrará. Não devem ter passado nem dois dias de seu retorno à cidade.

    Uma nova década vai começar. Para cumprir meu papel de mãe o primeiro a fazer seria lhe desejar felicidades, mas acredite, isso pra mim seria o mesmo que diagnosticar sua estupidez, além de ser algo bem sacal de se fazer. Quem se dá conta de ser feliz já deixou de ser. E estúpido, pro bem ou pro mal, você não é.

    Agora vou contar o que aconteceu no Ano do Grande Branco.

    Tire suas próprias conclusões.

    Eu disse que ia simplificar as coisas, mas agora vejo que não vai ser nada simples.

3.

Você começou a narrar em silêncio, para si mesmo, dentro de sua cabeça, na primeira vez que na escola alguém, um colega ameaçador ou talvez um professor autoritário, acusou-o de algo e não teve resposta. Talvez não fosse acusação, deve ter sido uma brincadeira mais agressiva, uma piada, talvez essa piada se apoiasse em um trocadilho, tivesse rimas (é bem conhecida a capacidade infantil pros jogos de linguagem), com absoluta certeza foi algo que o humilhou. De todo modo, a humilhação por não ter presença de espírito imediata, de não oferecer resposta à altura no ato, a tempo de rechaçar a piada que arrancou risadas dos espectadores, todos uns meninos sádicos que se esparramavam em cima do fracasso linguístico alheio, na mudez do outro, do fraco, do calado, do quieto, do esquisito, do imbecil, do retardado, do idiota, a humilhação de não poder responder com outra piada ainda mais engraçada, que virasse o jogo e arrancasse gargalhadas que destruíssem o oponente, o ogro linguístico, o torturador verbal, o sádico trocadilhista, o golias retórico, que o derrubasse como se atingido por uma funda usada por um adversário nanico que usasse aquelas suas mesmas armas com eficácia de estreante, a palavra, com sorte de comediante em noite de estreia que roubasse a cena, a humilhação de não poder responder na lata com uma ofensa, um palavrão, um xingamento, um elogio endereçado à mãe, essa humilhação foi uma palavra, uma frase, a piada, as risadas, o sapo que foi obrigado a engolir diante de todos, quase engasgando pra satisfação geral, sentindo aquele sapo peludo de cem pernas que descia por sua traqueia à força, procurando escapar da sanha escolar, da repressão docente, e se esconder em algum esconderijo silencioso, sem risadas e sem som. Sem palavras foi como você ficou, sendo corroído por elas, pelas palavras dos outros, no caminho de volta da escola pra casa, com aquelas palavras soterrando as suas, que não existiam na verdade, palavras que começou a emitir na quietude de sua cabeça quebrada, palavras que você começou a repetir, às vezes uma, depois outra, respostas atrasadas, sempre fora de hora, sempre burras porque você não sabia, não narrava porque não sabia, não respondia porque não tinha resposta, não falava porque não tinha palavra que desse, nem palavra suficiente para provar que sabia, e começou a ensaiar essas palavras bem alto mas também bem quietamente, em silêncio, primeiro respondendo certo só que uma hora depois, a resposta que arrasaria o oponente com sua inteligência, uma inteligência que na verdade só surgiu porque foi provocada, uma inteligência que nasceu da provocação do oponente, só que atrasada, você estava evoluindo, e as palavras começaram a brotar sempre na quietude, ritmadas pelos passos na estrada de terra, pelos chutes nos pedregulhos que tinham caras de colegas, a cara dele, do oponente falastrão, de Hassan Sader Gamarra, do engraçadinho que sempre tinha a palavra certa pra destruir você, só que era uma hora depois e aí não adiantava, já não resolvia a humilhação que àquela altura construíra uma casa dentro de você e se espraiava entre o coração e o fígado, a humilhação é a verdadeira moeda de troca deste mundo, a vida não passa de um intercâmbio de humilhações, e você as respondia com histórias que nasciam como resposta não dita e engolida e prosseguiam, encarnando a raiva que você sentia. Assim, narrar se tornou a investigação desse desejo de esfolar, quebrar, furar, morder, ferir, uma espécie de síndrome do calado em transe de internalização do ódio, uma maneira de responder do avesso com uma arma inesperada, uma sabotagem cuja munição era a leitura, os livros eram os únicos que falavam sua língua inventada, e a conversa silenciosa que mantinham — pros analfabetos naquela língua — era permanente, e o alimentava, e o armava com recursos que alimentavam a multidão no interior de sua cabeça ruidosa, então uma existência inteira surgiu dentro de você, sua imaginação ocupou os espaços deixados pelo esquecimento do Ano do Grande Branco, uma amostragem prática das teorias neurológicas de Geoffrey Sonnabend, como água nos baixios do pântano se misturando à terra, transformando-se num único elemento e então, quando a narrativa se deslocava das páginas do livro em questão pra sua imaginação, no rápido intervalo entre o primeiro instante em que baixava os olhos pra ler e o posterior em que os erguia, o sol daquele dia se apagava, ficando pra sempre aprisionado nas linhas do livro.

Assim os dias passavam.

4.

Karl surgiu na rua em frente à nossa casa na noite seguinte ao anúncio do AI-5, em 14 de dezembro de 1968. Eu não o via desde o retorno do pântano, quando passou um mês perdido na mata ao entrar na clandestinidade na noite do Golpe de 64. Ao voltar, Karl levou uma semana se recuperando em Cuiabá, depois sumiu. Naquela outra noite ele desceu do Corcel meio amassado na lateral que soltava fumaça do radiador, parecia a aterrissagem de um óvni na escuridão da rua de terra coberta de mangueiras de nossa casa. Tinha dirigido mais de vinte horas seguidas, quase dois mil quilômetros, parando somente para abastecer no posto de gasolina e desabastecer no banheiro, como ele brincou, do Rio de Janeiro até Cuiabá. Você emergiu do meio da fumaceira esbranquiçada que saía do capô do Corcel feito um alienígena, branquinho e mudo, com as mãos esticadas à frente tateando o escuro. Como recém chegava ao planeta, não falava nossa língua; durante o tempo em que Karl permaneceu em casa, você não soltou um pio. Abusei do Dramin que dei pra ele, disse Karl, não tive saída. E agora, talvez o moleque não fale nunca mais. Naquela conversa, você era você, não tinha nome. Karl não quis dar detalhes, apenas disse que contava com a gente, com nosso apoio. E com a discrição de vocês, ele disse, e com seu comprometimento com a Luta. Karl se referia à Luta assim, com maiúscula. Realmente, tratava-se de uma luta e tanto, praticamente uma revolução, passar a ter duas crianças em casa. Num dia, não havia nenhuma. Meses depois tínhamos uma criança ainda de berço e um menino silencioso pra cuidar. Karl partiu na mesma noite. Mas antes nos deixou o menino mudo. Você. Nos deixou também um revólver.

Não recebemos mais notícias de Karl por uns tempos, e dias depois da partida dele pra lugar ignorado eu levei adiante minha investigação particular. Foi menos complicado do que parecia, descobrir de onde ele tinha abduzido você, o que só aumentou minha preocupação. Se os antigos colegas de política estudantil do liceu de Karl sabiam do sequestro e morte ocorridos no Rio, os militares poderiam chegar até nós com facilidade. Antes de trazê-lo, Karl descobriu que estávamos de transferência marcada pra Medianeira, no Paraná. Ao menos uma vez na vida o Banco do Brasil trabalhou a nosso favor, e não o contrário.

O MR-8 empreendeu uma tentativa de sequestro do embaixador alemão. Algo saiu errado na emboscada feita por Karl e mais quatro companheiros em plena luz do sol diante da escola alemã onde o filho do embaixador estudava na Urca, o segurança armado reagiu, o embaixador foi atingido no tiroteio e morreu no carro enquanto eles fugiam. Com o filho dele em seu poder, os guerrilheiros seguiram até o aparelho que lhes havia sido designado para a retenção do sequestrado. Lá, depois de uma votação tensa que quase terminou em pancadaria, decidiram que Karl se incumbiria do problema, abrigando o garoto na residência de sua irmã no Mato Grosso. Algo me diz que você não estranha nem um pouco eu me referir a você assim, na terceira pessoa, não é. Quando Karl o entregou a nós em Cuiabá, disse que sua estada conosco seria breve, e que viria buscá-lo assim que a liderança do movimento lhe ordenasse o que fazer. Não tivemos alternativa a não ser recebê-lo. De imediato passei a temer pelo teor das tais ordens superiores.

Uma semana depois da visita de Karl, nos mudamos pra Medianeira. Não sabíamos quase nada a seu respeito, a não ser que devia ter em torno de quatro anos de idade e que talvez não falasse nem oi em português. Viajamos juntos no banco traseiro da Variant, e seu primeiro gesto foi brincar com os dedinhos do menino mais novo em meu colo. Não durou muito seu interesse, e você assistiu longamente pela janela ao filminho da paisagem passar. Por um tempo pensei que você deveria estar indo de volta, pra trás, retornando junto com a paisagem que passava ao lugar de onde tinha vindo, ao banco traseiro do Corcel de Karl atravessando de marcha à ré o país e ao Rio de Janeiro, ao seu lugar original e à escola da Urca onde estudava, num movimento regressivo até onde ocorreu o sequestro, e afinal de volta ao colo de seu verdadeiro pai.

Mas ele já estava morto. Levou um tiro no coração.

5.

Você estava sentado no banco traseiro de um automóvel dirigido por um estranho e atravessava paisagens desconhecidas, lugares selvagens onde a única coisa reconhecível era a lua vista da janela. Ao chegar ao seu destino, era como se inaugurasse um novo mundo. Muito antes que o normal, você descobriu que estava sozinho. Você observou o novo mundo onde se encontrava e descobriu todo um catálogo de zoologia com trezentos e cinquenta e seis mil répteis, formigas do tamanho do dedo mindinho, seres humanos que andavam nus pelas ruas e eram chamados por palavras como bororo e kadiwéu e chamacoco, a pele dos índios era escura como a banana-da-terra coberta de melaço que lhe serviam. Você sentia tanto calor que parecia estar prestes a derreter, os lampiões à noite eram envolvidos por nuvens de insetos que pretendiam lhe devorar do mesmo jeito que os morcegos comem mamão nas noites de verão. Você esperava debaixo da mangueira o vento úmido que vinha dos galhos, e pisava a terra escura e fria enfiando os dedos no chão como se fossem plantas que pudessem crescer e ser colhidas, como se suas unhas dos pés fossem sementes que o fariam renascer naquele lugar novo, onde você estaria pronto a ser recebido por uma nova família que o amasse. Você ouviu mangas maduras que caíam no chão, o som dos morcegos que zaranzavam pelos galhos escuros das árvores de noite. Você conheceu a aranha de perto e sentiu a hemolinfa em suas veias. Você brincou com o menino mais novo e olhava pra ele e pensava que você também já tinha sido um bebê e olhou os adultos e pensou que nunca gostaria de ser um adulto, mas gostaria que aquele menino fosse seu irmão. Você não entendia o que os adultos falavam, mas entendia tudo o que o menino não falava, se dava muito bem com ele. Você via o tempo que passava, a paisagem que passava pela janela de trás da Variant que também passava pela estrada indo a um lugar desconhecido. Você passava pelas cidades que via da janela da Variant enquanto elas passavam por você, até surgir outra cidade que você não conhecia. Você odiava essa cidade. Nessa cidade existia um matadouro, nessa cidade existiam açougueiros, nessa cidade a lama se misturava à neve. Você cresceu, o bebê cresceu.

Desde a mudança de cidade você frequentou a escola em Medianeira, como deveria acontecer em uma família normal. Não queríamos chamar atenção mantendo uma criança aprisionada em casa, e não era nossa intenção interromper ainda mais aquilo que considerávamos ter sido suficiente em sua vida, cortada ao meio como se faz com uma planta. Você tinha sido podado e transplantado, e não me refiro somente à separação de sua família. A gente precisava fazer alguma coisa com você, te adubar por assim dizer, mas você se mostrou apto a vicejar, sua proximidade com o menino mais novo, nosso filho original, parece ter alimentado isso, essa sua solidão. Isso não foi nada simples. Eu vivia em conflito com esse afeto, com a amizade que vocês dois logo desenvolveram. Era natural que fosse assim, não era, a amizade só pode florescer entre dois meninos, e vocês não desgrudavam um do outro, iam à escola juntos de manhã e brincavam a tarde inteira até a hora de ir pra cama. Se tornaram dois irmãos, e o que mais seriam, o que Karl e o MR-8 pretendiam, o que ordens superiores queriam que acontecesse ao plantar você no chão de nossa casa: você vicejou, floresceu, assim como a aflição dentro de mim. Ordens superiores não vieram. Os adultos continuaram iguais, e você continuou a não compreendê-los. Você se escondeu na neve. Você não queria ser encontrado, ninguém vai encontrá-lo. Você bateu a cabeça num acidente na escola. Você brincava de esconder e se escondeu tão bem que se perdeu nas dobras do próprio cérebro. Você perdeu a língua. Você despertou no meio da neve em um lugar onde não devia ter neve, mas tinha. Você me ouviu falar do Ano do Grande Branco. Você pensou ter enlouquecido, mas o mundo é que tinha enlouquecido. Você sofreu com a loucura do mundo, pois era são. Você cresceu, o tempo cresceu para todos os lados, o mundo se esparramou como pyhareryepypehare, na forma de raízes que penetram e se espalham em todas as direções dentro da gente.

    Menos o menino mais novo, apesar de ter sido plantado, o menino mais novo não cresceu mais.

Você foi o único a não ser encontrado no esconde-esconde.
Você sabia que tinha feito algo errado, não sabia.
É claro que sabia.

6.

Eu avisei que isto não ia ser simples.
Os anos passaram rápido. Você cresceu. Algumas crianças, nem todas, têm esse mau costume. No início, Karl deu notícias. Eram telefonemas curtos, que pretendiam mais me acalmar do que qualquer outra coisa. Passou a me encomendar explosivos, isso foi divertido. Acho que ele queria que eu me distraísse um pouco da depressão. Depois ele desapareceu, exceto por um encontro com o homem que se dizia seu pai no Hotel Gaspar, em Campo Grande. Ordens superiores finalmente foram enviadas, os companheiros de Karl exigiam que o menino silencioso fosse entregue a outra família de militantes. Você. Queriam evitar que laços de afeto fossem devidamente atados comigo e com o homem que se dizia seu pai, achavam que com o convívio isso ia acontecer. Um encontro com a família que havia sido preparada para receber você estava acertado para ocorrer no caminho de ida de Curva de Rio Sujo a Campo Grande, onde você faria um eletroencefalograma, o que aconteceu sem que sua devolução fosse efetuada. O seu pai se recusou a devolver você. Nova tentativa aconteceria na viagem de retorno no mesmo posto, foi isso o que Karl pleiteou no encontro no saguão do hotel, mas o homem que se dizia seu pai já se tornara seu verdadeiro pai e se recusou de novo a obedecer ordens superiores. Ele tinha seu motivo para agir assim. Você. Era um bom motivo. De todo modo, os militantes foram desmascarados pela patrulha que os investigava,

houve tiroteio na estrada, a mulher foi assassinada bem na frente da Variant e o homem acabou preso.

As crianças, essas continuaram presas. É sempre assim com elas. Ordens superiores não ordenaram mais nada, calando-se de vez com a adesão de Karl à guerrilha. Desde que ele foi pro Araguaia, não recebemos mais notícias. Era como se o Deus que tinha nos trazido o menino silencioso tivesse morrido, e não pudéssemos mais ouvir sua voz.

Karl deve ter renascido em forma de um frondoso ipê com flores muito vermelhas na margem esquerda do Araguaia.

7.

O acidente aconteceu em uma manhã de inverno.

E você perdeu a memória na única vez que nevou na cidade em todo o século.

Um homem morreu em uma cidade chamada Engano.

Ou foi morto, como saber.

Karl se perdeu, depois se achou.

Agora floresce na beira do rio.

Hugo viveu em meio a coisas que não amava: o campo, a mortandade.

Naquele jogo de esconde você foi o único a não ser encontrado.

Parecíamos cordeiros brincando de esconder no pasto, enquanto o pegador escolhia a quem esquartejar.

Fomos todos escolhidos.

8.

Eu avisei, não avisei, meu carrossel.

No dia em que você recebeu alta do hospital eu desmaiei de cansaço. Você chegou ainda inconsciente, depois de três dias em coma, em uma roupa branca que fazia você parecer um anjo exigindo implante de asas ou algo assim, e o seu pai teve de ir ao banco com urgência. O Banco do Brasil o chamou pelo telefone, houve uma tentativa de assalto, o vigilante acertou a cabeça do ladrão pensando que atirava no joelho, e então ele foi. Você retornou do hospital, e eu adormeci no sofá da sala. Mas o menino mais novo não, ele permaneceu acordado na beirada de sua cama, as mãozinhas assim agarradas na beirada, não queria perder o instante em que as suas pálpebras se erguessem, ele olhava pra você como se a cama fosse o palco de um grande teatro e suas pálpebras fossem cortinas de veludo prestes a subirem e revelarem um cenário fantástico com o trono do rei do esconde-esconde bem no meio do palco. Permaneceu assim até você despertar, e quando isso aconteceu ele disse que tinha nevado, e o convidou a ver a neve no quintal. Você aceitou, sem saber direito quem ele era. O menino mais novo estava vestindo a fantasia predileta dele, uma roupinha de caubói, e carregava seu revolvinho de brinquedo. Ele chamou você pra brincar de bangue-bangue. Ainda não sabíamos que depois de bater a cabeça e convulsionar você não se lembrava de nada, e como poderíamos saber: como se soubéssemos algo de você antes, não sabíamos. Antes de saírem, ele abriu a porta do guarda-roupa do quarto, escalou as gavetas e sacou o revólver que seu pai guardava dentro de uma caixa de sapatos. O menino mais novo passou o revólver pra você. Ele gostou disso, de ver que você estava bem e armado, e sentiu-se protegido. Vocês atravessaram o corredor escuro da casa em direção ao quintal e lá fora havia neve muito branca que caía do céu em flocos azulados e você achou que só podia continuar em coma. Você se deitou na neve e sentiu sua blusa molhar nas costas. Você viu a neve caindo e pensou no derretimento de geleiras e na aurora boreal. Você não tinha pai nem mãe. Você era filho do gelo e neto do fogo. Você era o rei do esconde-esconde, o que nunca tinha sido encontrado. Você estava feliz, e apertou o gatilho com alegria. Você ouviu um tiro. Você viu sangue derreter a neve. Você viu aquele menino caído, você viu seu irmão menor caído, viu o sangue dele sujar a neve branca. Você não lembrou mais o seu nome. Você viu O Ano do Grande Branco começar, um minuto atrás do outro, um dia em seguida de outro dia, um mês atrás do outro, até chegar o dezembro do Ano do Grande Branco. Assim, num segundo. Mas o tempo continuou se movimentando em direção a um lugar desconhecido, enquanto o menino mais novo continuou deitado na neve, morto.

Pronto, agora pode sair de seu esconderijo. Eu já vi você, e não posso voltar atrás. Você não precisa mais salvar ninguém.

9.

Quando convalescia em Cuiabá, Karl me contou dos testes com ratos feitos pelo jovem bioquímico em Bernburg. O homem desfigurado, o assim conhecido marinheiro Kurt Meier, de identidade desconhecida. Que divertido, um homem que valia por três. A aplicação progressiva de fenobarbital aumentava a agressividade deles, segundo o bioquímico, e em geral terminava em morte violenta. Um dia, ao integrar um rato a uma ninhada, o recém-ingressado matou o filhote original. A rata, porém, abrigou o assassino e passou a tratá-lo como se fosse o filhote morto.

Intrigado, o jovem bioquímico experimentou repetidas vezes a mesma situação, obtendo resultado sempre idêntico: a rata substituía o filhote morto pelo assassino.

    Você já morava em nossa casa, eu não podia mais devolvê-lo. Bem que ordens superiores tentaram, através de Karl em Campo Grande, e também por meio de mensagens e telefonemas ameaçadores. Em uma tentativa mais dura de reaver você, dois homens apareceram em Medianeira um dia antes de nossa partida pra Curva de Rio Sujo e pressionaram seu pai, a ponto de quebrarem o braço dele em uma surra. Resolvemos fugir, não havia outra saída. Foi o que fizemos no dia seguinte à sua alta do hospital, de madrugada, após o seu disparo acidental, com o auxílio de Hugo, sempre ele. Escapamos pra fronteira com o Paraguai, e a partir de então cada toque do telefone era uma cantilena de ordens superiores em nosso encalço, um aviso de morte a caminho. Isso, e a morte do menino original, não fez nada bem pra cabeça do seu pai. Karl nos protegeu até onde pôde.

    Agora vou lembrar de como você era depois do acidente. Sua imaginação já parecia descontrolada, e preenchia as lacunas da mudez com histórias, com suas brincadeiras de esconde-esconde. Você era inconsequente em suas histórias, e se divertia com elas. Fazia um movimento com a cabeça ao pensar, sentado sozinho no chão da sala com seus soldadinhos de chumbo e seus índios de plástico, porque uns são sempre mais resistentes que os outros, não é. Aquele movimento me permitia saber o que ia por dentro de sua cabeça. Quando isso começou a acontecer, eu percebi o que você narrava pra si mesmo em absoluto silêncio, desconfiei que a substituição estava completa. Passei a ser sua verdadeira mãe. E hoje posso dizer que essa certeza me salvou, ao menos por algum tempo.

    Esta história é sobre nós, mas você vai contá-la como se fosse sobre outros.

Mas hoje o que eu tenho a dizer pra você é algo diferente, é um pedido. Nunca tenha filhos. Encerre essa família insepulta, chegou a hora de nossa extinção. Já basta de seres humanos neste planeta, não acha. Eu sei que você concorda comigo.
Não vamos chegar a 3359 dias sem nos ver, vamos.
Eu sabia que isto não ia ser muito simples.
Não é mesmo.
Claro que não.
Nunca é.

As horas seguintes à partida de Hugo foram revogadas. Depois que os peões remanescentes resgataram você do fundo da cova aberta onde sofreu as convulsões e permaneceu desacordado, você mergulhou nesse tempo fora do tempo, durante essas horas temporariamente suspensas.
Parecia ter passado um ano ali.
Diante da natureza, deitado na rede do alpendre onde o depositaram, você se calou, apreciando a língua oca das coisas selvagens se conformar à ideia de que assim, debaixo de sebes e seringueiras, a família Reiners tinha inaugurado seu lugar naquele pântano do Mato Grosso, como animais e pragas vegetais que coexistiam em silêncio. Depois de três dias de completa solidão e de caminhadas sem finalidade, já se preparava para partir quando a Ford Wyllis surgiu no horizonte, devolvida de forma imprevista pelo sol sendo engolido no oeste sem promessa de devolução.
Quando a picape se aproximou, não era Hugo Reiners quem estava ao volante. Descendo da picape que estacionou ao lado dos cochos secos desde a chacina do gado doente, o homem com cara de cavalo o cumprimentou sem pressa. Você pegou a mochila e subiu na Ford Willys. O peão ligou o motor e parti-

ram. Ouviu o zumbido do bimotor decolando da pista de pouso mais ao sul. Ao ultrapassarem a cancela, pôde ver os novos proprietários de Sumidouro que chegavam. Eram apenas silhuetas vindas do Leste se aproximando, dois caminhões saídos da poeira iluminada pelo sol poente com homens sem rosto carregando armas, estirados na caçamba. Com a distorção da sombra, os canos de seus fuzis se alongavam até o horizonte.

Um vento frio vinha dos lados de Leverger. Você retirou a fita cassete do estojo do walkman e a desenrolou em seu sopro, acompanhando-a se desdobrar em cauda, a fita retornando em direção a Sumidouro, se desnovelando no rastro de poeira deixado pela picape. Nesse momento percebeu vultos indistintos que caminhavam nos barrancos enlameados da estrada de chão. Eram figuras vagarosas e seus contornos se confundiam ao lusco-fusco da noite que chegava. Bororos, disse o homem com cara de cavalo, é o funeral de uma criança. Percebeu laivos rubros sobre os corpos luzidios. Sangue. A procissão seguiu em sentido contrário ao seu, singrando a ventania crescente conforme a Ford Willys passava. Erguiam seus olhos luminosos na direção do carro em velocidade. Mas nada viam, apenas o tremeluzir dos faróis traseiros se internando na noite — até desaparecerem na distância.

Como um mundo pode acabar tão rapidamente, você se perguntou. Aguardamos os fogos de artifício do final com tanta ansiedade, mas eles chegam sem estardalhaço nem pompa. Um segundo depois o céu se esvazia e tudo está acabado.

Perturbado pelas visões incessantes daquela parada sangrenta, você se lembrou da rata. E imaginou que ela se perdia nos corredores labirínticos do Museu de Tecnologia Jurássica em Culver City, e viu a rata enveredar pelos cantos escuros do predinho vitoriano até dar em uma sala iluminada por centenas, por milhares de globos de vidro de todos os tamanhos, pequenos e grandes, contendo miniaturas das maiores cataratas do mundo,

Niagara Falls, Dettifoss, na Islândia, Yellowstone e Kaieteur, na Guiana, e a viu percorrendo as muitas prateleiras da sala enorme, procurando por algo que ela sabia estar ali, algo que você sabia que ela encontraria, a única certeza que ela mantinha. E você viu a rata revirando as miniaturas de cataratas em globos de vidro, alterando o clima no microambiente de cada um deles, provocando tempestades equatoriais na Cachoeira Angel, na Venezuela, e ventanias outonais que arrancavam folhas dos galhos de sequoias do tamanho de bonsais em Yosemite, até ela encontrar o que procurava. E o que a rata encontrou foi um globo de vidro com a miniatura das Cataratas do Iguaçu congeladas no ar de inverno, estáticas em sua imensidão fria e tão poderosa quanto o tempo, e na base do globo havia uma plaquinha onde estava escrito: *Cataratas do Iguaçu, inverno de 1975.*

Essa visão fugaz do rio do tempo congelado foi interrompida pela voz grave do motorista. A mãe de um homem deve precedê-lo, disse o homem com cara de cavalo, é uma regra da vida. Descanse agora, pois amanhã você vai entrar na cidade onde nasceu pela segunda vez. Tem de estar preparado, disse a voz de pyhareryepypepyhare com seu hálito vegetal, e seus olhos de líquen não indicavam nenhuma chance de misericórdia ou felicidade.

Eram os últimos dias de 1989.

Em dez anos, ao final de dezembro, a década também terminaria e com ela o século XX.

Ninguém estava a salvo.

Era o fim do mundo, o fim do seu mundo.

E estava tudo bem.

ESTA OBRA FOI COMPOSTA POR OSMANE GARCIA FILHO EM ELECTRA E
IMPRESSA PELA GRÁFICA RR DONNELLEY EM OFSETE SOBRE PAPEL
PÓLEN SOFT DA SUZANO PAPEL E CELULOSE PARA A EDITORA SCHWARCZ
EM MARÇO DE 2017

A marca FSC® é a garantia de que a madeira utilizada na fabricação do papel deste livro provém de florestas que foram gerenciadas de maneira ambientalmente correta, socialmente justa e economicamente viável, além de outras fontes de origem controlada.